岩 波 文 庫

31-201-3

荷 風 追 想

多 田 蔵 人 編

岩 波 書 店

目次

I

Ⅱ

Ⅲ

I

青春物語(抄)

谷崎潤一郎

〔前略〕第一回の「パンの会」は『新思潮』の廃刊される以前であったから、大方明治四十二年の十一月頃であったろう。会場は人形町の西洋料理屋、三州屋(?)主催者は誰であったか記憶しないが、集まったのは主として『スバル』(1)と『三田文学』と『新思潮』の同人、及びそれに関係のある美術家その他の芸術家であった。『白樺』の同人も招かれた筈だが、この方は出席者が少く、たしか萱野君(2)か誰か一人二人見えただけだった。ところでわれわれは、「宜しくこの機会に『新思潮』のデモンストレーションをやるべしだ」と、その晩みんなが揃いの帽子を被って行くことにした。その帽子と云うのが、或る晩銀座を散歩すると、何処かの帽子屋のショウウィンドウに変な恰好の帽子が出ていたので、それから木村が思い付いて、すぐその帽子屋へ註文したのだったが、山の浅い、鍔(つば)の恐ろしく広い、畳むと懐(ふとこ)ろへ這入(はい)るような、柔かい、へらへらした天鵞絨(ビロード)

で、しかも色が紫と来ているんだから、西洋の道化役者だって被りそうもない、なんとも不思議なものであった。同人中でも大貫[3]などは辟易して拵えなかったように思うが、和辻、後藤、木村、私などは、確かにそれを被って行った覚えがある。われわれは定刻前に会場へ着いて、控え室の隅に陣取りながら、次ぎ次ぎに到着する先輩諸氏を待ち受けて、「あれは誰」「あれは誰」と云う風に囁き合った。私の記憶するいろいろな文人の会合の中でも、この第一回の「パンの会」は実に空前の盛会であって、恐らく出席者の数は四、五十名を下らなかったであろう。今一寸思い出しても、与謝野鉄幹[4]、蒲原有明、小山内薫、永井荷風、石井柏亭、生田葵山（いくたきざん）、伊上凡骨（いがみぼんこつ）、鈴木鼓村、木下杢太郎、久保田万太郎、江南文三（えなみぶんぞう）、吉井、北原、長田兄弟、岡本一平、恒川陽一郎、………と、いくらでもその晩の顔ぶれを浮かべることが出来るが、先輩では小山内氏、同輩では自分たちの仲間を除いて、その他はほとんど初対面の人々ばかりが続々と詰めかけて来るのであった。そのうちに一人、痩軀長身に黒っぽい背広を着、長い頭髪を後ろの方へ油で綺麗に撫でつけた、二十八、九歳の瀟洒たる紳士が会場の戸口へ這入って来た。彼はその顔の輪廓が俎板の如く長方形で頤（あご）の骨が張り、やや病的な青く浅黒い血色をし、受け口の口元にだだッ児みたいな俤（おもかげ）を残していて、黒い服とひょろ高い身の丈とが、すっきりしている反面に、何処かメフィストフェレスのような感じがしないでもなかった。「永井さんだ」と、誰かが私の耳の端で云った。私も一眼で直ぐそう悟った。そして一瞬間、息の詰まるような気がした。と、永井氏は控え室の知人と顔を見合わせて、莞爾として、その長い上半身を叮嚀に折り曲げつつお辞儀をした。氏のその動作が甚だ優雅に見えた。「いいね!」と、大貫が私に云った。「いいね!」と、私も同じことを云った。(これが私の永井先生を「見た」最初であった。と云うのは、木村は前から先生を知っていたので、或る日彼が電話で先生と話していた時、その電話には受話器が二つ付いていたのを幸い、私はもう一つの受話器を取って、余所ながら先生の声を「聞いた」ことはあった。)が、それからあと、誰が開会の辞を述べたか、どんなテーブル・スピーチがあったか、そんなことは何も覚えていない。唯私は、宴が闌に及んだとき既に夥しく酔っ払って、間もなくその辺を泳ぎ廻っていた。私は会場に充満する濛々たる煙草の煙と、騒々しい人声の中をうろつきながら、誰彼の差別なく取っ摑まえては気焔を挙げた。勿論私ばかりではなかった。酔っ払いの筆頭は伊上凡骨君であった。この人の酔態は鮮やかなもので、彼が奇声を発しつつ何度も椅子から転げ落ちた恰好は今も私の眼底にある。その外吉井、北原、長田などと云う酒豪連も悉くぐでんぐでんになった。小山内氏も酔って、われわれ後輩に向って如才なく油を売っていた。長田秀雄は私の「刺青」を頻りに褒め上げて、「あののさと云う辰巳言葉が気に入ったね、われわれも一つのさ言葉を使いやしょう」などと云った。その最中に葭町の芸者と半玉が繰り込んで来た。生田葵山と恒川陽一郎とが、めいめい半玉を捕虜にして膝の上に乗せながら、乙に澄まして椅子にかけていた。「なんでえ、あの態は」と、われわれはまた悪口を云った。そんな中でも私は荷風先生のことを忘れず、わざと先生の見えない所へ逃げて来て、「永井さんえ！　永井さんえ！」と、やりての婆さんが花魁を呼ぶ口調で怒鳴った。それから与謝野先生に管を巻き、蒲原有明氏に管を巻いた。誰かが画帖を廻して来たので、私は筆を取って怪しからぬ物を黒々と画いた。最後に私は思い切って荷風先生の前へ行き、「先生！　僕は実に先生が好きなんです！　僕は先生を崇拝しております！　先生のお書きになるものはみな読んでおります！」と云いながら、ピョコンと一つお辞儀をした。先生は酒を飲まれないので、端然と椅子にかけたまま、「有難うございます、有難うございます」と、うるさそうに云われた。会が終ってもまだわれわれは飲み足らず、しゃべり足らなかった。そして小山内氏を団長に、吉井、長田(秀)、木村、私など、夜更けの日本橋通りをつながって歩いて、魚河岸の屋台へ飛び込んだまでは知っているが、その先はさっぱり思い出せない。

『三田文学』に「谷崎潤一郎の作品」(?)と題する評論が載ったのは、多分明治四十三年の夏か秋だった。永井荷風先生はその前の月の『スバル』か『三田文学』にも、私の「少年」を推挙する言葉を感想の中に一寸洩らしておられたが、今度のは可なりの長文で、私のそれまでに発表した作品について懇切丁寧な批評をされ、しかも最大級の讃辞を以て極力私を激賞されたものだった。私は前に新聞の文芸欄の予告を読み、それが掲載されることを知っていたので、雑誌が出るとすぐに近所の本屋に駈け付けた。そして家へ帰る途々、神保町の電車通りを歩きながら読んだ。私は、雑誌を開けて持っている両手の手頸が可笑しい程ブルブル顫えるのを如何ともすることが出来なかった。ああ、つい二、三年前、助川の海岸で夢想しつつあったことが今や実現されたではないか。果たして先生は認めてくれた。矢張り先生は私の知己だった。私は胸が一杯になった。足が地に着かなかった。そして私を褒めちぎってある文字に行き当ると、俄かに自分が九天の高さに登ったような気がした。往来の人間が急に低く小さく見えた。私はその先生の文章が、もっともっと長ければいいと思った。直きに読めてしまうのが詰まらなかった。この電車通りを何度も往ったり来たりして、一日読み続けていたかった。私は先生が、一個無名の青年の作物に対して斯くも大胆に、卒直に、その所信を表白された知遇の恩に感謝する情も切であったが、同時に私は、これで確実に文壇へ出られると思った。今やこの一文がセンセーションを捲き起して、文壇の彼方でも此方でも私と云うものが問題になりつつあるのを感じた。一朝にして自分の前途に坦々たる道が拓けたのを知った。私は嬉しさに夢中で駈け出し、また歩調緩めては読み耽った。

私の喜びは、家へ帰り着くとやがて一家の喜びに変った。当時私の一家族は窮迫と不幸の絶頂にあって、私の父は矢張り蠣殻町の取引所に通っていたものの、元来相場師に適しない几帳面な性質だったから、一度失敗してからは容易に盛り返すことが出来ず、神田南神保町のとある路次の奥の裏長屋に逼息していた。その上両親の最愛の長女で、私の妹になる十八歳の娘は腸結核に罹り、死の床にあった。かかる際にあって私の放縦不羈な生活は、どんなに彼等を苦しめたであろう。今考えると私は悚然とせざるを得ない。が、まあそんな状態で、親父は私が何かこの頃文学雑誌のようなものをやり出したことは知っていたけれども、倅が一体どんなものを書いているのか、そんなことで将来食って行けるのかどうか、文壇の様子など分る筈がないから、先の見込みは付かないし、おまけに大学は退校されてしまうし、からッきし私と云うものを信用しなくなっていたところへ、俄然としてこの評論が出たのである。だから親父の喜び方と云ったらなかった。親不孝の私は、永井先生のお蔭で飛んだ孝行をすることになった。もっともツムジ曲りの私のことだから、内心いくら嬉しくっても、「お父つぁん、これを読んで下さい」などと親父にその雑誌を見せびらかした訳ではない。(これは私の悪いところで、自分にそう云う無邪気さのないのは確かに欠点だと思っている。しかし一方から云うと、私は非常にはにかみ屋なのだ、殊に肉身の者に対すると、なおそうなるのだ。幾つになってもこの癖は直りそうもないが、これも性質で如何ともし難い。)ところが、仕合わせなことに、前に話をした道楽屋の叔父と云うのが、若い時から小説好きで、文学趣味があったものだから、私は親類の誰よりもこの叔父に一番遠慮がなかったが、それがこの晩見舞いに来ていて、いち早く雑誌に眼を付けて、家族一同の集まっている病人の枕元で朗々と読み上げたものだった。(この叔父の読み方が実に不思議で、ちょうど番頭が帳合(ちょうあい)を付けるような節で読むのだ。そしてところどころ滑稽な読み違いをした。「刺青(しせい)」と云うのを「刺青(あおざし)」と読み、「麒麟」の中に出て来る「亀山(きざん)」を「亀山(かめやま)」と読んだりした。それでも叔父は頗(すこぶ)る得意で熱心に読んだ。)私は傍(そば)でそれを聴きながら、またもう一度興奮した。かつて有楽座の廊下で先生を追い廻わし、鞠窮如(きっきゅうじょ)として先生の前に雑誌を捧げたあの晩のことが、再び新たに思い出された。そして「パンの会」で先生に管を捲いたことを考えると今更のように極まりが悪くなるのであった。それにしても先生は、あの有楽座の食堂で『新思潮』を受け取られた晩に、始めて私の書いたものを読んで下すったのであろうか。後に生田葵山君から聞くところに依れば、「谷崎の書いたものを是非読んで見ろ」と云って、先生に推薦した者は、葵山君自身であったと云う。然らば先生が読まれたのは恐らくあの時よりも後であって、私は生田葵山君にも大いに感謝しなければならない。

永井氏の前に、近松秋江氏も新聞の月評欄で私の「少年」を褒めて下すったことがあるけれども、しかしその称讃の程度と云い、形式と云い、分量と云い、既に大家の域にある作家が後輩を推挙するものとして、永井氏の論文の如く花々しいものは前例のないことであるから、予想の如く、そのお蔭で私は一と息に文壇へ押し出てしまった。私が初めて原稿料と云うものを貰ったのは、その前年、明治四十二年の十二月、『スバル』へ戯曲「信西（しんぜい）」を書いた時であったが、これはその同じ月の『新思潮』に吉井君の「河内屋与兵衛」を載せ、『新思潮』から交換的に吉井君へ原稿料を支払うと云う条件が付いていたので、普通われわれの原稿には何処でも金を払わないのが例であり、現にその後の『スバル』へ載せた「少年」や「幇間」等も、私はただで書いたのである。が、荷風先生の推挙があってから間もなく、『三田文学』へ「飈風(ひょうふう)」を書いた時は、黙っていてもちゃんと先方から稿料を届けて寄越した。次いで中央公論主筆滝田樗陰(たきたちょいん)氏が神保町の裏長屋へやって来た。私は直ちに「秘密」を書いて中央公論社へ送り、一枚一円の稿料を貰ったが、その次ぎに書いた「悪魔」からは一円二十銭になった。私は忽ち(たちま)売れっ児になり、順風に帆を張る勢いで進んだ。

〔中略〕右のような事情で、私は多くの先輩と顔見知りになったけれども、何と云っても最初に私が門を叩いたのは小山内薫氏であり、私を文壇注視の的にして下すったのは永井荷風氏であった。もし小山内氏を担がなければ、『新思潮』と云うものがあんなに早く認められはしなかったであろうし、また荷風氏の推挙がなければ、私が一人前の作家になる時期はなおもう少し後れたであろう。然る(しか)に私は、この両先輩とその後妙にチグハグになってしまった。もっとも永井氏の方は、前から、親しい交際はなかったのであるから、特に疎遠になった訳ではないが、もし永井氏から分不相応の讃辞を戴かなかったならば、或いはもっと親しくすることが出来たかも知れない。ありていに云うと、私はあの『三田文学』の論文が出た時早速永井先生へお礼に上るべきかどうかについて、随分迷ったものであった。云うまでもなく永井先生は、私が感謝しようとしまいと、そんなことを眼中に置いてはおられないであろう。先生は一個の芸術家として、純粋な動機から書かれたに違いない。しかし私がそのお蔭で世俗的にも利益を蒙っている以上、一言の挨拶も述べないと云うのは、礼に欠けているやにも思える。そうかと云って、「今後も御贔負(ごひいき)御引立の程を」と、恐る恐る出頭するのも芸人染みていて可笑しい。ま、そう面倒に考えずとも、褒められて嬉しいのは当り前だし、日頃から敬慕している人を訪問するのに何の不思議はないのだから、簡単に飛んで行って「先生、有難うございます」と云ってしまえば済む訳だのに、そこが私は、たびたび云うように無邪気に出来ていないもんだから、なかなかちょっとそんな工合に行かないのである。それに、何を云うにも褒められ方が余り仰山で、先生の地位としては思い切った辞句を使ってあるので、それが一層私を臆病にさせてしまった。私は先生に買い被られているのが恐ろしかった。今に先生の期待を裏切って、顔向けが出来なくなるだろうと思うと、いっそ最初から遠ざかっているに如かずとも考えた。で、私は先生に、至極有り来りの文句で感謝の言葉を申し送るだけに止めた。それに対して先生からも葉書の返事を戴いただけであった。以来私は、或る夏の日にプランタンで偶然先生と落ち合い、珍しくも二、三時間打ちくつろいで雑談をしたことがあるけれども、それが先生と膝を交えてゆっくり話を伺った唯一の機会であったと云っていい。その後は『近代情痴集』の序文をお願いする時に一度築地のお宅を訪ね、帝劇で「お国と五平」上演の前後、舞台稽古や合評会で二、三度お目にかかったに過ぎない。そして近年、と云うのはこの二、三年来、漸く先生を想うの情の切なるものがあり、ときどき自著や手紙などを差し上げて、先生からもその都度こまやかな消息を戴くようになったが、生憎今は関西に住んでいるので、親しく謦咳(けいがい)に接して往時を追懐する時は容易に恵まれないのである。

(『中央公論』一九三二年一〇・一一月号)

荷風追憶

正宗白鳥

永井荷風逝去の報に接す。青天の霹靂(へきれき)の如きか。あるいは来るものがついに来たかという常套の感じか。

私は氏と年齢を同じゅうしていたため、氏の生活ぶりや健康状態に関心を持っていたが、親しく交ったことはなかった。お互いに明治以来、長い間、文筆業にたずさわっていたのであったが、作風も人生観も、全く異っているといっていいほどに異っていたので、たまに何処かで会ったって、打解けた話の出来そうではなかった。

いつ頃からか、氏は人間嫌いであると、文壇の噂で極(き)められていたが、私もいつ頃からか、人間嫌いのように、世間から極印を捺(お)されていた。しかし、私は、自分で自分の心境を検討して、決して人間嫌いではないと断定していた如く、荷風君だって、人間嫌いではあるまいと推察していた。人間嫌いであんな小説が書けるものではない。人一倍、人間が好きだったのではあるまいか。

その心理の研究は別として、私は荷風の作品はほとんどすべてを読んで、そのすべてを愛好した。「地獄の花」など、初期の作品は読んでいなかったが、数年間欧米に滞在して、帰りたくないのに、余儀なく帰って来てからの氏の作品に漂っている気持は、同年の私の青春を揺り動かしていたように追憶されるのである。『新潮』に出た「祭りの夜語り」(?)は、氏の帰朝後最初の作品であったと記憶しているが、あれが、私には最も感銘が深かったのだ。「新帰朝者の日記」「監獄署の裏」「牡丹の客」それから「隅田川」。

小山内薫の紹介で「西洋音楽界の近状」の原稿を手にした時は、私には、読んでも、音楽の事はよく分らなかったのに関わらず、それを、読売の日曜か月曜かの文学附録に、一ページを通して掲載した。読売は自然主義の機関新聞であったように伝説的に言われているが、そんなことはなかったのだ。永井氏も三田に勤めるようになるまでは、自然主義、非自然主義のへだてはなかった筈だ。何かの随筆的小説が発売禁止にされるのなら、自分は、フランス文で書かねばならないか。そうなると、フランス文が上手になるだろうというような事も書かれてあった。

私が永井氏にはじめて会ったのは、帝劇の廊下においてであった。生田葵山の紹介によるのだ。あとで葵山は「二人ともそっけないので、おれも取りなしようがなかった」と笑っていた。喫茶店のプランタンではおりおり会っていたが他所ながら会っていただけだ。しかし、一度、一しょに加賀太夫の新内を聴きに行ったのは不思議だ。「紫朝(1)のすすり泣きの新内よりも、たたきつけるような加賀太夫(2)のが面白い。あれが本格的か」と、音曲なんか没分暁の私が言うと「或はしからん」と、荷風君がお愛想に応じたことを、今私は興味を持って思出すのである。

氏は、あの頃、毎日のように、風月堂へ午餐を食べに行っていたらしく、貧乏な文壇人に羨まれていたが、私は帝国ホテル宿泊中、おりおり其処へ行っていたので、或日、一しょに食事をした。

「この頃は新進の作家が幅を利かせて多額な原稿料を取るので、我々もその伴をして原稿料の値上げをされるようになった」などと、話したりしたが、打解けて話したのは、その時だけである。

それから或夏軽井沢のホテルで会った。久米正雄君もそのホテルにいた。我々の知人(3)某が、或芸者を連れて、軽井沢の或日本宿へ行っていて、そこで不意の死をとげ某の細君が東京からかけつけて、一騒ぎあったのだ。久米、永井、私などホテルで一しょに食事をしたあと、久米君は死者の後始末にかかりあっていたようであったが、後日、久米君は「僕がいなくなると、二人は黙って、よそよそしくお茶を飲んだりしていた」と、誰かに話したそうだ。

私が荷風君に接触したのは、一生を通じてこれっ切りである。しかし、私は氏の晩年の生活振りには、むしろ好意を持っていた。孤独に徹していること屢々(しばしば)我及ばずと思っていた。

（『産経新聞』一九五九年五月一日）

ふたりの会葬者

久保田万太郎

……告別式のあと四、五日して、ぼくは、その日の三百人ほどだった会葬者のうちの、ある一人の女と、ある一人の男……それは、その日、葬儀委員の一人として、門内に用意された焼香台の近くに立っていたぼくのみつけた……ぼくの目の、ゆくりなく、とくにとらえた二人だった……に逢って、先生についての、その人たちの記憶にのこるはなしを聞いた。

勿論、ぼくのほうから、連絡して逢ったのである。

ともに浅草の住人で、一人は吉原の老妓、一人は花川戸の、以前は〝おでんや〟だったが、いまは〝とんかつや〟として繁昌している店の主人。……といったからとて、この二人のあいだには何(な)んのつながりもなく、また、ぼくにとっても、まったく筋あいのちがった、一方がスズメなら、一方はカラス……といったくらいのひらきをもった二人だったのである。

□

昭和十二年五月二十七日の夜、先生は、突然、吉原に足を向け、妓夫のすすめるままに、井上唖々との時代にまでさかのぼった昔なじみの妓楼〝成八幡〟の表ばしごを上ったが、それ以来、約半年のあいだ、驚くほどひんぱんにその地にかよったのである。

しかし、はじめのうちは、もっぱら貸座敷をばかり巡歴した。七月八日にいたって、あらためて、これまた旧知の……外遊以前における旧知の引手茶屋〝浪花屋〟の客になり、〝仲の町の妓、小槌、小仙の二人を招き、雑談　二時過〟にいたったのだが、すっかりそれが病みつきになって、それからというものは、先生、ほとんど毎晩、その店の暖簾をくぐり、三、四人の芸妓をよんでは夜を徹した。

その三、四人の妓たちのうちに、つねにかかさず加わった一人について、先生、

〝妓、小槌、風姿清楚、挙止静粛にして、明治時代名妓の面影あり〟

とか

〝浪花屋の前を歩み過るに、隣の茶屋の腰掛より余を呼ぶものあれば顧みるに、妓、小づちなり。今宵はつぶしに結ひてタケ長をかけたり〟

とか、とくべつの好意を〝日記〟のなかに示している。

すなわち、前記、ぼくの逢った吉原の老妓というのは、いまはむかしの小づちその人で、おなじ昭和十一、二年のころ、ぼくは、先生とは関係なく、まったくべつのマド口(ぐち)で、小村雪岱(こむらせったい)画伯の描(か)く嫋々たる佳人のモデルの一人として……というのは、雪岱さんには、そうしたモデルが、下谷にも、赤坂にもいたから……この人をよく知っていたのである。

が、吉原の芸妓は口が堅い。だから、そのころ、先生が浪花屋の二階にいたとき、ことによったら、ぼくもまた、たまたまあるいは〝山口巴〟の二階にいたかも知れなかったのだが、かの女の口から、ついに一度、ぼくは、先生のうわさを聞いたことがなかったのである。

□

ところで

――先生について、とくに何か、おぼえていることはないか？

というぼくの質問に対して、先生は、若い方と御一緒に、いつも十二時すぎにおみえになり、明けがたになってお帰りになったといい、お酒をあがらない方でしょう、だから水羊羹だの葛ざくらだのをめし上りながらおはなしばかりなすってたといい、ときには角町（すみちょう）の露地のなかの〃すみれ〃へ行き、ソーダ水をのんでおわかれしたりしたといい、毎晩、お立ちになるとき、かならず〃勘定〃をおいいつけになるので、浪花屋のおかみさんが、〃どうせ、また、あした、おいでになるんでしょう〃というと、〃大てい来ると思うけど、今夜は今夜だ〃とおっしゃって、毎晩、キチン、キチンと、その晩の分をお払いになりましたわ、といった。

——浪花屋のおかみさん、驚いたこッたろうナ。

と、ぼくは、おもわずわらった。

——こまってましたわ。……だって、そんな堅いお客さまッて……

と、ともどもかの女も、こまった顔をしてみせた。

ぼくはこの〃勘定〃のはなしを聞くことができただけでも、この人に逢った甲斐があったと思った。それは、諸事、何かにつけて生帳面（きちょうめん）な、およそルーズなことのきらいな先生の、金銭に対してもけッぺきさをものがたる以外の何ものでもないからである。

——で、ねえ、先生……

と、かの女はいった。……この〃先生〃は、ぼくに対しての、呼びかけの先生である。

――この間、告別式のとき、いつも先生のお連れになったその若い方に、おもいもよらずお目にかかったのよ。……ねえ、そうしたら、どうでしょう、一人の方なんぞ、お髪（ぐし）が、もう、真っ白になって……

――あたりまえじゃァないか、何年になると思うんだ？

――でもよ。

――さきの人にしたって、君をみて。……これは、逆に、いつも若いんで驚いたかも知れない。

――あら、そんなことないわ。……だめよ、もう、あたしなんぞ……

――いいえ、じッさい、お世辞でなしに若いよ。……りッぱに、まだ、二十年まえのおもかげをとどめているよ。

――でも、殿方（とのがた）はいいわ、うらやましいわ。

――どうして？

――その方、いまは外務省のお役人で、ついこの間、フランスから帰っていらしたばかしなんですって……

先生に、最後にはいつ逢ったかと聞いたのに対しては

――戦争中、観音さまの〝四万六千日（しまんろくせんにち）〟の日に、仲見世で……

と、かの女はこたえた。

――それで、松屋のそばの珈琲屋でコーヒーを御馳走になり。……そうだわ、それッきりですわ……

――そのとき、〝四万六千日〟の人ごみのなかで、どッちがみつけた？　……先生か、君か？

――あたし、こんなボンヤリでしょう、知らなかったら、名まえをよばれて、みたら先生でしたの……

□

先生のこの〝吉原がよい〟に、〝濹東綺譚〟を書いた余勢を馳（か）って、さらに吉原に取材した小説を書こうという目的のあったことは、

〝現代の遊郭のことも何やら筆にしたき心地するなり〟

とか

〝遊里の事を書きて見むと思ひ立ち、夜十一時過、家の戸締をなして門を出るに、空晴れ、浮雲の間に星を見る〟

とか

〝北里を描くべき小説の腹案稍成る〟

とか

〝朝七時、楼を出で、京町西河岸裏の路地をあちこちと歩む。起稿の小説中、主人公の住宅を定め置かむとてなり〟

とか

〝水道尻にて車を下り、創作執筆に必要なる西河岸小格子の光景を撮影し、再び円タクにて家にかへれば六時なり〟

とかいったたぐいの記述を、〝日記〟のなかに、何くれとなく拾うことのできるのからみてもたしかだが、この思いたちは、また、青年時代、〝夢の女〟で〝洲崎〟を描いた先生の、遊廓、及び、遊廓居住者に対する先生の郷愁が、多分に発現しているとぼくはみたいのだが、どうだろう？

残念ながら、この小説は、日の目をみるにいたらなかったが、その執筆のために用意されたにちがいない〝日記〟におけるかずかずの観察。……廓の夏のみじか夜のあけてゆくあわれを、こまこまとしるした数行ずつの書留（かきとめ）の珠玉のごとき貴重さをみ逃してはならぬ。

そして、その夏のついに果てたときの

〝……仲之町に植連ねし草花に置く露の灯火に照らされたる。そよそよと吹き通ふ風の身にしみて冷かなる、いづれもふけ行く秋の心地あざやかなり。角町の路地なる茶漬飯屋に至るに、あたりの娼楼も夏の夜とは異りて、いづれも戸を閉し、二階の欄干に憑る人影もなく寝静りたり。遠くに聞ゆる新内の流しのみ、撥音冴えわたりぬ〟

この一トくさりをえて、ぼくは、そのついに遂げられざりし制作の構想のいかなるものだったかの、一応、何かわかったような気がしたのだが……

□

――君は、何か、先生に書いてもらってるというじゃァないか？

と、ぼくは、もう一人の会葬者、花川戸の〝とんかつや〟の主人にむかっては、まず以て高飛車にこういった。

これは、じつは、人からの入知恵によるもので、先生とかれの店との関係についての

事前調査を行ったとき、

——香登利(かとり)(その店の名まえ)には荷風さんの色紙がありますよ。

と、かれの隣人がおしえてくれたのである。

——へえ。

とばかり、かれは、微笑とともに、すぐに奥からもって来て、みせてくれた。

その色紙には、

　鮎(あゆ)塩(しお)の焦げる匂や秋の風

という句が書いてあり、荷風という署名の〝風〟という字の、キッパリ、不思議なくらい冴えているのに、ぼくは、途端に心を惹かれた。

——でも、ちッとも知らなかったよ、ぼくァ……

と、色紙を返して、ぼくはいった。

——何をで?

——君の店が、というか、君が、というか、そんなにも先生に信用があったとは……

——ところが大(おお)しくじり。……一ぺんにダメになってしまったんで、それが……

――どうして？

――一度、先生のみえたとき、やッぱりよく店へおみえになる或画家の方を、よせばよかったのに、つい、お心やすだてに御紹介したんです。……そうしたら、もう、それッきり……

――おみえ、なしか？

――そうなんで……

――まずいことをしたもんだナ。

――そうなんで。……でも、こッちは、ちッともわるぎがあったんじゃァなく、おはなし相手に丁度いいだろう位に思って……

――そういう入らざるおせッかいが、一番いけなかったんだよ、先生には……

――そのくせ、その後、家内が途中なんかでお目にかかって、〝どうなすったんです、先生、ちッとも、このごろ、おみえにならないで〟と申上げると、〝ええ、ええ、行きますよ、またそのうちに〟と、ニコニコなすって……

――だれだっていうよ、その位なことは。……まして、先生は、逢ったら、それァ、アイソのいい人だったんだから……

──怖い方だったんですねえ。

──それがわからなかったのか、君に？

──わからなかったんで。……あれだけ有名な方に似合わず、キサクな、おもしろい方だと……

──でも、いいよ、君は、色紙を頂戴したんだから。……せいぜい大事に、ながく家のたからにするこッたナ……

といったあと
──でも、先生をしくじった店は君のところばかりじゃァない、ほかにもいろいろある。……だから、安心していいよ。

と、ぼくは、附けくわえた。

ぼくと、この店の主人とは、ともに、子供の時分、この店からほど遠からぬ馬道の浅草小学校にまなんだのである。……といっても、勿論、ぼくのほうが、五、六年、上の級だったが、そういう引ッかかりもあって、〝おでんや〟時代からの古いなじみというばかりでなく、だから、かれには遠慮のない口がぼくはきけたのである。

□

ぼくは、かつて、先生のもたれたかずかずの時代……〝あめりか物語〟の時代、〝すみだ川〟の時代、〝つゆのあとさき〟の時代、〝濹東綺譚〟の時代、そして戦後の〝勲章〟の時代、等……についてのはッきりした区切を提示したあと、先生の大ていの読者は、そのうちのある一つの時代、もしくは、わずかにその前後をさしわたした時代だけをとおしてのみ、先生を見、先生を感じ、先生を語っているといったが、じッさい、先生ほど、変化し、転移し、そしてつねに躍進をつづけた作家は、日本は勿論、けだし外国にもそのためしをみないであろう。

ぼくは、長い髪の、ともすればその白い額に垂れかかるのを、しとやかな指で掻き上げつつ読書するフランス帰りの先生を知っている。小紋の羽織、縞の着附、一本ドッコの帯、筒下げの煙草入を腰に、清元のけいこにかよった築地住いの先生を知っている。下駄ばきの洋服すがた、ベレをかぶり、手に無雑作に買物ぶくろを下げた市川流寓の先生を知っている。……そして、それは……いいえ、それのどれもが、先生のそのときどきの、うそもかくしもない、目一杯の、ほんとのすがただったのである。……それほど、先生の一生は、到底他人にはうかがい知るをえないほど、それほど、複雑であり、多岐であり、手がこんでいたのである。

ぼくは、また、かつて、先生のこの一生を通じての躍進について、それは、真に〝自由〟を愛することができればこそのものといい、

〝自由を……人生途上、文学途上、自由を愛するということは、まず、おのれを大事にかけることによって、いたわることによって、いつくしむことによって全うされる。……それによって、おのれのうちに、おのれを生かし切ることである。……ぼくは、現代、先生ほど、おのれを大事にかける文学者を外にみない。〟

と、これを説明した。

おのれを大事にかけることによって、いたわることによって、いつくしむことによって、先生は、ついの栖(すみか)を〝孤独〟のなかにもとめられた。そして、その〝孤独〟のなかに亡くなられた。世俗的には、こんな不幸なことはない。が、先生は、御自分のこの孤独のなかの死を、しずかに、微笑をもって御覧になったのではあるまいか?

いまにして、しみじみぼくは思う、先生はそういっても御自分だけを信じて生きぬかれた。御自分以外の何ものをもお信じにならなかった。……それだけでも、先生は、またとえられない、しんから底からの芸術家だった。

以上は、四月三十日の〝東京新聞〟の夕刊のために、とりあえず書いた追悼文である。

こうしたものを、どうしてぼくは書いたか？

きッと、世間は、先生を〝浅草におけるある時代の先生〟だけにしぼるにちがいないと思ったからである。そして、先生の、自由を愛し、孤独をもとめたすがたに対し、簡単に〝奇人〟の名を負わせるにちがいないと思ったからである。

世間は、一たい、どれだけ先生を知っているというのだろうか？

□

それにしても——
やッぱり、ぼくには、〝狐〟〝牡丹の客〟〝深川の唄〟〝歓楽〟そして〝すみだ川〟の作者の先生がなつかしい。……これを書きながらも、ぼくは、しきりにそれを思ったのである。

ボヘミヤンネクタイ若葉さわやかに

（『中央公論』荷風追悼特集、一九五九年七月号）

師恩に思う

堀口大學

才ちさき生れなれども幸いによき師父を得て長く学びぬ

冒頭から、らちもない腰折れをごらんに入れたりして恐縮ですが、師恩をしのび、菲才(ひさい)をかえりみようとするこの文章には、けだし打ってつけの引用かもしれない。この腰折れを案じた時、僕が念頭に置いた師は、与謝野両先生と永井荷風先生のお三方だった。いずれも十七、八歳の頃から指導して頂いた、それこそ言葉通り一生のわが恩師である。

荷風先生に、後進の指導推挽(すいばん)の熱意がおありにならなかったとかこつ声を、僕は耳にしたこともあるが、事実はむしろその逆だと僕は思っている。あれ以上懇切な指導推挽はあり得ないとさえ思っているほどだ。それに師恩というものは、賜わるものよりも、多く門下が汲みとるべきものかもしれない。それに荷風先生は気むずかしい方だった。礼儀にきびしいお育ちなことは、おハガキの文言のひとふしにも知れる。それにまた、礼儀にも色々種類がある、そして異質の礼儀の或るものは、先生には、非礼と感じられたようだ。

その頃(明治四十三年)、三田の丘の上には、建物はまだまばらで、いたずらに銀杏の大樹だけが品川沖からの海風につやのよい葉をひらめかせていた。塾監局と呼ばれている教務兼教員室と教室のある建物とは、渡り廊下でつながれていたが、或る日、いつも一緒の佐藤春夫君と僕は、そこの腰板によりかかって、日向ぼっこをしていた。たまたま通りかかられた荷風先生は、僕らがそこにいるとごらんになると、立ちどまりになって、あの持ちまえの、露したたらんばかりと形容したいほど、温情のこもった微笑と一緒におっしゃったものだ、

「君たちは『スバル』に書いているんだってね。今度何か出来たら見せてくれ給え、『三田文学』にものせたいから。」

荷風先生はその四月、慶応義塾大学文科の教授になられ、傍ら『三田文学』の編集に当られたのであり、春夫君と僕は、九月、編入試験を受けて、それまで生方克三君とい

う唯ひとりの学生しかいなかった文学部の予科一年へ入学したばかりの時だった。先生は三十二歳、春夫君と僕は同い年の十八歳だった。こうして僕らの幼稚な詩文が、ことあろうに、当時の文壇の檜舞台、『三田文学』に掲載されたりしたのである。五十余年をすぎた今日、僕があの時の先生のお声を、空から落ちて来た天使の声のように、大切に耳の奥にしまっているのに不思議はあるまい。春夫君とて、おそらく同じ思いであろう。

編入試験に先立って、前年以来、ふたり(春夫君と僕)が師事していた与謝野寛先生の紹介状を頂いて、大久保余丁町のお屋敷へご配慮懇請に伺ったのは、真夏の暑い日であった。門を入ってから車寄せまで、かんかん照りの、小砂利を敷きつめた広やかな通路の中ほどに、大きな一本の百日紅が、円くしげった枝いっぱいに花をつけていたことを思い出す。この日先生はご不在、玄関子に来意を告げ、持参の紹介状を托して帰って来た。折角お訪ねしたのだから、ご他出で拝眉かなわぬと知ったら、がっかりするのが当然なのに、事実は逆で、むしろほっとする思いだったことを、異常事だけに、今なおはっきり記憶している。未見の荷風先生が、少年僕らには、それほどおそれ多い存在だったのである。ここに僕らと僕が書いたが、そしてきき訊したわけではなかったが、他分あの時、春夫君も同じ思いだったろうと、僕は信じて疑わない。この友と僕とは、とり立てて、言ったり、たずねたりしなくとも、不思議にお互の心の中の読みとれ感じとれる、俗にいう気ごころの知れたというあれだろうか、ありがたいつきあいの出来るふたりで最初からあったようだ。

先生をお宅へお訪ねして、《あがれ》とのお言葉があったのは、それから三年後、大正二年のことだった。その日、僕は、近づく二回目の外遊を前に、暫くのお暇乞に参上した。先生の「大窪だより」大正二年七月三十日のくだりに、

「四時頃堀口大學氏来訪被致候。縁先に少しばかり桔梗の花咲き出でたるを見て紫色の花は夕暮時黄なる花は小雨の降る日殊に美しなぞ語られ候。八月上旬には白耳義国へ御出発の由。云々」とあるあの時が初めてだった。多年精根を傾けて、渇仰おくところを知らなかった師と仰ぐ先生に咫尺して、嬉しさと恐ろしさに気も顚倒、申し上げるべき事に窮して、あのような、夕暮時の紫の花だの、小雨の日の黄いろい花だのと、愚にもつかないきざなことを口ばしったのにちがいないが、先生の日記のあのくだりを拝読するたびに、五十年後の今日なお冷汗が腋をぬらす思いがするのである。来青閣奥のお座敷だった。妓籍を離れた八重次さんが、茶を運んだり、煙草盆を移したり、かいがい

しくかしずいていられた。生えぎわとひたいに特徴のある、そしてもの腰の艶冶（えんや）な、小がらな美人だった。

（『荷風全集』二刷月報5、岩波書店、一九七一年六月）

なつかしい顔

小島政二郎

晩年の永井荷風しか知らない人にとって、帰朝当時のハイカラな姿は想像も出来まい。黒の背広に、大きな黒のボヘミヤンタイをぼたんの花のように結んで、黒のコバートコートを着て、黒のソフトを被って銀座を散歩していた。歩き付きからして颯爽（さっそう）として日本人離れがしていた。長い髪の毛を真中から分けて、その髪の毛が、貴婦人の夜会服のすそのようにフワッとまくれ上がっているところなど、長身の、蒼白（あおじろ）い上品な顔によく似合っていた。

鷗外、漱石は別として、それまでの文士に風采の上がったのは一人もなかった。荷風の姿を見て、初めて西洋の詩人をまのあたり見る思いがした。私達崇拝家にとっては、恍惚とするほど魅力があった。

また銀座も、柳は立派だったし、今と違って静かで、木下杢太郎ではないが、緑金灰ナントカ調とでも言いたげな一種のふんいきを持っていて、この荷風の散歩姿の背景として十分美しかった。

これは、「あめりか物語」「狐」「牡丹の客」「花より雨に」「新帰朝者の日記」「監獄署の裏」「冷笑」あたりまでの荷風の姿だった。私は後の作品よりも、この時代の作品が好きだ。

間もなく、私が三田の学生として荷風の姿を見掛けるようになったころには、荷風はガラリと変って和服姿になっていた。結城紬(ゆうきつむぎ)の縞物(しまもの)に無地の羽織、袴(はかま)も結城だったろうか。

それはそれでよく似合った。その時代には、彼は清元や歌沢(うたざわ)のけいこをしていたらしい。よく私達が催した会に、そうした姿で出席してくれた。

永代橋のすぐそばにあった都川(1)という鶏料理屋であった時など、そこのお上(かみ)が、荷風を一ト目見てポーッと来たのを覚えている。

例の八重次と所帯を持った断腸亭で、彼女の三味線で私の友達が短い踊を踊った晩もあった。そこの柱に小さなソロバンが掛かっていたのを、私は奇異な思いで見たことも忘れない。

和服を着るようになってから、荷風が長髪を改めて角刈りに近い髪にしたことも覚えている。

荷風が講釈の寄席通いをしたのもそのころだった。八丁堀に寿(2)、聞楽という二軒の寄席が向い合ってあった。

ある日そこへはいると、一ト足遅れて荷風がはいって来た。キチンと座って聞いていた。腰からタバコ入れを抜いて、細みのキセルに刻みを詰めて器用な手付で吸っていた。

そのころは、名人上手がまだ幾人か残っていた。私は、彼が二十前後に落語家になろうとして、朝寝坊むらくの弟子になって、楽屋で先輩の羽織を畳んだりしていたのを知っていた。今、どんな思いで聞いているのだろうと思いながら、パチパチよく瞬く彼の顔を盗み見していた。

荷風は一立斎（いちりゅうさい）文慶、錦城斎（きんじょうさい）典山の二人が好きで、よく聞きに来ていた。殊に、文慶は世話講釈の名人で、「鼠小僧」「吉原百人斬」などが得意だった。女を描かせたら、ちょいと類がなかった。彼は御家人上がりだったが、時代物がきらいで、ほとんど読まなかった。

そこへ行くと、典山は時代、世話の両方を巧みに読み分けた。「天保六花撰」「小夜衣草紙」などを読むかと思うと、「伊達騒動」「伊賀の水月」なども実にうまかった。

話のいいところへ来ると、荷風は毎日通って来た。

そのうちに、麻布市兵衛町に木造の洋館を建てて住むようになってから、荷風はまた洋服に返って行った。今度はごく普通の、しゃれたところのちっともない背広を着ていた。もう五十近くになっていたのだから。

(『朝日新聞』一九六二年一二月一六日)

荷風挽歌

山崎俊夫

昭和三十四年四月三十日。

この日よ、呪われてあれ。

この日のニュースほどわたしに大きなショックを与えたものをわたしは知らない。

勤め先の扉をあけて自分の椅子にすわろうとすると、そこにその日の夕刊があった。

――永井荷風氏逝く――という文字がいきなりわたしの眼に跳び込んで来た。途端に、くらくらと眼の前が暗くなった。何か鉄棒のようなもので背後からぐわんと殴られたような感じだった。

……市川のわびずまいで……万年床の上に吐血したまま……枕もとにはいつも手から離したことのないボストンバックが……身のまわりの世話をする通いの婆さんが発見……胃潰瘍の吐血による窒息死か……人間ぎらいのやもめ暮しの奇人……晩年の老作家

にふさわしい最後……残された莫大な遺産……

　ひとつひとつの活字を拾い読みするのがまどろっこしくって、大きな活字で書かれたところだけがきれぎれに眼にはいる。その眼が何時のまにかかすんで来る。

　オヤ、わたしは泣いてるのかな、と思ったが、涙でかすんだのではないらしかった。本当に哀しい時には、そんなに簡単に涙が出て来るものではない。

　わたしの勤めてるところは夜の学校なので帰りはおそくなって市川の先生のお宅までお通夜に行くことも出来ない。心ならずもアパートに帰って、わたしの本棚の一番上の段に飾ってある籾山書店版の『珊瑚集』を探して開いてみた。巻頭にボオドレエルの魔酔の夢と題する写真版が載ってる。そして開巻第一頁がやはりボオドレエルの「死のよろこび」という詩からはじまる。

蝸牛はひまはる粘りて湿りし土の上に
底いと深き穴をうがたん、泰然として
われそこに老いさらぼひし骨を横たへ
水底に鱶の沈む如忘却の淵に眠るべう

われ遺書を厭み、墳墓をにくむ
死して徒らに人の涙を請はんより
生きながらにして吾寧ろ鴉をまねき
汚れたる脊髄の端々をついばましめん

おお蛆虫よ、眼なく耳なき暗黒の友
君がために腐敗の子、放蕩の哲学者
よろこべる無頼の死人はきたる

わが亡骸にためらふ事なく食入りて
死の中に死し、魂失せし古びし肉に
蛆虫よわれに問へ、
　なほも悩みのありやなしやと

蝸牛、鴉、蛆虫――みなボオドレエルの好みのものばかりがそろっている。だが、この詩に仮りに永井荷風と署名したとしても、誰がこれを怪しむだろうか。

市川八幡の陋居に誰ひとりみとるものもなく万年床の上で血を吐いてひとり淋しく死んでいたと新聞に書いてあったが、それはむしろ先生のもっとも望んでいられた境地だったのではないか。鴉を招いてわが骨をしゃぶらせ、蛆虫にわが腐った肉を与えようという、シャアル・ボオドレエルと一脈相通ずるものがあるのではないか。

生前よく浅草のストリップ劇場の楽屋に毎晩のようにあらわれて、若い踊り子たちを珈琲に誘ったとか、日頃は守銭奴のようにケチンボな癖に気が向けば惜しげもなく子供のように莫迦らしい散財することもないではないとか、そんな風な巷のとり沙汰など先生は草葉の蔭で苦笑していられることだろうが、わたしには先生の底知れぬさびしさがい、い、そくそくとしてその蔭にうごめいているような気がしてならない。

その晩は眼が冴えてどうしても眠れない。まぶたの裏にありし日の先生の面影が、さまざまな姿で現われては消えてゆく――

はじめて先生にお目にかかったのは、「メイゾン鴻の巣」が鎧橋のたもとにあった頃のこと、わたし達新入生歓迎会の席上だったと覚えている。その時の印象では近づきにくい冷い感じのひどくおしゃれな先生だった。それもその筈でこちとらはまだペンのぶっちがいの帽子を被って三田に通いはじめたばかりの予科生だったから無理もない話だ。指を繰ってみると明治四十四年、夢のようにはるかな半世紀も昔のことだ。

今から考えると顔から火の出るような恥かしい原稿を『三田文学』の片隅に載せて頂くようになったのはそれから一年ばかり後のこと、そんな青二才の書いたものを別にけいべつするでもなく、

――作家はその処女作で評価をきめられるものだから、一番最初にうんといいものを書いて文壇をあっと驚ろかすのが得策――

そういう意味のことをこんこんと説かれた長いお手紙を頂いて、それを家宝のように大事に仕舞っておいたのだが、戦争中田舎に疎開した時喪失してしまった。思えばわが生涯の最大の恨事（こんじ）である。

わたしは三年の長きにわたり、先生のフランス文学の講義に出席したが、何を教わったのか今では皆目おぼえていない。何しろずぼらで怠けものの生徒だったわたしは、ただの一遍も下調べというものをしたことがない。ところがきちょうめんな先生は必ず下調べをして来られて質問される。わたしはただもうあやまるより手がなかった。同級生

に久末蒼愁(1)という福井県のお寺の子がいて(と云っても生徒は彼とわたしの二人だけなのだが)、彼は割合に下調べをして来る方だったが、惜しいことに中途で退学してしまった。そのあとは否でも応でも先生と差向いになり、それが重荷で悪智慧をしぼり、来週は病気で欠席致しますからという葉書をときどき先生宛に出すことにした。

先生の方からも同じような葉書を頂く。しまいにはたまに教室で顔を合すと、

——また来週は二人とも病気になりましょうか。

と云って笑われた。あの頃もしわたしがフランス文学に対して貪慾な情熱を抱いた生徒だったらと時々思ったこともあるが何を云ったところであとの祭りだ。

「断腸亭」で水曜会の集りが催された頃、わたしはその席上ではじめて巴家八重次さん(後の藤蔭静枝)に引合わされた。もうこの時は八重次ではなくて愛妻の八重だったが。しかしこの愛妻との(CHATEAU D'AMOUR)も長くはつづかず、八重次さんはふたたび銀座の板新道に返り咲きされ、水曜会の集りもそれと前後して解消されたように覚えている。わたしの最初の短篇集『童貞』が出版された時、(大正五年頃)わたしはわざわざ人力車に乗ってそれを二冊八重次さんの本巴家に届けに行った記憶があるが、何故

「断腸亭」の方に持って行かなかったか、今でもそれを不思議に思っている。あるいはその頃すでに先生は築地のかくれ家に移られたあとだったかも知れない。『三田文学』を去られてからの先生はもっぱら『文明』の殻の中に閉じこもられて戯作者の生活のようにわれわれの眼には映った。数寄屋橋の近くに「新福」という待合を開いていた久米秀治(しゅうじ)君は、その頃もっとも先生の側近者の一人で、よく連れだって清元の稽古に通っていた。帝劇のはねた帰り（わたしはやっとそこに就職したばかりだったが）「新福」に立寄ると先生と久米君がそこの二階座敷でよく清元のひとくさりをさらってた。そんな時わたしは何時も異端者のような自分が可哀そうでさびしくてたまらなかった。

(2)

――君も『文明』に原稿持ってこいよ。

久米君はよくそう云ってくれたが、わたしは何となくその言葉にレジスタンスを感じていた。それはあとで考えればごくつまらない女の腐ったような嫉妬心だったのだ。「雛僧」というわたしの原稿のために『三田文学』が発売禁止になったことがある。

――山崎君もとうとう流行作家になったかな。だが、倉田啓明なんかと付合ってるようじゃろくなことはありませんぜ――。

永井先生はそう云って苦笑されたそうだ。わたしはこの時ほど口惜しかったことはなかった。倉田啓明というのはその頃「不徳漢」という言葉の代名詞みたように云われてた男で、わたしもこの男のためにどんなに迷惑を蒙っていたことか、しかしこれは私事になるからここには省略しよう。

麻布市兵衛町の偏奇館に移られてから、わたしはほとんど先生に逢う機会がなかった。それというのは、ある時八重次さんが偏奇館をお訪ねしたところ、かたく門扉を閉じて面会を避けられたという話をきいていたので、臆病で引込思案のわたしなどは恐れをなして近づけなかったのは当然だ。

話は大分飛躍するが「濹東綺譚」が新聞に連載されてた頃だったと思うが、松竹の『少女歌劇』という雑誌をわたしが編輯してた頃のことで、そこの文芸部長だった安東英男さんから銀座の金春通りの珈琲店で毎晩のように荷風先生に逢うという噂をきかされた。その珈琲店の名が「きゅうぺる」だった。

わたしもそのきゅうぺるに二、三度足を運んだが、ついに先生をつかまえる幸運に恵まれなかった。そのかわり教文館の地下室にあった富士アイスで偶然お目にかかったことがある。

――さびしいですね。童貞の作者がこんなに禿げちゃって。御覧なさい、わたしなどはまだこんなにふさふさしてますぜ。――

と云って先生はわたしを揶揄され自慢らしく髪の毛を引張って見せられた。本当にまだふさふさしてた。その頃先生は六十歳ぐらいだった筈だが、老境という感じなど何処にも見えなかった。気ぜわしくまばたきする癖など、ぷらんたんや鴻の巣に通った頃とちっとも変らなかった。

先生の日記によると偏奇館が焼失したのは昭和二十年の三月十日の早暁だと書いてある。わたしもその頃は麻布龍土町（りゅうどちょう）(3)の喜多村緑郎（きたむらろくろう）さんの家の裏通りにあった知人の屋敷に寄寓していて、丁度その空襲のあった昼すぎ、交通機関がすっかり停ったことも知らずに外出して、六本木から榎坂、霊南坂などを歩いて飯倉片町へ抜け、青山けいだんの(4)和朗フラットを訪ねて、自分の持ってた林檎とけいだんのお米とを交換して帰ったことがやはりわたしの日記に書いてある。だが偏奇館を見舞ったとは書いてない。わざわざあの近くまで行きながら、何故偏奇館をお訪ねしなかったか、（もっともすでにこの時偏奇館は炎上した跡だったのだが……。）これはわたしの生涯に永久に消すことの出来ない一番大きな黒星だったと思う。

（麻布の地を去るに臨み二十六年住馴れし偏奇館の焼け落るさまを心の行くかぎり眺

め飽かさんものと……）

ここのくだりを、あのセンカ紙とやらいう粗雑な紙に印刷された『新生』の誌上で、わたしは幾度繰返して読んだことだろう。読むたびに、読むたびに、わたしは泣かずにはいられなかった。

わたしは先生のほかのどんな作品よりも、あの「罹災日録」の文章が好きだ。あれだけ人を動かす力のある文章を書ける人が世界中に幾人いるだろう。

かつてわたしの本棚には先生の著書のほとんどが飾られてあった。それも今は返らぬ昔で、疎開した田舎でヤミの米を買うために、その大部分を古本屋に二束三文で売ってしまって、今わたしの手もとにわずかに残ってるのは、籾山書店版の『珊瑚集』、春陽堂版の『雨瀟瀟』、扶桑書房版の『勲章』、この三冊だけである。なかでも『珊瑚集』は関東大震災の年、大阪に避難してた時、千日前のあの角のところにあった古本大学という名の露天みたいな汚ならしい店で見つけたもので、たしか五十銭だったかと思う。これは今ではわが家の家宝である。

五月二日の告別式の日、京成電車の八幡の駅をおりたところで、わたしの前を歩いてゆく堀口大學さんの姿を見かけた。

――残念でしたね。

わたしはただひと言そう云った。大學さんもうなずいただけだった。霊前に合掌して帰ろうとすると、佐藤春夫さんの車とすれ違った。言葉をかわす暇もなくただもくれいしただけだった。

しかしわたしはこれでやっと救われたような気持になった。この日、大學さんと春夫さんと、この二人の顔を見なかったら、わたしはとてもたまらなかっただろう。わたし達先生の教えを受けた生徒の中で、もっともよく先生を理解し、もっとも先生のいい意味での影響を受けた生徒はこの二人ではないかという観念がつねづねわたしの胸の裡にひそんでいたからである。

ここにもう一度ボオドレエルをつれて来よう。

送る太鼓も楽もなき柩の車は
わが心の中をねりゆきて……

（『新文明』一九五九年八月号）

荷風氏への歌

吉井　勇

私は今度京都の甲鳥書林から出す歌集『形影抄』の中に、「葛飾住み」と題する永井荷風氏へ送る歌を七首ほど収めた。これを作ったのは、昭和二十四年の冬のことであって、その中には次のような歌がある。

かくれ居の思ひはおなじ君が住む葛飾の野も霜降るらむか
松毬（まつかさ）を集め飯（いい）焚く君が手の寒さを思ひ冬ごもりする
松莚と蜀山人の話して君ありし日もすでにはるけし
探墓癖（たんぼへき）このごろ得つと書くべきか君へ送らむ京のたよりに

何で私が荷風氏へ送る歌を作ったか、その動機などはもう既に忘れてしまったが、ここに引いた松毬の歌などから見ると、おそらくその当時何かの雑誌に発表された、荷風氏自身の「葛飾日記」か何かを読んで、急に歌だよりでもしたくなったためだろうと思う。昭和二十四年といえばまだ敗戦後の混乱がおさまらず、不自由に生活をつづけていた時代で、私もこの年の秋、やっと洛南の八幡から京都の市中に入ることが出来たばかりだったのである。

それからその次ぎの歌にある「松莚」というのは、先代市川左団次君の俳名であって、荷風氏と私とが親しくなったのは、左団次君に依ってと言ってもよく、この二人に小山内薫氏と私とを加えた四人は、よく明治座の楽屋の左団次君の部屋で落ち合ったものであった。

これはそれよりもかなり後になるが、大正十一年十月に左団次君一座が、京都の知恩院の山門を舞台として野外劇を行った時にも、荷風氏も私も左団次君の諮問団体である七草会の会員だったところから、後援のために出かけて往った。荷風氏が京都へ往ったのは、おそらくこの時一度ではないかと思うが、この野外劇に上演した脚本は、松居松葉(まついしょうよう)君の作った「織田信長」であって、最初左団次君の信長が寿三郎君の明智光秀、今の寿海君の森蘭丸を従えて、山門の上に現われた時の絵のような印象は、いまだ忘れることが出来ない。その前夜は南座でこの野外劇に関する講演会があったので、荷風氏と私とは何気なくその前に往って見ると、劇場の表はまるで顔見世の時のような派手な飾りつけがしてあり、私達の名前を書いた大提灯が、ずらりと吊るしてあるというような華々しさだったので、二人とも驚いて講演を止め、こっそり逃げ出したのを覚えている。

最後の「探墓癖」の歌は、その頃散歩のついでに、近くの妙顕寺の境内にある尾形光琳の墓を探がしたりしたのを言ったものであろうが、これはきっと荷風氏の「日和下駄」を思い出して作ったものに違いない。荷風氏はその中で、目的のない散歩に、幾分でも目的らしい事があるとすれば、周囲の光景が自分の感情に調和して、無用の感慨に打たれるのが何よりもうれしいからだということを書いているが、私はその頃久しぶりで京都の市中に住むことが出来るようになったうれしさから、それと同じような目的があるようなないような散歩によく出かけたものであった。この歌はおそらく私のそういった心持を、遥かに葛飾住みの荷風氏に伝えたいと思って作ったものなのであろう。

(『文芸』臨時増刊、一九五六年一〇月号)

永井荷風さんと父

森　於菟

父（森鷗外）がまだ軍服を着て、しかも盛に小説を書いていた時であるから、多分大正改元の前年くらいの事と思う。ある一流雑誌で毎号、「文豪の研究」というような題で著名文人の評語を集めたものを掲げた事がある。その一篇「森鷗外研究」の劈頭(へきとう)(1)に永井さんの文章があった。菊版の雑誌で半ペエジの短文であるが、「鷗外がひとり芸術の花園を歩いてゐる。誰よりも足が早いのでつい一人になつてしまふのである。時々萎れかけた花の一片二片をちぎつて投げてやると、垣の外の連中がそれを拾ひ上げてわいわい騒ぐ。鷗外の後姿には時代に先立ち過ぎたものの寂しさが漂ふ。」というような意味で、独特の艶のある文章なのである。

私達家族のものがこれを話題にして、「流石(さすが)に永井さんはちがう。」などと生意気（父の慣例に従えば生利）な口を叩いていると、廊下を通りかかった父が、「そりゃ永井の書くものは永井でなけりゃ書けないさ。」と云った。この「……でなければ書けない。」という父の言葉を聞いたのはこの時が二度目で、最初は更に数年前、上田敏さんが『朝日新聞』に「うづまき」という小説を連載した時の事である。夏目漱石氏が数篇の小説で有名になった後で、英文学では漱石と並んで双璧と称された柳村(りゅうそん)の上田さんが専門の訳詩から脱け出して初めての創作は大に期待されたが、世評はその割に芳しくなかった。読んだかんじが文明批評のようで衒学的という評もあり、つまり小説らしくなかったのである。父はこの時私達に向って、「しかしあれはともかく、上田でなければ書けないものだ。」と云った。

この「うづまき」という小説の題が何から来たかという事を私は偶然上田さんの口から聞いているから事の序(ついで)に書きとめて置く。それは祖母(鷗外の母)が心安い上田さんに尋ねた答を傍で耳にしたので、題は新聞の予告を発表する間際までできまらなかったが、奥さんと一緒に三越に行くと流行の渦巻摸様が店中一ぱいなのでそれにきめたとの事である。なお、この流行の元は時の人気俳優先代市村羽左衛門であったと思う。また祖母が上田さんに「永井さんはどんな人？」ときくと「一番ハイカラな紳士と下町のいきな若旦那と一しょにしたような人です。」との答であったと、これは祖母から聞いた話である。

父の生涯を通じて数ある文学上の交友中、年少の友としては、年代順にはまず上田敏さん、これはことに学者として亡くなられるまで親しい仲であった。次は小山内薫さんであろうが、大学生時代から出入した人で、父の氏に許す所も劇方面に偏したようである。与謝野さん夫妻などとの交も短歌という狭い部門に限られる。そこで上田さんの次に父が信頼し、ある意味では一層広い範囲で傾倒したのは永井さんという事になる。更に若い時代には木下杢太郎さんなどがあるが、友というのには若過ぎよう。

父が永井さんを重んじたのは明治四十三年一月、慶応義塾大学文学部の中心人物、且つ新刊の『三田文学』主幹として、父が上田さんと合議の上で永井さんを推薦した事ではっきり分る。この年一月二十九日京都の上田さん宛に父の送った手紙を摘記(昭和十三年八月岩波版、『鷗外全集』著作篇第二十二巻、書簡四八五。簡潔にする為めに一部顚倒)すれば

「拝啓頃日慶応義塾大学文学部大刷新之議有之候ソレニ付十分ノ重ミアル人物ヲ入レテ中心ヲ作ルヲ先トセント云事ニ相成候依テ漱石君ニ交渉候処現位置ヲ去ル事難ク……(中略)……然ル上ハ貴兄ニ願フ外無之ト云事ニ相成候……(中略)……貴兄ヲ聘セン事ハ

義塾ノ為メニハ尤モ望マシク候へ共小生ハ始ヨリムツカシカラント申候故先方ニテモ然ラバ上田君応ゼザルトキハ誰ガヨロシキカ小生ニ尋ネ候小生然ラバ永井荷風君可然ト申候……中心ヲ作リタル上ハ劇ニ就テハ小山内薫君ヲ入レ抒情詩ニ就テハ与謝野君ヲ入レテ計画セシメ……(下略)」

これについで同巻にある四八六、四八八、四八九の永井さん宛三通はこれに関聯したもので、全集出版当時永井さんから提供されたのである。

この当時から『三田文学』の最初一、二巻が出ている間が、永井さんの最も繁く父を訪われた時期であろう。当時父の邸は、今その焼跡が東京都から史跡に指定され、現在では児童公園となって居り、将来記念館が建設される予定の観潮楼であった。観潮楼はその頃菊人形で有名であった団子坂上、本郷駒込千駄木町十九及び二十一番地に跨り、在りし日の楼上欄干に沿うて東南に向い立てば、左に上野谷中と連る森とその樹間を洩るる五重塔、右に本郷下谷神田浅草とつづく市街を遥に見晴らすことが出来た。

観潮楼の情趣を最もよく現わしたのは人も知る「日和下駄」の「崖」の章の一節(本全集第十巻、二〇六―二〇九ペエジ)である。

残暑未だ去りやらぬ初秋の夕暮に観潮楼の玄関を訪れた永井さんは、役所から帰って上衣を脱ぎ、白い金巾（カナキン）のシャツとカーキ色のズボンだけになって、階下の廊下に出させた夕食の膳に向って胡床（あぐら）をかいている父を待つ為めに、楼上に暫くの間唯（ただ）一人取残された。そこは十二畳の広間（「日和下駄」の原文には八畳六畳の二間としてある）で、一間の床には「雷」の一字を石刷にした大幅がかけてあり、その下には花一輪さしてない古い支那の陶器と見える六角の花瓶があるばかり、座敷のやや奥まった所に飾りも抽出もない机一脚、その後に立てた無地六枚折の金屏風一双、その蔭には主人の整理中の西洋の雑誌や書籍が堆（うずたか）く積み重ねられてあった。これを見て書物を人の眼につく所に飾り立てぬ一風変った痼癖と見た若き日の永井さんは、「しがらみ艸紙」以来の鷗外漁史の文学とその性行について思いふける。時も正にその時、隣家の酒井子爵邸の庭から一際高く漂い来る木犀の香と共に、涼しい夕風に吹き送られる上野の鐘声は主人を待つ間の客を驚かした。長い余韻を追いかけ追いかけ撞き出す響の一つき毎（ごと）に森影はいとど黒み渡り、谷底の如く見晴るかす市中の灯火は次第に光り輝き、街から湧き起る車馬の声は弥（いや）増（ます）に高く轟く。

私が名文の抄録をしようと勉（つとめ）ても到底及ばぬ猿真似の愚を知りつつここに数行を汚したのは、「荷風と鷗外」という題で文を需（もと）められたのを機として、時を同じゅうし齢を異にし、しかも心と心とのぴったり合った二文人の出会を描いた「日和下駄」の一齣を本全集の読者にしみじみと読み直して貰いたかったからである。

（『荷風全集』附録二〇号、中央公論社、一九五二年二月）

戦時中の荷風先生

小堀杏奴

夫の親友、R兄（註　林龍作）の影響で私が荷風先生の初版本を蒐集しはじめたのは、昭和も十四、五年頃のことである。R兄の呼称は、私達家族の間でR氏の事が話題にのぼる時、夫の云うのが口ぐせとなったもので、友人同志の書簡の往復中、何々兄と互いに書く、それが何時かR氏に対する、私達共通の呼び名となってしまっていた。事実明治卅五年生れの夫より、R氏は五、六歳年長のヴィオロニストで、青春の昔を過した巴里時代から、現在に至るまで、夫と親しい交際を続けていた。或日その頃よくそうしたように、R兄と夫、それから私の三人で一緒に出掛ける途中の電車の中でR兄は偶然手に入れたという、胡蝶本で、『すみだ川』であったか、『冷笑』か忘れたが、薄く、白い紙で蔽った、美しい装幀の本を取出して私達に示し、その事から荷風先生の作品が私達の話題にのぼった。

R兄が荷風に心酔しはじめたのは、たしか「ふらんす物語」あたりからで、荷風ばかりで無く、柳村、鷗外、杢太郎といった一連の初版本を蒐集して愛読し、これもR兄とは、それこそ上野の音楽学校在学中から、巴里時代を通じての親しい友であるI(イー)氏(註岩崎)から、私は柳村先生の当時でも珍しいとされていた『うづまき』や、『海潮音』、亡父鷗外の『即興詩人』の大判の初版本を贈られた事がある。この内例外は木下杢太郎先生で、先生と亡父の深い因縁もあり、新しく御本をお出しになる度に、署名本を必ず私宛お届け下さっていたから、私が入手する事の出来なかった、例えば『木下杢太郎詩集』のような、ずっと以前の革製の豪華本を探し求めては、折々署名して頂いたりしていたのである。

荷風先生には、拙著『晩年の父』を御贈りした昭和十一年頃、巻紙に雅(が)な毛筆で、長文の御手紙を頂いたきり、御眼にかかる折は無くて過ぎていた。

「鷗外を語るもののうち、第一等の書と存ぜられ候」といったような、それは思いもかけなかった、暖い励ましのお言葉であって、人嫌いで、無用の来訪者を一切退けていられると聞く先生ではあったが、生ある内、一度は御眼にかかりたいという願いを私は抱くようになっていた。それまでに、狭い範囲内ではあったが、幾種類かの蒐集本による智識で、私は先生が日々の来信のうち、毛筆書きの封書以外は、読まずに破り棄てるといったようなことが書かれている事実を知っていたから、この事が私の先生訪問の、第一の難関となっていた。止むを得ず、卑怯と知りつつ毛筆に馴れた夫に代筆を頼み、御都合を問合わせる手紙を差上げたところ、早速御承諾のお返書を下さった。「肱（ヒジ）をつかずに字が書けるか」といったような先生の御著書の文章の一節が、まだ御眼にかからぬうちから、皮肉な先生の薄笑いとなって、私の眼前に浮かぶのである。夫は全く肱もつかず、左手に巻紙を持ち、毛筆でさらさらと、長文の手紙を書くのだから羨ましい。二人が解り難い道を人に尋ねつつ、当時麻布の、市兵衛町に在った偏奇館の玄関に立ったのは、昭和も何年頃であったか、その頃日記をつけていなかった私はそれもはっきりしない。初冬、それもそろそろ寒くなる季節だった事は、黒地に、細（ホソ）いローズ色や、鼠縦縞の着物に、黒い紋附の羽織を着ていた事から思い出せる。意外だったのは、黒っぽい銘仙の丹前を着流しにしていられる先生が、私達夫婦に対して、一種の含羞（ハニカミ）さえ感じられるほど、鄭重で、恐縮されているような物腰で居室へ案内された事であった。まともに、眼が合うのを避けられる如く、きちんと膝を揃えて座られ、暫らくして主として夫と話されるうち、段々に気も楽になられたか、はっきり顔をあげられる先生のお顔は、おもながで血色がよく、いきいきとしたお顔色で、黒く、濃い髪が青年のようだった。
居室は洋風の玄関に近く、二階へ通じる階段脇の、廊下を真直行った左手の、昔は書生部屋でもあったらしい狭い三畳くらいの所である。

左の方に机や、古風な細工の小箪笥めいたものがあり、汚れた壁に、扇形の色紙に書いた、先生の何かの句が、鋲で留めてあるのが、たった一つの装飾らしいものであった。

当時の私は、いたし方なく、生計を立てる為に、文筆を業とする現在と異なり、後日何かの資料とする為に、室内を無遠慮に観察したり、壁間に掲げた句を記憶しようと試みる欲望も持たなかったから、夫のお供という形で、口数少く後に控えていた。先生と、夫との話題は、主として柳村先生の訳詩から始まって、時代を異にした巴里の音楽や絵画の話に触れたものであったが、先生はいつか膝をくずされ、時々、袖口から垂れる布の破れを、それでも気にして手で引込めながら、言葉づかいまで次第に親し気に、「何々するの?」とか、「そういう事があるんですぜ」といった調子で話されるのであった。この「何々するの?」と云う「の」の発音が、なんとも云えず優しい調子で、いかにも暖く、魅力的だったのを覚えている。寒さはあまり感じなかったが、先生は小さく、まるい火桶を私達にも勧めて下さり、煙管に粉を詰めては、きざみを喫んでいられた。

私は蒐集した先生の御著書、『日和下駄』に、夫の口添えで、おそるおそる御署名を乞うた。おそらく、先生の最も嫌われることと知りつつ、或いはこんな事を云い出した事で、二度と御伺い出来ない破目になるかも知れぬと案じつつも、お願いせずにはいられなかったのである。私が、濃く、黄色い表紙のその御著書を差出すと、それまで膝を崩して談笑していられた先生は、急に居ずまいを正され、「承知いたしました」と、両手を膝に、かしこまって低く頭をさげられ、矢立てのようなものを取出して、御手紙で見覚えのある、優雅な筆跡で、すらすらと署名して下さった。そうして私が、先生の「濹東綺譚」を最も愛読している事を申しあげると、「私家版で、まだ残っているのがありますから」と仰言って席を立たれ、小型の本の、黄土色の中表紙に、私の名宛で、またしても御署名下さったのである。早く父を失い、俗世間の表裏に直面して、ひがみ心が強くなっている私は、先生の、世間を白眼視し、それこそ冷嘲的な文章を読んでいる影響も伴って、少しく鄭重に過ぎるような先生の御様子に、よそよそしい一抹の淋しさと不安を感じていたのだが、後にR兄の知人で、当時、毎日と云っていいほど、足繁く偏奇館に通っていられた、作曲家のS氏（註　菅原）の話として、「荷風先生は、我々と寝ころんで話していられるような時でも、鷗外先生のお名前が出ると、急に居ずまいを正されるし、鷗外先生のお嬢さんと、そのお婿さんになられる方がこの間わざわざお訪ね下さって――。という調子で話されるんだよ。」と云われたとR兄から告げられ、ありがたく、勿体ないような気持でいっぱいだった。それから間も無く、御好意に甘える心から、今度はR兄と、夫の三人で偏奇館を訪問した。当時目黒にモーツァルトの家を模したという、小じんまりした、前庭のある洋館に住んでいたR兄と、世田谷に住む私達は、渋谷で落合い、麻布をお訪ねしたのだが、R兄は既に貴重なものと成りつつあった、外国煙草と、きざみの「白梅」を土産に持参したように思う。私達がこの前行った道を案内しようとすると、「今度は一つ、違った道を行って見ようじゃないか！」R兄はそんなに云って、如何にも落着いて、旧く静かな、邸街らしい道を選んだ。ゆるやかな坂道を登るうち、夫が急に小用を達すと云って、一人先きに離れ、何処かの塀際に立つと直ぐ、突きあたりの坂の上から、申合せたように正服の巡査が現れ、此方へ向って歩いて来る。この偶然をR兄はひどく面白がって、子供みたいにはしゃいで笑うのだが、私は内心、胸を騒がせながら見ていると、巡査は別に気に留める風もなく、後向きの夫すれすれに通り過ぎ、却って笑っているR兄と、困った顔で並んで行く私達を見て行った。その日は訪問も、私達にとっては二度目であったし、共通の知人S氏や、その愛人で、浅草の歌劇女優であるT子さん（註　永井智子）の噂も出、先生もずっと打ちとけて、賑やかに談笑された。T子さんのことを先生は、「楽屋で肌ぬぎになって化粧していると ころを見ましたが、色が白く、肌理（きめ）がこまかくて、仲々いい胸をしていますよ」そんな風に、気楽に批評され、美男で、シックな巴里ジャンみたいなR兄を忽ち気に入られたらしく、R兄にも、私と同じ私家版に署名して与えられた。『濹東綺譚』の私家版は、先生が人に乞われたり、浅草の踊子に与えられたりしたものの他は、大半偏奇館の楼上で消失し、R兄も戦災で焼失したのだから、私の手許にあるものの他は、案外数少いものと見ていいと思う。

戦色は次第に色濃くなり、一部の人々から、「生存を許すべからざる人間」として、忌み嫌われていた先生の身辺に、親しく近づく人間は少く、それは残った私家版の数ほどのものであったかも知れない。当時先生と最も親しかったS氏や、R兄達の間で、その頃先生をお慰めする集まりといったようなものが企てられていた。先生作詩、題名はたしか、「冬の窓」であったと思う。

今、疎開した儘（まま）手許に本が無いのだが、

「降る雨に誘はれて木の葉散る
木の葉散りては　散りしく上に
そそぎてやまぬ雨の声
ふと聞きとれてともし灯も
ともし忘れし冬の窓」

と云ったような、覚えの悪い私が、今もなお、そらで暗記している哀れに美しい、作詩をS氏が作曲し、ピアノが著名なN氏(註　野辺地)、ヴィオロンがR兄、独唱はT子さんで、聞き手としては、主客である先生や、夫も加わり、何回も稽古が繰返され、その度に、先生は喜んで集まりに出席されるのであった。稽古場としては、狸穴辺の、ピアノを持つ富豪の邸宅の一部が使われたりもしたらしいが、最終回は、日暮里の駅に面した石崖の上にある、N氏のお宅で行われた。音曲も、もう禁止されつつあった時代で、山手線の電車が、絶えず往来するのと、拡声器の濁音警笛の音などに消され、周囲の家々に音響がもれないのが目的で選ばれた場所であった。こうした種々の情況から考えて、昭和も十八年頃、亡母譲りの、結城の単衣を着ていたのだから、六月はじめ頃か?

九月の終りだと思う。都合で夫とは別に、一人、日暮里の急な坂を登って行くと、家に近附くにつれ、遠い海鳴りのような、押し寄せる波が岩に当って砕け、たゆたって、また、微かな飛沫を散らすようなピアノの音が響いて来た。門口に行き着いた時は音も止み、一練習済んだ後らしく、白いシャツ一枚で、上気した美しい顔で微笑しながらR兄が現れ、S氏やN氏に紹介して下さった。N氏は痩せて、ひょろ長い感じの、ひどく女性的な口のききかたをする人で、薄いみずいろの沙のカーテンの垂れた奥座敷のピアノの前に座りなおし、また少し弾きかけると思うと、「一寸、失礼」と私にことわってから、女ような身ごなしで、白い毛糸のケープみたいなものを取出して肩にまとったりした。その、身をくねらすような動作や、幼児のマントのような短いケープを見ているうち、困った癖で急に私は理由の無いおかしさがこみあげ、練習中笑ったら大変だという自制心で固くなっていると、それを察したのかどうか、一寸離れた窓の所に立って風に吹かれていたR兄が、「杏奴さん、こっちへ来ない？」と呼んで呉れた。S氏も来て、三人で窓の下の急な坂を見降していると、若い、美しい小柄の女の人が俯向きがちに近づいて来る。

S氏の愛人、T子さんだった。まだ大分遠くにいるので、大声で呼ぶ事も出来ないらしく、S氏は頻りに、「あ、こっちを見た！　いや、まだ気がつかない！　うつむいて歩いて来る!」等と、恋に夢中になっている若い男の人がするように、おそらくは家を出る、ついさっきまで一緒にいたのであろうに、まるで久しく逢えなかった人のように中年の、既に白いものが髪にまじっているS氏は云い、R兄にまで、「君、T子だよ、T子が来た!」と、心から嬉しそうに告げる。R兄の方が、好意的であっても、一寸驚いてぼんやりしている私の視線にてれたように、顔を赤くして窓から顔を引込めてしまった。白い、花模様のレースで飾られたブラウスの胸が盛りあがるようで、眉墨や、濃い口紅で、舞台のように華美に化粧したT子さんは、ほそおもてで鼻筋の通った、瞳の大きい美しい人だった。如何にも浅草の歌劇団の女優さんらしく、気さくで、人なつこい感じで、私は忽ちこの人を好きになってしまったが、声はどちらかと云えば、ソプラノの、性格そのもののように一本調子で、先生の詩の持つ情緒や、陰の多い哀愁の趣きにそぐわないようにも感じられた。少し遅れて来た夫も一緒に、二人で全員揃った何回目かの練習曲に耳を傾けるうち、座って俯向いている私の眼のはずれに、黒っぽい靴下の足が、畳をするように、そろりそろり近づいて来る。靴下の先きには、大きな穴が親指の所に一つあいていた。見上げると、沙のカーテンをくぐって、黒い背広姿の、痩身、長軀の先生が、人々の興をさまさぬお心づかいか、案内も乞われず、静かに入って来ら

れる。軽く、私達に眼で挨拶される先生の表情は、おだやかで、心から楽しそうな微笑を湛えていられた。奏楽は進んで

「そはバルコンの夕ぐれに
二人手を取り寄り添ひて
眺め明かしし街はいづこぞ」

それから、一しきり、胸をえぐるR兄の哀切なヴィオロンの独奏の後、フランス語がたしか入るのだが、R兄は、そこの所はむしろ声を殺し、かすれた声で、音楽に合わせ、つぶやくように歌う方がよかったのではないかなどと後日私達に話したりした。

子供達もまだ小さかった頃だし、家が気になるたちの私は、一応先きに帰宅することにしたのだが、「この間、あれから直ぐに帰ったの？」そんなことを、さも打ちとけた優しい調子でR兄に云われる先生の声を、なんだか少し嫉ましいような気持で聞きながら、一人先きに玄関を出ると、私達の履物と並んで、先生の汚れた、白いズックの靴の置いてあるのに気がついた。

坂を降りきった辺りで、I氏に逢ったが、巴里生活十年のI氏は、この日、縁の広いソフトに、ボヘミアン・ネクタイをして、モンパルナッス辺りの芸術家のように、服装に心を配っていた。多分先生に始めてお逢い出来る機会に、暫し戦時の殺風景な周囲を忘れ、昔の夢をよみがえらせたかったのであろう。帰宅した夫の話に、夕方一同揃ってN氏宅を出、見渡すと夕もやに、遥か遠くまで、人家の屋根屋根が霞んで、其処此処にチラチラ灯がまたたいている。先生は皆を振返って、

「女を口説くには、こうした高いところに立って、遠い風景を見降しながらやるといいんですよ」

と小説の筋書きを考えてでもいられるのか、たのしそうに仰言り、

「これからこの坂を、くどき坂と云うといい」

等とたわむれられたと云う。

　先生の最もお嫌いな、それも物を書く女であることを私はひそかに悲しんでいたし、自分が浅草の踊子でなくても、せめて普通の家庭の、平凡な主婦であったらよかったのにと、拙著をお贈りしたことから始まる、先生とのおつきあいの、感謝すべき機縁も忘れて、恨めしく考えたりもするのであった。そういう気持も手伝い、また、出不精でも

ある私より、日を追うにつれ、益々窮屈になって行く食糧事情を心配して、夫は庭に作った野菜や、卵、その頃既に絶対と云ってもいい程、手に入り難くなっていた木炭等、自転車に積んでは、折々不自由な先生を訪れ、お慰めしていた。その頃人に頼まれて結婚の仲介をし、「心からの御親切でして下さった事だから、こちらも心からのお礼をさせて頂きたい」と云われ、お嫁さん方のお父さんから、木炭を三俵頂いた、その一俵を持って伺ったのである。それというのも或日夫が麻布へ伺うと、破れた背広を召した先生が、赤く凍えた手で、庭の板塀を壊しては、煮炊きをしていらっしゃる御様子がなんともお気の毒でならなかったと云うのである。昭和も十九年になってからは、本格的な空襲が始まり、それどころではなかったのだから、多分十八年の夏頃の事と思う。いざという時、田舎へ避難されるにしても、ひとまず足がかりの意味で、畠の中の一軒家である私共の家を、先生は見に来られることになった。暢気な私達夫婦は世情にも暗く、考えれば焼けない方が不思議だったくらいの家に、平気で、家中を夫の画でいっぱいにして住んでいたのである。当時の事で、御馳走も何もないのだが、庭でとれた野菜料理を用意したものの、なまじっか先生の御著書を愛読しているだけに、井戸水と知ったら、お茶も飲むふりをして捨てられるという先生のことだし、家は井戸水なので、正直にこちらからお話し、「沸騰してありますから！」とおことわりするつもりであった。解りにくい地理は、「つゆのあとさき」等で、豪徳寺境内の描写も出て来ることゆえ、その方の心配はない。その頃小学三年生の女の子と、一年生の男の子は、先生が子供をお嫌いと思うので、御挨拶だけして直ぐ向うへ連れて行かせた。去年女子大を出た長女は、お辞儀をして見上げたら、背の高い小父さまが、おとなにするように、真面目なお顔で、鄭寧（ていねい）に腰をかがめて御挨拶なさったことを、今でもはっきり覚えていると云う。先生と、夫と二人のお食事中、私は給仕に起ったり座ったりしていたが、じゃがいもや、ほうれん草のバタいためや、トマトなども、割によくめしあがった。

応接間や、アトリエにある夫の画を御覧になっていたが、その後S氏の、これもR兄からの伝え聞きの話では、この時のアトリエの様子などが、「問はずがたり」の住居の中に使われたと云う事であった。

私達の疎開の話もそろそろ始まりかけ、空襲が盛んにはじまっている東京に、先生を一人お残しして行くことを、これも自分は東京に一人留まる癖に夫はひどく心配し、度々一緒に信州へ行かれるよう、説得しているようであった。

女子供は到底出歩けぬ状態だったし、私はその頃よく麻布の先生のお宅にお電話した。

ジージーッと微かにベルの音がして、先生のお声がする。それとはっきり解りながらも、「永井先生でいらっしゃいますか？」と、つい念を押してしまう。そうすると向うは黙って、一言も話されなくなるので、慌てて、「世田谷の小堀でございます」と云うと、始めて安心されたらしく受答えされるのである。

しまいには要領をのみこんで、先生が受話機を取上げられるや否や、「小堀でございます」とやる。最後にお電話をおかけしたのは、偏奇館も消失する一寸前で、いよいよ信州へ行くことに決めたことをお話すると、先生は大変喜んで下さり、

「お父さんの、お書きになったものやなんか、みんな持って行くの？」

受話機の中の先生のお声は、これまでのどの時よりも優しく、懐し気に、情がこもって聞えた。「父のものは、みんなリュックサックにつめて、自分で背負ってまいります」「あー、それはよかった！」私達の身の上より、亡父の書いたものの方が大事なような感じが、また如何にも先生らしく、父の娘として生れた身の幸せを、嬉しそうな先生のお声の響の中に私は噛みしめていた。

先生は罹災後、S氏等と共に私宅へ避難なさる為、一旦渋谷へ出て、淡島辺りまで来られながら、疲労が甚しく、途中にある、これもピアニストの、T氏(註　宅)宅に立寄

られ、それから中野のS氏のアパートに落着かれたのがまたしても焼出されて、一緒に岡山の方へ疎開され、此処もまた焼け、火に追われ続けるような生活をされたのであった。これより先き、偏奇館の焼跡をお訪ねした夫が、先生にはたしか従弟に当られる、O氏(註　大島)の御家族を知ったのも、その頃であった。空襲の報に夫が自転車で馳けつけた時は、既に建物の影も無く、書籍らしいうず高い灰の山がまだくすぶっていて、黒く焦げた椎の大樹のみが枝を拡げていた。戦後A氏(註　相磯)との対談にも出て来るが、裸になって、写真を撮らせに登った女の人が、蟻にさされて転落したことのあるという、あのエピソードに登場する椎の木である。現在永井家の養子となった方が、まだ十五、六歳の少年で、先生や、O氏夫妻と、焼け跡の片附けに行かれるのに、出逢った事などもあるそうだ。五月始め、私と子供達は信州の高原に疎開し、七月中旬には夫も合流し、その儘終戦を山で迎えた訳だが、終戦後も、折々先生から夫に宛ててお便りがあり、当時仏文学者K氏(註　小西)のお宅に居られた先生が、理由なく、突然追い立てを食って、憤懣やるかたない感じのおはがきが届いたりしていた。

終戦後世の中もおさまり、日本が今までとは打って変って、文化国家として華々しく誕生して後も、夫は上京すると、折々菅野の先生のお宅を訪れていた。子供達の学校の都合で、廿一年の春、私は子供と上京し、幸い焼け残った世田谷の家に戻ったが、夫はその儘信州に留まり、月に一回くらい上京して、二週間くらいずつ滞在するのであった。戦時中、書き溜めていられた小説、詩、戯曲など次々発表され、文化勲章を受けられたり、先生の周囲も、急に騒々しくなった感じで、今では私達夫婦が先生のお役に、少しでも立てるような状態でもなくなり、また、積極的に御伺いする必要も無くなりつつあったようだ。それでもお顔が見たくなると、夫一人で、時には私も一緒にお伺いしたが、養子問題のその後に就いての御心労や、それ以前にも、O夫人と、S氏の間に行きちがいがあり、ごたごたした事などあったらしく、夫は先生にもうっかり申上げられず一人心を痛めていた時期もある。何回か菅野に伺った折、偶然C社のT氏(註　高梨)が同席され、恰度(ちょうど)届けられた随筆集、『雑草園』に、珍しくペン字の署名をして頂いた。

夫一人だと、お声を掛けると座敷へ通され、煮炊きしながら話をされることもあるというが、私と一緒だったり、特に他の訪問者と同道したりすると、玄関を入ったところの室で、一つだけの座蒲団を持って来て、私に勧めて下さり、座敷の唐紙は閉めた儘話された。畳の上が、薄く灰をかぶったように埃で白く、そう思って麻布時代の事を考えて見ると、あの頃は先生が其処(そこ)に寝起きされ、勉強もされた部屋のせいか、掃除ももっと行届いていたようである。戦後の永井先生はもとより、息を引取られた後の先生は、A氏をはじめ、極く親しい、二、三の人々を除いて、亡父の場合もそうであったように、いわゆる公共物の如き感じに変る。「お父さんのもの、みんな持ってゆくの？」親し気にそう云われる先生は既に亡く、位階勲等のみ残され、有名人や、それ等の立派な人々に向けられる、カメラや、マイクで埋まってしまう。こうした状態を、A氏はありたけの力で阻止されることにつとめていられるように思われた。

菅野時代、それもわりに近年のことだが、先生とのお話にA氏のことも出、「親切で、いろんなこと教えて呉れるもの、文士なんかより、ずっといいですよ」そんな風に云っていられた。八幡駅に近い新居に移られてからは、遂に私達お伺いする折もなく、野生の葡萄で作った、家造りのジュースを持って伺おうと夫と話し合いつつ、近々今戸方面へ越されるという噂も耳にしたので控えているうち、ラディオで急死されたことを知ったのであった。腑甲斐なく、何一つお役に立てなくなっている戦後の私達夫婦にとっては、どうしても、戦時中の、孤独な中にも、気概に満ちていられたような、先生の俤（おもかげ）や言動が、やはり一番強烈に、まざまざと記憶に焼きついているのである。

（『学燈』一九五九年六月号）

すがの

幸田文

戦争は人に、さすらいの暮しを教えた。私のうちもはじめ信濃へ行ったが、そこにおちつけなかった。伊豆へ行ったが伊豆にもおちつけなかった。住みついて安穏をはかりたい心と、どこもここも捨てて先へ先へと誘われる心とがけぬき合せになっているのを、さすらいというのだろうか。あての無い生活には、しかしどこかに薄甘い、あとひき味があるものだった。私たちは、いずれはまたどこかへ流れ出すまでのしばらくのつもりで、国府台(こうのだい)の裾、菅野にそのおちつかない足をしばらくとめていた。

父はむかし向嶋百花園の近処に住み、私はそこで生れ育ち、はたちになるまで動かなかった。そのころの向嶋はもうどんどんと小工場地化し荒れてきていたが、それでも少しはいると田圃や畠がのんきにひろがっていた。細いうねうねの径、両側に生籬のしきるしもたや、末は大川へしぼれる小流れ、水芹・嫁菜、ところどころに藪、夏はそこへからす瓜・零余子（むかご）がからみつく。土間の広い百姓家、井戸端に柿、貧しげな牧場、梨の棚。どこの村にもある似たりよったりな風景といえばそれまでだが、菅野と向嶋寺島村とは似ていると私にはおもえる。かりそめの空の下に見る草木は、かりそめという眼鏡のゆえに一層あざやかに眼に迫るし、折にふれての人情は待つつもりがないだけに、かえって胸を刺す。まして、そのかりそめがふるさとに繋がってものを思わせては、心のゆすられることも多かった。

起きかえるにも人手のいる父は、そういう地理・風景を聴くと、白い髯（ひげ）で無言にうなずいた。朝の陽は西の峰をまず明るくし夕日はかえって東をあかるくする、人も齢をとると若い時のことを多くおもいがちだと云う父にもまた、この土地に来て以来向嶋が映っているのが察せられた。流れ川のへりに木瓜（ぼけ）の咲く処はないか、土の色は紫か、春さきには田圃水に榛（はんき）の木の影がうつるだろうか、そんな質問にたしかな向嶋が浮いていた。幸田という姓は近処のどこにも反応を起さなかった。それは多少の感慨もあったが、同時にちょいと舌を出したいような軽やかな、うきうきした気もちもあって、私の買物あさりなどは、かつて無い気楽なたのしさだった。

四十を惑わずというが、なかなかそんなものではない。私は四十を越してから惑い深くなりはじめていた。それまでは惑うことすら知らなかったと云おうか。時勢もちょうど戦争にかかってきているが、それからの一年一年は実に身に沁みる虚の衝かれかたをし、屈託の癖がつくと忌々しいもので、なんの関聯もなく元気でいる最中にもひょいとそれが顔を出すようになる。思う買物をととのえ得た満足ではずんで帰る道すがらに、ふとその忌々しいとりこにされて思いふければ、つい小幅に歩きたくもなる。何を祀った神様だか、終戦直後のあのときには狐格子に奉納の髪の毛がふわふわ動いていたものだった。思い屈すればそんなものにも心が動かされて、自分はもうどうでもいいなどと嘘をきどることもいらない人気の無さに、いちばい気落ちがすることも度々で、まあそんな明け暮れだった。

春だか秋だかよく覚えない、二十一年の秋のようだ。おぼえているのは自分の著たものが紬万筋の袷で、したて直したばかりだったので、降りだした雨に濡らすのを恐れて八百屋から借りた番傘をさしていたことである。もう夕がたの、そこは径がことさら狭く曲って、椎だかどんぐりだかが両側からふさいで暗い。人がすっと擦れ違って行った。かわしたとたんに、ちかっと見られたという気がした。大きな洋服の男が駒下駄に素足で、すぐ曲って行ってしまった。傘をささず、きつい背なかだった。風に吹きぬけられたようなものが残った。

その後、その雨のうしろ姿の人を今度は昼間正面から見て、またおやと思わされた。顔にもかたちにも齢というものが語られていないのだった。むろん三十でなく四十でない、五十だろうか、越えている。そしてそのさきは見ることができず、何をする人やら見当がつかなかった。

菅野を千葉県と聞けば遠い気がするけれど、市川のそばと云えば東京の延長と思うらしく、ようように新聞・出版関係の人がぽつりぽつりとおとずれて、文筆人の消息も父の部屋に届くようになった。永井先生もたしかこのすぐ近処と聞きましたが、とこれが初耳だった。ちょうどその頃から土地の人も私に一種の反応をあらわしはじめたが、それは荒っぽい理解で、学士院も学習院も一緒くたに呑んでかかって来る調子だった。なんでもヨオ、玉の井のこと書いた人だってけどヨオ、ヨオヨオと云ってお百姓のばあさんがする「濹東綺譚」の噂は、私に旅愁を感じさせたが、道で会う人と永井さんとをつなげて思わせることはできなかった。

ある日、見舞に来た出版社の人を送りがてら、駅の商店まで行くつもりで連れだって出た路地の、撞木（しゅもく）に衝きあたるところで、例の背の高い人がこちらへ来かかっているのを見ると、「あれ荷風だ、たしかに荷風先生だ」と囁いた。全くぼんやりとし果てたすぐ目の前を、いつものやや大股な足どりが過ぎて行き、私たちは同方向の道をそろそろと従った。薄日をしょって忽ち距離を放し、はやどぶ川を越して消えるきつい背なかに、向嶋とお雪さんとがかさなり合って、なんというなつかしさだったろう。

でも、私はそういう突然のなつかしさというようなものを、さっさと消化してしまう習慣がついていた。感情は糊抜きをして萎えさせ、沢消しにして沈めることを父は好もしく思うらしく、いつかその風が私にも浸みてはいたが、やはり早く父に話したかった。省線の駅近く、女たちの混雑しているうしろから、永井さんは魚を見ていられたようすだったが、もう私はぶしつけにそちらを向くことができなくなっていた。

父は「ほう」と目をよこしてから、話の腰を折って、「おまえはまさか、いきなり挨拶なんぞしたんじゃあるまいね。」行きたい方へ行きたいように歩いているものを、横あいから中婆さんが飛びだして来て勝手法界な挨拶などを長たらしくやられてはたまったものではない。感興も何も一時に吹っ飛んで迷惑不愉快この上もない。「おれならいやだね」と云うのである。まさかということばは信頼を期待しているかに見えて、実に十分な不信頼をあらわしているいやなことばだ。親の見る目に違いはなく、私のなかには「まさか」と云わせる危い性癖が沢山あって、そう云われてもしかたが無いものの、こんな場合にこの頃は、まさかと自分の実際との間にどれほどの隔りができてきたかを、ひそかに勘定することで、父の当りつけることばを受け流し自ら慰めていた。誰が話して行ったのか、父は永井さんが一人で自炊生活をなさり、台処の籠を持って買物に出かけられることを知っていた。たしかに籠は提げていらした。

「お父さん、永井さんの買物籠は鹿の皮のちゃんちゃんこなんでしょうか。」「さようさ、フランス流じゃちゃんちゃんことは云うまいけれど、まずまあ鹿の皮と云っていいところだろう。」私は父がいささか羨ましげであると見てとった。鹿の皮のちゃんちゃんことは父の理想の生活のことを云うのである。人に煩わされず煩わさず、好きな道に専念し簡易な生活をする。木の実草の芽でも食は事足り、縫針のいらない鹿の皮のちゃんちゃんこでいたい。その方がうるさい女どもの手を借りるよりはいいというのだが、口の悪いある編輯者は、あんな文句屋の、うまいもの好きのわがまま爺さんが、どうして鹿の皮なんぞ一日も著ていられるものかと笑ったことがあった。私もその説に半分はつくが、半分は、しでかすかも知れないという怖れをもっていた。そうできない理由は「おまえさえもう少し安心なら」にきまっていた。運悪くいつも父のまえにいるのが私だけだったからおまえと云われるので、ほんとうのおまえなるものは私ばかりではなく、何にもかにも父の気に入らない絆一切をひっくるめて云うらしかった。もちろん私は父の心配の種になる諸条件を認めないわけには行かなかったから、一足先に鹿の皮の永井さんは、きっと私のようなごたつく娘をお持ちにならなかったのだろうとおもう。悠々ひとりの生活をしている永井さんを考えると、父のお株を奪われたようなへんな気がするが、父は機嫌がよかった。

知らないうちこそ平気なもので、永井さんと知って困った。お辞儀とうけとれるほどに頭をさげれば、父の云う勝手法界な挨拶になろうし、いまさらまるで知らない顔にもなれず、細い径で行きあうまぶしさ。どうにも始末のつかないてれくさい顔を伏せて、黙礼するようなしないような、それよりほかはなかった。

父が私に読むようにわざわざ指してくれた本は十指に満たないだろう。『濹東綺譚』はその一冊である。父は新聞の連載も見ていたが、単行になって通読した。涼しい文章だと出版社の人に云ったと、あとから聞いた。私には「向嶋だよ」と手渡してくれた。当時住いはもう小石川だった。向嶋と云えば親子のあいだには無言に通じるものがあって、つっくるめて云えばひそっとした憐み合いというようなものであった。読後、どうだと云う。私たち親子ばかりでなく、この土地をこうもあわれ深く見てくれる人があろうとは。人も土地も事柄もあわれだと云った。もっと何かないかと云う。一たび境遇を変えれば一変して教うべからざる懶婦となり、制御しがたい悍婦になる、――「あそこにはきまりの悪い思いをさせられたの。」親子は愉快に笑った。これも無言に通じあう理解があった。父の生活ばかりを云うのではない。私はただ普通の娘立ちから嫁したが、みごとにこの文章どおりになったのである。父のきびしい埒から離れて結婚の喜びをもつと、たちまち私は夫の甘さ、生活の単調に増長しだし、水の低きに就く勢いをもって懶婦となり悍婦となった。そうなることの気楽さわけ無さ、すなわち結果は明らかであった。「おまえの生活は下落している。」父はそう忠告した。

おかしなことに私は、お雪さんを時々おすみさんと云ってしまう。雪と墨とは皮肉だと人が云うが、そんなことを云われては哀しい。隅田川は私がかぶきりの頃、初生りの胡瓜を流して河童さんへ御供養したときの、桟橋のとっぱなは透きとおった水だった。お花見時に葭簾張りのお茶屋がずらっと並んだ時分も、あの竹屋の渡しへ乗れば舟ばたは青かった。小学上級になって生意気に澄という字を覚えたからだろうが、ずっと私には隅は澄とおもう思いがある。衰えて今は救いようのない濁りを湛えた隅田川、泥水稼業のかなしいお雪さん、それはそっくり一ツの私のふるさとへの想いなのである。

菅野は法華寺で名高い中山にも近く、中山は俗にいう中山蒟蒻を出す処である。「蒟蒻玉は見て知っているが、恥かしいが蒟蒻の姿を見たことはない。ここに住んでいる縁で是非見ておきたい。」父は越して来るなり蒟蒻のことばかり云っていた。土地の人で貸本屋をやってるAさんが、それを聞いて季節外れを自転車で捜し、捨植えに残っていたのを辛うじて一本持って来てくれた。なつかしい馴染に会ったような喜びかたで、臥たきりの床からきずみで蒟蒻の葉を見ている。新しいものへ寄せるはげしい貪欲が出ていたが、そんなときにはまたもっとも強く、老いたからだの痛々しさがろ出していた。

Aさんはそれからしばしばやって来て、土地馴れないために生ずる私たちの不便をととのえてくれた。当時まだ本屋というものが甚だ少かった。商売がら永井さんへも伺うようになり、自然父のようすもあちらへお伝えしたのだろう。身のまわりに自著一冊もない父に、永井さんはお持ちの『讕言』(1)・『長語』の初版を贈ろうとおっしゃったそうな。Aさんは父の前へ出ると何か気怯(きおく)れがするらしく、その取次にもことばの足りないようなところが、襖越しに聴く私に感じられた。父はもとから取次に聴くことばは苦労して聴くのだった。伝言をよこした人のほんとの心をうけとるために、幾通りにも補ったり正したり、つまり将棋のいう読みの深い考えかたをした。ことばが命の取次がまるでことばになっていない話をする、とおこっていることも度々だったが、またそうやって面倒な手間をかけて考えることが、相手の人にも取次にも自分にも親切というものだとも云った。そういう帰著に達しているところを見ると、父の経て来た道中に何があったかが逆によく見える気がして、無条件に親への敬愛に頭を下げさせられた。Aさんにはこの時どう返辞をしたか知らないが、あとで私には、「あれは自分が書いたのだから、本そのものも中味もよく知っていて、そんなに特別欲しいとは思わない。喜んで持っていてくれるのなら、私にしてはその方が嬉しいのだ。」こういう返辞の取次には辞句の復誦が完全であっても、抑揚一ツで意味は違って来る懼れがある。

父の筆記者でありまたなにくれと重宝になってくれる土橋さんは、文芸の雰囲気のなかにいる若い人らしいものの思いかたをして、「二人の先生がお会いになっていないということが、なんだか不自然らしく云々されているのをぽつぽつ聞くけれど、後世から何とか云われても残念だ」と案じだした。私は父の口調をまねて、「そんなもんじゃあないんだ」と、その若さを押しつぶしてしまった。そのうち、Aさんは永井さんが訪ねて来られる由を報じて来た。父は、「耄碌して臥ているけれど、それさえおかまい無くば喜んでお迎えする」と、はっきりそう云った。私は喜んだが、父は「さてね」と云った。嬉しさは、どうやってお迎えしようという形になって走った。座蒲団はやぶけている、天井は雨漏りだ、畳は束（つか）が倒れているから落し穴のような具合である。なかば楽しく、なかば遣る瀬なく、そんな心づかいがせかせかと私を追う。「おまえもいい加減に並等（なみとう）の女心を卒業したらどうだ。そんなところはとうの昔に通り越してる人だと思わないかね。」私は土橋さんの若さを押しつぶしたが、父からはしょっちゅう、いつまでも青臭く若いままに婆になって行くようにあわれまれていた。

　永井さんはいらっしゃらなかった。それを云うと、「待つというのは待つだけのことだが、おまえのは引っ張って来たいのを待つというようだ。」云われれば全くそうでおかしかった。永井さんと父は遂に相会うことなく終ってしまった。さすらいの旅と仰いだ空は父を永遠の旅へ誘い込んだ。仮の宿りと思った菅野は、ふるさとに似てしみじみと心に浸みた。葬儀の朝、「もし会葬者が百五十あったら、おれは世をひがむ心を撤回する」と、ながく父を知る一人が云った。百五十人はおろか、私の勘定はその三分の一にも足りなかった。父自らも生前、さびしい葬儀を予告していたのである。手つだってくれている人たちには寂しい気が浸みだしていた。喪主である私はそれを感じ、いたわらずにいられぬ並等の女心が自然動いたが、いまは親を葬るということだけに一心でなければばとこらえた。永井さんは、私がはじめてあれが荷風先生と聞かされたその路地の撞木の処まで来られて黙礼をされたとか、そのまま行ってしまわれたとかが、告別式のあと人のまばらな中で私に伝えられた。向嶋とお雪さんが、疲れた私の感傷にからす瓜の藪のようにからんだ。やがて私は菅野を去って、焼けあとへ帰った。

その後、私は父の追憶記を求められて書いた。永井さんと父とのことは土橋さんの云ったようにジャーナリストの関心事らしく、時折それを訊きただされ、したがって私もその臆測のかたちを薄々知った。境涯・心情の差から生じるものは腹を立つにもあたらなかったが、聞いていい気もちではなかった。お会いしたのではないから、私の見て来たものは父のがわからでしかないが、書いておきたいとも思った。永井さんにお目にかかって書くことの許可をいただくのが、なすべき礼儀だった。『中央公論』の添書を持って久しぶりに行く菅野の道は、撒いた水が寒く凍っていた。こちらに気を置かせない優しいあつかい方で請じ入れてくださった。幾度擦れちがっても一度もはっきり見ることのできなかった眼鏡の奥が、微笑で私のまっすぐの処にあった。用意して来た挨拶を早速忘れて、私は気づまりなくそこへすわり、愚痴などをこぼしていた。七輪の火を無造作にすすめてくださったが、かざ口からこぼれた火が畳へころがって烟をあげた。あわてたのは私だけで、「そこいら中にある焼け焦げはみんなそれなのよ」と云われた。父のことばを思った。丈の低い女心ではかえってうるさいばかりだという実証のようだった。沢山のいろんなことを通り過ぎて来た人のこだわり無さ、フランスのちゃんちゃんこだった。来意を告げると、「そんな固い挨拶なんぞあなた、何でもどんどんお書きなさいよ。」それから、礼儀ということでしばらく話してくださった。市川からここへかけての人たちが永井さんをよく知っていて、お茶を飲む店ででも往来ででも見さかいなしに話しかけて来る。昔はそんな勝手気ままな挨拶をしかける無礼な人間はいなかった、と歎かれる。「もっと人の知らない奥へ行って、いやな思いをしないでいたい。」そう云われた。私は原稿が書きたくなくなったから、需めた人へことわりを云った。

これで、菅野の永井さんと父との話はおしまいである。残っているのは、なぜ私が誰でもの云うように永井先生と云わないかだけである。かつて父は、先生と呼ばれる立場から私に云った。「先生と呼ばれるにはそれだけの心構えがいる。惜しい時間も割いてあげようし、親切心も分けようというものだ。おまえ・おれの間柄とはわけが違う。わたしの今までに先生と呼ばれて、ほんとうに気もちよくうけとれたことは多くないのだ。

往々一文いらずのおべっかのつもりか何かで、容易に人を先生にしたがるやつがある。いつ先生と呼ぶ許しを受けたと訊きたいもんだ。謙遜とはどういうことか、しっかり知りもしない癖に、むやみに人を先生と呼びかけるやつがある。呼ばれる因縁を結びたくない。先生ばやりの世の中にうるさい文句を云うのは野暮だから、わたしは黙って先生と呼ばれてはいる。人はとにかく、もしおまえが誰かを先生と呼ぶならば、よくよく気をつけて押し太いところのないように、上滑りしないように、人を先生と呼ぶことに恥じないだけの資格をととのえてからにしてもらいたい。」やかましいことであったが、快く呼ばれた覚えが少いという感慨にはうなずけるものがあった。さいと云えば耳立って聞え、先生と云えば楽な場合が沢山あるけれど、釘はいやに利いている。筆を擱こうとし、はなはだ心のしおれて、なお先生の二字に思いまどうのである。

（『荷風全集』附録一五号、中央公論社、一九五〇年一〇月）

木曜会と荷風先生

巌谷栄二

大正四、五年頃から、私たち――私と弟平三とである。末弟大四は生まれたばかりだった――は、木曜日を楽しみにしていた。この曜日にかぎって、父はとても早く帰宅した。夕食前に必ず入湯する。九つも年上の兄三一（今は槇一と改名した）とちがって、私と平三はまだ十歳になるかならぬかの小学生だったから、「栄、平も来い！」という、父の命一喝のもとに、喜んで風呂場に入って行った。父は私たちの坊主頭をあらってくれたり、桶の廻り持ちなどをしたり、風呂場で一しょに遊んでくれたのだ。

風呂からあがるのが、大たい五時か五時半ごろ、そこで夕食ということになるが、こうして私たちとのまどいのつづいているところへ、〝春さん〟（俳名夾日）、〝冬さん〟（四緑）という愛称を持っていた叔父二人が、「今晩は！」といいながら、この茶の間にやって来る。〝山（やま）さん〟という、私などの生まれる以前に書生をしていた山内秋生氏とか、

〝面白い小父さん〟で通っている生田葵山氏とか、〝つまらない小父さん〟で通っている西村渚山氏が入って来ることもあった。渚山氏は、ずっと木曜会[1]の幹事を続けていた。会費は一年間五十銭だったそうな……。

その時分となると、会員たちは、何もいわずに玄関から入って、階上の会席について行く。当時四人いた女中たちの中三人は、階段を上りつ、下りつ、お茶を運んだり、種々のサアビスをはじめる。――終戦後数年の間、東京都史蹟と指定されたこともある、この楽天居の階上は、二十畳ぐらいの広さの洋間(父の応接間)と、十畳八畳とつづく日本間が廊下をめぐらせて連(つら)なり、この間のふすまを外(はず)しての十八畳が木曜会会場にあてられていた。日本間十畳の連子窓(れんじまど)の柱に、背中をもたらせた形で坐られるのが、いつも荷風先生で、女中たちは、〝お顔のながい先生のお席〟と呼んでいた。これとならんで井上唖々先生が席をきめておられた。〝唖々先生がいらした!〟ということが、一女中から伝えられると、女中たちの間にあれこれとささやきがはじまる。中にはひんしゅくする年少女中もいた。というのは、唖々先生が来られた以上、はじめから、お茶の代りに徳利、盃をおとどけせねばならぬ。その徳利数の跡仕末が大へんだということなのだ。兄がこの月報に記したように、この木曜会席で、荷風先生が「腕くらべ」の原稿などを朗読されたこともあった。こうした夜、私たちは階下で、「今夜は、顔なが先生が、読みなが先生になったわよ。」という、女中たちの話合いを耳にしたものだった。

大正十一年春、私は府立六中――今の新宿高校の一年生となった。荷風先生の「断腸亭日記」も、この時分あたりから、私の記憶にはっきりのこっている事項も多い。この日記大正十三年あたりから、兄の名がさかんに出て来る。当時大学中退して、芝居道に入った兄は、その事でお世話になった荷風先生のところへさかんに参上し、震災後この偏奇館近くの麻布宮村町に移住せざるを得なかった先代市川左団次丈邸へもしばしば伺い、交渉を深めている。

さて、この全集廿五巻の書簡集二九一に、荷風先生が父宛に、〝左団次丈から依頼されたのだが、三一より下の男の子一人を、左団次家（高橋家）の養子にしてやって下さらぬか。将来俳優に成る事などは問題にしていない……〟というのがある。この書状は、大正十四・七・廿四の日附で、当時父は口演巡講で伊勢国への旅さきにあり、七月末に帰宅して、この件につき、母と話しあった。私は既に中学四年生で、父母の会話中にも偶然加わったことがある。養子の候補は、私か、平三かだったのだ。

この頃左団次夫妻は、某校長の息――小学六年生を一人養子にしておられたのだが、どうもこの子が、家族としてなじまないので、養子として続けることをあきらめ、代りを探しておられたのだ。左団次丈はまだ莚升だった明治三十七、八年の日露戦役時代から、父の創作劇「桜太郎」や、W・テルの歌舞伎劇化「瑞西義民伝」などを上演しており、それ以来丈との交際は深かった。この書状の来た少し前の五月十五日に、父は信州で購入して来た古俳画軸、古句短冊などを見せるために、同好の士荷風先生と左団次丈を、楽天居に招待したのだった。――この時、私と平三は、素顔の左団次とはじめて逢ったのだ。これが機会で、「三ちゃんの弟さんなら、高橋家にもなじむだろう……」ということになったらしい。放任主義の父は、本人さえよければという意見だったが、養子なんかになるものではないという考えの母が絶対反対で、せっかくのお話だが、お断りしようということになった。

昭和二年春、私は旧制山形高校で三年間を過ごす身の上と成った。私の荷風物愛読時代は中学三年の頃からで、当時は、先生の色紙、短冊などを、兄や生田葵山氏を通じて自分のものにしてしまい、すっかり先生の字が好きになってしまった。――これらの色紙・短冊の多数が、ここなら大丈夫だろうと予想した疎開家で戦災焼失してしまったのは、まったく遺憾である。

「お前の字はすっかり荷風ばりになってしまったな。」と、帰京の折、父から時々いわれた。木曜会があって荷風先生出席だと、私が先生と言葉を交わすようになったのも、この高校生時代からだった。

「こいつは、あなたの字に惚れてるんでね。」と父がいうと、荷風先生は、

「一六居士のお孫さんが、そんな事しちゃいけませんよ。」と、苦笑された。

その頃——昭和初年は、姉二人は既に他家へ嫁ぎ、兄も結婚し新居を構え、楽天居も次男の私を長男にした形の四人の子だけと成った。家も大正末増改築したばかり、この新家の様子が写真版となって新聞などにも載り、父は全盛期の翁と報ぜられたりもした。たしかに形の上では全盛期だったのだが、同時に、父に関する諸種の事件がつぎからつぎへと起こる時期でもあったのだ。学期末、山形から帰京するたびに、母は私を待ちかまえたように、

「栄ちゃん、大へんや、大へんや！」と、叫びつつ、種々の事項を訴えたものだった。その中の最も大きな事件に、父の『金色夜叉の真相』(2)出版（昭和二年末）の件がある。

「とうさんは、まったく困ったものを書いて出さはったわなあ……。」と、母は、涙声で私に訴えた。

この本が出た時の新聞記事の多くを、父のこの本を書いて出す気となった、アルスの児童文庫「日本お伽噺集」出版事件と共に、私はスクラップ帳に貼って今も持っている。諸新聞とも、「児童文学の翁ともいわれている人が、こんな女難の自叙伝を出すなんて、教育界への影響を考えているのか。口演童話などをこの書を出して堂々と出来るのか、全く非常識だ」というような非難の声が圧倒的に多い。

父は、母の非難の言葉を聞きながらも、何の返答もしなかった。母にだけではない。他の誰にも、この本に就いては、一さい無言であった。この時の父の心底が、「断腸亭日記」を読むとよくわかる。昭和二年師走末この書一冊が父より荷風先生宛郵送され、翌三年元旦に、

「小波先生の郵書あり。其の近著『金色夜叉の真相』刊行につき審にその事情を漏されたり、書簡の終に、思出に若かへる日や年忘の一句をしるされたり」と、荷風先生は記されている。父は、この書刊行について、〝わからない人にはわからなくてもよいのだ。わかる人にさえ、わかって貰えれば……〟という気持でいたらしい。そのわかってくれる人の中に、はじめから荷風先生を入れていたのだ。

私は昭和八年の春、大学を卒業したのだが、この年の九月五日に父は歿した。非常に

就職難の時期で、浪人のままでいるうちにこの死は痛かった。翌九年の五月の或る日、母と共に偏奇館を訪れたことがある。まだ職らしい職にはありつけず、父が生前非常に出したがっていながら、未完成に終った東洋説話大事典『大語園』の原稿を、最初から助手として来た木村小舟氏と共に記すことを仕事にしていた。母としては、私の将来を、〝兄三一と共にどうぞよろしく〟とお願いしたかったのだ。

荷風先生は母と同い年であった。父のあの書を出した心底もよくわかっておられたのだが、また、そのために苦労した母の胸中もよく察しておられたらしい。母が、私の木村氏共々『大語園』の仕事をしていることを話すと、先生は私に向って、

「先考の作品だと思って、独自の文章をしっかりお学びなさいよ。狂詩や江戸の戯作者文学に対する先考の造詣は相当深いものでしたよ。ともかく、いつもいうことだが、国文、漢文の基礎をしっかり身につけることだ……。」といわれると、母に向って、

「栄ちゃんを、三ちゃんと同じように、私のところへ遊びに来るようにしてはいけませんよ。私が遊びを教えるようじゃあ、また、あなたが苦労なさるといけませんからねえ。……」と、微笑しながら話されるのだった。

（『荷風全集』一刷月報28、岩波書店、一九六五年八月）

荷風回想

鷲津郁太郎

子供の頃父から聞いた話である。或日のこと高等師範附属中学の校庭で「大変だ。君の兄さんが殴られてる」と友達に言われた父は慌てて機械体操の砂場に飛んで行った。既に事件は終っていたが、どうするかと見守る弟を尻目に荷風は、さっさと教室へ引揚げるや否や荷物を纏めて帰ってしまったと言う。硬派の寺内寿一(ひさいち)(1)に荷風が殴られたという伝説には目撃者がいたのである。

私の父貞二郎は荷風より四つ下で荷風の主治医であった大石国手(2)とは中学の同級であった。十のとき母の兄である伯父鷲津精一郎(毅堂長男)の養子となり「下谷の家」にでてくる竹町四番地の家に養父母と起居を共にするようになった。早稲田在学中に養母音羽の姪にあたる元吉ふみと結婚した。学を卒(お)えると厳父永井久一郎の斡旋で三菱銀行へ入社したが間もなく辞して東京神学社へ入学し基督教伝道者として再出発した。明治卅九年頃のことであるから荷風が正金銀行を去る二年程前になる。

大正八年十一月十五日の荷風日記には「……西大久保に赴き慈顔を拝す。鷲津牧師も亦来る。始て一家団欒の楽を得たり。感慨窮なし。」とある様に荷風と貞二郎とは仲の好い兄弟であった。その為もあって、貞二郎の長女である私の姉光代(昭和十二年歿)を可愛がった。府立第一高女入学に際し副保証人の署名をなして担任の先生を驚かした程である。大正八年十月十三日の日記には「下谷の姪光代絵葉書を寄せ、女学校紀念会の催しに来らむ事を請ふ。幼きものゝ文章ほど人を感動せしむるものはなし。驟雨の霽るゝを待ち、浅草七軒町の女学校に赴く。溝店祖師堂に近きところなり。校内にて下谷の貞二郎大久保の母上に逢ふ。(以下略)」とあり更に翌月三日には「下谷七軒町女学校の運動会を観る。」と記されている。荷風にとっては、よくよくの事であったに違いない。後年光代の願を聴きその師匠である中能島欣一(芸術院会員)のために琴唄「行く秋」を書き与えている。

貞二郎は昭和二年十二月十五日数え年四十五を以て歿した。同日から三日間の荷風日記には悲哀に満ちた長文が記されている。その一節に「貞二郎は余とは性行全く相反したる人にて、其一生を基督教の伝道にさゝげたるなり、放蕩無頼余が如きものの実弟に此の如き温厚篤実なる宗教家ありしはまことに不可思議の事といふべし、」とあるが厳父によって与えられた職を放擲して一途な生き方をしたという点で相通ずる面があるようにも思える。荷風は貞二郎危篤の電報を受けるや「既に亡き人の数に入りしものなるべしと思ひつゝ、急ぎ自動車を倩ひて」下谷に赴きその夜は通夜の席に列した。翌日の納棺式には、多くの人の出入に躁ぐ貞二郎二男信夫を不憫に思ったのか荷風は膝の上に抱き上げた。疲れた幼児はそのまま寝込んだが、粗忽して荷風の青い袴を濡らしてしまった。併し荷風は機嫌を損ずることもなく翌日の葬儀には親戚総代の挨拶をなし谷中墓地埋葬式を畢りてのち再び下谷の家に至り伯父精一郎に請わるるまま有合せの柱掛に

初富士や江戸むらさきの横霞　荷風

の一句を揮毫した。荷風の膝に眠った信夫は長じて一橋大に進んだが学徒出陣で沖縄に戦死した。報を受けた荷風は深い同情の手紙に添えて多額の香料を義妹である私の母の許に送った。

話は遡るが震災で下谷の家を失った私達一家は一時築土八幡に借家した。当時中学の二年であった私は西大久保の祖母(永井つね)の許へ時折風呂を貰いに行くのを楽みとし

た。或夜日本髪の美人を伴い楽しげに祖母と談笑している荷風に会った。帰りは、ぬけ弁天の停留所まで三人で歩いたが後に荷風日記を読み、それが大正十二年十二月十二日であり女は今村お栄と呼ぶ人であることを知った。大正十四年十二月九日の日記には「快晴。温暖昨日の如し。午後母上来らるべき由、前以て通知ありければ、書斎を掃除して後香を焚きぬ。（以下略）」とあり飯倉片町電車通まで母を送っている。

佐藤春夫の「小説永井荷風伝」にあるように荷風が母を恨んでいたなどとは、とても考えられない。また荷風伝には、母つねが儒学の家の出であるから「荷風が幼少時代母から受けて終生の指針とした金銭取扱ひの躾も想像するに難くない」と記されている。ところで、つねはハイカラな人で今の様に家庭で洋酒を置くことの流行らなかった時代にチンザノ・ベルモットなどの洋酒を絶さず、珈琲は好みの豆を自ら碾（ひ）く程の贅沢屋であった。金銭には恬澹（てんたん）な方で、すべてにおおらかな性格であった。

更に「小説永井荷風伝」には昭和十二年荷風の母堂恒子刀自（とじ）の死にあたり「鷲津牧師（と云ふのは母方を継いだ次弟貞二郎を荷風はよそよそしくかう呼ぶのであるが）の司る告別式へも列しなかつた荷風」とあるが告別式を司ったのは鷲津牧師の友人の金井牧師であり鷲津牧師は母つねに先立つこと十年、昭和二年に歿している。荷風は日記に貞二郎とも鷲津牧師とも書き、よそよそしくする間柄ではない。

それはさておき、「あめりか物語」に感動して作家の志を固めたという「小説永井荷風伝」の著者は最近に到り荷風を妖人と呼び罵詈讒謗(ばりざんぼう)を浴せた。支那事変の始った夜「やがて世界中が日本を相手にしなくなりますぜ」と荷風が予言者のようなことを言い出したとは「小説永井荷風伝」の一節であるが、私もその頃「今度の戦争で日本は何もかも悪くなりますぜ」と同じようなことを聞いた。在りし日は鞠躬如(きっきゅうじょ)として仕えた人が、死人に口なしの先師を罵るというようなことが荷風の予言した何もかも悪くなった世の中というものであろうか。

（『荷風全集』二刷月報16、岩波書店、一九七二年五月）

母の話などを

川門清明

「あんなに根気の良い方はありませんよ」と母が良く語って聞かせたものだ。朝の九時頃から夕方四時過ぎまで戸を叩き続けだったと言う。大正十二年関東大震災の折の話である。私の幼稚園の頃であるが西大久保の家でお昼を始めようとした折がたがたっと来て、パンの上など忽ち埃まみれになってしまった。祖母と母と弟二人それにたかと言う女中との六名は柱時計の下を中心に一列にならんで坐ったのを覚えている。一蓮托生の思いだったのだろう。当時は日蘭関係が最も好転していた時期だったそうで禁断の島と云われたニューギニヤに日本から調査団が送られることになり、父は副団長とかで参加した留守中だったから一家の不安は一層深められていたことだろう。幸い家が傾くこともなく、また所々に火災の煙を見る程度で難を免れたが戸山ケ原が近かったので避難民が殺到することになり、塀に印を付けられた家は鮮人が放火するとか井戸に毒を注入するとか様々な流言蜚語がとんだのでどの家も門戸を固く閉し夜は寝ずの番をしたり、余震を怖れて外寝をしていた家もあった。戦災を経た上では震災時の緊張感などなまぬるいものに思われようが女世帯を預る母にして見れば重責を負わされていただろう。余りノックが長々と続くので薄気味も悪くなりお隣りの安藤さんに様子を見てもらった所「立派な紳士ですから御心配は要らないでしょう」とのことに恐る恐る門を明けた。「永井ですがお宅では皆さんお変りありませんか。」

とその紳士は尋ね、一同の無事を知るとさっさと帰り始めるではないか、母は初対面ではあったが写真などで知る顔なので荷先生に間違いなしと悟り、このまま帰したのではお母様にも叱られると思う故祖母にも飛んで伝え、小路を追っかける様にしてお連れ申したそうだ。初めは葛湯も極く薄くして上げなければならぬ程疲労困憊されていた。芝公園などで焚出しもあったが何しろ玄米なので咽喉に通らず空腹も甚しかったらしい。かくて数日の養生となったが、今度は祖母の方が鷲津の叔父(祖母の次男、荷先生には弟、私の父の兄で鷲津家に養子に入り下谷教会の牧師をしていた)一家の上が心配で御飯も通らぬまでになってしまった。荷先生は誰か同行して呉れるなら探しに行っても良いとの意向だったので見兼ねた母がお伴することになり、早朝出発徒歩で上野に向った。

大久保から牛込、水道橋から本郷を経て上野に達したわけであるが、道中未だ倉の窓などからめらめらと焰の舌が出ている所さえあった。神楽坂にかかると菊五郎（団十郎だったとも言ったが）家紋の入った人力車を連れ引きにして来るのに出会い、暫時先生と挨拶を交したが母は成可（なるべ）く遠ざかって目立たぬ様にしていた。妙に野暮ったい女を連れていたなどと言われては先生の名折にもなろうとの配慮によるのだった。

上野公園には人が群り避難先を掲げた札が林立していたが如何様に探せども鶯津の名はなく、声をからしておらび歩くとも応えを得なかった。先生の呼び様ではほとんど声にもならなかった。折から不忍（しのばず）の池には蓮花が別天地の如き彩を添えており、疲れ切った先生は池畔の石に腰を下してこれに眺め入られた。大切な書類や印鑑はこれに持参しているから一晩明かしても良うござんすと言った調子だったが、母にして見れば乳呑み児が家にあり時間に乳を温めて呉れたろうかさえ気になって来るのだ。もう歩けないと言われればこれを背負って帰路がせかれた。夕方築土八幡の近くまで来ると「お宅の御主人がお世話になっている方でしょう。待っているから寄って御挨拶していらっしゃい」とのことにI先生(1)（戦時中農相となり現参院議員）のお宅に伺うと奥様から丁寧に労を犒（ねぎ）らわれ、沢山差上げたいがと取って置きのドロップ数粒を頂いたのであった。荷先生とは勿論畑違いであるのにこんな点は良く気の付かれる方だと感じさせられた。

終戦当時の街頭を思い出せば良いのだろう。路上に洋酒の壜などを並べている市にしゃがみ込んで先生は半分も中味のない壜を採り上げためつすがめつラベルの鑑定に当るなど悠々逼らざるの風があり過ぎた様である。求めればそれも持って上げた上に先生を背負うのだから母も健気なものであったが、そんな母を驚倒させたのは竹槍隊の来襲であった。この時ばかりは大男の如くに立はだかって先生を庇わねばならなかった。万一怪我でもあっては御母様に申訳がたたないとそれこそ死の覚悟をしたと言う。先生の風態がまた手拭で頬かぶりした上に頭の後ろの方にカンカン帽を載せていたので実はそっくりだったのだろう。自警団にやられたむごたらしい屍を既に見ていたからその時の恐怖は一通りではなかった。「永井です」「永井Kです」と言っては見ても根がよだれの出そうな発音だった上に先程のドロップの効があるからさっぱり駄目で危うかった所を幸い先方にも多少冷静なのがいて紙に書かせたら直ちに諒解がつき虎口を免れたのであった。惨々な目に会って家へ辿りついたのは夜の八時頃だった。目的を果せなかったのだから祖母の落胆は言うまでもないが、その折お母様が何となさけないおっしゃり方をなさるものかとその一言が今だに歎かれる。「ようござんすよ、それでも女だてらに人が見られない所を見て来られただけでもよござんしたよ。」労を謝するの念などは全く忘れていたものらしい。先生の後に湯殿に入って見るとこれでも入ったのかと思われる位湯が汚れていなかったそうだ。母の上るまで待っておられたがそのお膳も一人分しか用意がなかった。「どうしたんです、よつ子さんも一緒に上ったら良いでしょう。」遂には皿を分けたりして共々に食事を済したと言う。平素軟い人達に接していられるので母の話にもともすると「そうなのよ」などの語が混入してしまったりしてそれは可笑しかったし、「紅元結はありませんか」などと粋筋の物を言われて弱ることもあった。兎角する中鷲津の叔父の方から連絡があり、その養父母が家にしばらく滞在されるようになって先生は偏奇館へ戻られた。この間私の記憶はほとんど無いが一夕座敷で小宴があったらしい。椅子式の部屋で私共も末座に着いたがあてがわれた椅子が身がらに合わなくて居づらかった。顔がいやに白くて長く咽喉仏の随分突起している人だと思ったほのかな印象が残っているのと、分厚に切られた羊羹の一切を下に落してしまい、降りて取るには椅子が高すぎ、たれかに見つけられはしないかともじもじさせられた。そんなくだらぬ事しか思い出せない。

母の話は本人が語ればもっとずっと面白いのだが大筋は右の様なことであった。近年はさすがに健康が傾いて来て、先生のお葬式にも行けなかった。私は作品を別にすれば故人を偲ぶよすがは余りないためか、故人よりも却って壮者をしのいだ頃のたらちねの母が偲ばれてならないのである。故人の日記には九月四日だったかに「この日威三郎(父の名)の妻を初めて見る」とあるだけである。忍従の徳と言うのだろうか。そんな母が哀れでならぬのである。芸名や嬌名を唱われた女性はまだしもである。罪なく忍従の徳に埋もれたらしいヨネさんとかお歌さんとかの身の現実を思えば同様に目頭が熱くなるのである。嫌いとなれば縁側ですれ違ってもいけなかったそうだから、確か昭和三十年の秋だったろう。震災当時乳呑児だった弟が洋行から来朝した折に母と末弟を伴って銀座に出掛けた際、Fアイス階上で偶然荷先生に出会ったと云う。御遠慮したものかと迷ったが後で知れてもいけないと思って御挨拶した所「はあ」と言ってはお辞儀ばかりしていられて困った由である。これには二重の意味合があったのだろう。

　昭和十八年の初夏大陸に出征しようと言う時に偏奇館へ伺ったが、本人から「先生はお留守です」と例の手をやられた。私の方も和服に袴をつけステッキを持ったりして余り板に付かない壮士風であったが、これは道中敬礼の煩を避けるがためであった。見習士官の頃で出征が決るまで、他中隊に預けられたりして半年近く待機の時期があり、営内とは思えぬ程暇があったのでドストイエフスキーの全集を一冊宛処理して行ったが、この間隠れ読むには小型の散人の全集が便利でもあり、水が土に泌み込む様に何か郷愁の如きものが身中に透って行く思いがした。軍隊にもこんな盲点があったのである。あの様な作品の作者が今の世に現存していることさえほとんど信ぜられぬ程であったから、階段を下りて来られた先生を見ただけで深い感動を覚えた。お留守でも何でもこちらのことは言うだけ言ったのであるが、その壮士風の男が「こんな世の中になりまして……」と申したとき苦笑された顔が忘れられない。一升罎に棒を突込んだ当時流行の精米器が上り口に置いてあったりしてその後の市川生活の片鱗は既に充分窺えるものがあった。この折偏奇館のお庭を一目拝見したかったのに果せなかったことが残念でならない。

お通夜の折であったか側近者の一人が「此所でこうしてお茶が飲める様になってしまった」としみじみと述懐された。また埃はいくら溜っても肺病には関係がないと言う公理が立ったりしたが、市川の生活は洵に追随不可能なものだった様だ。父とは義絶していたなどと言うのも真相ではないので、父もこの生活環境に辟易して一度の訪問に止ってしまったまでなのである。新聞や週刊誌であれ程私生活を掘じくり返された詩人もないであろうが、一つは故人の生活が世人に秘密の匂いをかがせ過ぎた為であろう。唐宋の世なら寒山(かんざん)や拾得(じっとく)などの如く自然の懐に没入し、或は大自然を超えて神仙との交遊を求めたりしたかも知れないが、町中に住み浅草に現れたりしては人も放っては置けないのだろう。そう言えば踊子などは神仙に通う所がないとも言われぬ様である。浅草の狭い喫茶店Tで三回程散人と同席したことがある。文化勲章の頃であった。今度はこちらが名乗らないから恐らくストゴロ(昔ならペラゴロ)の一人とでも思われたのだろう。話もされたし、私の撮った仙女の写真の批評などもされた。相手がインテリでさえなければ良いらしかった。但しその頃散人と出会うことは実は少々迷惑でもあったのだ。折角同伴している仙女に去られる恐れがあったので、もっともその一人(私には最も重要だったが)は船橋から通っていたから是非もなかったのである。こんなことを綴っていたのではまたまたゴシップを重ねることになり有識の士の顰蹙を買うだけだから止めなければならない。私も走り遣いに立って五月十三日祖父母の眠る塋域(えいいき)に埋葬を済ませた。異見もあったが大勢がここに帰着したのであった。しかしこれで万事落着したわけではない。クラス会などでは先に酔っぱらってしまった方が得なので誰かが家まで送り届けて呉れると言うのが父の感想の様であったが、結局は両親の下に連れ戻されてしまったのかと思うと何かはかなくも思われる。祖父の代に執事を勤めたS老人が今もなお健在で関西から単身上京もされ、種々相談にも当られたが、昔語りに荷先生がフランスより帰るのを父と神戸まで出迎えに行くことを命ぜられた際、大先生（祖父）から「一つお前が見て駄目な様ならその場で追い返してしまえ」と言われた由である。今度はそんな必要はなかった所ではない。大先生といえども文化勲章などは授けられなかったし、仮りに位階を申請したとすれば大先生の上に出ることは必定であろうから。堂々たる徹底の生涯であった。

こんな拙文を憶面もなく出したりしてはあのストゴロ奴がと地下の先生から再び苦笑されるかも知れないが、また一方こんな物はとても先生にはお読めになれまいと思って安心もされるのである。或人が先生にその著書を贈ったところ、こんな誤植だらけの本は読めないとのことであった。実はその著者は校正には自信を持っていたのだが、先生は新仮名遣を全部誤植と思っていられたのであった。

（『萬緑』一九五九年六月号）

交情蜜の如し

藤蔭静枝

荷風さんが亡くなったという知らせを受けた時、私は本当にびっくりしました。一時は目の前がまっくらになったような気持で、身体中の力が抜け、受話器をもったまま思わずヘタヘタとその場に坐りこんでしまったような始末でした。お別れしてからもう三十年以上にもなる今さら、別に未練があるとか恋しいとか、そういう浮ついた感情が残っているというわけではなく、何かこう心のどこかに支えとなっていた魂の拠り所が失われたような、そういう空白感に襲われております。若い頃から胃腸が弱いだけに、かえって用心深く、私は少くとも百までは生きるお人だと信じていましたのに……。新聞の報道によりますと、晩年には毎日、きまったようにお酒をのみ、カツ丼を食べていらしたとかですが、そんなものをどうして好きになられたのか、昔の荷風さんを知っている私には、到底同一人とは思えないくらいの変りようです。

初めて私が荷風さんとお近づきになったのは、たしか明治四十二、三年頃だったでしょう。私も歳のせいか耄碌して確かなことは想い出せませんが、何でも藤間勘右衛門さんの内弟子になって踊りの免許と芸名をもらい、同郷（新潟）の待合主人某氏の世話で、八官町の煙草屋の二階を借りて、巴家八重次と名乗り、新橋の芸妓に出た時分のことと思います。その頃、日吉町の盛り場に、「プランタン」というカフェーがありまして、小山内薫、坂東秀調、兼子伴雨その他の文士や芸能人、記者の連中がよく集まって賑やかに繁昌していたのですが、当時フランス帰りの新進作家として慶応の教授に迎えられた先生も時々この店に姿を現わされるようになりました。若くておしゃれでお坊ちゃん育ちらしい先生を紹介して下さったのは、たしか小山内さんだったと思いますが、初めてお目もじした夜は、高嶋屋さん（故市川左団次）も御一緒でした。そんな関係で、それから間もなく、その左団次の芝居を明治座で観る会がありました時、偶然、荷風さんと二人きりで話す機会が与えられました。ちょうど荷風さんは、ある女の人に失恋の痛手を受けていたらしく、二言目には「淋しいよ」といいながら、しみじみと身の上話をして下さいました。親がかりの若旦那風のぬけない、こんな純情な良家のお坊ちゃんを捨てるなんてひどい女だと、私は女心の同情から、いつしか荷風さんを慕う気持が高まりました。二人は、それ以来、いつも「プランタン」を媾曳(あいびき)の場所として、「交情蜜の如し」といわれるほどの仲となり、先生は私のところから慶応に通うという噂さえ広まってしまいました。

けれども、こうして四、五年も経ったでしょうか、ある日、荷風さんは突然「ぼく結婚するよ」といって、ぷっつり来なくなってしまいました。何でも金持の材木屋さんの娘さんと、良縁が調ったとかいう話を聞いて、性来嫉妬深い私は、気も動顚するほど怒り悲しみ、何と薄情なお人よ、いっそ死んでしまいたいとさえ思いましたが、半年も経つか経たないうちに、また、これも突然「奥さん出て行ったよ」といってぶらりと私の宅の格子戸をたたくのには唖然とする他ありませんでした。それでも、もともと好き同士のことですから、焼けぼっくいに火はすぐついて、二人はまた元の恋愛関係に入り、私はしょっ中、大久保のお宅へ伺うようになりました。

その時分、お座敷のおつきあいや何かで、私はだんだん酒量がふえ、そのため年柄年中お腹をこわしたり胃を痛めたりしていましたので、日本橋の反魂丹(はんごんたん)を売る店からゲンノショウコ(矢筈草またはみこし草ともいう)を買って、お茶代りに常用していました。先生は、お酒もきらい、煎薬もきらいというお人でしたが、ある日、私が伺うと、先生は猛烈な下痢を起し、下腹に蒟蒻(こんにゃく)を当てて臥(ふせ)っておられましたので、大変心配し、早速この薬を煎じて無理やりに飲ませてあげましたら、その効目があったのでしょうか、先生のご病気もまもなく治り、ホッとしました。それ以来、先生も散歩のついでには、四谷の土手などに自生している矢筈草を摘んで帰ったり、お庭に移し植えたりして養生の友とされるようになりました。

私たちが、左団次さん御夫妻の媒酌で正式に結婚を許され、山谷の八百善で式を挙げたのは、この矢筈草がとりもつ縁かもしれませんが、大正三年の八月末の吉日、恋愛生活実に七年目、永すぎた春のあげくのことでした。

新居は大久保の余丁町（よちょうまち）、広い永井家の別棟にきまりましたが、何しろ代々の旧家で、家具調度の類から和漢の書物、愛玩の什器など数多く、芸妓上りの女には身分不相応の環境でしたので、私は、最初は戸惑いしながらも、朝晩の拭き掃除から家具の修繕、盆栽の手入れ、文具の始末など、一生懸命、先生のよき妻になろうと心がけました。襷がけで手先を墨によごしながら、一枚々々、先生の草稿の罫紙を板木で何帖となく摺る楽しみも覚えました。浮世絵や骨董品を集めることのすきな先生のおともをして、四谷、日本橋あたりまで出かけたり、カナリヤを買って来て二人で餌をやって育てたり、歌沢（うたざわ）節（ぶし）の稽古に通ったりもしましたが、妙に几帳面なところもあって、下手に書斎の本などを片づけると先生はものすごくお叱りでした。食物にしても、おみおつけの匂いがきらいだといって、女中部屋を他へ移せといわれたこともあるくらいで、お米もおさしみも塩ザケも、あまり食べようとなさらないので、朝夕の食膳の工夫はひとしお苦労の種子でした。御飯はできるだけやわらかく炊き、好物の茶碗むしを添えるとか、フランス流の洋食を習い覚えて作ってみるとかして苦心しました。お酒も当時は大嫌いで、のみすけの私は、結婚式の日に「扇も捨て、お酒もやめます」とハッキリお約束したのでしたが……。ともかく先生はかかりつけの医者から、「腸壁薄うなりて吸収衰へたれば、栄養も十分なる能はず、且つは些細の異食にも冒され易く、陽気のいさゝかの変化にさへ忽ち影響を蒙りて、泄瀉(せっしゃ)を起し来るなり」(断腸亭記)と診断され、「手当を怠りなば、遂に穴あきちぎれぬべし」と嚇(おど)かされたほど、腸疾患にお弱かったので、ご自分でも平素十分注意して、食物も口やかましく用心しておられたようでした。ご自分の書斎を「断腸亭」と命名されたのも、こういういきさつによるそうです。身のまわりのお世話にしても、大変むずかしく、人一倍おしゃれで、身だしなみはいつもキチンとしていないと気に入らず、着物の見たて、袴の筋目にうるさく、一日中書斎にとじこもって物を書いているかと思うと、ひより下駄をつっかけて何もいわずにぷいと外出してしまう、という気まぐれな日常生活に手をやくこともしばしばでした。お母さまが大変よくできた方で、クリスチャンらしく、芸者上りとさげすむこともなく、私にはよく目をかけて下さいましたので、辛抱の仕甲斐もあったというものですが、普通のひとなら到底我慢のならない家庭生活だったかもしれません。

私が、結婚後半歳にして家を出たのも、その生活に妥協の限界がきたというより、先生の浮気心と私の嫉妬心とが、こういう家庭の中では馴染めなかったという方が正しいでしょう。その上、私も左褄（ひだりづま）をとり、舞扇一本さえあれば暮してゆけるという自信があったための強気でやったことかもしれませんが、別れてみるとやはり淋しく懐かしくて、その後何回となく焼棒杭（やけぼっくい）に火のつくこともありました。しかし、荷風さんも、次々と新しい女と交渉をもたれていた模様で、最後にハッキリと離婚を言渡された時は、それまでの手紙や写真は一切とりあげて持帰ってしまうという冷たい仕打でした。それ以来、ずーっとお互いに別れ別れの生活でしたが、たしか大正十二年の大震災の前後の頃と思います。一度だけこんなことがありました。私が結核性の腸炎か何かで神田の長谷川病院に入院中、ひょっこりとお見舞の花束を持って来られたらしく、幸か不幸か、絶対安静で医者が面会謝絶の旨をいったら、そのまま帰ってゆかれたとか、後でききまして、荷風さんにもそんなやさしい一面があったのか、とその花に顔をよせながら思わずホロリとさせられたことでした。

亡くなられた後、新聞記者や何かに何か思い出の品物でもないか、といろいろ責められましたが、今は何一つ当時のものは残っておりません。ただ先日、何の気なしに御飯の時永年使っていた桑の箸箱を見ていたら、その蓋の下に、見覚えのある字体で「荷風」と墨書してあるのが目にとまりました。考えてみると、その象牙の角箸は、もうすっかり先がササラのようにわれてしまって、何十年使ったか分らないものですが、度々の火災や転宅にも、よく失われずに来たものと思います。多分、ご一緒にいた頃、お使いになっていたものが、いつか私の日常の食膳で用を足すようになったものでしょう。私はたった一つ残されたこの懐かしい箸箱を形見として、これからの余生を、毎日お通夜のつもりで相変らずお酒を飲みながら暮してゆこうと考えています。お別れした時、お互いに、「もう二度と結婚はしないよ」「私も一生独身を通します」と誓いあったその言葉どおり、お仏壇の奥と外で、何の気兼ねもなくお酒を酌み交わすのがせめてもの幸福と思っている次第です。

（『婦人公論』一九五九年七月号）

日蔭の女の五年間

関根　歌

四月三十日、朝おきると裏山でからすがしきりに啼いておりました。いつもはからすの啼き声なぞ気にしないたちなのですが、近頃は和倉にちょいちょいお葬式があるものですから、今度はどこのお葬式かしら、と家の人に言うと、からすが子供を生んだのでギャーギャー啼くのでしょう、と言われてしまいました。そうかなあ、とおもいながら、市長選挙の投票に学校へ出かけ、家にかえってきてからラジオのスイッチをひねると、午後四時のニュースが入ってきて、はじめて荷風先生の御逝去を知りました。その時は、ただ呆然としてなにをしたらよいのかわからないほどでした。

すぐ市川へ出かけられないのは、たまらないほど残念でしたけれども、弔電を差上げることに心をきめて、早速、郵便局へ走りました。遺族の方はとにかくとして、故人にナムアミダブツを申上げたいとおもいまして、先生のお名前で電報を打ったのです。その晩のテレビの写真によりますと、あの汚れたお部屋の中で、チーズクラッカーの散らばっているのが眼につきましたが、先生のお好きだった食べもののことなどをおもうと、たのしかった昔のことが浮かんできて、泣けて仕方がありませんでした。

私が初めて先生にお会いしたのは昭和二年のことですから、先生は四十八歳、私は二十歳だったわけです。私は富士見町から寿々竜という名で芸者に出ていたのですが、その時、先生は「ウィスキーをお飲みになりますか」ときかれたことを覚えております。その頃の私には好きな人がいたのですが、その人は私を捨てて結婚してしまい、やや絶望に似た気持でした。芸者稼業がいやになり、やめたくなっていました。

やがて私は先生に身受けされて、西久保八幡町の壺屋というお菓子屋さんの裏に住むことになりました。路地裏で人眼にもつかず、気楽な家でございましたので、先生も来訪の客を避けることができて、たいへんお気に入りのようでした。先生はその家を「壺中庵」と呼ばれて老後のたのしみになさっていらっしゃったのです。先生は、わざわざ新聞広告まで出して、女中をやとってくださいました。先生は毎日のように壺中庵を訪れては、食事をなさり、夜は御一緒に銀座、神田、麻布そのほかの街なかを散歩したりいたしました。

翌昭和三年の四月、麴町三番町に「いく代」という待合を出させていただきました。たしか先生が東京海上の株券を売って、三千五百円の権利で買ったものでした。

それからお別れした昭和六年の秋にいたるまで、足かけ五年のあいだ、私の方から、偏奇館のお住いにお訪ねしたり、先生が私の方へまいられたりしたのですから、さまざまな思い出がうかんでまいります。

なによりもまず先生は時計の針のように時間を正しく守る方で、五時なら五時にぴったりと来られるのです。そして十二時になると、お気にいりの運転手をよんで、ピタリとお帰りになられます。その度に私も偏奇館までお供するのですが、車がまいりますと、愛犬のポチまでも、きまって車にのりこんでしまうありさまでした。

夜の時間を、先生は昔ばなしを私にきかせてくださるのでした。アメリカやフランスに行かれた時のこと、交渉のあった女の人のおのろけ話で夜をふかしました。また芸者や女給さんたちの色っぽい噂話がたいへんお好きでした。お前の浮気話もきかせておくれよ、といっては、私が向島で育ったときのことなどをはじめ、あれこれの話をおききになるのです。昔ばなしをよろこんでお話しになったのは、どなたとでもそうだったのでしょうが、文学の話や堅い話は一切なさりません。もし人が来てそんな話になりますと、先生はたいへん御機嫌がわるくなるのでした。

「あんたはまだ年が若いのだから、少しは自由に遊んでもいいんですよ」と私に言われたこともあります。先生の浮気にたいして、私がほとんどやきもちをやかなかったので、そう言われたのでしょう。けれど私だってそのころはまだ若かったのですから、浮気をしました。すると先生は、その話をきかせておくれ、とたいへん聞きたがるのでした。

先生には私の性格がたいへん不思議におもえたのでしょうか。私を連れてほかの待合、とくに牛込に行って、芸妓といちゃつくのを私に見せつけるようなこともありました。先生と私とは三十歳近くもちがうのですから、私は先生がおもうほど、やきもちもやかないのです。どちらかといえば、私は割りきっていたのです。しかし私も女ですから、Sという芸者との一件は耐えかねることでした。私はこれを牛込事件とよんでおりますが、あの夜、牛込の待合で先生と私とSの三人が一緒に泊ったとき、先生は刺戟的な雰囲気を作り出すためなのか、変態的なしぐさをなさりはじめたのです。……これには非常に屈辱をうけて私自身もほんとうに腹を立ててしまいました。その後、先生はSをひかせて四ツ谷に囲った様子でしたので、私は女中を使ってその探偵をさせたりもしましたけれど、案の定やっぱり私の勘はあたっておりました。

そんなことがあってから、私は仮病を使って日本橋中洲の病院へ二ヵ月ほど入院しました。先生が大石医師に「おつむの病気ですから、ここに注射をしてあげて下さい」と頭を指さしたのをおぼえていますけれど、私が気ちがいになってしまったと先生はほんとうに信じこんでいたようです。私自身としては、そうでもしなければどうしようもなかったのです。私を気ちがいとか狂女とか、世間では申しているのですが、それは全くの嘘です。先生もそのほかの人々もほんとうのことをご存じないのでございます。それでも先生は、毎日病院に来られては、一緒におかゆを食べて下さったのでした。

麻布の谷の下あたりから聞えてくるお琴の音をききながら、先生と一緒に歩いたりしたことは、とくになつかしく思い出されます。先生のお宅へ伺うときは、表玄関から入らないで裏口のばあやさんのところから入ります。お部屋はというと、一階に四畳ほどの日本間がお風呂のそばにあるだけで、あとは全部洋間でした。二階の書斎には本がぎっしり並んでおりましたが、その中でもとくに鷗外先生の全集が一番目のつくところに飾られているのを、印象ふかくおぼえております。応接間は下にありましたが、なにか閑散としていて人間のいない住居のような感じでした。春になると、門から玄関のところまで植えられた沈丁花のすばらしい香りがなんともいえず、お宅から二、三丁さきからぷうんと匂ってくるほどでした。なつかしい麻布のお宅でした。

三番町の「いく代」の方でも、たくさんおもしろいお話がございます。ある週刊誌に、自分で帳簿をつけ、そろばんをはじいていたなどと書かれてありましたが、これははなはだしい誤解です。そんな方ではありません。私が帳簿をお見せしても、先生はちょっと眼をやるだけでほとんどごらんになりません。それなのに札束の勘定までしたとは、なんたる侮辱でしょう。世間にはあまりにも伝説めいたおかしな話が伝えられているので、私はたいへん迷惑を蒙りました。

ただこういうことははっきり言えるでしょう。先生は春画をたくさん持っていらっしゃいました。むかしから丹念に集められたもので、ほんものの、すばらしいものばかりでした。「いく代」のお客さんがそれを所望すると、先生は「いますぐ持ってまいりますよ」とおっしゃって、麻布の家へ飛んで帰り、すぐさま持参されて人をよろこばせるのでした。「もっと別なのを」と言われると、また飛んで行くのです。そういうお客さんの見える日には、「今日はあの人の来るころですね」、所望されぬ先から別の春画を持って来て、よろこんでお見せしておりました。

のぞき趣味もたしかにありました。小さな柄のついた細長いのこぎりを御自分で買ってこられて「どこをあけたらいいかなあ」と押入れの中に入ったり出たりして、一人でギイギイやっていらっしゃるのです。そしてまた翌日来られると、「きのうのやりかけの大工さんをしなけりゃ」と言って靴をぬいでさっさと上ってまいります。やがて小さな穴があくと大喜びで、まるで鬼の首をとったようなお顔をしておられました。ある時には「今のはつまんなかったですよ」と言って出てこられたり、またある時はたいへん悦に入ったらしく、「あの方の席料はまけておいてあげなさい」と言われることもありました。元来、先生にはちゃめ気がありましたけれど、こんな時は、ほんとうにいたずら好きの子供という感じがしました。

「いく代」にすっとんきょうな性格のお清という女中がいて、それを相手に帳場でよく雑談をされていましたが、先生はたとえ女中とでもたいへん丁寧な言葉遣いをなさっていました。また人の悪口を言う方でもありませんでした。しかし、あの人は心掛けがいい、とかわるいとかいう言葉をよく遣われておりました。はやり言葉は大嫌いで、昔風の言葉を好んでつかわれました。

そんなことから、少々固くるしいところもなかったわけでもありませんが、決していやな人ではありませんでした。したがって私の方からも先生の方からも、別れるということもなく、また別れなければならない理由もなかったのです。

しかし先に述べたようないきさつもあって、私は退院してから「ほかに好きな人がいるのです」と先生にはっきり申上げました。私の彼氏を偏奇館に連れて行って紹介したこともありました。私は狂女でもなければ、先生にたいして不親切なことをしたこともありません。ただ、牛込事件のことが「しこり」となって、こういう事態におちこんだとも言えるでしょう。

「なにか困ることがあったら、いつでも訪ねていらっしゃい」ということでお別れしました。

その後、戦争のおわるまでに、二回ほど御機嫌うかがいに上りました。戦争のはげしくなった十九年にお訪ねしたときは、先生のお好きなアメリカン・ベーカリーのサンドウィッチを持参して、一緒に食べながらいろいろ戦争の話などいたしました。

「この戦争は敗けるんですよ。だから買いだめをしておくのです。お砂糖もこんなにありますよ」と言って大きなカメを見せていただきました。そして墁を出してきて、私にお砂糖を下さいました。

戦争がおわってから市川へ四度御機嫌うかがいに上りました。私も二度空襲で家を焼かれたので、知人をたよって能登半島の和倉の旅館につとめていたので、市川へ行きたくもいそがしくてなかなか伺えませんでした。それでも上京するときには先生のお好きなもの、たとえば能登産のさんしょの花のつくだにを手土産にしたり、また風月堂のワッフルとか、私の知っている範囲のお好きなものを持参しては御機嫌伺いにまいりました。

昭和三十年は羊の年でした。私が羊の年ですから年賀状を差上げるときに、「めでたさは羊に似たるあごの髯、角も今年は丸くおさめん」という色紙を、むかしいただいてあるのを思い出して、それを賀状に書き入れて差出しました。するとすぐ御返事をいただきました。それから道順もいただいたので、三月ごろ上京の折、お伺いいたしました。「ごめん下さい」とお玄関で申上げると、「どなたでございますか」とまじまじ私の顔をみて、「あ、お歌さん、ね」とにこにこされて「お上んなさい」と申されました。

お部屋に入ってびっくり、畳はぼろぼろ、まっくろで、七輪やら火鉢やら、おふとんはしきっぱなし、枕をみれば座ぶとんを二つ折りにした、汚れたベタベタのものでした。

なにかおかわいそうになって、涙がこみ上げてくるような気持がいたしました。

最後のお別れだったのは、たしか去年の三月のことです。その時は、新築中の家の塀を見ると言って御一緒に出かけました。私が待たせておいた自動車に乗って行ったのですが、その時はあの小さなボストンバッグをちょこんと膝の上におのせになっていらっしゃいました。ああ、これが最後のお別れだったのです。ほんとうに先生の枕をお作りして差上げたかったのですが、それも出来ず悲しくてなりません。先生、ほんとうにお許し下さいませ。

先生はお一人でさぞお淋しかったことだろうとおもいます。いつも孤独でいいと口に出しておられましたけれど、ほんとうは淋しがりやだったのです。いつもにぎやかなことのお好きだった先生だけに、索居独棲(さっきょどくせい)のたのしみをいわれたのは、江戸っ子らしい、負けずぎらいの気分からそう申されたのでしょう。けれど私は涙なくしては先生のことを想い出せないのでございます。テレビで亡骸を見たときの、あのチーズクラッカーを思い浮べますと、涙がとめどなくこみ上げてまいります。

先生、御冥福をお祈り申し上げます。

(『婦人公論』一九五九年七月号)

『夏すがた』の初版について

籾山庭後

一

荷風先生の『夏すがた』は書きおろしの初版なるが、その書たる四六判本文わづかに七十頁、ナンキン綴ぢ唯だかりそめのキリツケ本なり。扉の図案も表紙の絵も共に先生みづから作り給へり。

本文は表罫の輪廓を二寸四分四寸四分に繞ぐらし、旧五号活字三十三字詰九行ルビ付に組みて、版面を縦に細長く見ゆるやう拵へたるは、本屋の好みに依ることなれども、表紙の絵の必ずしも縦長に描かれゐざるに対して釣合よろしからずと或人の批難なり。殊に掛紙に至りては、「夏姿」とある白抜の木版の寸法と、「永井荷風新作」と横書きに見せたる活字と、これも縦長には見えざれば、全体を通じて心持一貫せずとの評あり。本屋一言もなきに似たり。

用紙は卑しかるまじきを旨として、いさゝか吟味したればにや、今日一般の書籍に用ゐらるゝ紙には比すべくもあらず。

定価金参拾銭、今より見れば只にも等し。本屋も商売にはならねど、作者の得るところも知るべきのみ。酬いられざるも甚し。今昔の感なからざるを得ず。

二

此の本表紙と掛紙と、その裏に「米刃堂版」とあり。此の字面について、いさゝか記すところあらんとす。

荷風先生の先考禾原先生は詩家として盛名あり。『来青閣集』十巻はその詩存なり。いつの時、また何の書にやありけん、(新橋夜話か)、禾原先生令息の為に、その小説集の扉に揮毫せんとするに当り、版元「籾山書店」とあるに逢著して当惑し給ふ。「籾」は和字にして中国の文字にあらざれば、之を筆にしがたきを奈何せんとなり。遂に「籾」を両断して「米刃」の二字となし、筆を揮うて「米刃堂」と書し給へり。小沢碧童その字面を奇とし、忽ち石印一顆を刻して贈られたる、思はぬ儲けものにてありき。小山内薫先生の如きも亦、爾来やつがれを呼ぶに「米刃堂」を以てし、また本姓をいふこと稀なりき。その後、やつがれも亦時に戯れに唐めかして「米刃山」と署することあるは、更に一転して、米を姓とし刃山を号として、籾山の二字を三字に書きなすなりけり。

「籾」は和字なること禾原先生の教へ給ふ如くなり。「籾」はモミゴメを意味す。中国に於てモミゴメは粟(ゾク)なり。精(しら)けては「米」なるべし。

北支那の地は寒ければ稲あることなし。穀はアハを主として之を粟(ゾク)といへり。周の時代、或は周以前に、米穀南方より来れるにやといふ。以来コメもアハも等しなみに粟(ゾク)と称して別を立てず。かくて、アハも粟、モミゴメも粟なりければ、わが国の学者用字の便を思うて、粟をアハとし、別に「籾」字を作りてモミゴメとせり。いつの世、何人の作為なるや知るべからず。

稲に関する研究は、荷風先生の令弟、農学博士永井威三郎先生、世界的の権威なり。先生の著述少なからず。やつがれの知れるものゝみにても、『日本稲作講義』、『実験作物栽培各論』、『日本の米』、『米と食糧』、『穀物の話』、『随筆水陰草』、『随筆野菜籠』等あり。「籾」字の事の如きも、先生に就いて尋ぬべきならん。

三

『夏すがた』は内務省へ届出づるや忽ち発行を禁止せられたり。風俗を紊るものといふの理由に依てなり。警視庁吏版元を襲うて刊本を差押ふるに、残本僅かに三十余冊に過ぎず。本来届出の後三日はその発行を差控ふべき定めなるを、その儀に及ばざるは本屋も不心得なりとて、大目玉を頂戴し、まづ無事には済むまじとの事なりしも、小山内薫先生事を扱うて、警視庁へ赴かるゝこと前後三度、陳弁哀訴是れ努められたる甲斐ありて、漸くにして事無きを得たり。その一伍一什の詳しきことは、いまさら興なきにも似たれば爰に記さじ。

四

「夏すがた」はお千代慶三の色模様を描ける小説なり。昔の人情本ともまた粋書などゝもいふべけれども、それとはまたその根底の思想に於て趣を異にせるものありといふなり。

そも〳〵此の小篇には、モデルとなりける男女の有りけるや、また無きや、そは知り難きところなれど、之を見ん人の側よりいはゞ、読みて世にはかゝる自堕落なる女のあるにつれて、またかゝる遊野郎もあることにやと、驚き恐るゝ堅人もありぬべく、中にはまた作者いかにしてわが秘事を探ぐり得て、かくは筆に上ぼせけるやと、首を縮め、舌を吐く男女もありぬべく推し量らる。されば篇中のこと、なべて是れ実なるが如くにして虚、虚なるが如くにして、また実ならずとはいひがたし。

荷風先生の述作、かの「下谷叢話」の如きは一代の傑作、一世の好著なり。その小説にありては、例へば「つゆのあとさき」の第五齣、老儒清岡熙の隠栖とその為人との描写の如き、やつがれのあまたゝび愛読して措かざる所なり。安んぞ知らん、爾も老いたりと笑はれんことを。

（昭和二十四年四月十七日稿）

（『荷風全集』附録八号、中央公論社、一九四九年六月）

II

浅草の荷風

高見　順

とある新聞の演芸欄に、浅草の人気者の評判記が出ていた。それにはナミジ・笑というストリップの踊り子も登場していた。彼女が記者に語った言葉の中に「ニフウさんはしょっちゅう楽屋に見えてますワ」というのがあって、記者はこれに対し、荷風先生のことを彼女は「ニフウ」と呼んだと註していた。

荷風が戦争中と同様に浅草のレヴィウの楽屋に通っているとは、かねて噂に聞いていた。そして戦後のレヴィウ女優の中にはニフウさんなんどと言う者がいるとも聞いていたが、所謂アプレ・ゲールを嘲る為の慥え話ではないかとひそかに疑っていた。しかし、くだんの新聞記事はそれが事実であることを私に知らせた。私はその時ふと、私の親友の詩人倉橋弥一が生きていてくれたらなアと、そんな呟きを心の中でした。ニフウさんと大真面目に言う子がいるとは頼もしいと、私は倉橋君と、それを酒の肴にして盃をかわしたいところであった。もっとも病後の私は、そうは言っても、飲めはしない身体だが。

浅草で倉橋君と、何かというと、飲んでいた頃、——思えばもう十年以上の年月が流れているが、その頃、私たちは一種の陰語の如くに荷風をニフウと言っていた。

「ニフウ先生が森永にいるぜ」

といった按排(あんばい)である。ニフウとはすなわち私たちの発明にかかる呼び方である。浅草に韜晦(とうかい)していた荷風の姿は、敬愛とともに親愛の情を私たちの胸に掻き立てずにはおかなかったという意味において、カフウでは不満であった。

「葛飾情話」がオペラ館に上演される前後の頃であったが、合羽橋通りの「つたや」に行くと、そこの常連の一人の、川公一というオペラ館の喜劇俳優が、

「クラさんや。永井荷風と菊池寛と、どっちが看板が上なんで？」

聞かれた倉橋君は、豆鉄砲を食った観音さまの鳩みたいに眼をパチパチさせて、それはまたどういう？　と尋ねかえすと、偉い先生だったら色紙を書いて貰おうと思うんだと言った。

荷風は、こういう、荷風が荷風であることを知らない世界に隠れていることが好きな

のであった。そして、好きなのである。そういうところで初めて憂悶を晴らしうるのである。それは荷風自身も夙に書いている。豊麗な踊り子の裸身を描くことに生涯倦まなかったあのドガが、その実生活ではやはり無類の人間嫌いだったことを思い出す。荷風の場合は、しかし、単なる性癖というだけではないようだ。韜晦はひとつの反抗の姿勢だったのだということを思わねばならぬ。

「つたや」には、荷風の色紙が、焼鳥の煙りにいぶされながら、かかっていた。娘のたまちゃんに荷風が書いて与えたものである。荷風が荷風であることを知る者にはほとんど絶対に与えられぬそうした色紙を、私たちはたまちゃんを通して入手しようと考えたが、既にその時「つたや」には荷風の忌み嫌う文士やジャーナリストが出没していると探知したらしく荷風はもう寄りつかなくなっていた。そこで手をかえ、私たちはオペラ館の踊り子を使って、かすめ取ろうと企てたが、これも遂に果し得なかった。荷風が拒んだというより、踊り子がそう熱心にせがまなかった為のようである。

同じ頃、私は秋声令息の一穂氏とそれから倉橋君との三人で、オペラ館の裏道を、江戸館の通りから瓢箪池の方へと通り抜けようとしたところが、その楽屋口に荷風を見かけた。楽屋口に縁台が出してあって、役者たちと一緒に荷風はそれに腰かけていたから、季節は夏であったと思われる。顔見知りの役者に私は「や」と挨拶を投げて、走るように通りすぎた。私は頗る照れていた。その駈け足の私のあとから、一穂氏はゆっくりと歩いてきて、瓢箪池の藤棚の下で私にこう言った。

「荷風さんが、君のことを、あれは、どこの漫才ですかと——君の挨拶した役者に尋ねていたぜ」

「漫才？　言ったな、あのくそ爺」

隠れることにおいて私も荷風に負けてないと知らされたのだとして、一種の愉悦を覚えた。しかし倉橋君は、

「シャラク(洒落)にかけちゃ、やっぱりニフウさんにはかなわない」

と言った。荷風が私を知らないという訳は無い筈だのにわざとそんなことを言ってのけたのだというのが、彼の見解であった。われわれ好みの見解ではあったが、それはやはり見解というのにとどまるものであったかもしれぬ。

荷風文学について私見を述べるつもりだったのに、こんな愚にもつかぬことを書いてしまった。(荷風先生、或は荷風氏とせずに、荷風と書いたのは、文学論をする所存だったからだが——)

もはや紙数も残りすくなで、文学論を試みる余裕は無いから、つまらぬことを書きつづけることにしよう。荷風が浅草に親しみ出した頃、私もふとした機縁から、浅草の五一郎アパートに部屋を借り、やがて「如何なる星の下に」を雑誌に書きはじめた。浅草の友人たちはその私に、荷風が熱心に執拗に浅草風俗資料を蒐（あつ）めて、そして私のように軽々しく筆を執らないということを語った。その言うことは実に正しいので、私はなんだか荷風が憎らしく成った。荷風の部屋には往年の活動小屋のプログラムなどがいっぱい貼りめぐらしてあると言う者もあって、私は、見てきたようなことを言うないと言った。荷風の浅草小説は終戦後まで遂に発表されなかった。戦争中ひそかに書かれ、終戦後初めて発表されたその浅草小説を読んで、私はぐうの音も出なかった。その中のひとつの「勲章」に「写真は今でも捜したなら、わたくしが浅草風俗資料と紙札をつけて、興行物のプログラムや流行唄や踊子の姿など、さまざまな写真や紙片を投込んで置く箱の中にしまわれているであろう」と書いてある。戦時中の噂は事実なのであった。

仔細あって、荷風と私との間にはいささか血のつながりがある。

（『荷風全集』附録一六号、中央公論社、一九五一年一月）

その頃の荷風先生

菅原明朗

荷風先生から「今日は夕食後に富士アイスの地下室へいらっしゃいますか、もしさしつかえなければ、御眼にかかって御ねがいしたい事があるのですが」との電話。私はその頃銀座に事務所を持って居て、夕食後教文館の富士アイスの地下室が仲間の雑談の場所になっていたのです。先生の電話はその銀座の事務室へかかって来たのです。用事と云うのは次の様なことでした。

「浅草のレビュー小屋の楽屋へ入りこんでみたいのです。誰か音楽の方の関係で御知りあいの方があったらそのよしを御たのみしていただけませんか、ただ私の名前はかくしておきたいのです。ですからファンと云う事にしてもいいし、誰かの助手の様な顔をして居てもいいし、裏の人の友人として出入りしてもいいし、必要ならば多少の入費は勿論かけてもいいのです。私は最近新宿・浅草の小屋をのこらず観て歩きました。昔私が劇に親しんで居た頃とは何もかも変りました。映画とレビュー。善し悪しは問題外として、これが現在の日本の姿なのでしょう。やはり善悪は別問題として、その姿が西洋に近附いて来たこの実際だけはどうする事も出来ないでしょう。昔、帝劇、自由劇場の頃は少数の一部の人が頭から割り出して西洋に近附けようとしたのです。現在では、そんな無理がなく、生活のしからしめた結果なのです。清元よりもジャズの方が日常に近い日本になったのでしょう。あの頃帝劇で無理に上演し客がきゅうくつな思いで見たオペラとは別な国産のオペラが生れるのを今では見物の方が待って居るのじゃないでしょうか。舞台が変った様に楽屋の芸人達も変っていて、きっと知らない色々なことにぶつかるでしょう。私は切にそれが経験したいのです」

これが先生のオペラ館に出入りする様になられた最初で、やがて「葛飾情話」を上演する事になったきっかけでもあったのです。

オペラ館の楽屋へ運ばれる様になった先生は小屋の中では一番低い階級とされて居る人達と親しくされ始めました。コーラスの女の児だとか、下廻りの若い男だとか、道具の助手だとか、出前の商人だとか云った。――しかしプリマドンナやスター等の間にはいつか「どうも永井荷風によく似た男が二階の踊子の部屋に来る様だ」と云ううわさが立ち始めたのです。或る者は「まさか荷風が——人ちがいだろう」とも云いました。とうとう評定のままではすまされなく成って或る一人が事実をたしかめようとするまでになりました。

「毎晩の様にくるあの脊の高い人あれ永井って云うんじゃない」

「ちがうわよ、あれ写真屋のおじさんよ、お姉さんも写してもらわない。いくらでも撮ってくれて、それでお金は一銭も取らないのよ、それからお茶を飲みにもつれてってくれるし、御飯も御馳走してくれるのよ。それでて一寸も変な事なんか云わないし、しもしない人よ」

それは実際に不思議なことだったにちがいありません。しかし、踊って歌ってただ家の費えのいくらかでものたしを稼いで一日一日をすごして居るコーラスの踊子の大半に取って、その不可解をつきとめようなぞはかんがえも及ばない事ですし、なかには先生の小説「踊子」に出て来る様な女も居たかも知れませんが、その児にとってはただ御飯をたべさせてくれて、写真をうつしてくれて、遊んでくれる男——それだけで云う事はなかったのです。

その頃文壇ではヴァレリーが流行し始めました。日本ではなんでもが流行なのです。そのヴァレリーを一冊も読んで居なかった私は仏文専攻の友人にこの作家をたずねました。——まあ、大きな期待をせずに読んでごらんなさい——と云って渡されたのが「ドガ」です。老境に近附いた芸術家が毎夜の様に踊子の楽屋を訪れる——何か荷風とドガとを連関してかんがえました。

△△の古本市で『濹東綺談』の私家版が三百円で売れた。『腕くらべ』の私家版は六百円する。——と云ったうわさが弘まったり、新聞に出たりしたのもその頃です。円本の古（ふる）がそこいらの店先に二、三十銭で出て居た時です。一冊の小説に三百円は驚くべき価でした。これが私に二十年以上も前に読んだフランスの新聞を思い出させました。——ドガの画が十五フランで売れた。その画は作家の手をはなれた時はやっと絵具の代にもたりない価だった。現存の作家の画が高価に成って行く時、作家にその幾割かを渡すべきではないだろうか。失明の画家は今孤独に暮して居るではないか。

そう云えば作風、生涯にも荷風先生はどこかドガと共通したものが有るのじゃないでしょうか。

写真屋のおじさんがまちがいもない永井荷風だと云う事はやがて楽屋中に知れ渡りました。おじさんと呼んでいたのを先生と云う様になっても、二階の踊子達の部屋は何の変りもありませんでした。小屋では物を書く人はみんな先生なんですから。

「先生は小説を作る人だってね。あたし婦人画報や、主婦の友や、いろんな雑誌を見たんだけど先生の書いたもの一つも出ていないのね」

「ああ、僕のはまだ出してもらえないのだよ」

「勉強して早く出してもらえる様になるといいわね」

踊子達には同じでもスター連はそれではおさまりませんでした。

「小説のネタを取りに来て居るんだよ」

オペラ館に毎夜荷風が表れる。――小屋の人等にはそれ以上の解釈の下し様がなかったのでしょう。そしてこの解釈はこれを断定するに充分で何一つ疑問をのこしませんでした。事あれば自分を宣伝されたいチャンスをつかみたい芸人通有の気持と、一方何かを知られるのがいやなその気持とで先生は此処(ここ)の人々に一種の地位と一種の人気の様なものを占めてしまいました。

そのうちに「葛飾情話」の噂さが楽屋に知れはじめました。

「何、永井荷風と菅原明朗とがここでオペラをやる。それは嘘だよ。この小屋をモデルにしてオペラを書んだよ」

一方女達の間には早くも役についての想像が話題にのぼりはじめました。

「永井先生のものだから芸者の芝居よ。きっと主役は○○さんらしいし、日舞は誰々さんがやるんでしょう」

こう云った空気の中で運転手とバスガールのオペラ「葛飾情話」はオペラ館に上演されました。

オペラは大衆を客としなければならない、そうでなければ純音楽の方がいいだろう。歌劇は思想的な問題劇とは違う。だから生活の身近になければならない。――これが永井先生の持論でした。浅草へもち出したのもそんなわけです。先生は既に経験の深い方でありながらこのオペラでは幕の開く時まで非常に心配されました。

「批評家なんかどんなことを言ったってちっともかまわない、むしろ悪口を云われた方が面白いではありませんか。私の心配しているのはフリの客にどうひびくか、あくびをされることと、フカれることを――この二つを恐れているのです。これさえなければ歌劇は成功したのでしょう」

公演十日間のうち泣いた人達はありましたが、アクビをした人もフイた人達もありませんでした。そしてある批評家は予期通り悪口を云いました。その批評家はベルディの知られていない曲を私の名でやれば同様の悪口を云うでしょうし、私の曲を外国人の名でやれば感心をするのでしょう。「葛飾情話」は先生の希望を満されました、そしてラクの日に上田敏先生の墓前に行かれました。

「上田先生が夢に望まれたこと、そして私も胸に抱いていた希望が廿年たって実現したのです」

これが終演の時の先生の言葉でした。

今、この時から八年たっております。八年と云えば、そう長い年月ではありません。しかし昭和十三年からの今では遠い遠い別の世界の様な気がします。それに歌劇の原稿も全部灰になってしまいました。まだ楽壇にみとめられず、オペラ館で歌ったその時の主役の増田得三さんはその後ベルディやプッチーニの歌劇を本場のイタリヤへ放送したり、原信子さんと帝劇で二重唱を歌ったりする様になりました。そして家を失くした私は今その増田さんの家に厄介になっています。ただ不思議なのはあの頃の私の事務所だった銀座のビルディングとその界隈が昔のままの姿で焼残ったことです。私が居た部屋は今どんな人が使っているのでしょう。

（『音楽之友』一九四六年一二月号）

浅草ばなし

小川丈夫

オペラ館で上演された「残された女」という芝居のことを、某新聞の学芸欄に掲載された荷風の浅草見聞記？で読んだことから、木戸でお金を払って入場する、単なるオペラ館のお客様でない、定連の、木戸御免の荷風先生となられたのである。というのは「残された女」が一応先生に認められたことなので、若い作者の河上に挨拶の手紙を書かしたからだった。

さて、このことから、まるでオペラ館の嘱託ででもあるような、御出勤がはじまったのである。はじめの頃は一週に一度か二度、日が経つにつれて、隔日、はては連日と、まるで若い者の色街通いの体となったのである。

それでも、最初の頃は、黒い風呂敷に包んだカメラを小脇にかかえて、恋人を待つ青年のように、ひかえ目に楽屋の入口に佇んでいられた。役のあいた踊り子達をかり集めてお茶を飲みに行くのだ。そのうち馴れて顔見知りのふえるのとともに、楽屋の中に入りこんでこられた。舞台の袖からヴァラエテーをのぞいたり、ごったがえす狭い廊下を右往左往、はては三角な女の子の部屋の、履物や、小道具、色とりどりの衣裳、食い荒した食器類、玩具箱というより、ごみ箱をひっくりかえしたような中に――、十四、五畳位の部屋に三十人近くの鏡台をすえた、紅と白粉と、嬌笑と喧騒の片隅に腰を下ろして微笑んでいられたのだ。それも正午頃から夜十時の閉場まで、はたからすれば大した苦行とも見えようが、本人はただニヤニヤと女の子のとりとめのない駄弁に耳を傾けていられる。ヴァラエテーがすむと、竹久よし美、田毎美津江その他を引率して森永（喫茶店）へ行かれるのだ。女の子達の舞台の出番が近づくと、また楽屋へ引きかえして、三角部屋の一隅で長い脛をかかえて座っていられる。

（変な爺さんである）彼女達にしてみれば、永井荷風だろうと、我々文芸部員だろうと、やじり屋の兄（あ）んちゃんだろうと同じことなのだ。遠慮会釈もない。

「永井に風って何んなの――」であった。

やじり屋といってもお分りにならない方もあるだろうから、一寸説明しておこう。威勢のいい若い観客が、それぞれの贔負（ひいき）の踊り子の名前やあだ名を二階の一隅から、声をからして声援する人達のことだ。初めは個人個人でやっていたのだが、類は友を呼んで三人になり五人になり、各所に陣取って声援するのである。その喧騒たるや、度々芝居を中止せざるを得なかった。三人五人が五人十人になり××嬢後援会にまで発展する。(彼女の芸術の向上の為に——)てなことで会合が開かれる。それに荷風先生も僕も出席したものである。一度先生の希望で、このやじり屋の兄(にい)さんを呼んで、弁天山近くの薄暗い小料理屋の二階でいろいろ話を聞いたことがある。なんでも寒い頃であった。踊り子某と本所あたりの老舗の倅との哀しい恋の物語を——。丁度十二時、弁天山の鐘の音が寒々とひびいて来た。この話を先生は書かれるつもりらしかったが——。

当時、三時頃か、六時頃森永に行ったことのある人なら、舞台化粧のおちきらない若い女達に囲まれて、口の中にふくんでククっと笑う、楽し気な荷風を見出したであろう。先生はこの度々の勘定を、色あせた紙入れから、きまって五円札、それも手の切れそうなのを札束からメリメリとはがして支払われていた。遠慮のないのが、「先生、一枚頂戴——」。変なことを覚えているものだ。

竹久よし美という女優を贔負にしていられた。嘴(くちばし)の黄色い女の子達の中で一番女であったからだろう。彼女には他に牛込の物理学校の数学の先生のファンがいた。小肥りの如何にも気の弱そうな人だった。この数学の先生と荷風との鞘当てが度々行われた。鞘当てといってもそこは文化人のこと、チラリと光る目当である。火花ならぬ目花がなるのだ。所はオペラ館の楽屋口。御両人とも竹久よし美の出現を待っているのだ。御両人チラッと目が合うと、荷風は意地悪そうにニヤッとしてそっぽを向く。数学の先生はションボリして伏目になってしまう。面白い対照だ。いよいよ竹久よし美の登場である。荷風はチョッチョッと手招きして、さっさと連れて行ってしまう。数学の先生は荷風より一時間も前から楽屋口に立っていたのだ。数学先生は哀れにも悲し気に云うのである。

「小川さん、今度よし美ちゃんをたのみますよ。」

よき世、よき数学の先生ではあった。

この荷風オペラ館出勤も終止符をうつ時が来た。「葛飾情話」「隅田川」を上演したオペラ館も、大東亜戦争の進展によって強制取りこわし、レヴュー道場ヤパンモカル、オペラ館は解散した。

〇

「鳩の街」を書かれたのは市川市菅野広小路の奥に小さな家を買われてからのことだったろう。

麻布のお家が焼けてから、僕は永い間先生を見失っていた。安藤鶴夫君が永井荷風は市川の菅野という所に居られるらしいとのこと、市川菅野は当時僕が住んで居た所である。灯台下暗し、近所の杵屋五叟氏の家に居られたのだ。五叟氏の息子さんの知らせで、早速お訪ねしたのだが、丁度その時は戦後の電力事情で停電頻繁、闇の中で着物を着て出かけて行った。先生の所に着いた時も依然として停電中で、蠟燭の焔の中でお目にかかった。気がついてみると僕の着物が裏返しである。表は花色木綿。

こんなことでまた出入をしているうち、「鳩の街」が出来て、これを何処かで上演しないかとの話、最初浅草のロック座へ持ち込んだが、けられてしまい、大都劇場で上演することにきまったのである。この前常盤座に出演していた桜むつ子を大変可愛がっていられて、そのむつ子が大都劇場に出演していたので、役のことも好都合である。今は無くなった実際の向島の鳩の町の組合が後援することになり、荷風以下俳優全員が見学に行ったものだ。

初日があくと、先生「僕、舞台に出よう」と云われる。遊びに来た客で、二階から女に送られて帰って行く役である。捨科白(すてぜりふ)よろしく、別離の情こまやかに――。

この公演、興行師側のいいかげんな、のらりくらりで、とうとう先生の上演料も、僕の演出料も一銭も取れなかった。

これから少したってこの劇団も解散した。

私事にわたるが、この稿を書くに当り、僕先生に御迷惑をおかけした事があるので、甚だ忸怩（じくじ）の至りではあったが、もう亡き先生でどうにもしようがない。

ふた昔前の話、思い違いは、乞寛恕。


（『荷風全集』二刷月報21、岩波書店、一九七二年一〇月）

荷風日記

吉屋信子

戦前、総合誌『改造』を出していた改造社(戦後社長没後解散)が大衆雑誌をも刊行していた時があった。その雑誌のために大衆娯楽の興行物の楽屋訪問記を頼まれて、私は編集部の若槻さん(現にんじんくらぶ主宰)とカメラマンに伴われて当時の新宿のムーラン・ルージュや不二洋子の女剣劇の楽屋を見て、それから浅草のオペラ館の楽屋にかけ付けた時はもう夜も更けていた。映画館はすでにハネてほのかに焼鳥と支那そばのにおいが夜気に漂っていた。

オペラ館は舞台げいこの最中だった。それはなんとかいうオペレッタ風のもので、ピアノに合せて男女優パタパタ飛んだり跳ねたりしていた。案内役の支配人が「永井荷風先生もいらっしてますよ」と言った。そのころ、荷風はここの踊子のところへ遊びに来るというわさだった。荷風の「葛飾情話」も来週上演だった。だが私はその荷風を見に来たのでもなし、それにもう夜も遅くいつまで続くかわからぬ踊りまわるけいこを見るのがもうたくさんになり若槻さんに「帰りましょうよ」と主張した。

その時、支配人といっしょに黒の背広に黒のネクタイの長身、白晳の面長、髪をオールバックになでつけ黒ぶちの円い眼鏡の顔、まさしく荷風先生が現れたのには私はあっと驚いたがもう逃げられもせぬ。若槻記者は早速改造社員の名刺を出されて名乗り雑誌のために私を伴ったと告げて紹介されると荷風先生は長身を折るように丁重にお辞儀を賜わり、私もまた負けずにお辞儀の競争をした。若槻さんが「ごいっしょに写真を」と言うと意外なほど素直に、観覧席に私とならんでカメラにはいり、しばらく騒がしい踊の舞台げいこをお義理のようにながめてやがてふたたび御丁重にお辞儀されると、どこか奥の方にはいって行った……。あとで雑誌に私は荷風のお辞儀を（敬遠の礼）と書いた。

見かけによらぬ小心ティミッドな私は荷風に会う気などは毛頭なかった。藤蔭さんからたびたび聞かされたおかげで荷風がどんな人かよくわかっていた。その文学を鑑賞しても絶対に会わぬに限る人物と思っていた。それがこうした思いがけない出来事となった。

ところが、戦後刊行された荷風全集の「断腸亭日乗」のなかで、その日の一部分にこう書いてあった。

　　――練習中館員来りて吉屋信子なるもの余に面談したき由を告ぐ。避けて会はざらんとせしが機会を失して逃るゝ能はず。看客席に至りて信子と相対す。随従の一書生出でゝ余と信子との写真を撮影せり。――

信子「なるもの」とはずいぶんだ。練習中とは「葛飾情話」の舞台げいこのことだが、私の行った時のけいこはけっして「葛飾情話」の劇ではなく、舞台にもどこにも荷風の姿はなかった。

「機会を失して逃るゝ能はず」とはいかにも舞台げいこに立ち会っている時に私に面会を求められて逃げ場を失い観客席に降りて来たみたいだが、そうではない。劇場支配人がどこからか荷風を伴って現れたのである。もし「避けて会はざらんとせしが」なら館の裏口からも表からも逃げられるし、あるいは踊子の楽屋の押入れに隠れることも出来る。第一私自身は〈面談〉なぞ申込んだ覚えはない。支配人が私たち一行へのサービス心に出た結果ではあろう。記者の名刺も渡されて一行が楽屋を見に来た目的も聞いて居られて写真撮影を承諾されたのに――日記では「随従の一書生出でゝ余と信子との写真を撮影せり」。記者氏もカメラマンも気の毒に私のお供の書生にされてしまっている。

……。

荷風日記中では、いたるところ後進の作家が大被害を受けていられるからそれにくらべれば、私の場合などは問題にすることもないかも知れぬが、私はそれによって荷風日記のお筆先のアヤの一端をうかがい知ることが出来た。それはともかく、こうして藤蔭女史の忘れ得ぬ人を見た日があった。

（『朝日新聞』一九六三年六月二八日）

永井荷風訪問記

北原武夫

永井荷風訪問記を書けという都新聞社の註文に、私はしばらく躊躇したのち快諾した。それが今月の十日、その翌日の十一日に電話で打ち合わせて(と云っても永井荷風氏と打ち合わせたのではない、編輯部のH君と打ち合わせたのである)夜六時過ぎ寒い風の吹いている浅草へ出かけていった。

しばらく躊躇したのち快諾した、というのは変な云い方だが、これには仔細がある。私は現代日本文学の大家と云われる人の中では夙(つと)に永井荷風氏を尊敬し、気持の上ではひそかに師と仰いでいるほどで、度々荷風論を書きもすると同時に、一般に情痴文学と云われている荷風文学の真の在り方を、自分では自分なりに理解もし考えてもいると信じているので、一度何とかして先生にお会いしたいと思っていた。だから、そういう荷風氏を訪問せよという依頼には喜んで応じたのだが、かねがね訪問嫌いで、そういう連中に会うとどんどん逃げてしまって、なるべく会わないようにしていられるという荷風氏の噂を聞いている私は、さてどうしたものかと躊躇せざるを得なかったのである。

というのは、そういう荷風氏に会っていろいろ話を伺ったりするのが非常に困難だから、と思ったのではない。荷風氏が、なるべく人に、殊に文壇の人に会うまいとされ、極力そういう機会を避けていられるのが、ただの粋狂や厭人癖のせいではなく、荷風氏としては立派に理由があり、且つその点が（もしそういうことを云ってよければ）荷風文学の在り方というものの本質的な部分を成してさえいるので、そういう点もよく知っていながら、そういう荷風氏のもっとも嫌っておられる「街頭訪問」などをするのが、啻に礼を失しているばかりでなく、私としては特に心苦しいような気がしたからだった。

――それに、そのことでは、私に、もう一つの苦い思い出がある。

私が、この本紙の学芸部につとめている時のことだが、もう数年前になるが、永井荷風氏に何か原稿を執筆して頂きたいと思い、当時まだやはりここにつとめていて部長だった上泉秀信氏に「永井さんはいくら頼んでも書きゃしないから無駄だよ」と何度も云われたのだが、どうしても諦め切れず「大丈夫ですよ、誠意をもってお願いしたら、いくら永井先生でも書いてくれますよ」という張り切り方で、（今から思えば随分乱暴だが）いきなり永井荷風氏の許に電話をかけたことがある。はじめ、女中さんか誰かの女の声だったのだが、途中から荷風氏自身が電話口に出て来られた。思いの外に若々しい、少し太い、しっかりした声だった。私は、ドキッとした。それで、周章(あわ)てて、早口に吃りながら、原稿をお願いしたいのでこれからすぐお伺いしたいんですがというようなことを電話口で云うと、「何枚位ですか」という声が聞え、二枚位で結構なんですけれど、とにかくこれからすぐお伺いしたいんですが、ともう一度云うと「イヤ、その位の原稿なら、わざわざお出下さらなくとも結構です。明日のお昼までに速達でお送りします、ええ、大丈夫です」とハッキリそう仰しゃって、電話が切れた。私は、あんまり簡単に承諾して頂いたので、びっくりすると同時に、何か狐につままれたような感じがし、受話器をもったまま、ちょっとの間トボンとしていた。それから、急に、何とも云えない、有難いような嬉しさがこみ上げてきた。――ところが、その荷風氏の速達の原稿は、翌日のお昼には届かず、そして、その「翌日のお昼」だけでなく、それから何日待ってもついに届かなかったのである。

その時のことが、今だに私の念頭から離れない。あの時分すでにその位に人と会ったり原稿を書いたりするのを厭がっておられたのだから、今度は直接に行ってお会いしたらどんなに厭がられることだろうと、私は、浅草にゆく自動車の中でも、何だか暗然たる気持だった。だから、浅草に着き、雷門で降りて約束した目ざす場所、——荷風氏が毎晩必ず姿を見せるという「森永」の中へ、一歩足を踏み入れた時は、誇張ではなしに、死地に足を踏み入れる感じだった。

私は、その「森永」に一時間ばかり坐っていた。けれども、待てど暮せど、荷風らしい人物は勿論電話で打合わせたH君も、姿を見せない。——とても寒い晩で、店の中には小さいストオヴがあったが、燃料節約で火力が弱いのでとても寒く、それでもそのストオヴに噛じりつくようにし、辛抱してポツネンと待っていた。その間出たり入ったりしているのは、会社員のような若い男や、たまに浅草に何かを見物に来たような夫婦連ればかりで、それに、この店も浅草風に濁った感じがなく、いかにもそういう普通の客にふさわしくサッパリした事務的な清潔な感じで、こんなところへ荷風氏がどうして毎晩来るのだろうと、私は何だか腑に落ちない気持だった。荷風氏は大抵オペラ館の女の子を連れて見えるそうだし、私は浅草をよく知らないけれど、そういう踊子や芸人たちが始終やってくる店は、大抵決っていて、こんな電車通りの、大衆的で事務的にサッパりしているような大きな店ではなく、何処か裏通りの、あんまり人目につかない、薄汚れのしたような小さい店にちがいないと、私は一人で勝手に考えていたので、何だか永井荷風氏に似合わないような気がしたからだった。——ところが、この感じは当っていたのだが、私の方が大間違いをしていたのだ。

待っている処へ、——「北原さんという方はいらっしゃいませんか？」と女給さんが云うので、電話へ出てみると、H君からの電話で、「あ、あんたはやっぱり、そっちへ来てたの？　森永はもう一軒あるんですよ、もう荷風さんはいらしてますがね……あんたはよく知ってると思ったんで、どうも失礼しました」

——私はちっとも知らず、森永というのは此処だけだと思っていたので、電話で教わったそのもう一軒の家（公園劇場から入った横町）へ行ってみると、なるほど「薄汚れのしたような小さな店」で、煙草の煙が濛々と立ちこめ「やア、どうも、すっかりまごついちゃって……」などと云って坐りながら、ひょいとそばを見ると何処かの踊子らしいケバケバした洋装の女の子と、これもそういう役者らしい、帽子をうんと横っちょに被った若い男がひそひそ話しているのが眼につき、それから私が腰を下した途端に、すぐうしろのボックスにいる客が（顔は見えなかったが）いきなり大きな声で「あーあ、眠いなア！」と怒鳴るのが聞えたり、――先刻の、電車通りの店とはまるで客も空気も一変している。

「で、荷風さんは？」とH君に訊くと「さっき、三十分位前です。オペラ館の女の子を連れてね、どういうわけだか、一人の女は赤ん坊を連れてるんですがね、……ホラ、あそこですよ！」見ると、と云ってもわざわざ立ち上って見るわけにはゆかず、ちょうどそこの横の壁にはまった鏡に、うまい具合に手に取るように、永井荷風氏と女の連れの一人との姿が映っているので、私はその鏡の方を、しばらくじっと見入っていた。――ちょっと一と口に説明できない、何とも云えない気持だった。

かねて噂で聞いていたところでは、荷風氏は「労働者のように陽に焼けて、すっかり浅草人種になり切っている」というような噂だったが、私が（鏡に映っている氏をしげしげと）見たところでは、そんな感じではなかった。四十ちょっと越した位の、（全集の年譜でみると今年はもう六十二歳になっていられる筈だが）実直な会社の課長のような感じで、黒の外套に黒い帽子を被りロイド眼鏡をかけておられたが、写真とはちがって大分肥られ、（なる程顔色はすっかり浅黒くなっておられたが）むしろ大変精力的ながっしりした感じであった。そして、絶えず傍のオペラ館の踊子に話しかけ、時々赤ん坊を見て笑ったり、店内をキョロキョロ見廻したりしておられた。

私は、森永を間違えたりして間誤(まご)ついたのを思い合わせ、そしてこういう永井荷風氏の姿にはじめて接してみて、何だか勝手が違ったような、何か私が思い違いをしていたような妙な不安に駆られたのである。

荷風氏には女の連れがあり、愉しげに話しておられるので、話が終ってこの店を出るまで、此方から話しかけるのは待つことにしようということになり、私は、煙草を吸ったりあまり美味しくもない紅茶を飲んだりしながら、鏡の中の荷風氏を見守っていたが、――不安だけではなく、何だか寂しいような、つらいような、何とも云えない切ない気持になってきた。というのは――

ここで荷風文学について詳細に論じているわけにはゆかないが、一般に永井荷風氏の文学は情痴文学とか情緒文学とかいう風に云われているけれども、私の考えるところでは、荷風氏の文学の真価はむしろそれとは全く反対の場所にあるのだと思う。氏の本質はむしろモラリストなのであって、情痴という形をとっているのであるが、氏の文学におけるモラルの在り方が、普通の意味でのモラリストの作家のそれと違い、氏自身が一(ひ)

と先ず民衆の位置に降りていった上での「下からの」在り方なので、それが一般に単に頽廃的のものとして見られているのだと思う。普通の意味でのモラリストのモラルの在り方が「上からの」在り方であるのとは反対に、この「下からの」在り方は、モラリストとしての本来的な在り方であって、従って政治的には保守的な形をとりながら民衆の日常性の中に降りてゆくものであるが、（降りてゆくものである以上、モラリスト自身は決して民衆の中に入っているのではない！）永井荷風氏の場合もそうであって、その保守的な姿勢が回顧的な情緒文学の形をとり、その民衆の位置に降りてゆく形が情痴文学的な形をとって、官僚的なスノビズムへの反抗となっているのだと、私は考えている。だから、荷風氏が作品の中でしばしば自卑的なポオズを採るのは、否定的なモラリストとしての必然のスタイルなのであって、氏が好んで戯作者的なポオズを採られるのもその故に他ならない、と見るべきである。だから、当然文学者の間にすらもしばしば誤解を招きがちであるが、氏はむしろ自ら進んで誤解を招こうとしているように見える。これはかつてゾラに傾倒した徹底的なリアリストとしての氏の類い稀な強靱さのせいかも知れぬが、その点では、氏は日本には珍らしい西欧的な、徹底したポズウル（擬勢家）だと云っていいであろう。

——というようなことは、私も考えていたのであるが、今眼の前に永井荷風氏の現実の姿を見て、流石の私も、ちょっとうそ寒いような気がしたのだ。というのは、観念的には作家としての永井荷風氏をそのように規定して、自分だけの頭の中では考えていたのだが、いざ眼の前に、——煙草の煙の濛々とした薄汚れのしたような喫茶店で、さも愉しげに踊子たちと談笑している、徹底的に市井人になり切ったような荷風氏の姿を見ていると、あまりに市井人になり切ってしまったような氏の姿が哀しくもあると同時に、こんなにまでしなければいけないのかと云ったような、何か凄愴な感慨すら覚えたからだった。

私のすぐ前の鏡の中に映っている氏の顔は、しかし、そんな風な私の気の弱い感慨とはまるで反対に、陽に焼けて少し肥って、脂切っているようにさえ見える満面に、さも愉しげな気楽そうな微笑を泛べ、(声は聞えなかったが)絶えず談笑しているのである。私はふと、六十二歳という、私の父ともあんまり違わない氏の年齢を、改めて考えたりした。

その時、急に、氏が立ち上り、踊子三人と一緒に、ドヤドヤと裏の硝子戸から出てゆく姿が見えた。——私も急いで立ち上り、H君と一緒に、周章てて、そのあとを追った。

出てみると、荷風氏はちょうどそこの煙草屋で、煙草を買っているところで、「バットを二つ下さい」という声が私にも聞えた。それで、荷風氏が、釣銭と一緒に、そのバットを外套のポケットに入れながら、煙草屋の店先を離れようとした時、——私は、急いで駈け寄り、「先生！」と云いながら帽子を取った。

荷風氏は、ビクッとしたように立ち停まり、ちょっと私の方を見たが、私が名刺を差出すと、片手でそれを引ったくるようにし、てんで見ようともなさらず、もう二、三歩、逃げるようにして歩きかけて、「今日は、私、駄目なんです。この次に、明日は大丈夫です、明日いらして下さい」と早口に、そう云われた。私は、夢中で、「でも……」とか、「別に決してお迷惑はおかけ致しませんけれど……」とか、吃りながら、一生懸命にそう云った。走るように追いかけてきたH君が、私のすぐそばまで来て立ち停まるのが見えた。気がつくと、踊子たちは、（多分こういう情景には馴れているのであろうか？）どんどん行ってしまって、その辺には見えなかった。

荷風氏も、そこでとにかく立ち停まったが、ちょっとでいいから何かお話を伺いたいという私達の言葉には、「しかし、私はもう、そっちの方は何にもしていないんです。ですから、何にもお話しすることはないんです……」とそれだけを仰しゃるだけで、頑として諾き入れてはくれなかった。頑として、というと、何か厳めしい顔をして頑固にそう云われたように聞えるが、荷風氏の態度はむしろ慇懃で、——近々と接すると、陽に焼けて逞ましい顔つきが一層精力的な感じがしたが、その顔に穏かな微笑を泛べ、絶えずニコニコして、言葉つきも優しく、時々、ひょいと、何だか玩弄われているのじゃないかという気がしたほどであった。

けれども、その時、ふと荷風氏の手許に眼をやって、私はドキンとした。先刻引ったくるようにして私の手から受け取った私の名刺を、荷風氏はバットの箱と一緒に右手に摑んでおられるのだが、その名刺が、いつのまにかクシャクシャに揉みつぶされ、おまけに、私たちと話している間に、荷風氏は、そのクシャクシャになった名刺を、神経的に、なおも、もっともっとクシャクシャに揉んでいられるのだった。——私は、何とも云えない気持になり、哀しくて、ちょっと声が出なかった。

今何か書いておられますか、これからも書いてゆかれる心算ですか、浅草にはずっといらしてるのですか等々、というような私たちの次々の質問に対して、荷風氏は、それでも途切れ途切れに、次のように答えられた。

「もう今は書いておりません。だって、何にも考えていないんですもの……」

「もう今は誰とも交際（つきあ）っていないんです。前にはいろいろの人が来ましたが、もうその人達も止（や）めてしまって、料理屋になったり、靴屋になったり、みんなもう止めてしまいましたからね……」（しかし、これからも書かないつもりだとは、荷風氏は決して云われなかった）

「それア、銀座には買物があったりして、時々行きます。新聞社の写真班の人で、古くから知ってる人と会ったりすれば、話はします。でも、商売の話は、一つもしないんです……」（荷風氏は文学のことを商売という言葉で云われた。新聞雑誌記者は、荷風氏の最も忌み嫌われる人種で、殊に新聞の写真班はその代表的なものである。だからこれは、全部反語なのだ！）

「浅草へは、ほんの時々しか来ません。今日は、楽天地で芝居を見てくれってある人に云われたので、その人に会いに、お正月になってはじめて来たのです……」（しかし、実際は、荷風氏は毎晩ずっとオペラ館に通っているのである！）

――というように、つまり、荷風氏が私に語った言葉は、全部意識された上での嘘だというわけではないにしても、尠（すくな）くともほとんど上の空の可（い）い加減（かげん）な言葉だったのだ。それが、氏と話しているうち、一（ひ）と言（こと）ごとに、私にもはっきりと分った。

これでは、結局何時間かかっても何の話もして貰えないことが分ったので、では「失礼いたしました」と申上げると、荷風氏は、「ああ、そう、では……」と、さもホッとしたように仰しゃって、(その時の姿を私は今でも忘れないが)「ヘッヘ……」というような笑い方をして、ピョコンピョコンと何度もお辞儀をし、その度に跳ねるようにひょいひょいと足を上げ「じゃア……」と最後にもう一度お辞儀をすると、駈けるようにして、スウッと歩き出し、――角のところでちょっと此方を振り向いてから、ゆっくりと、その角を曲ってゆかれた。

私たちは、茫然とそこに立っていた。その時の私の気持を云えば、まだ弟子入りはしないけれども、精神的には破門されたような、みじめな情ない気持だった。

(『都新聞』一九四〇年一月二三日―二六日)

荷風先生はやさしい人だった

阿部寿々子

舞台裏の最初の印象

永井荷風先生に私がはじめてお目にかかったのは、日劇ダンシングチームの研究生をやめて、浅草ロック座の踊り子になったころですから、昭和二十三年のことです。季節は冬で、その晩はとくに冷えこんで寒かったことをおぼえています。私が舞台で踊って、場面転換の引込みで舞台の下手へはいりました。私は次の出番があるので、衣裳を換えるために急ぎ足で舞台の袖のところを通りかかりますと、そこの薄暗がりに立っているひとから突然、

「今夜、用事ある？……」

と、声をかけられたのです。私はちょっとびっくりしてふりかえると、黒っぽい帽子をかぶり、黒のオーバーを着て、片手にコウモリ傘を突き立て、もう一方の手には手提袋

をぶらさげた背の高い老人が、下駄ばきのまま立っていました。

　私は前に一度、桜むつ子さんのところへ遊びにこられた永井荷風先生にお目にかかっていたので、ああ、先生だなと気がつきました。そこで私は、別に用事もなかったので、

「いいえ」

と、答えたまま、楽屋へ走っていきました。次の舞台にあがって踊っていると、先生は寒い袖口のところから、私たちの踊りをじっと見つめていらっしゃる。

　踊りがおわって私が舞台の袖口に引込んできますと、何だか、私を待ちうけていたという素振りで、

「今夜、お茶を飲みにいかないか？」

と、また誘ってくださったのです。

　おことわりしても悪いとおもい、お友だちと一緒にいきますと返事をしますと、舞台がおわったころ、先生が楽屋のほうに見えられました。

　午後九時ごろだったかしら。先生をまん中にかこんで、私たち四、五人の踊り子がぺちゃくちゃおしゃべりしながら、雷門のちかくにあるレストランに連れていかれました。

そこで小一時間ばかり、他愛のない話をしましたが、先生はいったいに無口の方で、私

たちのおしゃべりをふんふんとうなずきながら、もっぱら聞き手になっていました。

無口といえば、私も口べたの方で、そんな私にどうして声をかけ、お茶に誘う気になったのか、ふしぎといえばふしぎな気持がします。

その晩は、ただそれだけのことで別れましたが、正直にいいますと、何も知らない若い踊り子の私には、うれしくもおかしくも感じませんでした。

それどころか、有名な小説家だなんてみんな騒ぐけれども、どうみたってただのおじいさんじゃないか。たいしたことないわぐらいにおもったものでした。

荷風先生と踊り子

これは先生の偉さを知らない私の無知を証明するようなものですけれども、しかし先生は、おしゃべりの仲間入りをするのが、とても気に入っていたようです。

先生は毎日、午後の四時ころになると、浅草のロック座に訪ねてこられました。そして、舞台の袖口のところにきまって突っ立ったまま、私たちの踊りを飽くこともなく熱心に見入っていらっしゃる。

立っているのにくたびれると、私たちの白粉くさい楽屋にすうっと入ってきて、軽い冗談をいいながら、踊り子たちが肌ぬぎになっている肩や背をちょっと叩いたり、撫でたりして、空いている場所をさがして坐りこむのです。そして私たちの顔を見まわしながら、

「何かおもしろい話はないかい」

と、歯のぬけた口をあけて、笑い顔になるのです。すると誰かが、

「先生、おもしろい話あるわよ」

と、いいだす。先生はほうという顔つきで、そのおもしろいという話に聞き耳をたてるのです。

「あのね先生、きのうの朝とっても寒かったでしょ。金魚鉢に氷が張っちゃって、金魚がうごかないのよ。これじゃ寒くってさ、可哀そうだとおもったからお湯をいれてやったら、死んじゃった」

そばにいる踊り子が笑いだして、

「あたり前じゃないの、あんたって、ちょっとパアじゃなかろうか」

「ひとのこといえないわ、あんただってハンドバッグおっことしたじゃないか」

この話以来、「金魚」というアダ名のついた踊り子がやりかえす。

「ねえ先生、このひとってとっても馬鹿なのよ。電車に乗ってて、窓があいてるのに、窓がしまっているつもりでハンドバッグを立てかけたんだって。そしたら、すうっと窓からおっこっちゃったていうのよ。あたり前じゃないの、どっちがパアよ」

こんな話のやりとりで、若い踊り子たちがきゃアきゃアいって笑いだすと、荷風先生も、前歯のかけた口もとをすぼめるようにして、あごを突きだすような具合に、うふふ、と一緒になって笑われるのでした。

ところで荷風先生は、ロック座にあらわれると、かならず帰るときになると、

「峠で待っているよ」

と、私の肩を叩いて誘うのです。「峠」というのは、常盤座のうらにある喫茶店のことで、ここへいくとかならずコーヒーにカツサンドを注文されました。

私は毎日のようにご馳走になるので、悪いとおもって、コーヒーだけというと、

「いいよ、この子にも作ってやってくれよ……」

と、わざわざそこの主人に声をかけてくれたものでした。私は毎日のように先生とお茶を飲んだり、観音堂のうらを散歩したりしているうち、ふと、先生はどうして私を可愛がってくれるのだろうとおもうことがありました。

「それはね、朝霧さんが、先生のむかし別れた奥さんによく似ているからだよ」

あるとき、ひとからこんなふうに教えられたことがありました。荷風先生の奥さんというかたは、日本舞踊で有名な藤蔭静樹さんだったということを、そのとき、はじめて知りました。

「先生、どうして奥さんとお別れになったの？」

と、ある日こんなことを聞きますと、

「おれが馬鹿だったんだよ」

「それっきり、どうしてお嫁さんをもらわないでいるの？」

「ひとりのほうが気楽なんだよ」

荷風先生は、こういう話になると貝がふたをしめるように無愛想になって、いつもそれっきりになりました。

秘められたプレゼント

昭和二十四年の春のこと、浅草の国際劇場にイギリスのバレエ映画「赤い靴」が上映されたことがあります。踊りの映画なので、私は勉強のつもりで早速見にいったのです。

するとそのあとになって、

「赤い靴という映画はいいらしいよ、一緒に見にいかないか」

と、荷風先生に誘われました。もう見ちゃったともいえないので、

「あら、そんなにいいんですか」

と、とぼけて返事をすると、うん、そうらしいよと真面目な顔でいわれるのです。

映画を見たかえり、六区を散歩しながら「赤い靴」の感想をいったあとで、

「あの映画見たら、踊るのいやンなっちゃった」

私がそういいますと、先生は、うんうんと合づちをうって、

「しかし、日本人は日本人なりに踊っていけばいいんじゃないか」

先生はそういって私をやさしく慰めてくださるのです。まるでお父さんのように。

私はそれから間もなくのこと、チームの組替えで、浅草のロック座から、日劇小劇場に移りました。荷風先生は銀座がおきらいなので、日劇にも見えず、ぷっつりお逢いすることがなくなりました。

ある日、楽屋で私の出番を待っていますと、舞台から戻ってきた園はるみさんが、

「永井先生がいるわよ」

と、知らせてくれたのです。客席のうしろに立っていると教えられて、急にうれしくなりました。舞台に出て踊りながら先生をそれとなく探しましたが、私は近眼なので、よくわからない。でも、先生のほうでは、私の眼がそちらのほうにいったとみえて、気がついたとお考えになったらしい。

やがて楽屋にみえられて、

「はい、これを」

先生はいきなり箱の包みを私にプレゼントしてくださったのです。それは綺麗な刺繍がしてあるハンカチで、半ダース入っていました。まるで恋人にでもプレゼントするみたいに、うれしそうな先生のお顔でした。それから、一緒に食事をしようといわれるのです。

私は口べたで、私の話なんか先生におもしろくないだろうと考えて、園はるみさんも一緒にといいますと、

「園ちゃんは忙しいだろうからいいよ」

先生は勝手にそう決めこんで、私と二人だけの食事をたのしもうとされているようでした。

でも、先生は銀座がとても嫌いのようすで、そのあと一回見えただけで、日劇には足

を向けていただけませんでした。私も妙に物足りない気がして、関西公演に出かけたとき、ふっと先生のことをおもいだし、先生のために湯呑茶碗と舞子の絵の壁掛を買ってかえりました。

それを各劇場に出入りしている化粧品屋さんにあずけて、先生が浅草にみえたとき渡してくれるように頼んだのです。

先生は、私の贈物なんかくだらないとおもって、ゴミ箱かなんかに捨ててしまわれたかもしれませんが、でも、私の気持だけは受取ってくださったのでしょう。間もなく私のところへ、荷風先生からの贈物だといって、綺麗なコンパクトが届けられたのです。

渡り鳥はもう帰らない

日劇から浅草のロック座にふたたび戻ったときは、自分の古巣に帰るようなうれしさでした。また、荷風先生が遊びにきて下さるというひそかな期待が胸にあって……

私の期待は的中したのです。

私が出演する初日のことでした、私と二人の踊り子がロック座の地階の楽屋にいると、先生がすうっと入ってこられたのです。

先生をふりむいた私はびっくりしたのです。先生はセロファン紙につつんだ赤い大きな花束をかかえて、歯のぬけた口もとをあけて笑いながら、

「これ、いま、友人からもらったんだよ。どっかその辺に挿しといたら」

と、私に花束をおしつけるのです。やさしい先生だなと私はおもいました。先生は赤い花束なんかひとからもらうようなかたではない。もらいものをひとに贈るそんな先生じゃない。きっときっと、これは私のために買って下さったのだと私は想像して、心がわくわくしたものでした。

それがきっかけで、先生はまた毎日、夕方になるとロック座にあらわれ、「峠」で私とコーヒーを飲み、カツサンドを食べる日課がつづくようになりました。

帰るときも、まるできよらかな恋人同士のように一緒で、浅草から地下鉄で上野にでて、そこで国鉄に乗換え、秋葉原から市川の自宅へもどるのです。私は高円寺なので秋葉原まで一緒でした。切符を買うときは、私にお金を渡して、これで買っておくれといわれたものです。

私はいつもご馳走になるので、たまには切符ぐらいとおもって自分のお小遣いから買

うと、

「そんなことをしちゃ、いけないよ」

と、かならずお金を返されました。

荷風先生の「渡り鳥いつ帰る」という作品が、ロック座で上演されたのもこのころのことで、千秋楽の日には、仕出し役の通行人になって、先生が特別出演されたこともありました。

「渡り鳥」といえば、私たち踊り子も渡り鳥みたいなものでした。昭和二十七年に荷風先生が文化勲章を授与されたときは、私は新宿のフランス座で踊っていました。

新聞でこれを知ったときは、ほんとうにびっくり。それまで、たいしたことないやとおもっていた私は、はじめて、

「先生て、すごく偉いひとなんだなあ」

と、目をみはりました。踊り子たちが先生のお祝いをするというので、私もとんでいきましたが、先生はにぎやかな踊り子たちにとりまかれて、とても幸福そうによろこんでいたのが目にみえるようです。

渡り鳥の私は、ふたたびロック座にもどりましたが、昭和二十九年の五月ころ、心臓

が悪くなって踊れなくなりました。

「先生、私、もうやめるのよ」

と、私がそううちあけると、

「そうかい、やめるのか」

先生はぽつんとそういって、やがて、

「このごろの浅草も、だんだんおもしろくなくなったなあ……」

さびしそうな声でしんみりといわれるのです。先生は何がおもしろくないのか……先生はそのとき、私に四枚の色紙をかいて、記念に下さいました。最後にお別れする晩は、地下鉄でお茶の水駅までわざわざ送って下さいました。そのとき先生は、

「からだを大事にしろよ、さよなら」

そういって、自分で二、三度うなずくように顔をふって、そのままホームを歩いていかれました。淋しい夜風とともに……。

荷風先生の胸の中にあった私という踊り子の渡り鳥、……それはもう帰らない、そうおもわれたのか、先生はそれを最後に、浅草からぷっつり姿を消されたようでした。

（『若い女性』一九五九年七月号）

偏奇館去来――礼節の文人荷風氏を語る

邦枝完二

偏奇館の秋

それは沁々と秋風の腸に沁み透る十月末の或る日であった。この年頃心にもない久闊を続けていた私は、拙著『雨中双景』の上梓されたのを幸、まず一本を恩師の許に献ずべく、山の手町の片ほとり市兵衛町の偏奇館に荷風先生を訪れた。折から雨上りの空は、西方に颯と一刷毛一文字の雲を残した儘晴れて、霊南坂上の桜の並木に黄金なす落葉は、頻りに頭上を掠めては、街路の砂利を覆うていた。

大正壬申五月の某日、築地二丁目なる清元梅吉と背中合せの住居を捨てて、独りこの新廬に移られてから、先生の上には既に満七年の歳月が流れた。訪う人も極めて稀に、時折市川左団次氏が南北本を携えて門を叩くことはあるにしても、それすら門前の草を災するほどではなかった。谷町の坂路をまっすぐに、源空寺の地内続きを崖際に沿うて行けば、鞘形(さやがた)の小路は忽ち尽きて、はや数歩の近くに偏奇館を仰ぎ得る事を知りながらも、私はこの日殊更(ことさら)葵橋に車を停めて、桜もみじの散りしきる霊南坂を、午後の日に照らされながら登って行った。それは過ぐる大正二、三年の頃、私は三田からの帰途を先生と共に、屢々(しばしば)この道を通って、同じ市兵衛町なる錦画店藤木を訪うたことを、そぞろに思い出したからであった。おそらくその時分の先生は、かかる不便の山の手町に洋式の住居を建てて、老婢一人を相手に日を送ろうとは、夢にも考えて居られなかったであろう。大正二年十二月の『三田文学』に発表された小説「恋衣花笠森」は、藤木から得た春信の一枚絵に因って、構想を立てられたのだと覚えている。——私はその当時の思い出をそれからそれへと辿りながら、右折して偏奇館への坂路を、寒竹の杖も軽々と降りて行った。

なかばは今年竹であろう。去年までは半数にも足りなかった業平の、光沢(つや)も美しく伸びた堅竹が門内の左右に数十本、すくすくと心地よく叢(むら)を為して、鼠色の偏奇館を囲んでいる。私は以前来た時分と同じように、正面の書斎の下に佇んで、「先生、先生」と二声ばかり呼んで見た。いつもながら玄関側の呼鈴は、電池の切れた儘(まま)用を為さぬのを知っていたからであった。稍(やや)あって、梯子段を踏む音が聞えたと思う間もなく、扉(ドア)の鍵は中から外された。

「やアこれは」

「どうも御無沙汰いたしました。お差支えありませんか」

「ええどうぞ」

黒の上着に縞の洋袴（ズボン）、そして鶴の如き体軀を聊（いささ）か屈（かが）みがちにしながら、先生は愛想よく私を二階の書斎に導かれた。――書斎の有様は数年前と少しの変りもなかった。籐の机に籐の椅子、而（そ）して書棚筆硯置物の類は、悉（ことごと）く先徳禾原（かげん）翁の遺された支那製のそれであった。

　東風簾幙影飄揺　〔東風　簾幙　影　飄揺たり
　鈴索無声鳥語嬌　鈴索　声無く　鳥語　嬌（けう）たり
　夢裏春寒猶至枕　夢裏　春寒　猶ほ枕に至り
　一欄梨雪昼蕭蕭　一欄の梨雪　昼　蕭蕭〕

配するに鸜鵒の絵を以てした一軸には、丙寅（ひのえとら）暮春荷風小史とある。私は近頃先生の絵を能くすることを人伝に聞いてはいたが、壁間に懸げたこの軸を見て、思わずその素人放れのした絵画の腕前に、驚嘆の意を洩さずにはいられなかった。

「これはどうも急速な御上達ですね」

「いや駄目ですよ。何しろここの家には畳というものがないので、日本画を描くにはまったく不向なんですからね。どうしても描かなければならない時には、仕方なしにリノリュームの上へ茣蓙を敷いて、その上へ更に毛氈を布いて描くことにしているんです」

成る程、これはまた限りなく不便なことであろうと私は思った。この居に移られるまでの先生は、常に結城糸織の類を身に纏うて、シャツ股引を着けたことなく、江戸時代の風俗をほとんどその儘に過して来られたのであったが、大正九年この方和服は悉く筐底に収めて、今は寝衣にさえ一枚の浴衣を用ゆることもない有様。清元梅吉が許に通う根気なく更に妓女との情事なき今日に到って、焉ぞ歩行に困難なる和服を用ゆるの要あらんや、と先生自らは云われずとも、理由は万々然あるべきに相違ない。

玄関を上る時、そこに女物のスリッパの二足置かれてあるのを思い出して、私は先生に訊ねた。

「近頃婦人の来客があるんですか」

「さア、何(ど)うしてです」

「新らしい女物のスリッパがあったようでしたから……」

「あれですか。これでも時々は、雑誌社の婦人記者が来たりしますからね。私は大抵合わないようにしていますが、女だと思って婆やがうっかり通してしまうことなんかがあるんですよ。死んだ波多野秋子[1]なんて人も、四、五度来たことがありましたっけ」

そう云いながら、先生はその当時の日記を手貼の文庫から取出して、拾い読みに読まれた。先生得意の文章体は、常に能く読者の胸を刺さずには置かないが、殊に年頃書き続けられる日記の文体は、読者をして恍惚たらしむものがある。私は波多野秋子の来って、某所に電話を掛けるあたりの情景を聴きつつ、その面影(おもかげ)の髣髴(ほうふつ)として目前に迫り来るを覚えた。

「どうも婦人記者の来られるのが一番困りますね。書かないと云っても、何んとかかんとか、色っぽい調子で持掛けて来るんだから、いけませんよ。でもまア田舎者の婦人記者なら、男並に取扱っても、可哀想だとは思やァしませんがね……」

四百字詰の原稿幾枚を書いて、その一枚が金何円也。締切が何時までで、凡(およ)そ何枚位に書かれたしなどという註文。先生に取って、おそらくこのくらい厭なことはないであろう。文人の文を為す、芸術的感興の渾然として湧き起る時において、始めて成るに外ならない。一気にして成るも可、百日にして成るもまた可なりである。然るに予め字数を定め、記者をして度々督促せしむる如きは、如何にジャーナリズム万能の世の中とは云え、余りに文人の価値を低きに置くものだ。原稿は宜しく白紙に認め、締切日を超越し、興来って後筆を執るに如かずと。乃ち先生が日頃用ゆるところの原稿用紙は、生半紙と呼ぶ無罫の半紙であって、ペンを用いず、墨朱二様の筆を以て認めたものだけに、ペン字の走り書に批べて、如何程趣味深く見られるかは言を俟たない。この先生を攻めるに荒武者の記者を以てする、多数の雑誌社と相入れぬのは当然であろう。但し婦人記者を派出して、度々訪問せしむるのは、聊か賢明な方法である。時に婦人用のスリッパ一、二足を用意して、婆やが心得顔に応接間へ通す、その間違いを、心窃かに待っている先生であるかも知れないから。……この婆やその昔吉原に何紫の源氏名を持っていた花魁だというだけあって、粋おのずから通ずるところを持っている。耳聊か遠き嫌いはあるが、偏奇館の老婢としてまた適せりと云わざるを得ない。

私はふと先生の机上に、カフェー・タイガーのマークの附いた燐寸のあるのを発見した。

「おや、先生はあんな所へお出掛けになることがあるんですか」

「ええ時々出かけますよ」

「あすこの女には、大部ひどい噂があるようじゃありませんか」

「あれァ噂だけですよ。私もまだその道には初歩ですが、どうもそれ程のことはないでしょう」

私はその頃、銀座の茶肆タイガーに就て少しの知識も持っていなかったが、今にして思えば何んぞ計らん。この時既に先生は、数ケ月以前から連夜タイガーの楼上に在って、赤青紫と三隊三十名の婢に、大持（おおもて）の全盛であったとは。

「どうも先生がああいう所へいらっしゃるのは、不思議な気がしますね。洋服を着ても、やっぱりこうして大田南畝や成島柳北を研究しておいでなんですから」

「しかしあすこの婢（おんな）は、装（なり）こそ新らしがっていますが、今時のモダーンガールなどに較べたら、ずッと古いもんですよ。何しろ三十人の中に、芸者やお酌をしていたのが五人もいるくらいだし。……それにカフェーなどへ行く気持も、また私の心の半面にあるのだから、不思議なことはありませんよ。第一待合へ行くように、冬だって先へ電話を掛けて、部屋を温めといて貰うにも当らず、黙って行けば、ストーブで家の中はいい按配に温まっていますからね。芸者らしい芸者もいなくなった今日この頃、結句不自由な思いをして、小さな遊びをしてることはないでしょうよ」

また一説であると私は思った。

それから文壇の話に移り、劇壇の話に移った。が、新聞雑誌という物に一際目を通さない先生に、文壇にせよ劇壇にせよ、新しい話のある訳はなかった。大御所と云われる菊池寛も、仏蘭西張だと評判される岸田國士も、てんで読んでいない先生の前には、三文の価値もないものだった。

私は拙著を先生に呈して、二時間ばかりの後に偏奇館を辞した。そして氷川の森の彼方から斜に照す秋の西陽を全身に浴びながら、前とは反対の源空寺の急坂を、谷町へと下って行った。三十年ばかり前までは時を報らせたというこの寺の鐘も、今は鐘楼の内に老いさらばえた姿を、重く晒しているばかり。直ぐ近くの安洋食屋ののれんの内から、カツ二丁と呼ぶ女給の黄い声が、手に取るように聞えて来た。江戸の切図には、ここらあたり一帯、お箪笥組役人の住居と記してある。先生ほどに諦め切れない私の心は、また祖先が培った江戸の夢を追わずにはいられなかった。

文壇ぎらい

文人にして文壇を嫌うことの甚しき、先生の右に出ずる者はあるまい。それは現時の文壇人に気魄なく、礼節なく、謙譲なく、しかも徒らに売名にあせり、宣伝を事とする輩の余りに多きがためであろう。真に芸術的良心を以て一作を成さんとする者の如何に僅少なることよ。明治時代において商家が一軒の店を開き、或は新製の物品を多く売らんとする時、彼等は早速「広目屋」なる広告店に依頼し旗、楽隊を先頭に立てて、街辻々を練り廻った。その品の良否もとより選ぶところではない。各地方人の寄って一団を為せる所謂東京市民は、宣伝の華かさに眩惑され、一度は争って求めるに急だった。――現今の文壇人中、その九分通りまでを指して、これと相去ること遠からずと為すも、敢て過言ではあるまい。或る者はタイピストの如く、或る者は代書業の如く、また或る者は縁日における競売屋と異るところがないではないか。

およそ文を以て立ち、画を以て立つ者の第一に尊ばねばならぬのは気魄である。しかも昭和文壇に人多しといえども、この気魄を持する者の果して幾人を数え得るであろうか。おそらく片手を以て為すもなお多きに過ぐるであろう。彼は得意先における骨董屋の如く、彼は高座における落語家の如く、彼はチップを貰った運転手の如く、聊かでも己に利益ある者と見れば、只管その機嫌を損ぜざることにのみ努め、而して己が文名の弥高きを希う者に外ならないのだ。

一枚の新聞を見ることなく、寄贈雑誌は封の儘に屑屋の籠へ移される荷風先生を指して、変人と云い得べくんば当に変人であろう。が、道具屋が文を草し、運転手が物を綴って、追従これ事としている如き現文壇に、不快を感じ、愛想をつかすことは、必ずしも先生を待たずもがなではなかろうか。己が文名を売るためには、如何なる手段も選ばずというならば、それもまた一種の勇敢なる行為だと云えぬこともない。が、名のありて質なき者の如何に多きかを考える時、心ある者の暗然たるは当然ではないか。

向不見の一作家は云った、

「荷風なんかもう古過ぎるよ。今更蜀山人や柳北でもなかろうじゃないか」と。

私はこの言を聞いて苦笑せずにはいられなかった。事新らしく説くまでもなく、芸術はその質の如何を論ずべきものであって、下駄の如くシャツの如く、新古を論ずべきでないことは、明か過ぎるほど明かなことだ。徒らに新を競うた作品に、果して何があったであろうか。活動写真のビラの如く、或は新聞の三面記事の如く、所々に大形の文字を点出して、読者に奇異の感を抱かせるなどは、一種の奇術ではあり得ようが、断じて芸術ではない。試みに新感覚派を名乗る二、三作家の作品を見ても知れる通り、彼等が如何に新感覚派らしき文字の羅列に腐心し、薄ッぺらな読者が、その文字の奇体に引着けられつつあるかは、一目瞭然、思い半に過ぎるものがあろう。法隆寺の建物には、何等珍奇なる物のあるなく、春信、清長の浮世絵には些の衒気あるを見ない。しかもその芸術的価値は千古に誇るに足るではないか。荷風先生の蜀山人を読み柳北を語る、何ぞその古きをのみ咎めんや。

　一度偏奇館を訪れた者ならば、その書斎の壁間に、数千部の和漢書籍と共に、常に新刊の仏蘭西書が置かれてあるのを見るであろう。秋ならば先ず起き出でて庭の落葉を掃き、春ならば愛する草木に水を与えて、然る後先生は端然として机に対うのを習しとしている。書を読まんと欲さば必ず机に対って為すべし。先生は如何なる書籍を読む時も、この教えを曲げたことがなかったのである。自堕落なる者多き文壇人の、以て学ぶべきであろうと思う。

　大正初頭のころおい、先生がまだ大久保の来青閣に棲われていた時分は、先考禾原翁の在して、先生は二階南向六畳の間を書斎にして居られた。この当時の生活は全く江戸趣味そのもので、身に附ける物はもとより、折釘一本にまでも、決して西洋の臭は感じられなかった。加之、令室八重女のよく仕えるありて、琴瑟頻りに相和し、我等書生の輩は『三田文学』の編輯などに寄る度毎に、世に羨ましき事の一つとして友達と語り合ったものだった。

その頃から既に、先生は文人にして礼なき者を嫌って居られた。三田文科の学生が毎月一回ずつ来青閣に集る火曜会の席上において、某学生が酒気を帯び来って剣舞を舞ったがために、先生はその学生の原稿に、決して朱筆を加えられなかった事を覚えている。礼なき者は犬の如し。

「礼儀を知らない人に、いい物の書けるわけがありませんよ」

そして先生は左様な人達を頻りに蔑まれた。実際礼節は日に月に廃って、今は早や人間界も野獣の群なす国と、聊かの異るところもないまでに低下した。国民を代表すると僭称する代議士は、議場において当然の如く鉄拳を振い、市会議員は花柳界と結んで利権のへちまのと騒ぎ廻り、学生は教師に食って掛って得意然たる有様。何すれぞ文壇人のみ黙するに忍びんやとの理由からであろう。横車も無理に押せとばかり、少しそこらに名が出れば、先輩なんぞお茶の子さいさい、おのれ一人が文壇を切って廻すような顔をして、どんなもんだと反身になって銀座あたりをぶらつくに至っては、沙汰の限り、ベラ棒の初りは、実はこれではなかったのかと疑いたくなる。ゴシップがあって、始めて名分を保っていられる文士。分のいい方の味方をすることのみに汲々たる文士。活動写真の提灯持で暮している文士。ああ文士稼業！　やがては天気続きの大道に、自動車が捲き上げる砂塵と、何等の差別もないことになりはしないかと、私は危ぶむ。遮莫、ままよ三途笠横ちょにかぶり、見ずに通れば、それもまた他所の世界であろうか。

真の文明人

明治大正を通じて、日本の文壇はかなり多くの巨匠を生んでいる。それは恰も団、菊、左の三人を生んだ明治の梨園が、それ以外にも幾多の名優を簇出させて、演劇史上に不朽の師表たる人を得たのと同様であった。しかも劇界における団十郎が、一番目狂言において第一人者であった如く、また菊五郎が二番目狂言において他者なかりし如く、名家大家の多い文壇中に在って、名実共に燦然たる存在を全うしているのは、我が荷風先生を置て他に誰があろう。旗本屋敷の跡を借りて、そこに金看板を揚げれば、指南者が田舎侍であろうがなかろうが、左様なことには一向お構いなく、我も我もと群を為して、入門せずば出世の程もおぼつかなしとばかり、竹刀の持方さえも知らぬ面々までが先を争うて押寄せる当節。この無節操極りなき現日本の文壇に、先生の在ることは、まったく勿体な過ぎるほど勿体ないくらいではないか。

ラッパズボンに縞のハンケチ、オールバックにロイド眼鏡。そこで間がよければ薄化粧でもして、しゃなりしゃなりと歩こうという、これがもし文明人だと云うならば、我が日本帝国は、今後十年を出でずして亡びるであろう。そこらあたり萩も、桔梗もおしなべて、円タクの走る街々に、何んとこの種の人物の多いことよ。芸術も蜂の頭もあるものか、金さえ儲かれば一切合切文句なし。接吻(キス)だ、抱擁だ。こいつが三度の飯より好きな日本人なんざ甘いもんだぜ。――と、無闇矢鱈にラブシーンとやら申す無作法な場面を織込んだ亜米利加(アメリカ)物の写真に、見事征服されてしまったのが、ラッパズボンの文明人である。浅薄も充実も、議論は野暮だ。顔の奇麗な男と女が出て、「恵まれたる我等のために！」とでも云って相抱けば、観客は間髪を入れずして耽能する。――何も彼(か)も、金にさえなれば、これもまた身過世過(みすぎよすぎ)の業(わざ)とでも思ってか。いっぱし豪儀らしい顔をした文壇人の誰彼までが、イヤな顔もせずに、それどころか、喜んでこいつの提灯持をしているのだから物凄い。

この文壇を、荷風先生は端然として、常に一段高い所から眺めているのだ。

浮草やけふは向ふの岸に咲く――これを単に落語家が噺のまくらだとばかり思ってはいけない。気概なく意地なき現文壇の諸々が、如何に臆面もなく、この実行を敢てしつつあることか。己が売名のためには、師を売って慚ずるなき輩もある時勢だと思えば、今更これを猜しむにも足らぬであろうが、それにしても十年前までは、まだ今日程に文壇は堕落してはいなかった。そこには信義があった。そこには礼節があった。名を披めるためならば、労働争議の尻押もしよう。編輯者の靴も揃えよう。負ると知った喧嘩もしよう。振られた女との情事を新聞へ投書もしよう。それどころか、志士を気取って、人のイヤがる監獄へも行こう、と。これが浅間しくも現文壇に渦を巻いてる大きな流れだと云ったら、人は呆然たらずにはいられまい。が、今は一国の政治に参加している人の中にさえ、己を売って平然たる者の少なくない世の中である。売文に因って身過を為す文壇人が、仮令分のいい方へ附いたとて、これも詮なき仕打であろう、と人はいう。ああ歎ずる者の果して愚か。――勝てば官軍負ければ賊。勝った負けたはいざ知らず、江戸城が明け渡しになれば、もう百年も江戸に住んだ気で、野人礼に習わぬを当然に心得て気随気儘に振舞った挙句、さてなぐり書に書いたのが、日向に転がった牛の糞同様。

世の中は盲目(めくら)千人目明(めあき)千人。これがいっぱし芸術家で通るのだから、また凄まじき次第である。

この文壇の一角を、荷風先生はマスクをも掛けることなしに、往来しているのだ。

「何しろ今の若い人達は勉強が足りませんよ。それでいて、何か一つか二つ雑誌へでも出ようものなら、もう立派に一人前になった気でいるんですからね。つまり文壇へ出るということが、昔にくらべて易しくなり過ぎたのがいけないのでしょう。作品そのものが良くなくても、何か問題を起した人とか、名門の背景があるとかいうと、雑誌社でも歓(よろこ)んで載せるようですから、あんなことも、余程(よほど)作家の実力を低下させましたね。批評だってそうですよ。もとは批評家と云えば、いずれも作家より一段上に立っていたものですが、今では作家よりも二、三段下にいるような人が、喧嘩腰で食って掛るのが批評ということになったのですから変ったものです。あれじゃア批評家の権威なんてものは、有ろう筈がありませんよ」

いつぞや何かの話のついでに、先生がこんな風なことを云われたのを、私は覚えている。実際これを聞いたら、大方の若い作家や批評家は、省(かえり)みて、忸怩(じくじ)たるものがあろう。己が懵学(ぼうがく)を慚(は)ずるなき、徒らに姦(かしま)しき池中の蛙共といえどもなお。

それがもし真の文明人ならば、第一に礼節を識るべきである。況んや一国の文化を左右し得る文人においてをや。私は現文壇における真の文明人を荷風氏一人だとは云わない。が、かりに左様な人が五指を屈するに足るだけいるとしたなら、まず第一に先生を挙げるに躊躇せぬものだ。云うまでもなく、ハンカチーフの白きを誇る者のみが文明人ではない。ズボンの折目の正しきを誇る者のみが文明人ではない。活動写真のタイトルを一気に読み得る者のみが文明人ではない。東洋の君子国として千古の昔から、如何なる文明国にも譲らなかった礼儀の国日本は、今、何処に去ったのであろう。軽薄浅弱なる亜米利加の物質文明の前に、何等の批判をも持つことなくして、只管迎合にのみ努めた結果、生れ出でたる我が東京を見よ。何処に日本らしき日本があろう。何処に礼儀の国を標榜し得る、日本人らしき日本人が歩いていよう。そこには何等の「精神」もなく、徒らに浮薄なる足取の男女が、先を争うているばかりではないか。成る程すべては便利になったかも知れない。すべては手軽になったかも知れない。が、便利であり手軽であることに、何の権威があろう。便利であることが最上だというならば、夜店のアセチリン瓦斯を以て万事は足りるではないか。

あらゆる物が浅薄になった。あらゆる物に根柢がなくなった。しかもこれあるが故に、文壇人までが彼等と同一の歩調を取らねばならぬ理由が何処にあろう。私は心からこれを歎き悲しむ。そして或る人達を除いた現文壇人に対って、「荷風氏の前に慚じよ」と云いたいのだ。文壇を舞台にして踊るに先立ち、まず己が脚の曲れるなきかを省みる必要はないか。辱を知らぬ者に何の文章があろう。おこがましくも沙汰の限りだと云わねばならない。

お先走りのアメリカン・ガールが、とてつもなく柄の短いパラソルを持ち始めた。すると一年後の夏には、もう日本の女が猫も杓子もいい気になって、こいつをさして歩いている。自分に似合う似合わないなぞは問題でない。唯流行に遅れまいとの浅墓な量見からだ。文壇人またその道の流行を趁うに汲々たること、婦女子のパラソルにおけると、聊かの選ぶところなきに至る。敢てモダンボーイの行為のみを嗤えようか。

「文学者の事業は強いて文壇一般の風潮と一致する事を要せず。元これ営利の商業に非ざればなり」と、荷風先生は随筆「矢立のちび筆」の中で喝破して居られる。耳の穴をかっぽじって、聴いておくべきことであろう。

秋八月の末日、私は偏奇館に軽井沢の遽盧から戻られた先生を訪れた。書斎の正面に先考の詩幅を懸げ、その前には静かに香煙が立昇っていた。

園梅初放雪猶残
樹下開尊欲酔難
吹徹江頭風幾日
可憐花与酒人寒

（園梅　初めて放くも　雪　猶ほ残れり
樹下　尊を開いて　酔ひんと欲すれども難し
江頭を吹き徹る　風　幾日ぞ
憐れむべし　花　酒人と与に寒きことを）

「今日は散歩にお出かけじゃないんですか」
「出かけますが、まだおもては暑いようですから、ひとつ山形ホテルへでも行って、ゆっくり昼飯を食べながら話しましょう」

残暑の日光が真甲から照り付けるなかを、私は先生と連立って、近くの山形ホテルへと歩みを運んだ。（昭和丁卯秋日）

（『改造』一九二七年一〇月号）

偏奇館記――永井荷風氏の家

日高基裕

一

麻布偏奇館――主人は永井荷風氏である。「麻布襍記」を見ると、ペンキ塗の家なるが故に、偏奇館とは称すと書かれてあるが、必ずしもそれだけの理由ばかりとは思われない。見たところは、イギリスあたりの田園に見られる、ごく粗末な四角い二階建ての西洋館で、もと、さる外国人の建てたものを、築地から移って来た荷風氏が購い日本風の厨を、家の裏地に建て増したものに過ぎなく、全体が白ペンキで塗られ、ただ窓の縁だけが青く彩られてあるのだが、それすらも今は二十年に近い雨露風霜に曝されて、見るかげもなく色褪せている。

花落晩風冷似秋　〔花　晩風に落ちて　冷ややかなること秋に似たり

一身多病慣間愁　　一身　多病　間愁に慣れたり
地偏却喜無人到　　地　偏なれば　却つて喜ぶ　人の到る無きを
黙坐静聴喚雨鳩　　黙坐　静かに聴く　雨を喚ぶ鳩を」

恐らく、偏奇館命名の心裡には、こうした心境の動きが、荷風氏の微苦笑を誘ったのであろう。事実、偏奇館を訪れる人は、ほとんどない。わたくしと、生田葵氏と――あとは、荷風氏の従弟にあたる三味線の師匠大島加寿夫君と、主人の姪で鷲津毅堂翁の曽孫にあたる某令嬢とぐらい。しかも、大島君は銀座辺で逢うために、また鷲津家の令嬢は某家に嫁したために、この頃ではほとんど偏奇館の門はくぐらない。まことに、さびしく、静かで、かつて谷崎潤一郎氏が評したように、鰥寡孤独の主人である。

偏奇館は麻布市兵衛町にある。俗に麻布御殿といわれる某宮邸前の、小さいがかなり勾配の強い鉄砲坂を降りて行くと、半町あまりで、麻布タンス町の谷底へ通じる名もない枝坂が左側にある。

偏奇館の二階から展望すると、この谷底の盆地が、依然として明治三十年もしくは四十年頃の風景を、そのまま残存させていることが面白く看取される。東は正面、で、鉄砲坂を見上げ、北は塞がっていて何の眺望もないが、南の日当りのいい窓からは、谷を越えた向うの崖に、これだけがいくらか近代的な匂いを持つ山形ホテルが見渡せる。しかも、この谷は、南から西へひろがっていて、小さな、それこそマッチ箱のような家が、尺寸の土地をもあまさず埋め尽くしているのだから、住宅地として見る時はむしろ下等な部に属し、清貧を喜ぶの士でなければ、とても住むには堪えないと思われる。しかし、この一区画の盆地を包囲している崖は、ところどころに隠見する階段や、草むらや、武蔵野名物のケヤキや——その外いろいろの小道具を持っていて、四季折々の姿を鮮(あざやか)に装おって見せてくれるから、偏奇館の眺望にはなかなかに捨て難いものがある。

偏奇館の主人荷風氏は、近所との交際をしない。近所でもまたこの主人を変物扱いにして、口もきかない。ただ隣家のドイツ人ばかりが、僅かにこの日本の老文士と、露地の出入りに挨拶するだけである。しかも、このドイツ人がまた、偏奇館の主人に輪をかけたような変物であるから面白い。

二

ある時、わたくしは荷風氏に問うたことがある。たまたま偏奇館の門前に、金髪痩身

の美しい少女が、近所の長屋の子供と激しくいい争っているのを見かけたので、主人の書斎へ招ぜられると、

「先生、お隣の西洋人は、一体なんでしょう、ついぞ見かけませんけど……?」

「そうですか、よく散歩していますよ。」

「表札を見ると、ドイツかオーストリアの……」

「ええドイツ人だそうです。何でも絵を描いてるっていうんですけど、お金でも持ってるのか、なにもしない不思議な人です。」

「そうですか、そんな人なんですか。」

「ええ、歩いてる様子なんかは、西洋の、いかにも芸術家らしく見えますけど……」

そして、なおもくわしい荷風氏の話しによると、この老人もやはり孤独で、一人のアマを相手に暮らしているのだそうだが、そのアマに、わたくしの見かけた女の子と、その弟と二人の子供を生ましているだけが、偏奇館の主人の全く孤独なのとは甚だ違っている。だが、子供に対しての愛情などは全然持っていないらしく、年寄ったそのアマが、幼い主人としてかしずく半面に、母として教育する以外には、父親としての心遣いなどはその片鱗をも示さず、終日ただ黙々として家に閉じこもると、あるいは大地を見詰め

たまま、影のように界わいを散歩するに過ぎないという……。

　この話しは、わたくしに取って甚だ興味の深いものであった。偏奇館の主人も子供嫌いという点では、恐らく人後に落ちることはない。幸か不幸か、二度まで迎えた正妻に一人の実子もなく、早くも人生の半ばを過ぎた初老の主人であるから、親子の真情を解しないのも無理ではないが、隣家のドイツ人に至っては、アマに生ました実子があるにも拘(かか)わらず、全然子供というものに無関心であるというのだから、これは一層徹底している。しかも、同じように現世に拗ねて、隣り同士でいながら大して深い交際もせず、一は文章に他は彩管(さいかん)に孤独感をまぎらして、忘れられた町の片隅に音もなく住んでいるのである。

　　牡丹散つて再び竹の小庭かな

　さて、偏奇館のポーチに立って、電鈴を押す人があっても、それに応じて出迎えるような家人は一人もない。第一その電鈴は、遠き昔に破損したままになっている。敏感な主人は、訪問者の足音によって初めての人か否かを予め察し、初めての訪問者には間違っても面会をしない。しかも、厨(くりや)と主家(おもや)との間には、常に鍵が下ろされている。

三

台所の老嫗（ばあや）は客が来たことを知っていて、たとい取次に出たくても、出られないのである。万一、何かの都合で鍵がかけられてなくても、うっかり取次に出ようものなら、あとで非道（ひど）く主人に叱責される。従って初めての訪問者は、余儀なく裏口へ廻るのだが、主人の命令に絶対忠実な老嫗は、不在の一点張りでわずかに用件を書き込んだ名刺を預かるに過ぎなく、しかもそれが原稿催促の名刺であったら、目的を達することはまずないものといってよかろう。つまり毛筆による書面以外には、九分九厘まで応対しないのが主人の頑固な癖である。で、わたくしは、前栽を縫う玉川砂礫の小径を確実に三歩ほど歩き、郁子（むべ）の棚の上に見える二階の書斎の窓に向って「先生」と一声呼ぶのである。そして、耳を澄まして、コトコトと床を踏む主人の靴音を聞いてから、ゆっくりポーチのところまで進むと、丁度符節を合したように、ガチャリと鍵をあける音がひびいて「ヤア！」といつも同じ調子の主人が笑顔に接するのである。

ところで、最初の「先生」で足音の聞えない時がある。するとわたくしは、しばらく間をおいて、もう一度「先生」と呼びかける。が、それでも返事のない時は、必ず主人が不在なので、銀行か病院か大方その何れかに出かけられたあとで、大抵は台所の方から老媼が出て来て留守の旨を答えてくれるから、わたくしは訪問の時刻と、用件のある時はその用件とを書いて、辞去するのが習慣である。

しかし、この風変りな訪問形式も、昨今は止むを得ずに実行されずにいる。それは、老来ことさら病身になられた荷風氏が、連夜の不眠症に悩まされる結果、昼食後寝室に横たわって微睡されていることと、永年仕えて来た老媼が、これまた老病を発して暇を取り、なれない家政婦が偏奇館の清掃に従事してるからである。

孤館蕭条夜若年
詩愁病累両纏綿
此生自与梅花痩
寒伴清澄素壁前

〔孤館　蕭条として　夜　年の若し(ごと)
詩愁　病累　両(ふた)つながら纏綿たり
此の生(せい)　自(おの)づから梅花と与(とも)に痩せたり
寒伴　清澄なり　素壁の前〕

まことに偏奇館の主人ぐらい、日本人には珍しい生活を生活している芸術家は少ないであろう。

（『報知新聞』一九三四年五月一三―一五日）

荷風と春水

成瀬正勝

昭和九年六月十日、わたくしは古書蒐集家として著名だった故・笹野堅君と、偏奇館を訪問した。その日付がはっきりしているのは、「断腸亭日乗」のおかげである。そこには「文事を談じて日暮に至る」としるされてある。こういう表現を荷風さんはあまり用いていない。「来話」としるしている場合が多い。平常、銀座散策の途次、喫茶店などで歓談する場合に、文学のことなどにはあまり触れなかったらしいから、偏奇館を訪れた客も、文事を談ずることは遠慮したのかもしれない。そうすると、わたくしたちは、「めくら蛇におじず」で、質問したわけである。しかしこの日の荷風さんは機嫌がよかった。数日前、すなわち六月五日の条には、「小説日かげの花脱稿」とある。原稿を書き上げると、だれしもほっとするが、荷風さんもその解放感にひたっていた時期ではなかったかと思う。あるいは、帰り際に、そっと「父がご懇命を蒙（こうむ）りまして」とわたくしに耳打ちした。それはわたくしの祖父ならびに父が、尾州徳川家の相談役をしていて、荷風さんの父上久一郎氏と交遊のあったことを指すのであるが、そういう親近感がわたくしに対してあったのかとも思う。

わたくしはその後まもなくその訪問記を書いた。その文が戦後に、中村真一郎君が編した『永井荷風研究』に転載されるとき、わたくしは多少の加筆をしたが、そのときにも触れなかったことがある。それは為永春水の話である。荷風さんは西日の当って、鷗外全集の金文字がぎらぎら反射する応接間で、べらべらとしゃべりつづけていたのだが、この頃の若い作家のものなど、新聞に載っている講談筆記(当時はいまの大衆小説なみにそんなものが載っていた)より面白くないと罵倒したあげく、

「それよりも為永春水の方がずっとよいですよ。たとえば隅田川を舟にのって下って行く、その情景を会話で描いている場面などは実にうまいもんですね」といった。

この場面というのは、おそらく「春色湊(みなと)の花」の第四編、深川新地の青楼に行こうとする舟の中の会話をさすのであろう。わたくしは最近荷風文学の研究には、春水のものも調べる必要があると思って、人情本を読(よ)み漁(あさ)っているうちに、その箇所にぶつかった。この箇所は、荷風さんもその著「為永春水」のなかで触れているが、まったく荷風さん

のいう通り、客や船頭の会話のやりとりのなかに、舟が橋の下を通ったり、あたりの景色が移り変わって行くさまが、はっきり感じ取れるのである。

　このほか、「春色恵の花」で米八が丹次郎を待っている間に、軒端の梅花の蕾を摘み取って歯でかんでその薫を口中に移す場面とか、「春暁八幡佳年」で、お俠な娘が道成寺の衣裳を着て、向島の別荘にぶらぶらと日を送っている男のもとへ、だしぬけに駆けこんでくる情景とかは、荷風さんも指摘しているけれど、〳〵わたくしにも目の前にちらついて離れない思いがした。春水の人情本中の女性は、ほとんどといってよいほど一夫多婦を信じて疑わない。その習俗の上にのっかって男性はのほほんとしているし、おまけに作者自身もこれを美徳として推称し、ときには教訓をさえ垂れている始末だから、女性の解放を命題とする近代文学とはあまりにかけ離れすぎて、とてもついて行けない。ここには荷風文学に出てくる淫奔な女なども影だにない。荷風さんもそれは百も承知の上で、描写の妙という点にその価値を認めていたようである。

　春水のこうした手法をまねたと思われるものに、「恋衣花の笠森」がある。

「着物がよごれるに。私が膝の上に腰をかけな。」

「重くはありませぬか。」

「お仙、かうして二人一緒に寄り添ふのも、半年振りだと思ふせいか、何やら息がはずんで、どうも、こりゃ料簡がなりかねる。」

「あれ、擽(くすぐ)ったう御座んすによ。」

「お前も、それ、この手をかうして見な。」

笠森お仙と源之進との道行の場面である。地の文をまじえずに、会話で動作がありありと映し出されている。

この訪問以後、わたくしは一度も会わなかった。ただ一回、『都新聞』で、若いものが老作家をたずねて記事をとって来るという企画があって、わたくしに荷風との会見が割りふられた。そういうことは嫌うだろうという思惑もあって、ご迷惑なら伺わないという意味も書きこんだ手紙を送った。案の定、断りの葉書がきた。この葉書は戦災で焼いてしまった。ただし、荷風がペン書きの手紙には目も通さぬという伝説(?)は崩れた。そのときわたくしはペン書きの手紙を送ったのであるから。


（『日本古典文学全集』月報5、小学館、一九七一年五月）

荷風先生

巌谷槇一

荷風先生を吝嗇のように言う人が多いようだが、先生は決して吝嗇ではないと私は思う。……ただ先生の得手勝手な我儘が、吝嗇のように見えたのではあるまいか。

大正十年頃から、私はちょくちょく偏奇館へ先生をお訪ねして、当時外語の仏文科にいた関係上、あちらの文学のお話をうかがった。エミール・ゾラ。モーパッサンから、アンリ・ド・レニエ、ピエール・ロテイ。坦々として先生は話をして下さる。そうして昼時になると、一緒に御飯を喰べましょうと、私を傍の山形ホテルへ連れて行って下さるのだ。そこは質素なホテルだったが、お昼食は二円であった。その上先生は葡萄酒を、私はビールの一本も飲んだんだから、会計は六、七円になったであろう。その上、先生は私が帰ろうとすると、まだいいじゃありませんか、銀座へ出ましょうと仰言(おつしや)って、銀ブラのお相手を仰せ付けられ、晩食は南鍋町の風月堂できまってとられた。

「此処のポタージュは、羽二重で越してあるんだよ。だから口当りが違うでしょう」

と、云われる。

スープに、あいなめのフライ、お肉か鶏の料理にデザートが付いて、確か三円五十銭のおきまりだが、また此処でも先生は葡萄酒に、私は日本酒を二本戴くから、会計十円以上になることは確かだ。

私が震災後、東大の学業を中途にして松竹へ入ってからは、この風月堂帰りに歌舞伎座その他芝居へ足を向けられた。そうして打出してから、私や川尻清潭氏を連れられて、築地ならば金竜亭、赤坂ならば清仲などへ行かれて、夜半過ぎまで芸妓相手にさんざめいていられた。毎日ではないにしろ、その勘定だってなまやさしいものではなかろう。

その頃、私の先輩で新派の作者に瀬戸英一君がおられた。「二筋道」その他、花柳界の脚本を書かれた人だが、先生は、その作を見られる度によく云われた。

「瀬戸君は偉いよ。新橋と、柳橋の芸者を書き分けているからね、神楽坂の芸者も新橋の芸者も一つにしてしまうようじゃア脚本でも小説でも駄目だよ」

先生は御自身「腕くらべ」と「おかめ笹」で新橋と富士見町とを描き分けていられたのだ。その土地、そこの人物をはっきりと納得が行くまで探究観察をしないではおかぬところに先生の文学があったのではあるまいか。そうして、そのためにはいくら経費がかかっても、それ程気になさる先生ではなかったのだ。

「僕達の若い頃にはね、小説家なんぞは戯作者と云って、お巡査さんの前を通る時でも帽子を取って挨拶をしたもんだよ……」

と、先生は仰言ったことがある。

この言葉は少し大げさではあるが、明治中期の官僚軍人優勢時代には、確かに小説家なんぞは、それ程見下げられていたのであろう。

それが癪にさわっていられる処から、先生の社会観はかなり出ていると私は思うのだが、またその反面、先生自身には勲章をさげ、金ピカになることを、必ずしも厭だとは思わない性格があったと私は信じている。

明治十二年十二月三日生れの先生は、四緑の卯歳の亥月生まれである。この年の人の総てに当てはめる訳ではないが、概してこの歳の人には表裏の二重性格があるのではあるまいか。

「エミール・ゾラが死んだ時、巴里市民は彼の遺骸をかついで、手厚くパンテオンに葬ったんですよ」と、先生がさも羨ましげに話されたのを覚えている。また、アカデミー・フランセイズの会長アナトール・フランスに就いても色々のお話をうけたまわった。……そう云う話をしていられる時の先生は、決して芸術院や、文化勲章や、立派なお葬式を厭がっていられる人とは思われなかった。

だから先生は、時々、口で云ったり、筆で書いたりしていられる事の裏で、嬉(よろこ)んでいられることもあったのではないかと私は考えた。

「荷風先生は文化勲章を嫌われたり、断ったりする方じゃない」と云われた久保田先生の御考えと、私はひそかにその心を一つにするものである。

(『三田文学』永井荷風追悼号、一九五九年六月号)

荷風先生寸談

河原崎長十郎

私が先代左団次一座にやっかいになっていたため、永井先生にもお目にかかれることが出来たわけで、左団次という俳優が如何に立派な友達の多くあったかということは、今考えてみると全く素晴らしい。

私は左団次氏に連れられて麻布市兵衛町の荷風先生のお宅を訪ねたのをキッカケにして、その後何とはなしに偏奇館の変った先生の生活に興味を覚えて時々単独でおたずねしたりした。

それは大正十二年関東大震災の少し前の頃だった。

大正十年の一月だったと思うが、左団次氏を取り巻くレパートリーの企画顧問グループようの七草会というブレーントラストが生れた。

小山内薫、永井荷風、吉井勇、岡本綺堂、岡鬼太郎（おにたろう）、池田大伍（だいご）、松居松翁（しょうおう）、山崎紫紅、川尻清潭、木村錦花（きんか）等々、当時の文壇劇壇の優れた方々の集りであった。そして同年三月の明治座の興行に、永井先生は左団次氏のために「夜網誰白魚（よるのあみたれかしらうお）」という、江戸好みの二番目狂言を新しく書きおろされた。

翌大正十一年の九月明治座では、大南北の「謎帯一寸徳兵衛（なぞのおびちょっととくべえ）」が上演されたが、この舞台稽古には、めずらしく永井先生が出馬された。

先生は、フランス好みのクラシックなスタイルで、客席の真ん中(当時は全部座席であった)のマスに腰をおろされて、序幕の河岸の場の大道具についてみんなと一所になって意見を出されていた。

私は、そばにいたので今でもその有様が目に浮ぶが、問題は、大道具の川の水の色がどうも先生の気にいらないらしい。

今日のようにスポットやゼラチンを使わない裸電球がむき出しでボーダーとフットに入っているだけの照明だった。

先生は次のように云われた。

「どうも川の水の藍が落ちつかないねえ……どうですね、電気の球へ黄色を塗ってしまったら！」

演出の小山内先生も即座に賛成で、それから直ちに照明部の人達によって、アルコールでニスを溶かしたような香りのするまっ黄色の塗料が一つ一つの電球に塗り歩かれたのであった。

すると、川の藍が全く落ついて何とも云えない豊かな色彩になったのであった。

先生は、

「こりゃあいい、これでいい……。」

と御きげんだった。

全くこの素朴なライチングの手法が何とも云えない舞台の色調をかもし出した。私は時々古劇の場合この荷風ライトを思い起してはやってみるのだが、近頃の強い照明機具では明るすぎてどうしてもこの時のような色彩が出ないのであった。その年の十二月には、帝劇で、先生の「秋の別れ」が上演された。

左団次氏との親交は相当に深いもので、左団次邸へもよく先生はみえられた。従って左団次氏が先生の影響をうけていたこともたしかだし、それをそばで見ている若い私なぞがまたその影響をうけていたとも云えるだろう。

先生は左団次氏に次のようなことを云われていた。

「僕だって、今この株を買っておきゃあ儲かる位のことは知っていますよ。しかしそんなことをするのがいやなんでねえ。」

左団次氏も、当時劇界第一の人気俳優で収入も相当よかったらしいが、毎月、残っただけの金を三菱銀行へ着実に貯金して、何の工夫もなく財産をつくっていくのであったが、これも先生の影響のようであった。

大正十二年の震災の時、私の家は、溜池で現アメリカ大使館の露路にいて焼け出されたので、当時二十二歳元気盛んな私は、母親と荷物を霊南坂を何度か運びあげて先生のお宅へ避難したのであった。

私は何度も坂を行き来して、偏奇館台所次の間を私の荷物で一ぱいにしてしまった。

先生は、全く驚いたような面ざしで、

「よくまあ、これだけの荷物を運びましたねえ……。」

と私の体力に驚き入ったという顔つきで眺められた。

私たちは赤坂一つ木の兄の家へ更に移ったのだが荷物だけは先生の所へおいたままで一週間ほどすぎた。すると先生は私を招いて、

「どうも君の荷物ねえ、僕があずかっていて何一つなくなっても責任があるから、何

とか持って行ってくれないかねえ……。」と何気なくしかしこれ以上荷物の番人はたまらないという顔つきで云われるのであった。

私は恐縮して、早速それを運び出した。ここらに先生の几帳面さと、物のわずらわしさに縛られるのがきらいな気風がうかがわれるのであった。

左団次氏、奥さん、浅利鶴夫君、私とで偏奇館をお訪ねした時、化政度の歌麿あたりの春画が柳小李大（やなぎごうり）の文庫に一ぱい入っているのを私たちに見せて下さった。それこれと遊ぶうち先生筆の画帳が私たちの手に開かれた。見ると、盆の上にのり羽毛なぞの図や、ねむそうなまなざしでぼんやりとイスにかけて前方を眺めている自画像なぞもあり、中々の傑作でうずめられていた。

左団次氏は、帰りぎわに

「永井君、これ、もらっていくよ。」

とその画帳をもう手に持っていた。先生は少しこまった様子だったがさりとてことわることにもならず、一寸苦笑いして、うなずいてしまった。

これは珍品だった。だが残念なことに十二年の関東大震災で駿河台の左団次家と共に焼けてしまったのであった。

先生は、銀座の風月堂で毎日夜食をとられている頃から、次はカフエーに足をむけられ日本橋から銀座へ向って一軒ずつ歩かれて、その止りが、銀座のタイガーであった。

ここがお気に召したか、私なぞも、大分タイガーではお話することが出来た。

当時、築地小劇場が出来たが、小山内先生は何かと、後輩の文壇人から、論争される傾きがあった。

そんな時先生は、真剣な顔つきで腹をたてられた。

「小山内君はあんまり軽々しくどこへでも出て行くからいけませんよ。彼等が辞をひくうして教を乞うたら出て行って教えてやればいいんですよ……。」

こうした礼節の欠け方については、けっぺきな態度をとられるのであった。

また雑談中御きげんで調子がいいと文学などにも話が及んだ。

「小説なんてものは、若い人間が読むものじゃぁありませんよ。いろいろ人生の経験を経た人間が、ああ、あんなことも過去にあった、こんなこともあったと、小説を読んで自分のすぎてきた昔を楽しむ、それでいいんですよ……。」

こんな先生の言葉も私の耳のどこかに残っている。

終戦後はこのどさくさの十余年で遂にお目にかかれずに過したことは残念であった。

（『三田文学』永井荷風追悼号、一九五九年六月号）

荷風忘れ傘

花柳章太郎

久保田万太郎先生が「あぢさゐ」を書いてくださった初演は、昭和二十九年五月の新橋演舞場であった。

荷風作品を上演したい野望はかなり古く、十年ほど以前、吉井勇先生から「夢の女」を、君、やらないか……とすすめられた覚えがある。それからほど経て、木村荘八氏にまたそれをすすめられ、久保田師に脚色を願った。

この脚本は思いのほか早く、一ヵ月ほどしてできあがった。それを、久保田先生自身で持ってきてくださったのはうれしかった。さっそく、熹朔さんに装置を頼んだ。配役も即座に決め、稽古にかかるという順調さ。

私は、いままでに一流の、しかも、その土地を代表する名妓は、数多くこなしている。「日本橋」のお孝、「明治一代女」のお梅、「二筋道」の桂子、「白鷺」の小篠、「今年竹」の春代、「湯島詣」の蝶吉、「婦系図」の蔦吉、「逢坂の辻」のお珊、など数えあげたらきりがない。

しかし、三流以下の芸者を主人公とした「あぢさゐ」は、もっと卑しい枕芸者である。幸いに私の青少年時代に「あぢさゐ」のお君そのままの女が私の家近くにいたことが、たいそう参考になり、モデルとした。

　　脇あきの、いつほころびし浴衣哉

久保田先生は、浴衣の袖つけのほころびたまま、自堕落なお君を演じている私の仕草を見て、初日に一句くださったのであった。

その以前に、泉先生作の「辰巳巷談」の花魁胡蝶で、札順（ふだじゅん）の落ちた娼妓を演じたとき、また「遊女夕霧」でも、先生は

「ああした女をよく見ていたネ」

といわれたことがある。そういうと、その種の女ばかり当てているようで恥ずかしいのであるが、女形の芸道修業には、女優にだせない退廃的な色気があるような気がする。女優がやると、自分の体臭が先立って、その女を写すすべより生地がじゃまして、卑し

い稼業の女の描写が欠ける結果になるのだと思う。

「あぢさゐ」で毎日演劇賞をちょうだいしたとき、柳橋の拙宅へ、永井先生を主賓に、中央公論の嶋中社長、久保田万太郎、木村荘八、川尻清潭、伊藤熹朔の諸氏をお招きして、お礼の会をしたことがある。

永井先生は、終電車に間にあうように帰るとあって、愛用のバスケット(これには、いつも数十万円の現金がはいっていると評判だった)と古い洋傘を持ってこられたのだが、帰りしなに、私の弟子の洋傘とそっくり同じであったため、まちがえてそれを持って帰られた。そのあとで、取りかえにお見えになるだろうと心待ちにしていたが、とうとうそのままになってしまった。

私の弟子も、それから間もなく一身上の都合で役者をやめることになったので、洋傘も取り違いのままに、終わってしまったわけである。現在私の手元にあれば、荷風先生の遺品となったであろうのに、残念なことをしてしまった。

市川菅野のお宅へも二、三度うかがったことがある。私の『きもの』の随筆集の序文まで書いてくださった。「夢の女」上演のお許しを得に、松竹専務の高橋さんとうかがった時は、ちょうどお留守。

一時間あまり待ったが、帰られる気配がないので、留守のおばさんに聞いたら、「お湯にはいりにいらっしゃいました。いつも一日がかりですから、お帰りはおそくなるでしょう。ご用事を書いておいてくだされば、お渡ししておきますから……」という。

それでは何時間待っても……とあきらめて堀切へまわり、菖蒲をみて帰った覚えがある。

二、三日したら、『毎日新聞』の二行通信に、花柳が荷風に会いにいったら二時間待たされた。「長湯荷風」……と、うまい洒落が出ていた。

（『毎日新聞』一九六四年一二月一〇日）

カフェー・プランタン

松山省三

カツフエー、プランタンのばら色の
壁にかけたる名画の下
芝居帰りの若き人々の一群が
鉢物の異国の花の香に迷ふ
異国の酒の酔心地。

これは荷風さんが私の店を唄った詩の一節である。この全集の月報17に、私が昔画いた挿絵が写真版で載った。それを契機に、荷風さんの日記を繙いてみた。

大正も震災前の頃の「断腸亭日乗」には、私も、ぷらんたんも時々顔を出している。

大正八年九月四日。カルメンを聴く。帰途松山画伯とぷらんたんに飲む。
大正十年九月十四日。松山画伯里見醇(ママ)とプランタン酒亭に至る。花月画伯猿之助を伴ひて来るに逢ひ、笑語覚えず夜半に及ぶ。
十月一日。有楽座に有島武郎の作死と其前後を看る。帰途松山画伯の酒亭に憩ひ、主人と款語夜分に至る。
十一月廿八日。清元会の帰途平岡松山の二画伯と赤阪の長谷川に往く。岡田画伯水上瀧氏既に在り。

といった具合である。本人も忘れていたことが、少しずつ蘇ってくる。プランタンと荷風さんについて一つ二つ書かせて貰おう。

プランタンの店開きは、明治四十三年と記憶している。私は明治十七年の生れだから、美術学校を出たての生意気盛りだったわけである。

プランタンの前身は、佃政親分の息の懸っていた玉突場だった。二階は博奕場として使われていたものらしく、六畳八畳の部屋の畳を上げると、穴が開いていて、突嗟(とっさ)の逃げ口になっていたりした。その建物を花月楼の息子で絵の仲間の平岡権八郎と二人で借りたのだ。二十五、六の若さで当時としては全く目新しいカフェーを開いたのだから今にして思えば随分無茶な話だ。

建物は、当時流行のセセッション・スタイルで、イギリス帰りの建築家矢部さんが改造してくれたもの。家賃は四十五円位だったろうか。

写真では判然としないが、入口は葡萄棚である。左手の和服姿が私。

その頃の銀座は、今と全く趣きを異にしていたのは無論のことだが、後年荷風さんの忌み嫌った新聞記者の溜り場の様相を示していた。

『中央』『東京毎日』『国民』『朝日』と社屋は皆銀座にあり、それ以外には神田の『二六新報』内幸町の『都新聞』ぐらいではなかったろうか。

店は最初、やっていけるものかどうか不安もあり、会員組織で発足した。会員の中に永井壮吉の名があったのは小山内さんの口添えがあってのことだったろう。小山内さんの妹さんの八千代さんが、私どもの師岡田三郎助夫人になってから、よく岡田先生の家で文士連中と邂逅したものである。

店主といっても、一かどの絵かき気取りだった私は、客を客とも思わぬ風もあったろうが、客の方でも私をつかまえて文学美術を論ずるのを楽しみにしている風もあった。

店の壁は彼等芸術家の落書で埋められ、妙な呼び名で噂をし合った。荷風さんのことは、「エーセーニカゼ」。吉井勇さんは「トロセーマオトコ」といった類いである。

三田の荷風さん、戸塚の正宗さん、本郷の小山内さんと何とはなしに私なりの分類をしていたが、皆焼サンドイッチと酒でよく論じよく笑ったものである。荷風さんは洋酒はあまりあがられず、専ら日本酒であった。荷風さんと私とは、肌合も違うし、それ程のおつき合いもなかったが、容貌風采がよく似ていたので、その意味で変に親しみを覚えたものである。

「また君に間違えられたよ」といって荷風さんが店に入ってくる。私の方も街を歩いていては「先生先日は……」といった挨拶をよくされた。荷風さんは女性にもて、私は硬骨漢だったから、お互いに間違えられて面喰うのは当り前である。荷風さんは巴家の八重次さんとアツアツの時代で、八重次さんは店にもよく見えたが、荷風さんと一緒に巴家を訪れもした。八重次さんは、きさくな、きっぷのいい方で、酔って店に現われることもしばしばだった。そして冗談半分に、荷風さんの足が一寸遠のいているから、替りに家へ来てくれといったりして、私をからかったものだ。

店にくる常連の中には、プランタンを媾引（あいびき）の場所にしている者もあった。店で飲んでいる。戸口に女性が現われる。連れ立って何処かへ消えるといった塩梅である。それでも、中々連れの来ない時がある。荷風さんではなかったろうか、

　プランタンはフラレ男の来るところ

の落書をされたのは。

「往事茫々都て夢の如し」とは荷風さんの日記の中の文句だが、ゆくりなくもこの全集の月報が縁で往事を思い返させて貰った。

（『荷風全集』二刷月報11、岩波書店、一九七一年一二月）

濹東綺譚を書かれた頃

道明眞治郎

荷風先生が初めてきゅうぺるへおみえになったのは、昭和八年のはじめ、小唄勝太郎の「島の娘」がはやり初めた頃だと覚えています。その頃の金春通りには、森川家を筆頭に一流の芸者家が軒をならべていて、その間に、日本料理の浜作、大隈、新三浦、銀八、吉喜。西洋料理のスコット。私の店などが散在していたのですが、吉喜の店さきには、金春稲荷の小さな祠が残っていたし、金春湯の前には三紋という俥宿があって、夕方になると彼方此方の芸者家から、女中が門口に立って「サンモンさん……」と、姐さんのデのクルマを呼ぶ声が艶めかしく聞えて、なかなか風情のあったものです。

先生が、はじめて店へおみえになった時、カウンターに近い席に坐られたのが縁で、それからずうっとそこが先生の席のようになって、先客があってもかならず先生に席を譲られたものです。イギリスやフランスの古い喫茶店では、名高い文豪などが常に坐った席には、その名を刻みつけて、いつまでもその人を偲ぶようにしてあると、教えてくれた人がありましたので、私もいつかはそうしようかと思っているのです。

先生が、この席で、いつも談笑されたのは、高橋邦、安東、杉野、竹下、酒泉、樋田、万本の諸氏で、特に当時『万朝報』の記者であった樋田氏の話には、呵々大笑されたものです。先生が玉の井へ足を踏み入れられたのは、昭和七年のはじめだそうですが、昭和十一年の春ごろから足繁く通うようになられたのも、この樋田氏の話が、その一因になっているのではなかろうかと思われます。先生は玉の井から帰られると忘れないうちにと、よく玉の井の地図をこまごまと半紙に書いておられましたが、私もその下書をいただいたことがあります。

昭和十二年、『濹東綺譚』ができあがると、『冬の蠅』を刊行したことのある京屋印刷所から、壱百部を非常品として刊行して、私にも一部下さるというのでたのしみにして待っていたところ、さて本が出来上ってみると、到底人には見せられぬ粗悪なものだったので、先生はたいへんな御不満で、

拝呈陳者高堂皆々様益御安泰に御座被遊候段欣慶の至に奉存候扨拙著濹東綺譚兼而

御約束致候通美装本出来次第一本呈上仕度と存居候処（中略）用紙印刷其外万端注文見本とは全然相違の贋物を用ひ此程悪本一百部調整致候得共到底皆々様へは御覧に難入候間近日他の正直なる印刷所へ注文改板致候時迄何卒御待被下候様偏奉冀上候

四月十六日　　　　　　　　　　　　　　　　　永井荷風敬白

と、頗る丁重な御手紙をいただいて恐縮したのでありますが、何事によらず折目正しい荷風先生の真面目がうかがわれて、おのずから頭のさがる思いがするのであります。

（『文芸』臨時増刊「永井荷風読本」一九五六年一〇月）

荷風先生とぼくたち

高橋邦太郎

昭和九・十・十一年ごろ、毎晩のようにぼくたちは、銀座の千疋屋の裏の喫茶店きゅーぺる、並木通りの珈琲店〝万ちゃん〟、銀座四丁目フジ・アイス、あるいは新橋駅西側の小料理店「金兵衛」、しるこや「梅林」などで荷風先生にお目に掛った。

ぼくたち――と複数でいったのは、仲間が数多く、たとえば安東英男(当時松竹少女歌劇団員、シャンソン作詞家)、菅原明朗(作曲家)、沢田卓爾(現日大教授)、竹下英一(劇評家)、杉野橘太郎(現早大教授)、大野外務省書記生、酒泉健夫(歯科医)、万本君(西洋骨董商)など、名前を挙げていっても、今では、世人の知らない人も多いであろう――これらが中心になって、上にのべたどこかへゆけば、荷風先生を囲んで、雑談に耽っていた。相当永い期間だからこれらの人々のほか、堀口大學、ノエル・ヌエット、ウィテック嬢、生田葵山、神代種亮(こうじろたねすけ)などという人が加わることもあった。

もちろん、先生の文学の弟子ではない、したがってそこで語られるのは決して高尚な議論ではないのは当然で、いわば、ただ、世間話をするだけのことであり、誰を招くというのでもなく、誰が特別に先生の〃お気に入り〃というわけでもない。

ただ、こういう席につらなる者には、一つ忘れてはならない〃きまり〃があった。それは〃けじめ〃と〃たしなみ〃だった。

これは荷風先生が、ぼくらに押しつけたものでもなく、誰が、強いたものでもないのが特長だった。

この中で〃けじめ〃というのは、現今のことばでいえば〃プライヴァシー〃を守ることなのである。

先生が、ふらりと夕方姿を現わされて、ぼくらの間に入って来られる。その時刻まで先生が何を為てこられたかとか、それから先どこへゆかれるかなど、一切、伺いもしないし、また先生から言い出さない限り先生からも聞かれることはない。一言でいえば、何事にまれ先生の身辺については、大勢の前では聞かないことである。

ともかく、先生は、黙って、ぼくたちの雑談をしずかに聴いておられる。職業がまちまちだったので話題は、まことに種々雑多である。

時には先生も御自身の意見をのべられることもあり、むかし話、人についての思い出を話し出されることもあった。

とりわけ、森鷗外、上田敏のことを話される時は、キチンと膝を正されたのが印象的であった。そういうことを話して頂くのを心待ちしながらもぼくたちは、先生が好んで話し出されるのを待ち、決して、御意見を強要したり、御好意に甘えるようなことはしなかった。まして、金銭について迷惑をかけることもしなかった。また、短冊を書いて下さい、式紙へ書いて下さいと頼むこともしなかった。

これが、ぼくのいう〝けじめ〟である。先生を尊敬するのは申すまでもないが、甘えることをしない――これが根本である。

もとより、先生との関係は一人一人ちがっていた。生田葵山の如く、巌谷小波門下として〝同時代〟もいた。葵山の現れるのはごく稀であったが、ある事情で先生とは絶交になった。(この間の事情については荷風日記にある通りである)

荷風先生は第三者の噂をめったにせられなかった。

しかし、せられたとしても、つかわれることばは、いたってさりげないものだった。

最悪の場合でさえも

「もう、あの人はいけなくなりました」とか「だめになりました」とか言われた。一体、この表現は、「絶交した」あるいは「もうその人は、一切、とり合わない」といった最大限なのであった。

どうせ、ぼくたちは、野人なのだから、世俗的な〝礼儀〟をわきまえている筈はない。先生に対して、ずいぶん、無礼は働いているに違いないが、それをとがめられたことは一度もなかったし、叱られたこともない。ならわざる礼儀を求める方ではなかったためであろう。

さて、どの飲食店においても、会計は、すべてめいめい払いであった。自分の飲んだり、食べたりしたものの代金は自分が払う、いわゆるダッチ・アカウントである。先生が〝金銭〟についてきびしかったことは周知の通りであるから、このことはいうまでもないが、ぼくたちはこの点、暗黙のうちにこれを知っていた。

相当永い期間のこと故、先生から、何か依頼される人もあった。ある程度の面倒をかけたとお思いになれば、先生は必ず何かの形で感謝された。実費を支払う時もあったし、自著を贈られることもあったが、但し、概ね、過不足はなかった。ぼくも『冬の蠅』と『すみだ川』を頂いたことがある。

先生のこうした適切な感謝のしかたは、日記のいたるところに散見するところである。

この感謝の仕方と共に、思い出されるのは、荷風先生の金銭についての考え方である。割り勘については、前にものべたが、これはお互に余計な心遣いを省こうというのが本意であったのはたしかで、気持の上の負担をかけ合うまいと自ずと守って来た次第で荷風先生が言い出したことでもなく、ぼくたちから申し出たことでもない。

だが、路上でヒョッコリ先生に出会ったような時、先生が

「これから食事にゆきます。あなたもおつきあいなさいよ。今日は、ぼくが奢ります」

と、最初から言われた。こうしてぼくも、何度か先生に奢ってもらった。

こうした集りは、追々と険悪になって来た時局にも係らず、ずっと続いていた。荷風先生は夏でもキチンとネクタイをし、編上靴をはき、金の鼻目金をかけ、時には

ローライ・フレックスを持って来られた。これで思い出すのは、先生のカメラ愛好家だったことである。

ぼくたちの中にはカメラ好きの者が二、三いたので、よく先生を撮したが、いつでも気嫌（きげん）よく被写体になられた。ぼくにも先生を撮したのがあったし、先生に撮してもらったものもあった。一度、偏奇館に参上して見せてもらった「濹東綺譚」の資料として先生の撮影された写真は夥しいものだった。これまた空襲で焼けてしまったのは残念である。

ぼくたちの中で、物故したのは神代種亮、万本君の二人で、あとはすべて現存している。万本君の葬式の時、荷風先生は杉野君を通じて相当額の香華料を届けられた。

（『荷風全集』二刷月報22、岩波書店、一九七二年一一月）

永井さんのこと

ノエル・ヌエット

私は、パリにいたころ、セルジュ・エリセイエフ氏の仏訳した「牡丹の客」によってはじめて永井荷風さんの名を知りました。永井さんの作品で仏訳されたものは、これがただひとつではないでしょうか。もっとも、その道の人の話によれば、永井さんの作品を完全に外国語に移すことは至難のわざであるということであります。

日本に来てから、私はいろいろ同氏のことを耳にしました。しかし、永井さんについてのはっきりした印象を持ったのは、昭和十一年、同氏と銀座でお会いしてからのことと言えるでしょう。そのとき私は、堀口大學、高橋邦太郎の両氏と一しょでした。そして、両氏から永井さんに紹介され、みんなは連れ立って近くのカフェーへ行ったのでした。

私はそのころ、東京のスケッチを思い立って、それを画葉書(えはがき)に作らせていました。永井さんは、すでにそれを買っておいでだったということで、それについてのお褒めの言葉をいただきました。その折のお話から、私は、永井さんがフランス文学を高く評価しておいでになること、また江戸時代をしのばせるあらゆるものに深い愛着をもっておいでになることを知ったのでした。

その後、お目にかかったことがあるかどうか記憶しませんが、私の目には、そのときの永井さんのことが、今もありありと思い浮かびます。上ぜいのある、痩せぎすな、頭にはベレーをのせ、下唇の突きだし加減なところ、そこには肉感と同時に、世の中を冷眼に見下すといった感じが受けとれました。

その後私が、野田宇太郎さんの尽力で『宮城環景』という画集を出しましたとき、永井さんはそれについてきわめて好意に満ちた一文を寄せて下さいました。それには、東京の人々が、自分たちの住む東京の美しさに無関心なことが残念であるといったようなことが書かれておりました。さらに、角川文庫から作品をお出しになったときも、私の描いた神楽坂花街のスケッチを入れたいというお話で、これは私として名誉のことであり、大いに感激したことでした。

私は、永井さんが、有名な北斎の住んでいた葛飾におすまいだということを知っていました。また、好んで浅草へお出かけになることも知っていました。さらにまた、その作品に出てくる踊り子たちに取りまかれた写真も見かけたことがありました。日本の友人たちに永井さんのことをたずねますと、ある人々は「きめのこまかい文体をもった文豪」と言い、また他の人々からは「一種のボヘミヤン、一個破倫の人」と聞かされました。

いま、その永井さんは、小さな侘住居で、静かな苦しみのあとでたったひとりで死んでいかれました！『英文読売』に掲載されたサイデンスティッカー氏の一文は、永井さんの考え方、またその芸術についてきわめて行き届いた分析をこころみています。思うに、永井さんこそは尋常一様の生活をするためにはあまりにも多感であり、あまりにも奔放であり、あまりにも不羈であったフランスの文人、たとえばボードレール、ヴェルレーヌといったような人たち、あるいはまた、山内義雄氏の言うようにレオン・ポール・ファルグといったような人を思わせる方のように考えられます。

（『三田文学』永井荷風追悼号、一九五九年六月号）

荷風先生覚え書

正岡　容

戦時中の話であるが、帝都が大空爆に廃墟と化さない以前から、二、三、私たちの仲間が相集まると、永井先生はどうしておいでだろうとお噂申上げた。「行年や隣うらやむ人の声」御老齢御独居は平時においては先生のさして御苦痛となされないところかもしれないが、未曽有の大戦乱下においてはあの御生活は何彼につけて余程いけまい。かつて馬場孤蝶翁の講演をうかがったとき、斎藤緑雨は陋巷に窮死したとつたえられているが、本所横網の終焉の家は案外に小ざっぱりしていて仇なおんなが側近にあって死水をさえとっていたと話されたが、わが永井先生のこのごろも希くはそうした女性のひとりぐらいはあっていただき度いと希うもの、天下、豈、私ひとりであろうか。木村荘八先生は昨夏、下谷お成道の菓子舗うさぎやへ赴かれたらそこに永井先生の御近作が十数篇保存されてあり、しかも中には昭和十九年四月某日稿などと云うものすらあって全く脱帽し度くなったと語られたが、うさぎやも今度の爆火では灰燼に帰した。先生の御作品は果而(はたして)よく業火を免れ得ただろうか。夙(つと)に地下壕もしくは他の地域へと避難されてはいたことだろうか。助かってさえいて呉れたらいつの日か出版界無用の制約も自ら解体の春や来て、先生が金玉の文字、うらうらの日の目を浴びることなしとは云えない故、切に切にその原稿の安泰をば祈らざるを得ない。まった昨春、浅草オペラ館が強制疎開となった折には、かねてこの小屋を村とした「おもかげ」の作者であり、この館上演の軽喜劇を山東京伝らが洒落本の軽妙にさえ例えられて、ついには歌劇「葛飾情話」までを無料でかき下ろされたほどの支持者たりし先生はわが久恋の境呡びたりと嘆かれて、その最終公演日には共に舞台へ立ち「蛍の光」を合唱されたともまた木村先生は同じとき談(かた)られた。が、しかしこの話は余り巧くでき過ぎてはいますねとそのあとで先生は微笑まれた。そう云えば正しくそのような気もするが、さるにても「濹東綺譚」へあの名画を配されたる木村先生にして、終始佐藤春夫氏を介してあの絵の打合わせをされ、ついに永井先生とは直接対面されざりしよし、また木村先生自身の御著書にしても、濫りに郵送し来るところの寄贈本は、永井先生一々目をとおさるることなくしてことごとく屑やの手へ下げわたしてしまわれると仄聞(そくぶん)、読んで頂き度いは山々ながら、ついついお送りできないでいるなどいろいろ同じとき伺って見ると、木村先生にしてなお且然りなら私のごとき後輩の、いかに多年の崇敬をあえてするとも今日まで先生と一語をもまじえざる、余りにも当然至極の次第と、いっそサバサバとあきらめが付いてしまってよかった位のものだった。

でも、私は、強いて永井先生とのつながりをこじ付けるならば、纔に生涯以下いくつかの宿縁がある。せめてもそれのみを今生の喜びとはさせて貰おうか。先ず大正十一年歳晩十二日、私が江戸文学の恩師阪井久良伎翁御指導にて、天明狂歌の大立者で川柳蓬萊連の盟主たる朱楽菅江の第一回法会を営んだる砌り、その通知状を私かに永井先生へも発送して見た。とその翌年、師吉井勇から、オイ永井さんがそう云ってたぜ、正岡容て名は、云々だって。容は云々とは些か明言を憚るところの永井先生らしい艶笑的諧謔なのであるが。

さあれ、永井先生の御記憶の中にわが名があったかとおもうと何とも五体の慄え戦くほど当時の私はうれしかった。次いで昭和八、九年代、私が自棄貧困のどん底にあったころには、銀座うらの茶房きゅうぺる楼上で大谷内越山翁の話術研究の会が催され、会果てて階下へ来りたとき、小さい雅帖に器用に描かれあるすみだ川風景をば発見、おや永井荷——と云いかけたら、慌しくきゅうぺる主人が袖を引いた。と見るとわが目の前には何と永井荷風先生があの特色ある角張った細おもてで、何をか切りに傍らの人々と談笑していられた、一驚、忽ちにこそこそと私は引下ってはしまったことだった。事変勃発以後は地下鉄道で一回、先生と向う前に乗合わせた。銀座から浅草まで先生はたしか小冊子を読んでいられた。そして浅草で私と友人とが地上まで上がって来たときもう先生のそのお姿は、忍術をでもつかったかのごとく世にも鮮やかに消え去っていた。濹東行だろうよきっと——と、そのとき私は同行の友人とこう語り合ったことだった。同じころ玉木座の並びの至極安直な珈琲店の宵の口にも、先生のお姿を見受けた。先生は「日和下駄」以来の洋傘を手に、店内に待っていた(のか偶然い合わせたのか)ワンサらしいレビューガールと、爾汝の間柄よろしく莞然談話を交えていられた、恐らくやその踊子、到底永井先生の何たるかは毫末もしらない様子で。(他にもう一、二回、先生の黒い背広に身を包まれ長身の散歩姿を銀街で見かけたことがあるが)さて一ばん私にとって特記していい事柄は、木村先生すらその御著書をおくられないと聞いてすっかり私のあきらめ果ててしまっていたころ、偶々師、吉井勇と私の文学を二代にわたって愛読して下さる大賀渡君が、(芝口の金兵衛とて、もはや疎開となったろう)先生の常在食事処にて御別懇を頂いているよしにて、それならば私が持っていって上げましょうと昨秋、拙著『寄席囃子』を気軽に持参していって下すったことである。お互いに身辺多忙、ついその後、大賀君とも会わないけれども、もうもうそれ丈(だ)けにてこの私の欣(よろこ)びはほとんど何にも換えがたいおもい。因みに金兵衛とは、先生の「おもかげ」末尾の句抄にある前書附の句

芝口の茶屋金兵衛にて三句

盛塩の露にとけ行く夜ごろかな
柚の香や秋もふけ行く夜の膳
秋風や鮎焼く塩のこげ加減

のその美味いものやがことではある。

おもえば昔、「親類は法事のほかに用なし、子は三界の首枷なり、門弟は月夜の提灯、皆無きに如かず」と「偏奇館漫録」へかいていられしを読んで以来、私は所詮この先生のところへ丈けは生涯訪れられないと私(ひそ)かにおもいあきらめてはしまっていたこと

だった。木村先生なども万々一お目にかかりにいって断られ、日本文壇で一ばんの宝玉と崇め奉っている先生にたいして自分勝手な失望落胆のおもいを抱くよりも、心に悠久の恋人たらしめておく方がいいと云われている。私のおもいもまた、然りである。未だ世の中には同様のおもいで先生への訪問をあきらめている人たちもいといと多いことだろう。

私は、先生の作品では「すみだ川」「雨瀟々」をいまに至るも絶対最上位とする。久保田万太郎氏は先生の『三田文学』創始のときのことを「半生」と云う随筆の中で自分が小説家となったについては「中でも永井先生と永井先生のお書きになったものが一ばんいけませんでした」とかいていられるが、この「一ばんいけませんでした」は私などにもまさにそのとおりだったので禁断の果実のおもいをさせられたもの、云い得てじつに巧いとおもう。同時に、久保田さんの「半日」「きのふのこと」その他について私が後述のごとく、この「すみだ川」「雨瀟々」のほんとうの哀観もまた、生え抜きの東京人以外には断じて味いとれない「運命」の作品なのではあるまいか。

先生の正義感の発露のものには「狐」がある、「妾宅」「冷笑」がある、「花火」「偏奇館漫録」「隠居のこごと」の諸随筆またみな然りである。古人情の推移を嘆き、洗練の都市美を愛して熄まざる愛国詩人としてのあらわれには「日和下駄」がある、「断腸亭雑稾」がある、「紅茶の後」「大窪多与里」がある、近くは「随筆・冬の蠅」の諸篇がある。(但、脚本は小説におけるがごとき奔放なく、いと尋常の作風多く、先生らしき異色はついに「開化一夜草」の戯作味のみであろう)

「腕くらべ」「貸間の女」は私は所謂書入れ本を秘蔵しているし、発禁書「夏姿」もかつて一読したが、「濹東綺譚」「つゆのあとさき」(の中の諸篇)などと共に、これは明治大正昭和へかけてのいと貴重な風俗絵巻と見るべきだろう。一流芸妓、不見転、女給、私娼、素人淫売とこうした時代時代の女妖風俗を後世のためいとも丹念に写し了せて呉れている文献芸術であって、淫卑の描写のごときはむしろこの風俗に後続して来るところの跫音に過ぎまい。しかも私はこれらの作品は先生の御寿命あらんかぎりかきつづけられる風俗小説の聯吟であって、されば一作一作の出来栄を縦に掘下げて云々す可きでなく、全作を年代風俗順に横へ絢爛と読過す可きが最も正当本格の読み方であると確信している。即ち「夏姿」なら「夏姿」一個は単に交響楽中の一楽器の音に過ぎざるものであって、十数作順次読過後、交響、発するところの音楽をこそはじめて賞美喝采す可きものなのである。兎角、近年の青年文学者間において毀誉褒貶の対照となる先生の愛慾描写いと多い小説に対しての、以上をわが自説とする。

　情熱的な艶麗多彩な文章として愛誦に足るは「歓楽」並びに「祝盃」「見果てぬ夢」「昼すぎ」「風邪ごゝち」「牡丹の客」「短夜」の『新橋夜話』の諸篇であろう。久保田さんの所謂「一ばんいけません」美しさだった。悩ましさだった。そのころ発売禁止相次いだ先生の心境の吐露が、かの「散柳窓夕栄（ちるやなぎまどのゆうばえ）」の天保御趣意下の柳亭種彦たることは論を俟たないが、同一系統の浮世絵風景には「恋衣花笠森（こいごろもはなのかさもり）」のおせんがある。そうして先生門下たる双竹亭主人の「おせん」「歌麿をめぐる女達」その他も明らかにこの文脈に端を発しているけれども、登場人物に性格の裏付けなく、深刻の心理描写なく事件の発展、俗調に過ぎるため、月鼈（げっべつ）の差違余りにも太（はなはだ）しく、童幼婦女子が玩弄物（おなぐさみ）以上にいでざるの譏（そしり）はついに免れない。

（戦後の今日では私は邦枝氏のものでは「職人」その他の現代小説を却って高く評価している。そこには例の美文濫出の余地がなく、まともに描写していられるからである）

「監獄署の裏」その他にしばしば先生は已に社会革新の先導たる可き資格なしとおもいしった日から、世を白眼視、野暮な邸の大小棄てて、江戸戯作者のひそみに倣ったとかいていられるが、そうした先生の思想の中においても最も私の影響されたはかの「見果てぬ夢」の一齣「つまり彼は真白だと称する壁の上に汚い様々な汚点(しみ)を見るよりも、投捨てられた襤褸の片(きれ)に美しい縫取りの残りを発見して喜ぶのだ。正義の宮殿にも往々にして鳥や鼠の糞(ふん)が落ちて居ると同じく、悪徳の谷底には美しい人情の花と香しい涙の果実が却って沢山に摘み集められる……」だった。これはわが廿(はたち)の日の愚拙なる長編「影絵は踊る」の冒頭にさえ、已に引用させて頂いた位である。同時にこの偽善を悪(にく)み、陋巷(ろうこう)の美花に目を濺(そそ)ぐ江戸人特有の思想性情はその後廿有余年を経た今日に至るまで深く私の人生観芸術観の根柢をなしてしまっていて、今日、好んで私が落語家、講談師、関東古調の浪曲師の人生芸術の上に「己」をみいだすのも、要はこの先生の「見果てぬ夢」思想の影響に他ならない。「大窪多与里」中に「我、生涯に講談一篇、落語一篇はかきのこしておき度く」と云う意味のことがかかれているのを見、またかつて先生が先々代朝寝坊むらく門下の夢之助なる一落語家なりしをしって、青春自棄の日の私は数多の新作落語を草して現金馬、柳橋、志ん生、今輔、右女助その他に作り与え、自らもまた高座に立って剪灯凭机の一舌耕となり果つるの日さえあった。何につけても先生の影響いといと甚大と云わなければなるまい。

昭和十九年の夏、私は、到底、生前、先生と膝をまじえて相語らうの日はないとおもい極め、未だ空爆とてもないじぶんではあったが、いまのうちにせめてそのお住居でも拝しておかなければ、一代の偏奇館も、先生の死後においてはついに分らなくなり果ててしまうであろうと、麻布市兵衛町一の六にあるお住居を、私かにおもてから拝見させていただいて来た。大きな誰かの邸の土塀に沿ってなぞえな坂を斜めに下れば早や突当りに、新しい板戸が閉まった門があり、その正面に飴いろの異人館――偏奇館が立ちすくんでいた。玻璃窓越しにうかがわれる薄鼠いろのカーテンの寸裂寸裂に引裂かれているのは西日の烈しく照付けるためであろうが、私には何やらん米国小説家ポーがアッシャ家の光景宛らですさまじかった。板戸の透きから覗見すると、異人館の前庭は芝生で、紅百合一つ、さびしく色褪せてちりかけていた。向って右の塀越しの辺りには、「冬の蠅」にかかれた枇杷の花と杉その他の細い常盤木が二、三本覗かれ、中にまじってただ一本、夾竹桃の花が真紅に燃えて、折からの真昼の風に揺られていた。

……………………………………。

……………………………………。

……………………………………。

そのころ師、吉井勇と木村荘八先生とに偏奇館拝見記を葉書にかいておくったら、それぞれから左の御返事をいただいた。

「御葉書拝見。
偏奇館の情景見るがごとくいろいろ感慨を覚えました。（下略）
七月廿一日　　　　吉井　勇」

「偏奇館消息　寂し　懐しく拝読
ポー写すところノ幻影浮ばんは至評ならん時に小宅貴塵館の号あり
小生も何となくこれを号することあり小杉さん中川等ハ僕をキヂンカンと呼ぶめり
（下略）
十九年七月二九日　　　　木村荘八」

因（ちな）みに、私には、左の句がある。

吊(つり)荵(しのぶ)　荷風は昔　夢之助

荷風読んでさびしき日かな昼寝かな

(『荷風前後』、好江書房、一九四八年一一月)

一楽居詩話――永井荷風の追憶

今関天彭

私が荷風と知り合ったのは籾山梓月（仁三郎）からだが、そうすると大正五年か。私は荷風の父、禾原とは明治末年から知合いとなっていたが、それから来たのではない。（禾原は名古屋の人）

荷風は十六、七歳のころ、日曜には岩渓裳川[1]宅で『三体詩』の講義があり、それを聞きに出かけ、漢詩の添削を受けた。荷風の漢詩は父から手ほどきを受け、そして裳川門となったので、裳川門では評判があり、作詩の数も相当あったようだが、昭和四年の比、思うところがあって隅田川へ投げ棄てたと云うことだ。その親友の井上啞々も漢詩作家で、同じく裳川の門人、父は前田侯の家令である。医師になる目的であったが、一高に入学が出来なかったので、目的は頓挫した。私も幾度か荷風の宴席で一緒になったが、かなり饒舌で、漢学の素養は思ったより深かった。

荷風の詩は五首ほど伝わっておる。

已見秋風上㆓白蘋㆒。
青衫又汚馬蹄塵。
月明今夜消魂客。
昨日紅楼爛酔人。

〔已(すで)に見る　秋風　白蘋(はくひん)に上るを
青衫(せいさん)　又た汚(けが)す　馬蹄の塵
月明(げつめい)　今夜　消魂の客
昨日　紅楼　爛酔の人なりしを〕

年来多病感㆓前因㆒。
旧恨纏綿夢不㆑真。
今夜水楼先得㆑月。
清光偏照善愁人。

〔年来　多病　前因を感ず
旧恨　纏綿として　夢も真ならず
今夜　水楼　先づ月を得たり
清光　偏へに照らす　善愁の人〕

孤碑一片水之涯。
重過斯文知是誰。
今日遺孫空有㆑涙。

〔孤碑一片　水の涯(ほとり)
重ねて過(よ)ぎれば　斯の文　知んぬ是れ誰(たれ)ぞ
今日(こんにち)　遺孫　空しく涙有るのみ

落花風冷夕陽時。　落花の風　冷ややかなり　夕陽の時〕

艶体詩成払二壁塵一。　〔艶体の詩　成つて　壁塵を払ふ
竹西歌吹買二青春一。　竹西の歌吹　青春を買ふ
二分明月猶依レ旧。　二分の明月　猶ほ旧に依り
照此江湖落魄人。　照らす　此の江湖落魄の人を〕

別後情懐愁易レ催。　〔別後の情懐　愁ひ　催し易し
相思有レ涙夢低回。　相ひ思うて涙有り　夢　低回す
桃花落尽人何在。　桃花　落ち尽くして　人　何くにか在る
細雨江南春水来。　細雨　江南に春水来たる〕

荷風が谷崎潤一郎に与えた色紙に、

柴門不レ過貴人車。　〔柴門　過ぎらず　貴人の車

残蝶孤飛林下家。　　残蝶　孤(ひと)り飛ぶ　林下の家
三日空庭秋不レ掃。　三日　空庭　秋に掃かず
半簾疎雨一籬花。　　半簾の疎雨　一籬の花）

とあるが、無論その作である。

荷風の愛読したのは王次回の(2)『疑雨集』である。父の禾原は清詩(シンシ)の新しい風を作り、最も得意であったのは七律の応酬次韻で、この清詩(シンシ)の新しいのが荷風の好んだところで、それがまた裳川の賞めたところである。また『三体詩』が好きで、よく読んでいた。戦後、何もかも焼かれて仕舞い、『三体詩』が見たいとのことで、私は『三体詩』を送ったことがあった。

「下谷叢話」では大沼枕山(ちんざん)のことがこくめいに書かれておるが、それは枕山が江戸の遺老として、明治の新興詩人森春濤一派に対して傲然対抗しながら、次第次第に凋[illegible]落してゆく有様に無限な同情がある。そこが荷風のデカタン思想とつながっ[illegible]てある。

荷風は枕山と多少縁がつながっておる。それは父禾原は同郷鷲津(わしづ)毅堂の門人、後にはその女(むすめ)を妻とした――毅堂の叔父が枕山であり、禾原が毅堂に従うて江戸に来[illegible]詩

を枕山に学んだ。禾原の兄弟は何れも秀才で、蘋園（三之助、阪本氏をつぐ）、大路（久満次、大島氏をつぐ）何れも相当の官僚となり、永井松三（外交官）も禾原の次弟の子である。また毅堂の子精一郎は、禾原の二男すなわち荷風の弟貞二郎を養子とした。かように毅堂と禾原とは、初めは師弟であったが、それが後には両家がほとんど一家のような関係となった。名古屋の学問は藩学明倫館（名高い細井平洲が督学となった）の外に私塾を立てた鷲津幽林があり、その二人の子、兄の竹渓は江戸に出でて大沼家に入り、その子が枕山であるが、弟の松陰が家塾をつぎ、子の益斎、その子が毅堂であるから、毅堂からいえば枕山は伯父に当る。

禾原は小ぶとりに肥り、がっしりした体格で、何となく官僚風であった。明治の末年に槐南(3)の病気がすすんで再起が出来ぬのが分ると、文学博士にしようと考えたのが実にこの人であった。それは文部省にいたから、大学方面の事も能くわかり、そこの事務官を長く勤めた清水亀五郎と相談した。この人は俗才に長じて、卒業生を貴族や富豪の婿に世話をするのが評判で、泥亀との渾名があった。この人の考えには、博士の推薦は学士会がするのであるから、学士会の集まりが実現すると、推薦は容易にできる。この学士会の集まりが容易でないから、先ず博士のほしい人々を尋ねて、その人々から集まりが出来るよう運動させるのが好いとて、博士になりたいと思われる人々を教えたので、その方面を運動して槐南の博士は何の苦もなく出来上った。この時、同時に七、八人の博士が出来た。その中に夏目漱石もあったが、漱石は頑張って受け付けなかった。

私は籾山梓月(仁三郎)の関係で荷風を知った。梓月は飛脚問屋両替屋をかねた江戸屈指の吉村家の次男、この家が今の日本通運会社である。梓月は実家吉村家の家伝を書くことを竹越三叉(たけこしさんさ)[4]に頼んだが、三叉が私に当らせた関係から来る。梓月は海産物問屋の籾山家の養子となって居たが、江戸大店の若旦那で、慶応卒業、俳諧が好きで子規の門に入り、高浜虚子の俳書堂を譲り受けて多数の俳書を刊行し、『三田文学』も発行し、また『花月』、『文明』も発行した。荷風とは水魚の交りを結んでいた。

この間、俣野通斎(太郎)が『荷風全集』を一読したところ、その第十巻(中央公論社戦後新刊)の中「毎月見聞録」に、次のような記事があるのを見、書きとって送って来た。

(大正五年)十月十二日　今関天彭、支那叢書十二巻を編むの企あり、米刃堂(梓月の俳書堂)之を梓行すべしといふ。

○支那商業史　○支那工業史　○支那経学史　○支那書道史　○支那画道史　○支那文章史　○支那風俗史　○支那道教史　○支那戯曲小説史　○支那金石史　○支那農業史　○支那法制史

なほ氏は近く之が為めに支那に赴く由なり。

十月二十五日　文明寄書家懇談会、深川土橋宮川に開かる。会するもの今関天彭、野口雅水、井上啞々……宮川曼魚の八子なり。

十一月中旬　今関天彭、支那遊学の途に上る、詩あり。

臨レ出二都門一賦別二諸友一〔都門を出づるに臨んで賦して諸友に別る

鴻雁来来秋欲レ晩。　鴻雁　来たり来たり　秋　晩れんと欲す
菊花楓葉又関レ情。　菊花　楓葉　又た情に関る
書生別有二壮心在一。　書生　別に壮心の在る有り
一剣飄然跨レ海行。　一剣　飄然として海を跨いで行かん〕

十一月三十日　竹越三叉、今回朝鮮に赴くべき今関天彭の為に祖道宴を張る。学者

文人多く集る。今関氏はかねて支那に遊学すべき計画なりしも、研究の都合上、
先づ朝鮮に入り、当分滞在すべしとなり。

一読当時の事を想い出し、惘然これを久しうした。急に北京行きを変じたのは、朝鮮の寺内総督が内閣を組織し、長谷川大将がその後任となったが、総督府では寺内総督の秘書が跋扈して困った。そこで先手を打って若手の人を急にさがした。徳富蘇峰が私を推薦したので、一時、それになったのであった。

荷風の性質は見かけに寄らぬしかとした処があった。十四、五歳の比か、吉原に出かけて同級生からひどい制裁を受けたが、一言もいわず制裁を受け、同級生も遂に手を揚げたことがあった。満洲事件以来、軍部が威張り出して来ると、荷風は少しも恐れず、ひどい言葉で対抗し、側から見てハラハラするほどであったが、この筋金の通った性質がデカタン趣味に一身をささげたのであろう。私はそれを想うと一種の悲哀を感ずる。

（『雅友』一九六四年六月号）

荷風散人と柳北

大島隆一

偏奇館へ、はじめて候問したのは、大正十五年の素秋。そのおり、祖父(成島柳北)の「日記」が現存している話から、ぜひ、みせてくれというお話。さっそく、そのころ神戸にいた従兄(成島朝一)へ手紙を書いたところ、やがて、使いの者が届けてくれた。もう、秋も、終りにちかいころ、古ぼけた革鞄に、ぎっしり、つまった和綴の日記をもって、ふたたび、荷風先生を訪れた。

嘉永六年から明治十七年(柳北歿年)までの日記、三十冊。先生は、ひじょうによろこばれた。しばらく拝借したいから、この旨、成島家へつたえてほしいといわれた。そのご、伺うたびに、二階の書閣……あの中国産・竹のデスクのうえに、美濃紙に美しい楷書で筆写されたものを指され、ようやく、ここまで写しましたよ、と、いかにも、満足げに、ほほえまれたものである。うえの余白には、小さな文字が、朱で数行、ある個所は、十数行書かれていた。

このあいだ「日記」にでてくるBの屋敷跡を探していたら、浅草のD町にありましてね……と、いいながら、先生は、発見されたり、調べられたことを、いちいち朱で克明に書かれた。先生の打ちこみかたは、たいへんなもので、一冊ずつ、浄写されては、きちんと綴じておられた。「日記」は、かれこれ、二年ぐらい、偏奇館楼上にあったであろうか。

先生は、柳北をエスティームされていたというか、談、たまたま、祖父のことにおよぶと、じつに、熱心に語られ、あの応接室の窓外、すでに、夕闇せまることも、しばしばであった。いつも、微笑をたたえられ、つぎからつぎへと……わたくしなどの知らないことを話してくださった。昭和のはじめごろ、評伝を書いてみようと考えられたこともあったが、それは、ついに、はたされなかった。もし、先生が、柳北評伝を書かれていたら、全集中の一巻をなしていたかもしらぬ。

（『回想の永井荷風』、霞ヶ関書房、一九六一年四月）

儒教的教養

池上浩山人

永井先生に対しては、世間に一つの伝説が出来上っている様に思われる。訪問しても本人自ら留守と云うし、貰った手紙も封を切らぬとか、道で遭って話し掛けてもソッポを向くとか、――しかし私の見る所は全くこれと違う。

私が初めて先生にお目に掛った時は、昭和十八年四月二十四日、偏奇館訪問の時だった。麻布市兵衛町の偏奇館における先生の生活は、隠君子の様な日常で、私は甚々好ましく拝見した。初めての私を引見して下さる先生は、一個の紳士として毫も世上で聞いた様な印象は止めなかった。本の話、幕末文人の話などで終始した。当日私は漢文で書いた父の伝記一冊を齎してこれを先生に贈った。名刺代りのつもりだった。すると後年先生の日記が公刊された時に、[1]父の伝記の全文が、しかも可なり長文なのにその日の条に挿入されてあった。私はこの一事に深く感激した。

この日の印象として特に忘れ得なかった事は、偏奇館の壁上、先生自筆の先考禾原先生の詩を扇面に謹書して、掛けてあった事だった。先生は常住坐臥、先考を忘るる事が出来ないのであろう。

その時同行の某氏が池上氏に色紙でも一枚揮毫してあげてくれと云うと、先生はすぐ承諾して下さった。しかしそれは仲々頂けなかった。するとある日突然小包と御手紙に接した。

「御約束の色紙は、市内の紙店を探ねたが、時節柄見当らず、書古しの一軸だが、これを送る」との内容だった。お願いした私が忘れていたのに、先生は色紙を御自分で方々探し求めていたのであった。

戦後私は先生蔵書の全部を戦争で亡なわれたのを知って、先生の御入用らしい本を何回となく送った。先生はそれに対して一々丁寧な書状を下さった。後年先生の原稿、書籍類が盗難に遭われた時に、先生は逸早く書状を下され、貴君から貰った書籍は、何れも現品が返ったから御安心を乞うとあり、次手乍ら、貴君の処に、某々などが行くかも知れないが必ず貴君に迷惑をかける人だから、交際しないでくれと書いてあった。ここでも私は先生の細かい心遣りを知る事が出来た。

戦前、私たちは同志と『伝記』という学術雑誌を出していた。同人の一人森銑三氏が、先生に購読をお願いした。先生は心よく加入して下さったが、その会費が切れる前になると必ず先生の方から先きにキチンキチンと入金して下さって、一同は恐縮したのであった。世間では、かかる事を全く知らないのである。

先生は世間周知の如く、幕臣の家に生れ、先考禾原先生は、漢詩人としても家を為す人だった。その上外祖父は名古屋藩の有名なる儒者であった。だから先生の血には儒教的教養が深く根ざしているのである。先生の行蔵（こうぞう）、一として儒教的な物指しで解釈出来ないものはない。私はかように先生を見ている物の一人である。

（『文芸』臨時増刊「永井荷風読本」一九五六年一〇月）

永井さんと私

森　銑三

永井さんといえば、麻布市兵衛町の偏奇館を訪うては、閑談していた当時の永井さんがなつかしい。

支那事変が始まってからの永井さんは、日蔭の身ともいうべき状態で、世間とは没交渉に、ただひっそりと暮していられた。どの雑誌も新聞も、永井さんの作品などは掲載しないことになってしまい、永井さんの生活は、ただ閑散を極めていた。永井のような、戦争に協力することをしない文士などに、物を書かせるなどというようなお達しが、どこから発せられていたものか、それらの点は、私もよくは知らないけれども、とにかく執筆を封ぜられていたのは事実で、ジャーナリズムからは疎外せられた人だった。しかしもうそんなことに憤懣の意を洩らしたり、不平を鳴らしたりするような永井さんではなかった。何もかも成行に任せて、自分だけの生活を守って、ただひそやかに閉じ籠っていられた。そこにいかにも永井さんらしいものが感ぜられるのであった。

文筆の上で戦争に協力することをしなかった永井さんは、非国民に属したかも知れないが、その永井さんがいつか、「私もこれで今度の戦争に、一役買っているのですよ」といって話されたことがある。戦地の軍人に読ませるために、精神修養云々といったような書物の類を送ると、こんな堅っ苦しいものが読まれるか。芸者の出て来る小説を送れ。永井荷風の小説をよこせ、というような要求で、急いで文庫本の永井さんの小説を増版させたりして送ったりしたのだそうである。そんなことを永井さんは、いつもの平静な調子で話された。それは永井さん自身に取っても、やや皮肉な事実だったのであるが、それを話される永井さんの口振りには、何等皮肉に感ぜられるものなどはなかった。

市川左団次が死んで間もなく、その追悼記を永井さんが『中央公論』に書いていられることを、新聞の広告で見た。永井さんの名を活字で見たことが珍しいので、まだその雑誌を見ない内に訪問して聞いて見たら、「何、あれはただ日記の抜き書をしただけですよ。もう少しくらい書かせてもよいのではないかというので、中央公論で瀬踏みにやって見たのです」とのことだった。左団次のことなど、十分に書いて置いて貰いたかったのであるが、それが出来ずにしまったのは遺憾である。左団次に就いては、折りに触れては聞くところがあったのであるが、とにかく左団次が歌舞伎役者には珍しい教養の持主であることを、永井さんは認めていられた。しかしその左団次の芝居も、後には一向に見ていられなかったし、舞台の人としての左団次としては、特に語られるところがなかった。ただ左団次も、その晩年には、人気が以前のようではなくなって、その点に焦慮を感じていたという。しかしそうした話をせられる永井さんの態度は相変らずで、ただ事実を事実として傍観しているという風であった。

『中央公論』の左団次の記事は、無事に通過しても、永井さんの小説までも載せられることにはならなかった。それでも永井さんは、感興が湧けば小説の執筆も続けていられた。「出来たものは、机の曳出しに入れてあります」とのことであった。永井さんは創作に対しては、どこまでも慎重で、事を苟くもせられなかった。「浅草を舞台にしたものは、浅草育ちのダンサーの一人に、一応目を通して貰って、対話のおかしいところは直します」とのことだった。しかしそうした原稿を出して来て、私に示したりすることはせられなかった。

永井さんは、自作の苦心談などは、絶対にしない人であった。私の方から水を向けても、当らず障らずのことをいわれるだけで、話はそれなりになってしまった。いつか永井さんの『新橋夜話』を再読して、「この中の諸篇は、もう時代小説を読むような感じです」というような感想を、葉書に書いて送ったら、すぐに返事があったが、『新橋夜話』のことには触れずに、「森先生(鷗外)の百物語なども、今は時代小説と相成候」というようなことがいってあった。

永井さんは、私という人間を、寧ろ小説などよりは外の話をする年少の友とでも見ていられたのではないかと思われる。それで、「明治の初年に日本へ来たフランス人の紀行に、面白いのがありましたよ」などという話を好んでせられた。現代作家の作品など、全く見向きもせられなかったといっていい。その永井さんにして、いつかは何かの話の序に、「大菩薩峠」(1)の話が出た。永井さんはその作を、今の大衆作家の書くものよりは、数段の上にあるものとしていられた。それが珍しかったので、「単行本でお読みだったのですか」と聞いて見たら、「いいえ、私の行く家で、都新聞を取っていたものですから、それで読むことにしていました」とのことであった。永井さんの「行く家」というのは、どういう家なのか、今の私ならすぐに分るが、それを聞いた時は、全くの無関心でいたのだから、われながら迂闊な話であるが、永井さんには、私のそうした迂闊なところを、よしとしていられたかも知れない。

そうした私と永井さんとの対談は、この上もなく清潔なものだったと、はっきりいうことが出来る。永井さんにしても、そうした清潔な話ばかりをする友人として、私を遇せられていられたようにも感ぜられる。永井さんの著書は、『冬の蠅』や『おもひで』は、出来るとすぐに貰った。わざわざ小包で送ってよこされたのである。しかし『濹東綺譚』は、私刊のものも、岩波版のものも貰わなかった。これは内容が森向きでないから、というのだったのであろう。それで永井さんの小説といったら、私はただ『すみだ川』だけを貰っている。戦後に出た安々しい本を、市川の新居を訪問した時に、「出来ましたから」といって出されたのを貰って帰った。『すみだ川』だけは、清潔小説だからというのだったかも知れない。

永井さんの生活も、市川に居を定められてからは、ただ殺風景なものになってしまっていた。元の偏奇館を知っている私には、もうその殺風景な家で、以前のような閑談に耽る気持にはなれなかった。それればかりか一方ジャーナリズムが、やたらに永井さんを奇人変人扱いするようになって、私など考えている永井さんとは打って変った永井さんを、新聞種として取上げるようになったりして、私などが永井さんに近づくのに、何か気の引けるものを感ずるようになってしまった。私の足は、そうして市川へは向かなくなってしまった。

麻布の偏奇館も、後には大分痛みかけて、破れかけたカーテンが、そのまま引かれていたりしたけれど、その家にはいうべからざる高雅な気分が漂っていた。永井さん自身も、夏などは肩先の破れたままのワイシャツを着て出て来られたりしたけれども、その頃の永井さんは、品格のある士人であった。教養のある紳士であった。世の風潮をよそに、あくまでも高踏的な態度を持して、自分の生活を守り続けていられるところに、犯すべからざる永井さんその人があった。それは後の新聞記事などから考えられて来るような、奇僻な人でも何でもなかった。奇僻どころか、折目正しい、ずぼらなどという言葉には最も遠い、信頼の置かれる人だった。そうした永井さんと、偏奇館の下の洋間で、蜀山人や、成島柳北や、「慊堂日歴」や、その他の近世期の漢学者の詩文集や、そんな話を静かにし合っていたことどもが、今さらなつかしく回想せられて来るのである。

（昭和四十年二月二十一日）

（『荷風全集』二刷月報27、岩波書店、一九七三年四月）

荷風文学の頂点

佐藤春夫

人は荷風（もう故人だから史上人物として敢て先生とは云わない）の最晩年の短篇集『あづま橋』に収録された諸作を強弩（きょうど）の末（すえ）と称して、それらの諸作の発表ごとに荷風ももう駄目だというような声が聞かれたものであった。荷風自身は勿論十分な自信を持っていたとは思うがこの集を発行した中央公論社でもこれを荷風に対する奉仕のような気で出版したので決して荷風の作品集中の最優秀なものとは思っていなかったのではあるまいか。他は何と云い何と思おうとも、僕は月評家たちが強弩の末と云ったこれらの諸短篇を荷風文学の頂点だと思っている。

人それぞれに見解があり、荷風には「濹東綺譚」の外に作品なしとさえ放言する先生もあるのだから、自分をさえ賭ける気なら、人は何ごとをも云う権利がある。俗諺にも「九尺梯子は九尺だけ」と云う。荷風先生かつて僕をして岩波文庫の一冊に解説を書かせた時、僕は草稿を携えて一閲を請うと先生は一読し了って微笑を含みつつ、ただ一語「当るも八卦当らぬも八卦」と云ったばかりであった。

僕、今『あづま橋』中の諸篇を荷風文学の頂点という。いささかその理由を開陳するに先立って、これを荷風衰えたりと見る世評をも必ずしも理由なしとは見ない。『あづま橋』その他の晩年の諸作は現代日本文壇の常識として持っている小説という先入観念から見れば、あっけないものには相違ない。しかし、僕思うに、荷風は既に小説を書こうという意欲はないので、小説でなくても立派な文学があり得ることをよく知っている荷風は余年の多からぬを知って一意、彼の文学の完成に専念したものと僕は考える。『あづま橋』の諸篇はいかにも人間臭の淡い枯れ切った文字である。人間をも煩悩の動物とは見ず、いやすべての人間煩悩をも雨や風や寒さ暑さ同様の自然現象の一種と見、人間をこれら天象を内に蔵する自然物と見て自然を観照するが如くに人間や人間生活を客観的に冷静に見た結果、荷風文学は往年の色気も飾り気もない淡として水の如き俳文のような文学になってしまっている。荷風はその郷土の俳人也有(1)の文を敬愛してその「百虫譜」などを名文の見本としていたが、荷風の晩年の文学も、要するに人間百態賦とも云うべき俳文なのではあるまいか。小説としてはあっけないものに相違ない。しかし文学としては全く稀有のもので、真に日本という国土の日本人という民族だけの文学である。俳句や和歌のような真に国土に根ざした文学に相違ない。古来日本に文人少しとしないが何人も未だかつてこういう文学を心がけた人はなかった。荷風はここにはじめて日本の短篇小説を完成したのである。

然も荷風は老来、はじめてこれを志したのではなく、この脈の俳文的小説はその最初期から企て試みているところである。今一々全集を翻読して作品名を枚挙する遑もないが、直ぐ思い出せるだけを云えば、「深川の唄」「牡丹の客」などその色彩こそ強烈に油っこいが、フランス文学的俳文と見られないではあるまい。

「すみだ川」には老俳人が副主人公として登場するせいか、長篇ながらも一種の俳諧小説とも云うべきであろう。その文章は古来の俳文調ではなくホトトギス一派の新俳文たる写生文であるのも注目される。その情緒もごく淡いものである。僕は以前その熱情の足りないのをもの足りないとしたが、今にしてわが見解の幼稚であったのに気がついた。中期の作品中、作者自身最も会心の作とした「雪解」は情景真に最も俳文的小説の好典型である。

戦後の「勲章」「買ひ出し」なども、普通の小説としてはいかにも淡如としてしかもなかなかにあわれに俳文的ではないだろうか。従来の同じ作者のものから更に一歩を俳文的に進め高めたものであった。こう見てくると『あづま橋』の諸篇は荷風の老衰によって偶然に生れたものではなく、最初から荷風が志していたものをおもむろに成就したのだと僕は断言する。

作家及作品を文学史的に決定するには承、成、伝の三条件の下に見るべしと云われるが、荷風は自分でモウパッサンと為永春水との合の子のような文学と称したのは意味深長である。西欧の文学に目ざめ心酔しながらも、それだけを継承することで満足しなかった彼は特に春水を選んで自国の文学を伝承するのを忘れなかった。東西両洋の融合は明治の課題で鷗外の特に力を尽した点であるが、荷風と同じく国外で青春を暮した鷗外に学ぶ点が多く彼をも継承した。

欧洲の文学からモウパッサンを選んだ時、荷風はモウパッサンの文学に日本的な一種の軽みを見出したのではなかったろうか。彼はモウパッサンを春水によって更に日本化し、春水をモウパッサンによって近代化した。かくて彼の文学は成った。それが舎利となるためには五十年の歳月を要した。彼は彼の承けるべきものをよく選び、彼の成すべき文学をよく大成した。さて彼の文学に後世に伝えるべき何ものがあるか。国土に根ざしたその耽美的傾向と真実追及の厳しさとによって彼の文学精神は伝えらるべきである。承、成、伝、の三条件は能く荷風に備わっている。

荷風の小説は何でただひとり「濹東綺譚」のみであろうか。批評は常に彼自身の賢愚を告白する。荷風には「腕くらべ」あり「おかめ笹」あり「雨瀟瀟」あり。しかも僕は荷風の終始志したところを見て小説のみを文学の最高のものと見ず、散文の詩人荷風が俳文的小品で人生を洒脱に描こうとしたと見て、その最後の短篇集『あづま橋』をその文学の頂点と見るのである。

しかしその文業全般を再び見渡して荷風が年久しく書きつづけた大部の「偏奇館日乗」を荷風の文学的事業のうちの最も重要なものと見、就中「罹災日録」と「西遊日誌」とをわが国に伝統の深い日記文学中、古往今来を通じての第一流の日記文学と思い、樋口一葉の日記とともに文質彬彬たる近代古典の好一対と思う。

何をか俳文的と云うか。一言には説き尽し難い。この小文には言外にこれを説いた。足らずと思う向は荷風の「雪解」などを熟読玩味してみずから会得さるべきである。

（『群像』一九五九年七月号）

遠く仰いで来た大詩人

川端康成

「テレビで亡骸を見たときの、あのチイズクラッカアを思い浮べますと、涙がとめどなくこみ上げてまいります。」と、関根歌さんが書いているのを今読んで、荷風氏の「亡骸」はテレビにもうつされたのかと、私はまたあの「亡骸」の写真を思い出した。夜なかにひとりで死んでいた荷風氏の写真は、一つの新聞と一つの週刊グラフとで私は見ている。四月三十日のある夕刊に、荷風氏の死の部屋の乱雑貧陋の写真をながめていると、そのなかにうつぶせの死骸もあるのにやがて気づいて、私はぎょっとした。言いようのない思いに打たれた。しかし、このようなありさまの死骸の写真まで新聞紙にかかげるのは、人間を傷つけること、ひど過ぎる。週刊グラフの写真は新聞よりも大きく明らかであった。この写真によって逆に荷風氏が世を冷笑しているとは無理にも感じ取れなかった。哀愁の極まりない写真であった。この写真の時の荷風氏はなんの抵抗も拒否も逃背もの力を持っていない。生きている人間ではなく、死骸であって、もはや人間というものではないかもしれないと思うと、私はこの写真の印象からややのがれることができた。岸首相が鳩山前首相のくやみに行った時も、鳩山氏の死顔がテレビ・ニュウスにうつった。これはすでに弔問客にたいして整えられた姿であったが、私はやはり不気味な悪感がした。――関根歌さんの「チイズクラッカア」と言うのは、荷風氏が死の部屋のテレビ写真に、それの散らばっているのが目についたらしいのである。

その死によって荷風氏を週刊誌が競って好餌としたのは、荷風氏が生前もっとも忌みおそれることのように書いていたにしても、今日ではむしろ当然まぬがれぬところだろうし、私も好事で読み散らしたものを、昨日茶の間から拾い出してみると、八種の週刊誌があった。私は特に買い集めたわけではないから、まだまだあるだろう。荷風氏の風変りを興味にしがちな、これら週刊誌の記事のうちにも、敬意をふくめたものがなくはない。私自身をかえりみても、昭和二十年十一月九日（「罹災日録」による）、中山義秀氏と二人で、熱海の大島五叟子氏方へ訪ねて、初めて荷風氏にお会いすることができ、同月十四日には私一人で行き、その後、市川のお宅へも二、三度うかがい、また幸田露伴氏の葬式の日に市川の氷水屋で見かけたりした、その折り折りの印象は忘れられないので、いつか書いておきたいと思っていたが、私はただ鎌倉文庫という出版社の、まあ使いとして行っただけだから、格別の話もしなかったので、私など弱輩にたいする荷風氏の折り目正しい応待に感じ入ったほかには、荷風氏の着ているものだとか、栄養失調らしく顔がひどくむくんでいた病床の(荷風氏は起き出て床を二つに折り、正座して話されたが)ありさまだとかにおどろき打たれた、そんな印象に過ぎないのである。しかし、少年のころから遠く仰いで来たこの大詩人に、とにかく会ってもらえたよろこびは今も残っている。鎌倉文庫の出版や原稿の依頼などという用事がなければ、私が荷風氏を訪ねるはずもなかった。

週刊誌の多彩(?)な荷風記事のうちで最も私をとらえたのは、荷風氏が死の前日まで、日記をつけつづけたということであった。「昭和乙亥三十四年正月」からの分は「断腸亭日乗第四十三巻、荷風散人年八十一」と巻首にあるが、小学生の使う粗末なノオトだそうで、その日記の写真を見るとペンも粗末らしい。大正六年「歳卅九」の九月から、日本紙に美しい毛筆書きで続けられて来たものが、いつの年から粗末になったのか。記事も近年は簡単無味になっていたらしく、殊に最後の今年などは正月から、ただ天気模様と「正午浅草」とだけ書いた日が多く、それが二月の日々も同じで、三月一日は「正午浅草、病魔歩行殆困難」、驚いて車で帰って病臥十日ほどの後には、「正午、大黒屋食事」が「正午浅草」にかわってくりかえされる。大黒屋とは荷風氏の家に近い食堂で、胃潰瘍吐血死の前日にも、荷風氏はやはりそこでいつもと同じにカツどんを食べたという。そして、死の前の日の日記は天候を書いただけだという。日記のほかには遺稿がなかったそうで、死ぬまで日記だけは書き通した荷風氏であったが、この粗末なノオトとペンの、同一記事のくりかえし日記は、荷風氏の亡骸の写真のように、あわれの底知れぬ思いをさせられる。老残の詩人が死を待つしるしのようにも見える。

荷風氏が死を待つようなことは、晩年近しかった相磯（あいそ）勝弥氏や小門（おかど）勝二氏などにも、荷風氏らしく思い切り投げた、そしてしゃれた嘲りまじりの言葉で吐き出されたのが、週刊誌にも伝えられているし、つとに荷風調の名文に歌われて来たのに私たちはなれているが、むしろ荷風氏の今年あたりの無味簡単な日記の底に、執着や絶望や諦念や厭悪（えんお）や悲傷が入りまざっているのではなかろうか。

　絶望は老樹のうつろより深し。
　幾年月の悲しみ幾年月の涙。

おのづから心の奥の底知れず
うつろの穴をうがちたり。
されど老樹は猶枯れやらず
残りし皮残りし骨に
あはれ醜き姿を日にさらす。
屈辱にひしがるる老の身は
義憤にうごめき反抗に悶えて
あはれいたましき形骸を世に曝す。
死は救の手なり虚無は恵なり。
吹けよ老樹にはあらし。
人の身には死よ。
されど願ふものは来らず
望むものは去る
あはれあらしと死よ。

「絶望」と題する、「偏奇館吟草」のうちでは沈痛なこの詩も、たとえば宇野浩二氏は「かりに老いたる荷風の心境をうたったものと見ても、例の荷風の（さわり）であろう。」とする（「荷風の随筆と詩」）。そして、渋好みの飾りぎらいの、からい批評家の宇野氏は、荷風氏の歌いなれた「うた」とし、「詩の形の巧みさ」とし、「絶望」のほかの二、三の詩をあげて、ボオドレエルやレニエなどのフランス詩人を思わせるという。また、荷風氏の随筆の例を引いて、「こんど、これを引くために読むうちに、どういう訳か、はじめに読んだ時にうけた感銘が薄らいだばかりでなく、文章だけが目に立って、心にひびいて来なかった。これは、荷風の、すぐれた手練のせいであり、心にくいほどの練磨の手際の現れであろう。」たしかに宇野氏の書いた通りであろう。

「偏奇館吟草」に「暗き日のくり言」というのがある。

生きてかひなき世と知りながら
なにとて我は死なで在りや。
この世には美と呼ぶもののあればなり。
美はいづこより来れるや。

美は詩篇より来る。
詩篇はたくみなる言葉より来る。
巧(たくみ)なる言葉はいづこより来れる。
そはメロディーより来る。
メロディーはいづこより来れる。
そは悲しみより来る。
悲しみは人の本性より来る。
本性は伝統より来る。
伝統はいづこよりか来れる。
伝統は絶えざる人の世の流より来る。
……………
……………

また、「武器」というのがあって、

……………
人の世に住む弱きもの
歌ひ女よ。詩人よ。
汝等そも何をか持てる。
まどはしの言の葉持てり。
世に媚び人におもねり
おのれを欺く
まどはしのたくみを知れり
笑ふなかれ憎むなかれ。
……………
……………

このような荷風氏が「断腸亭日乗」の昭和七年二月十六日、岡千仞の「尊攘紀事」を読んで「暁にいたり」、その議論の公明正大をほめたついでに、「余徳富蘇峰近世日本国民史なるものを著すを知れり。然れども未曽て之を手にせず。彼は老猾にして文才あり。

一たび其国民史を繙けば之に蠱惑せらるる事を恐るるが故なり。書は仔細に選択して読まざるべからず。明治の文学演劇について読まむと欲するものあらば文学博士坪内氏の書を読むことなかれ。森鷗外先生の書を熟読すべし。」と書いているのを、私は見つけておもしろかった。荷風氏が蘇峰氏の文才に「蠱惑せらるることを恐るる」というのである。荷風氏の文学は江戸やフランスや女などに蠱惑されて生まれ出、私たち読者はその文学に蠱惑されて来た。荷風氏の死から一月ほどのあいだに私はまた荷風全集の大半を読みかえしたが(読み出すと、やめられないのだ)、こんどの読みようでは、たくみな小説家よりも、きびしい批評家、ひとり高い反俗家よりも、哀傷の抒情詩人を感じるところが多かった。たとえば「偏奇館吟草」など詩の形を取ったのにすぐれた詩はなく、随筆や随筆風の小説がすぐれた散文詩となっているのではなかろうか。たとえば「日和下駄」や「濹東綺譚」などである。ところで、「正午浅草」、「大黒屋食事」などとの絶筆の日記には、まったく「蠱惑」のかげも失せて、かえって人の胸のなかに石を沈めるようである。

荷風氏の死が報えられた新聞紙上に、幾人もの文学者が、故人の業績をたたえ、その死にようも「有終の美」としたのは、勿論そうあるべきだが、なかで舟橋聖一氏一人だけは、（荷風氏の文歴を追想した文章の終りにだが、）戦後のひとり暮らしの荷風氏を、「そのぜいたくなおしゃれな前半生にくらべて、風流にしては余りにも不細工すぎる生活の貧しさであった。」と言い切り、「要するに万花繚乱たる青春の一時代をもったとはいえ、また一世を風靡する名作を書いて、紙価を高からしめたとはいえ、最後の悲惨な死を見るにつけ、その一生を通じて氏の文学はついに亡命の文学であったという印象を消すことは出来なかった。」と断じていたのが、私の注意をひいた。亡命の文学とはたしかに一つの見方である。そういえば荷風氏は、愛してやまぬパリへなぜ亡命、または流寓（りゅうぐう）しなかったのだろうかと、ちょっと考えられたりする。荷風氏のようなひとり暮らしも、西洋でならばそうめずらしくはなくて、人にわずらわされなかっただろうし、ひとりの人知れぬ死も、あれほどの好奇心の騒ぎからはまぬがれただろう。荷風氏とモウパッサン、モウパッサンとドガとのつながりで、私はドガに思いおよんだ。八十三という長生きのドガの晩年は、「死を待つだけの寂しい生活であった。」と伝えられる。やはり一生妻を迎えなかった。若い時は伊達男であった。小林秀雄氏の「近代絵画」の「ドガ」の終りに、アンリ・ルロルあての手紙の一節が引かれている。「もし貴方が独身で五十歳にもなると、まるでドアがしまる様な具合に、自分というものがしまって了う時期を経験するでしょう。友達に対してだけではないのだ。自分の周りのものをみんな片附けてしまうのだ。そしてたった一人になってみると、今度は自分を片附ける、自分を殺すのだ、嫌悪の念から。私は、あんまりいろんな事を企てた。今は、もう身動きも出来ぬ、力もない……。私は、戸棚の中に、私の計画をすっかり詰め込んで、戸棚の鍵は身につけて持っていたが、その鍵も紛失して了った。」

荷風氏も書きそうな言葉だが、荷風氏の言葉はこれにくらべてあまい感傷に流れていなかったかと、私は日本の風土にほっとする。日本の文学者としては、西洋の個人主義、自我主義をもっとも意志強固に執拗に、荷風氏は貫いたけれども、西洋のそのたぐいの芸術家のように、読んで寒気がするほど凄い作品は荷風氏にはないだろう。死の前の無意味に近い日記がむしろ不気味であろうか。死ぬ前のドガは盲であったが、指先きの手ざわりだけで、あの踊子の彫刻をつくった。ドガの冷めたい絵にも、言い知れぬ哀愁と憂鬱とはただよっている。しかし日本人の荷風氏らのそれとはちがう。いやな見方だけれども、それにやや近づき迫ろうとするのは、荷風氏のうつぶせの亡骸の写真のようなものではないのだろうか。荷風氏は日本の詩人であったために救われ恵まれたところもあったが、すぐれた天稟（てんぴん）の奥深くまでは掘り切れなかったところもあっただろうと、私には思われる。

（『中央公論』永井荷風追悼特集、一九五九年七月号）

金ぴかの一日

室生犀星

荷風さんの急死は私自身に振り代えて見て、幾日間も続いた憂鬱であり人と会えば先ずその死に方を喋ることで、私は頭の中で荷風論や荷風追悼の文を書いていた位である。何年か前、秋声さんの令息徳田一穂と何処かの宴会で会い、永井荷風が買物籠だかボストンバッグだかに、沢山の金を入れて持って歩き、浅草あたりに毎日出遊んでいるが、物奪(ものと)り強盗の多い時世によくも殺されないでいる者だ、持金が嗅(か)ぎ附(つ)けられたら荷風は何時殺されるかも判らないという話が出た。実際人間の命が簡単に五、六千円の所持金で殺される世の中だから、荷風さんの老体なぞ狙われたら一堪(ひとたま)りもない、だが荷風さんにはそんな悲惨な不幸の機会がなく、ほとんど天命を完(まっと)うして逝去されたのは、不幸中のよろこびであった。荷風の今度の場合、天命という言葉がぴったりと当(あ)て嵌(はま)っている。胃潰瘍の吐血の間際に荷風さんはこれは失敗(しま)った事だ、何とかして今夜だけでも持ちこたえる事が出来ないものかと、まだ天命すらも予期しないで生きる事を懸命に考え焦られた事であろう。眼に見えるようだ。

　有楽町の或る映画館のニュースで、荷風さんの仰臥された遺体を見て、眼は細く年より若く見えるその白いお顔を私は黯然とながめた。これが同業先輩の死顔かと、そして斯様なニュースに死顔を晒していることが激怒と悲哀とを混ぜて、私に迫った。私なぞは小説が書けないでいたら、今日の私自身は荷風さんよりもっと酷い死に方をしていたに違いない、僅かに小説が売れたというだけで事の相違が大きいのである。荷風さんは書けば幾らでも売れる作家であり、金も銀行に預けていた。そして彼は人に会うのに毛嫌いをし人嫌いだといわれていたが、食う金を充分に所持し、書けば売れる地位にいて、七十九歳も生きていたら誰にも会う必要もないし、面倒な話なぞしなくともいいのである。そういう人嫌いな彼はその書物とか全集本の出版には、やはりその係りの人に何時かはちゃんと会い、決める事は決めていたからには人嫌いも人によりけりであったのであろう、用もないただの遊びの訪問くらい迷惑なものはないし、自分を益しない人を嫌うのは当り前である。それより浅草で裸の職業を持つ女連と、碌でもない駄じゃれに飽きることもなく、年中ぴかぴか光った裸を見ていたら、どれだけ生甲斐のある事だか判らない、そんな所に出入りするためにも人嫌いの吹聴が必要であり、そこまで突き込んでおれはおれの好きな物を見るんだと、少しの懸念もなく女連と遊びほうけていた姿は大したあんらくなものであった。この世界は女の裸を見ているより外に、何も見る物がないと仕切っているところに人としての正直さがあった。却々（なかなか）あそこまで世間を振り切る事が出来ないものだ、預金があり預金に頼っていて遠慮もおそれも要らない愛銭家というものは、金で何時も孤独というものを買い取っているのだ。金も有名もない老人者はこうはゆかない、同じ天命を断つにしても、人間はただで死ねないことも考えに入れたいものである。死ぬにも有名と金とがいる、荷風に有名も金も作品もなかったら、市川の茅屋に態々（わざわざ）その急死を探報するために、新聞や雑誌社はくるまをかっ飛ばす必要はなかったであろう。口に徳をたたえながら嘘八百をならべている老人達よりか、正直に自分と世間とを切り放して好きな事をしていた荷風は、どれだけ人間として強い生き方をしていたか判らない。

　対世間的な生活を出来るだけ簡単に切り詰め、その金を好きな女達の間につかうという事も、よく判る。女を愛するとか、その肉体を愛するとかいう事はぎりぎりまでゆくと、命を落すことにもなり財を失うことに近く、世間的な礼儀も全部抛擲（ほうてき）しなければならない羽目にもなる。荷風はそれら一さいの煩い事の先廻りをし、周囲からぐうの音の出ないような自分の立場を築き、くそくらえという顔附で自らケチケチする面白さを死ぬまでやり抜いた人なのである。しかも独身であった事は何と素晴らしい幸運であったろう。書く事も虚名の市も通りすぎた彼は、書くことよりも、もっと手取早い美しいものを人に知らさずに思うままに、片ッ端から捩じ伏せて生きていたと言っていいのであろう、世の老人達に範を垂れたものであり学ぶべきであった。そんな彼に急死が来ることも計算にいれた暮しであって、悔いることはなかったであろう、問題の金は幾ら持っていても湯水のようにつかわずに、適当につかっていた事で、彼は彼の仕事の報酬を大切に守っていた謹直さがあったと言ってよい、これらの金を札びらを切っていたら些っとも面白くない話だ、ある金を少しずつつかうところに、荷風はまだ後に二、三年は生きる希みを持っていて、そこに生き方を細かく眺めた彼の眼があった訳だ、くるまを買ってそれに乗って浮かれたのでは、生き方に潑剌さが認められない、やはり電車でこつこつ通ったほうが我が荷風らしい、老人はその生きる事自身でもケチケチ生きている人間である。私などは半年計算で生きていて、夏がすぎれば後の秋冬も生きていたいし、秋冬を生きて眺めればまた次の春夏というふうに、三年五年を生きるというふうに荒い刻み方はしたことがない、今日も一日生きられるという素晴らしい光栄は、老いぼれでなければ捉えられない金ぴかの一日なのだ、荷風の金銭につつましかった事は、後にはもう書けない見当もついていたのであろうから、いきなりぱっとは遣わなかったのであろう。七十九歳まで生きていた人の自信は八十五歳くらいの目盛りを見ていただろうし、同時にそこにそろそろ俗物の長生き観も作り上げていたのであろう。だが天命はそんなうまい工合に何時までも食附いていては、くれなかったのである。老人が生きることを公けに九十歳だの百歳だの、または八十歳だのというのはちゃんちゃら可笑しい、今日をやっと脚もと覚束なげにひょろついて生きている奴が、九十歳だの百歳も生きるというのでは全く厭になる。老醜という言葉は婦人にじゃら附く事ではなく、老人が生きる事にほらを吹き其処(そこ)で安堵している、その面つきを云う事なのだ。半年計算で生きていた方が気がらくでよい、我が荷風の過失は自らの天命の予感がなく、あと四、五年も、もっと永く生きる心算でいた事にあった。

胃潰瘍の疼痛をこらえ医者に診て貰うことも、一日延しに延していたものらしく、老女中がそれに注意すると東京の医者に診て貰うと答えたそうであるから、孰(いず)れは医者に通わなければならないと考えていて、誰でも医者に決定的に診断されることが厭なように、荷風も一日延しに延して遂に腹膜に穴が開くまでに至ったものらしい、金をまもる事を知りすぎた彼は、自分の命をまもることに一日遅れていたのである。この点でぼけているし助かったかも知れない命を捨てたともいえる。慾張りという根性はここでその能力を発揮してほしかったのだが、金には謹直でも、自分の命を吝（やぶさか）にまもらなかったことでは、吝も真には徹してはいない訳である。

これは実に厭な言葉ではあるが、荷風も人知れず死ぬことによって大嫌いな世間をあっと言わせたことは、一挙に死花というものを見せてくれた気がする。一人の人間がどれほど頑固に生き抜いていても、それが小説家にとって作品の形を作らないかぎり、凡くらの頑固と変りはない、人々を驚かせても後世にまでそのあっと思わせる物が残らないかぎり、ただの、死花というより外はないのである。批評は冷酷であり作家は作品だけがいのちだと言わせて貰えるなら、荷風にはそんな青くさい作品などをのたくっている間に、生きのよい女の背中でも突っついていた方が、どれだけ増しだか判らなかったろうと思える。私も書く事がいやになったら背中をぺたぺた叩いていた方が、立派なような気がする。そのぺたぺたも書く物に現れていなかったら、ただの好色老醜の徒と滃（かわ）りがないのだ、小説家はやはり小説を書いてお陀仏になる方がいい、それより往生の仕方がないのである。

昔、銀座にタイガーというカフェがあった。其処(そこ)に夕間暮に現れる荷風さんは、飲んでお帰りの折のチップは何時も五円というお金であった。いまの五千円くらいであろう。当時、私も飲んで歩いたがチップは何時も張りこんだ心算でいても、一円であった。私はこのチップの置きかたに危うく、私と荷風さんとの文学の地位を大変な違いであることに、五円と一円のちがいを文学に結び合せて考えようとし、慌てて心でこれを抹殺していた。文学者は清廉な紳士で通る筈ではあるが、残念ながらこの時世においては多少の収入にゆとりがあって、つらを張り恥を掻かない金が必要であった。収入の多い文士はひとりで肩が風を切り、すくない方はタバコを嚙んで唾は黄いろかった。

わが荷風は面白い事には、死後、気らくに、今までの人嫌いの仮面をすっかり脱いで皆にぞっこん親しんでくれた。これくらい皆の話のたねになり何やら物悲しく可笑しく、そして面白い人がらに迫るものを見せ、莫迦莫迦(ばかばか)しい平常の生活のしかたにも一々我々もまたそうであったかも知れないという、そういう肯(うなず)きを見せてくれていた。皆はやっと永井荷風をいとしく愛しようとさえ、心がけた程であった。傍に寄れば突っ放すようなけんもほろろの荷風さんも、こんなに皆に親しまれるとは予想もしなかったであろう。

それでいて一人の女性も現れなかったという事にも、彼の生き方は比類のない孤独を磨き上げていたものに思える。私どもの先輩の一人が斯様な死を遂げたということも、これまた文学の気難しさが化けたものであって、俗物輩には想像も出来ない文学史上の面白いお方の一人であるようである。他人の死に対って今度ほど親しく接したことは、私の生涯においても稀なことである。

（『新潮』永井荷風追悼特集、一九五九年七月号）

覚書

瀧井孝作

私は、中央公論社のT氏に、「こんど、新刊の『葛飾土産』も、一冊届けて下さい、『葛飾土産』も一冊買いたいから」と云ったら、T氏は「ほう、荷風さんのものを、そんなに読まれますか、——瀧井さんも、志賀さんも、荷風さんとは、作風はまるでちがうようにみえますが」と云った。で、私は、「永井荷風氏のものは、好きです、志賀さんも、荷風氏のものは雑誌に出ると、よく読んで居られるようですョ、——作風はちがうようにみえても、きびしいリアリズムの立場という根本では、同じですからネ」と云った。そして思出して、次のような事も、話した。

……ずっと以前に、大正十五年頃、志賀さんが奈良の幸町(さいわいちょう)の住居の時分に、そこへ改造社の山本社長が、円本の企画を持って話しにきて、志賀さんはその時、山本実彦氏に向いて、「この本の中には、永井荷風も、一冊是非入れるべき人だ、荷風氏の小説は、最近、『苦楽』に載った、「貸間の女」など、弛んだ所のない、いいものだ、荷風氏は一人でいても一歩も退かず、益々進む人だから、除外することの出来ない人だ、現代日本文学全集には、必ず入れなければ」と、志賀さんは山本改造社長に、しきりにすすめて居られた。私はその傍でそれを聴いて、あとで、『苦楽』の七月号の「貸間の女」という小説を読んだ。そのズカズカしたきびしい文章に感心した。当時の私娼の値段金銭の額も明瞭に描いてあった。……

この大正十五年頃、改造社の円本に、志賀さんが荷風氏を一冊必ず入れるようにすすめられた事と、その時分「貸間の女」を読んで感心した事を、私は、T氏に話した。T氏はこれを聞いて「ほう」と、悦んでいた。T氏は、荷風全集の用向で、一週間に一遍位の割合に、しばしば、荷風さんの所に行っている、と話した。

私は「荷風さんは、現在の文人の中では、一番、つよい生活をしている人ではないか知ら」と云った。独立して絶対に妥協せず。虚偽を憎み。捨身で。下層の方にも深くはいって行って。時代に鋭敏で。作品一筋の生活で。どんな事を書いても俗にならず。美しい詩情がたっぷりして。と、こんなに思って、私は惚々(ほれぼれ)した。「七十歳でも、未だ若いみずみずしい気持で書いて居られるようですが、――独りぐらしの自炊生活も、サバサバして、案外、愉しいものかも知れませんナ」と私は、T氏に云った。

×

T氏が後で、「こんどの全集には「貸間の女」などの分が出るのですが、その志賀さんの話を、全集の附録に書いて下さい」と云った。それで私は、以上のように話した通りに書いて見た。

なおまた、参考のために、小説「貸間の女」を、昭和六年版の本で、あらためて読んでみた。読乍ら、顔でも斬付られるような痛みをおぼえた。刺戟がつよすぎて、読了った時は、すっかり酔ぱらってしまった。エロチシズム濃厚からきた悪酔もあった。次の読書に取懸ったが、頭はぼうとして、悪酔から醒めなんだ。それで書棚から、荷風氏の『おもかげ』という本を出して、その中の「鐘の声」「放水路」など読んでいたら、悪酔が直った。二日酔には向い酒ということがある。読書の場合も、酔過ぎには、同じ人の作品を読むと、直り易いことがこれで分った。荷風氏の作品は強烈に酔わせるものがあるから、その酔過ぎの場合の処置の事も、以上、ついでに茲に書いてみた。

(五月二一日)

(『荷風全集』附録一三号、中央公論社、一九五〇年五月)

荷風さんの言葉

小穴隆一

(1)怙寂(こじゃく)から怙寂のところに荷風さんがみえたと聞かされても、わたしは別に感心もしなければ驚きもしなかった。戦争で荷風さんの書くものは活字にならなくなっていたし、㊣ですべて物が隠されてしまった時世であったから、怙寂の弟が荷風さんのところに出入りしてた関係で、荷風さんが怙寂の家をのぞいてみたのは自然のなりゆきである。怙寂はそのとき荷風さんが手土産だといって男持女持一対の扇子をくれたといってたが、ただの白扇でもなかろうその扇子は、見せてもらっていないのでどういう扇子かは知らない。ただ扇子の手土産とはなにか荷風さんらしいと思ったものである。荷風さんは二度目に、女に富士見町で待合を開かせたときえかきにたのめば二十円なり三十円なりとられてムダだから、自分で書いて掛けといたのだと、開いたジャの目に女の名前だか待合の名だか知らぬものを書きこんだ古びたのを怙寂に渡してて、わたしに荷風さんは随分物持ちのいい人だと感心させてたものだ。

そのころから怙寂は怙寂らしく荷風さんの書いた物、印刷した物などを手にいれている一方、永井さんも歳が歳であんまり先もないだろうといってて、つぎつぎに新しくかいてもらった物を持っていた。

彼は永井さんが死ねばこれだけの材料で一冊の本ができると、その材料というのを積んで、やがて彼自身も著作本を持つであろうことを暗に誇示していた。

▽

しかし、戦争が終ってみると、金だけよりも、金と米を持ってきてくれるほうに、ついつい書いたのを先に渡すようになるので、吉良上野介（きらこうずけのすけ）の心理はよくわかると老体の荷風さんが元気でいるのに、若い怙寂のほうが店がめでたく再開した披露の宴を、同業者を集めて催してるさなかに、その席でうそのようにぽっくりあの世にいってしまったのである。わたしは出棺したあとの怙寂の家の玄関で、側面に掛かっていたまことに堂々とした荷風さんのハスの画を見て、荷風さんは強いなあと感じたものだ。

怙寂は本をだしたい欲[2]を持って荷風さんから集めるだけに熱心であったから、その荷風話は死んでた。荻中軒は無心に荷風さんのエスプリだけを見ていたので、いつも話が生きていてなんとなくわたしにはためになってた。荻中軒は終戦の後無事に日本に戻った早々、荷風さんから、お雪さんのところへいって、めでたく初乗り相すませ申候の一間はあろうかというながながとした年賀状をもらってたり、筆を執る以上あれが書けなければ一人前といえないが、自分はまだ春水には及ばないといっておられるとか伝えて、荷風さんの壮烈な執着と処女のような卑下にわたしを驚かせていた。

▽

荷風さんが死んでみると、荻中軒が経営に関係しているキャバレーの女の子の一人に「鍵」(3)の作者が一時ちょっと興味をひかれてたことがあって、その間の消息がいちいち荷風さんの耳にはいってて、荷風さんの懇切丁寧な感想がつき、それが順にわたしにも伝わってたことがあった、その「鍵」とちがって明るくおおらかな面白かった荷風さんの感想づきの連続聞物のしまいで荷風さんがいってた、そうかねえ、歳はとりたくないものだ、ということばは妙に生きている。

わたしは十代の昔に、『珊瑚集』を買ってわけもわからずに朗嘯していた。そうして二十代のときアンナ・パブロワの瀕死の白鳥を見に、了中(4)につれられて帝劇にいったおり、了中が後ろのほうの席に日本髪の立派な婦人をつれた荷風さんを発見して、敬意を表したついでにわたしを紹介してくれた。

荷風さんにはたった一度丁寧にお辞儀しただけで、八重次をつれてたおもかげだけが目にのこっているのである。

(『東京新聞』夕刊、一九五九年九月一二日)

永井荷風の印象

宇野浩二

私の知るかぎり、いわゆる文壇に感動をあたえたのは、明治三十一年に発行された、島崎藤村の、いきなり単行本で出た『破戒』、つぎに、明治三十九年ごろ、『新小説』に出た、田山花袋の「蒲団」、それから、明治四十二年、帰朝したばかりの、永井荷風が、やつぎばやに小説を発表した時、それから、明治四十三年の十月に、谷崎潤一郎が、「少年」を発表した時、この四つである。

その中で一ばん花やかであったのは永井荷風であった。そうして、荷風の場合は、「敵も、味方も、船端を、たたく」という観があり、荷風をしたって、荷風が教鞭をとった慶応大学の文学科に入学した文学書生が、（その後、世に出た人だけでも）十人以上もある程である。その人たちを、思いうかべるままに、あげると、久保田万太郎、水上瀧太郎、小島政二郎、南部修太郎、三宅周太郎、和木清三郎（この人は、『三田文学』のもっとも長い間の名編輯者で、この人と水上瀧太郎が協力して世におくった文学者の数は無数といってよい。中でも石坂洋次郎はこの人のために、世に出たのである。この事ははっきりいう。）何と「郎」ばかりではないか。それから、佐藤春夫、堀口大學、その他である。

こういう事を述べているうちに、思い出すのは、荷風が、森鷗外と上田敏の推薦によって、慶応大学に初めて設けられた文学科の教授になって間もなく、ある雑誌に出た、荷風が三十二、三歳頃にその慶応の文学科の教授室の前でとった、写真である。それは有名な「ドリアングレイの肖像」の作者であり、いわゆる唯美主義者の元祖といわれる、オスカア・ワイルドそっくりであって、私などのような、荷風に頭から心酔しなかった者でさえ、この写真には、文学的に、見とれたことである。このように述べたが、私は、荷風と、逢ったことは、もとより、言葉をかわしたこともない。

大正の末か、昭和のはじめ頃であったろうか、銀座の尾張町の角にカフェエ・ライオンという喫茶店があり、尾張町から、新橋の方へむかって、七、八軒ぐらい行ったところの左側に、カフェエ・タイガアという喫茶店があった。ともに、有名な喫茶店であったが、私の記憶にまちがいなければ、「ライオン」が酒場風であるとすれば、「タイガア」は、喫茶店風であったが、タイガアも簡単な西洋料理や支那料理の一品料理なども出した。

さて、私が行ったのは、「タイガア」の方であった。私は、「タイガア」に行くと、たいてい、入り口を入ったところの右側のテエブルで、そのころ、一と皿七拾銭ぐらいであった、支那料理の「酢豚」とか「炒飯」などを注文した。そうして、私は「タイガア」に一週間に二、三度ぐらい出かけたが、いつ行っても、私の腰かけているテエブルなどが並んでいる部屋の向こう側の、見えない部屋の、見えないテエブルに、必らず荷風が来ていた。その荷風の腰かけているテエブルは五列ぐらい並んでいて、テエブルごとに「仕切り」がしてあった。そうして、荷風は、いつも、その「仕切り」のあるテーブルの前から二ばん目に、陣どっていた。

もっとも、これは、私が腰かけているところから見えないわけであるから、こういう事は、ほとんど、いつも私のテエブルにくる女給仕から聞いたのである。この「タイガア」には五、六人の女給仕がいて、それらの女給仕たちは「今日」のような女給仕とちがって、たとい表面だけでも、行儀がよろしく、みな、著物（きもの）をきていて、その著物はみな上等であり、これも表面だけ見れば、いわゆる「スレッカラシ」らしいのがほとんどなく、顔も、だいたい、わりに上品で、きれいであった。私のところにいつもくる女給仕の「それがし」はそれらの中でも一番きれいであった。この「それがし」は、荷風の気に入りであるというので、評判であった。

　それで、私は、この「タイガア」に行くと、この「それがし」から、荷風が、毎晩、きまって、おなじ頃の時間にきて、かならず同じ席にすわる、ということを聞いた。私は、ほかの事よりも何よりも、荷風が、毎晩、几帳面に、おなじ時間にきて、同じ席にすわる、という事に、何となく興味のようなものを持った。その頃のある日の晩、私は、今は共に故人となった田畑修一郎と中山省三郎と一しょに、この「タイガア」で、簡単な食事をしてから、銀座の裏通りの、薄暗い町をあるいた。と、田畑であったか、中山であったか忘れたが、どちらかの一人が、突然、前の方を指さしながら、「あれは、荷風先生でしょう」といった。指された方を見ると、私たちより二間ほどさきを、うすい鼠色の洋服をきた中背の人が、棒のように、まっすぐな姿勢で町のまん中を、あるいて行った。その人は、いかり肩で、あまり恰好はよくなかったけれど、何か、(何ともいえぬ)瀟洒なところがあった。そこで中山が、「やはり、ながく西洋に行っていた人は、ちがいますね」と云うと、田畑が、横から、「それもそうだが、それよりも、芸術家だからだよ」といった。

こういう会話を二人がしていた時、その会話がおわった頃、突然、どちらかの一人が、「荷風先生が、こちらを、ふりむかれましたよ」と云ったが、うつむいて歩いていた私が、顔をあげた時は、荷風は、前のとおり、くらい町のまん中を、まっすぐに、すました恰好で歩きつづけていた。

この時の荷風の後姿は、その頃から二十年も後の今でも、私の目に、ありありと、残っている。

それからこんどは、昭和六、七年の頃であった。私は、やはり銀座通りの、今の「コロンバン」と「資生堂」との間の、ちょうど真中へんに、「銀食」という、簡単な日本料理をたべさせる家があった。

余談になるが、私は、その頃、山本有三に、銀座の裏通りの「木村屋パン」の裏あたりになるところの、「銀」という料理屋に、つれて行かれたことがあった。この「銀」は、私などがとうてい行けない、超高級の料理屋であった。ところが、この銀座の表通りの「銀食」は、その「銀」の経営していた店であるが、この方は大衆むきの料理屋であった。

さて、私は、その頃、たまに、銀座に出ると、この「銀食」にはいって、金一円の定食をたべることにしていた。そこでは、私は、たいてい、窓にちかい方の席に腰かけたが、ここでも、ときどき、荷風を、見かけた。ところが、ここは、小さいけれど、広間になっていたので、この二階にあがると、どの席にいる客の顔も見えた。それで、この「銀食」では、荷風が来ているときは、席ははなれていたが、姿だけは見ることができた。

ところで、この「銀食」でも、荷風は、いつも、きまって、正面の、見えないけれど、料理場にちかい方の、料理などを出す台のあるところから、右よりの席に腰かけて、たぶん、私などと同じ金一円の定食を、たべているように思われた。(但し「思われた」だけである。)

しかし、私は、ここでも、私が来るたびに、荷風が、来ているときは、かならず、おなじ席に、陣どっていることと、時間も、およそ、夕方の五時頃であったので、何でもないことであるが、それが、荷風であるだけに、めずらしく、おもしろく、何となく懐しい気がした。

そうして、この「銀食」の二階の片隅で、一人、質素な食事をしていた荷風の姿は、やはり、その頃から二十年ちかい後の今でも私の目に残っている。

そうして、さきに述べた、銀座の裏通りの、薄暗い町の真中を、歩いていた荷風の後姿とこの「銀食」で見た荷風の姿を、おもいだすと、私は、何ともいえぬ感動をおぼえるのである。

それから、これは大正か昭和か、しかも、何年頃であるかも全く記憶にないのであるが、つまり、ある年の或る日、数寄屋橋を銀座の方から日比谷の方へわたって行くと、洋服をきた、瘠せた、脊の高い人と、太った脊の低い人が、ほとんど体と体がすれ合うように近よって歩いてゆくのが、その二人だけが、その辺をあるく何十人という人びとの中に目立った。つまり、瘠せて脊の高いのが永井荷風であり、太った脊の低い方が久保田万太郎であった。そうして、この二人が寄り添って歩いてゆく後姿も、何十年か後の今でも、私の目に残っているのである。

ところで、私が、（荷風に逢うどころか）荷風をただ見たのが、あとにもさきにも、前に述べた、三度だけである。そこで、これから、私が、（自分の目で）「見ない荷風」

ということにしよう。

「濹東綺譚」が新聞に出たのは、たしか、昭和十二年であるから、これは、昭和十一年の秋の頃の話である。

その頃、ときどき、「玉の井」見物に出かけたことがある、という川崎長太郎が、ある時、玉の井のいわゆる「迷宮」のような町(「濹東綺譚」の中には、この「いわゆる「迷宮」のような町」のことを「ラビラント」と書いてある)を、あちこちと歩いていると、道ばたに立って、その町の一角を、写生(つまり、スケッチ)をしている人があった。見れば、その人が永井荷風であった。

その「濹東綺譚」の中(二)に次のようなところがある。

線路に沿うて売貸地の札を立てた広い草原が鉄橋のかかつた土手際に達してゐる。去年頃まで京成電車の往復してゐた線路の跡で、崩れかかつた石段の上には取り払はれた玉の井停車場の跡が雑草に蔽はれて、此方から見ると城跡のやうな趣をなしてゐる。わたくしは夏草をわけて土手に登つて見た。眼の下には遮るものもなく、今あるいて来た道と空地と新開の町とが低く見渡されるが、土手の向側は、トタン葺の陋屋が秩序もなく、端しもなく、ごたごたに建て込んだ間から湯屋の煙突が並立して、その頂きに七、八日頃の夕月がかかつてゐる。

空の一方には夕栄の色が薄く残つてゐながら、月の色には早くも夜らしい輝きができ、トタン葺の屋根の間々からはネオンサインの光と共にラディオの響きが聞えはじめる。わたくしは脚下の暗くなるまで石の上に腰をかけてゐたが、土手下の窓々にも灯がついて、むさくるしい二階の内がすつかり見下ろされるやうになつたので、草の間に残つた人の足跡を辿つて土手を降りた。すると、意外にも、其処はもう玉の井の盛り場を斜めに貫く繁華な横町の半程で、ごたごた建て連つた商店の間の路地口には「ぬけられます」とか、「安全通路」とか「京成バス近道」とか、或ひは「オトメ街」或ひは「賑本通」などと書いた灯がついてゐる。

これは、私などが今更いうまでもなく、誠に見事な写実的な描写である。

さて、この川崎長太郎が、荷風が町の一角を写生しているのを見出した、という話は、唯これだけの話であるが、五十八歳の、いわば、老作家が、自分がこれから書く小説の題材の背景になる町を、写生している、というような事は、まことに珍しい事である。

平凡な考え方をしても、画家なれば、とにかく、作家が「写生」するという事が珍しいのである。もっとも、荷風は、もとより風物詩人であり、下町(殊に、「すみだ川」のむこう側の町や風物)が好きであるために、ときどき、電車に乗って、とおく「すみだ川」のむこうまで出かけて、そのあたりを歩きまわる、というような人であるから、「写生」をしていても、当然であるかもしれない。

私は、荷風の小説は、その初期の時代のものから愛読しているが、それとともに、荷風が、「日和下駄」の昔より、何十年という間、荷風ごのみの所だけではあるが、根気よく、歩きまわっている、という事に、私は、ふだんから感心していた。それは、ありふれた感想であるが、荷風の小説のなかの至る所に、東京の、町まちはもとより、堀ばた、陋巷、その他が、心にくいばかり、書かれ、それが、あざやかに表現されているからである。

それから、荷風の小説のなかに数おおく書かれている、自然の移り変りが、巧みに取りいれられているのは、これまた、荷風の「あるきまわり」の賜物であるからである。この二つの事は荷風独特のものであり、他の作家の小説にほとんど見られない事である。

わたくしは日々手籠をさげて、強ひ風の吹き荒れた翌日などには松の茂つた畠の畔道を歩み、枯枝や松毬を拾ひあつめ、持ち帰つて飯を炊く薪の代りにしてゐる。また野菜を買ひに八幡から鬼越中山の辺まで出かけてゆく。それはいづこも松の並木の聳えてゐる砂道で、下肥を運ぶ農家の車に行き逢ふ外、殆ど人に出会ふことはない。然し人家はつづいてゐる。人家の中には随分いかめしい門構に、高くセメントの塀を囲らしたところもあるが、大半は生垣や竹垣を組んだ家が多いので、道行く人の目にも庭や畠に咲く花が一目に見わたされる。そして垣や根方や道のほとりには小笹や雑草が繁り放題に繁つてゐて、その中にはわたくしの曽て見たことのない雑草も少くない。山牛蒡の葉と茎とその実との霜に、そめられた脂の色のうつくしさは、去年の秋わたくしの初めて見たものであつた。野生の萩や撫子の花も、心して歩けば松の茂つた木蔭の笹藪の中にも折々見ることができる。茅の屋根はまだ随処に残つてゐて、住む人は井戸の水を汲んで米を磨ぎ物を洗つてゐる。半農半商ともいふべきさう云ふ人々の庭には、梅、桃、梨、柿、枇杷の如き果樹が立つてゐる。

これは「葛飾土産」の中の一節である。私はこの文章をうつしながら、その観察の細さと、「歩きまわり」(殊に後の場合は七十六ちかい人の「歩きまわり」)には、誇張していえば、唯ただ驚歎のほかはない。

『濹東綺譚』のあとがきの中に、神代帚葉翁(こうじろそうよう)という人物が出て来て、その人物が銀座界隈に通じている、というような話が書いてある。

私は神代をしたしく知っていたけれど、たぶん五十前になくなった人であるから、「翁」などというのは、荷風の好みであろう。

昭和十年ごろの事であったろうか、私が、たまに、宵の口の銀座を散歩していると、ときどき、伊東屋の前あたりとか、松坂屋の近くあたりとかで、神代が、人を物色するような顔をして立っているのを、私は、見かけた。神代は、校正の名人と云われ、一種の奇人であったが、不逞の士であった。それに、神代は風采にもたいへん変ったところがあった。

茶色のふるびた、中折れ帽子の頭を出来るだけ低くしてかぶっていた。そうして、いたって粗末な著物(きもの)をきていた。それで、その姿は、明治時代の、浪人とも、壮士とも、何ともつかない人のように、見えた。それで、神代が雑沓する銀座の歩道の片側に立っていると、明治の人間が、昭和の人間の人波の中に、取りのこされているように見えた。こういう時、神代か、私か、どちらかが、見つけた方から声をかけた。そうして、私が、遠慮なく、「何をしているんだ」と聞くと、その度ごとに、神代は、荷風、葵山（生田葵山――荷風と同年ぐらいのふるい小説家）、それから、誰彼と待ちあわせて「なんとか」という汁粉屋に集合するのだ、と云った。集合して、何をするのだ、どんな話をするのだ、と私が聞くと、神代は、いつの時でも、ただ、集合するのだ、話は勝手放題な話だ、と云った。そこで、私が、もう一つ、「一たい、荷風先生は、どこにいるのだ」と聞くと、神代は、「それは、どこにいるかわからんよ、しかし、逢わなかったら「なんとか」に行けば、結局、そこへ行くことになっているんだ」と云った。

つまり、その時から、何分か後か、（一時間ぐらいの後か、）荷風がかならず「なんとか」という汁粉屋に行くことははっきり、わかっているが、結局、私には、いつも噂に聞いても姿は見えずということになった。

その頃から十一、二年過ぎた。その間に、戦争などという大事件があって、ずっと前に述べたように、友人や知人の生死さえわからなくなった。ところが、戦争がすんだ翌年（つまり、昭和二十一年）には、荷風が、いかなる作家より一ばん多く作品を発表した。（ずっと後にわかったのであるが、それらの作品は大てい戦争中に書いたという話であった。）そこで、また、荷風の名は、文壇第一という事になった。しかし、その年、荷風は六十八歳であった。

その頃、ある出版社の人が（はっきり云うと、新生社の社長）、荷風を千葉県の本八幡の寓居にたずねた時の事を、私に話したことがある。それは、こういう話である。

その荷風の住んでいる部屋は六丈ぐらいである。そうして、その部屋の中に、一方に床がしいてあって、その床の裾の方に長靴と傘がおいてあり、その床の頭の方には本などがごたごたと積みかさねてある。それから、蒲団のしいてない方には、七厘だけがおいてある。それで、人がたずねて行っても、ろくに坐るところもない。ところで、[illegible]社の人が荷風をたずねた時は、寒い時分であったので、その人が部屋に入ると、荷風は、「寒いですから……」と云いながら、七厘の側に行って、その七厘の中に新聞紙を入れて、それに火をつけて、「あたってください」と云った。（これは、[illegible]私ばかりでなく、この話は、伝説のようにひろがって、たいていの人が知るようになった。）

「わたくしごと」であるが、私も、その頃、下宿ずまいをしていたので、やはり、六丈の部屋で寝起きした、そうして、やはり、部屋の中に、火鉢をおき、そこで煮たきをし、人が来ると、靴や下駄は部屋の隅においてもらった。それで、寝床をしけば、部屋の中に坐るところは、一人分(つまり、私が坐るところ)だけしかなかったので、荷風のこの話を聞いて、あまりおどろかなかったけれど、しかし、なにかいたく、心をうたれるものを感じた。それは、私などの場合と比べものにならないような不自由な生活であり、一代の文学者が、七十ぢかくなって、このような暮らしをしている事を思うと、心がいたむような気がしたからである。

ところが、昭和二十三年の秋頃、正岡容から『荷風前後』という本をおくられて、その本を開くと、その本のはじめに、(口絵のなかに)荷風が、失礼な言葉であるが、みすぼらしい洋服をき、やはり、みすぼらしい帽子をかぶって、買い物袋をさげて立っている姿の「写真」があった。その、いくらか横むきの、荷風の顔は、思いなしか、侘しく寂しく見えた。

前に述べた、明治四十二、三年頃に、私が感動をもって見た、あの、ワイルドに似ていた、颯爽たる、はれやかな肖像の写真を思いうかべ、今——あの頃から四十年ちかく過(た)った今、この、まずしい洋服をき、みすぼらしい帽子をかぶり、粗末な買い物袋をさげた、肖像の写真を見て、私はいたく心を打たれた。しかし、また、あの頃から四十年ちかくも生きて、ふたたび、たいへん失礼な云い方ではあるが、かかる姿になっても、なお文学に一と筋にいそしんでおられることを考えると、私の目はおのずから涙にうるおい、私の頭はおのずから深くさがるのである。

（『文芸』臨時増刊「永井荷風読本」一九五六年一〇月）

敗荷落日

石川　淳

一箇の老人が死んだ。通念上の詩人らしくもなく、小説家らしくもなく、一般に芸術的らしいと錯覚されるようなすべての雰囲気を絶ちきったところに、老人はただひとり、身辺に書きちらしの反故(ほご)もとどめず、そういっても貯金通帳をこの世の一大事とにぎりしめて、深夜の古畳の上に血を吐いて死んでいたという。このことはとくに奇とするにたりない。小金をためこんだ陋巷(ろうこう)の乞食坊主の野たれじにならば、江戸の随筆なんぞにもその例を見るだろう。しかし、これがただの乞食坊主ではなくて、かくれもない詩文の家として、名あり財あり、はなはだ芸術的らしい錯覚の雲につつまれて来たところの、明治このかたの荷風散人の最期とすれば、その文学上の意味はどういうことになるか。

おもえば、「葛飾土産」までの荷風散人であった。戦後はただこの一篇、さすがに風雅なお亡びず、高興もっともよろこぶべし。しかし、それ以後は……何といおう、どうもいけない。荷風の生活の実状については、わたしはうわさばなしのほかにはなにも知らないが、その書くものはときに目にふれる。いや、そのまれに書くところの文章はわたしの目をそむけさせた。小説と称する愚劣な断片、座談速記なんぞにあらわれる無意味な饒舌、すべて読むに堪えぬもの、聞くに値しないものであった。わずかに日記の文があって、いささか見るべしとしても、年ふれば所詮これまた強弩（きょうど）の末（すえ）のみ。書くものがダメ。文章の家にとって、うごきのとれぬキメ手である。どうしてこうなのか。荷風さんほどのひとが、いかに老いたとはいえ、まだ八十歳にも手のとどかぬうちに、どうすればこうまで力おとろえたのか。わたしは年少のむかし好んで荷風文学を読んだおぼえがあるので、その晩年の衰退をののしるにしのびない。すくなくとも、詩人の死の直後にそのキズをとがめることはわたしの趣味でない。それにも係らず、わたしの口ぶりはおのずから苛烈のほうにかたむく。というのは、晩年の荷風において、わたしの目を打つものは、肉体の衰弱ではなくて、精神の脱落だからである。老荷風は曠野の哲人のように脈絡の無いことばを発したのではなかった。言行に脈絡があることはある。ただ、そのことがじつに小市民の痴愚であった。

「葛飾土産」以後、晩年の荷風には随筆のすさびは見あたらぬようである。もともと、随筆こそ荷風文学の骨法ではなかったか。ただし、エセエという散文様式を精神の乗物としたところの西欧の発明とは、もとからおもむきがちがう。荷風の随筆は紅毛船載の流儀に依るものと考えるよりも、やっぱり前代の江戸随筆の筋を引くこと多きに居るものと見たほうが妥当だろう。一般に、随筆の家には欠くべからざる基本的条件が二つある。一は本を読むという習性があること、また一は食うにこまらぬという保証をもっていることである。本のはなしを書かなくても、根柢に書巻をひそめないような随筆はあさはかなものと踏みたおしてよい。また貧苦に迫ったやつが書く随筆はどうも料簡がオシャレでない。その例。奇妙なことに、荷風のしきりに珍重する為永春水が書いた随筆のごときは、あきらかにその無学と貧窮とのゆえをもって、目もあてられぬ泥くさいものになっている。すなわち、和朝ぶりの随筆といえども、右の二つの基本的条件に依って支えられているかぎりでは、ともかくそこに精神上の位置のエネルギーを保つことをえたのだろう。むかしは、荷風は集書の癖あり、またちとの家産を恃んでもいたようだから、まさに随筆家たるに適していたとおもわれる。

しかるに、わたしが遠くから観測するところ、戦後の荷風はどうやら書を読むことを廃している。もとの偏奇館に蔵した書目はなになにであったか知らないが、その蔵書を焼かれたのち、荷風がふたたび本をあつめようとした形跡(けいせき)は見えない。戦後ほどなく諸家の蔵書放出ということがあって、あちこちから古刊本古写本の晦(カク)れていたものがながれ出して来て、市場に一時のにぎわいを呈したおりにも、荷風がなにか買ったといううわさはついぞ聞かなかった。それよりすこしのち、フランスの本のことでいえば、パリの新刊書が堰を切ってどっと押し寄せて来たころ、荷風はたしか座談の中で「ちかごろは向うの本が来ないので読まない」という意味のことをしゃべっていた。来ないどころか、来すぎていたくらいである。サルトル、カミュ、エリュアール、ミショオ、メルロー・ポンティなんぞの著作は、すくなくともそれが輸入された当時には、荷風はおそらく読んでいない。荷風の死後、枕もとにフランスの本がいくらかころがっていたとつたえられるが、まちがう危険をかえりみずにいえば、それがどれほどの本であったか。どこにでもざらにころがっているような古本ではなかったのか。念のためにことわっておくが、わたしはひとが本を読まないことをいけないなんぞといっているのではない。反対に、荷風が書を廃したけはいを遠望したとき、わたしはひいき目の買いかぶりに、これは一段と役者があがったかと錯覚しかけた。古書にも新刊にも、本がどうした。そんなものが何だ。くそを食らえ。こういう見識には、わたしも賛成しないことはない。ただし、そのくそを食らえというところから、別の方向に運動をおこして行くのでなければ、せっかくのタンカのきりばえがしないだろう。わたしはひそかに小説家荷風において晩年またあらたなる運動のはじまるべきことを待った。どうも、わたしは待ちぼうけを食わされたようである。小説といおうにも、随筆といおうにも、荷風晩年の愚にもつかぬ断章には、ついに何の著眼（ちゃくがん）も光らない。事実として、老来ようやく書に倦んだということは、精神がことばから解放されたということではなくて、単に随筆家荷風の怠惰と見るほかないだろう。

本のことはともかく、随筆家のもう一つの条件、食うにこまらぬという保証のほうは、荷風は終生これをうしなわず、またうしなうまいとすることに勤勉のようであった。ところで、この保証とはなにか。生活上避けがたい出費にいつでも応ずることができるだけの元金。それを保有するということになるだろう。すなわち、rentier（金利生活者）の生活である。財産の利子で食う。戦前の荷風は幸運なランティエであった。このひとにとって、むかしのパリというものはたしかに気に入った世界であったにちがいない。今は知らず、むかしのパリの市民は、勤労者の小市民ならばなおさら、その生活上の夢をおしなべてランティエたることに懸けていたように見える。荷風はアンリ・ド・レニエの書いた物語を好んでいるが、このレニエの著作こそ、すべてのランティエの、もしくはそうなることを念願し憧憬する小市民の、ささやかな哀愁趣味をゆすぶってくれるような小ぎれいな読物であった。ランティエの人生に処する態度は、その基本において、元金には手をつけないという監戒からはじまる。一定の利子の効力に依ってまかなわれるべき生活。元金がへこまないかぎり、ランティエの身柄は生活のワクの中に一応は安全であり、行動はまたそこに一応は自由であり、ワクの外にむかってする発言はときに気のきいた批評ですらありえた。ランティエの、いや、荷風の倫理上の自慢はただ一つ。金銭上他人に迷惑はかけない。ということは、自分が他人から金銭上の迷惑をこうむることをいかに恐怖していたかという事情を告げるにひとしいものだろう。もしかすると、他人の所有をおびやかさないような迷惑ならば、もしそれがあったとしても、決して恐怖に値するほどの迷惑ではないという見識なのかも知れない。戦中の荷風は堅く自分の生活のワクを守ることに依って、すなわちランティエの本分をつらぬくことにおいて、よく荷風なりに抵抗の姿勢をとりつづけることができた。ランティエ荷風の生活上の抵抗は、他の何の役にも立たなかったにせよ、少くとも荷風文学をして災禍の時間に堪えさせ、これを戦後に発現させるためには十分な効果を示している。精神もまたどこかの金庫の中につつがなく、財産とともに保管されて、そこに他人の手がふれることを拒否していたふぜいである。わるくない成行であった。しかし、時は移って、戦後の世の中になると……

戦前の大金は戦後の小銭、むかしの逸民は今の窮民である。ぶらぶらあそんでくらす横町の隠居というものを、今日に考えることができるだろうか。ランティエということばは観念上にもすでにほろびて、そのことばに該当するような人間はもはや実在しえない。事態は明瞭である。一生がかりの退職金でも老後は食えないという市井の事実は、個人生活における元金の魔の失権を告げている。しかし、今日の小市民の中にも、なおむかしとおなじく、ランティエの夢は懐古的にのこっているかも知れない。ただむかしとちがって、今日の小市民はそれがついに実現すべからざる夢だということを、そして食うにこまらない明日の、いや、昨日の夢に足をさらわれては今日たちどころに食うにこまるということを、痛切におもい知っているだろう。小市民というものは存外ぬけめのないやつらなのだから、よっぽど足腰の立たない律気者でないかぎり、あらゆる念願にも係らず、自分の人生観を自分で信ずるなんぞというドジは踏まない。自分の人生観。いや、人生観は出来合の見本がずらりとならんでいる中から、当人の都合に依って、任意に取捨したほうが便利にきまっている。その見本の山の底に、とうに無効になったランティエの夢がうっかりまぎれこんでいたとしても、たれも手を出すはずがない。これは戦争という歴史の断絶が市井に吹きこんだ生活上の智慧だろう。このとき、市井の片隅にあって、荷風がいつも手からはなさなかったというボストンバッグとは、いったいなにか。

ひとの語るところに依れば、荷風はこの有名なボストンバッグに秘めたものをみずから「守本尊」といっていたそうである。そのごとくならば、これは死んでも手をつけてはならぬものにちがいない。もしボストンバッグの中に詰めこんだものがすでにほろびた小市民の人生観であったとすれば、戦後の荷風はまさに窮民ということになるだろう。「守本尊」は枕もとに置いたまま、当人は古畳の上にもだえながら死ぬ。陋巷に窮死。貯金通帳の数字の魔に今日どれほどの実力があろうと無かろうと、窮死であることには変りがない。当人の宿願が叶ったというか。じつは、このような死に方こそ、荷風がもっとも恐怖していたものではなかったか。しかし、すべてこういう心配は週刊雑誌の商売にまかせておけばよいことだろう。われわれが問うのは数字の実力でもなく、また死体の姿勢でもない。

態度として、「守本尊」の塁に拠るところの荷風というものは、前後を通じて一貫したもののようである。戦中には、この態度をもって、荷風がよく自分の身柄を守り、文学を守り、またしたがって精神を守ったことはすでに見えている。しかし、このおなじ態度をもって、晩年の荷風はなにを守ったか、なにを守るつもりであったか、目に見えない。いや、目に見えるかぎりでは意味が無い。ひとはこれを奇人という。しかし、この謂うところの奇人が晩年に書いた断片には、何の奇なるものも見ない。ただ愚なるものを見るのみである。怠惰な小市民がそこに居すわって、うごくけはいが無い。まだ八十歳にみたぬ若さにしては、早老であった。怠惰な文学というものがあるだろうか。当人の身柄よりも早く、なげくべし、荷風文学は死滅したようである。また、うごかない精神というものがあるだろうか。当人の死体よりもさきに、あわれむべし、精神は硬直したようである。晩年の荷風はどうもオシャレでない。歯が抜けたらば、これを写真にうつして見せるまえに、さっさと歯医者に行くべし。その歯の抜けた口で「郭沫若（かくまつじゃく）は神田の書生」とうすっぺらな放言をするよりも、金石学の権威である郭さんの文集をだまって読んでいたほうが立派だろう。また胃潰瘍ということならば、行くさきは駅前のカツドン屋ではなくて、まさに病院のベッドの上ときまっている。これを常識というか。

非ず。わたしは変り身の妙のことをいっている。暮春すでに春服とは、こういう気合のものである。この変り身というものが、晩年の荷風にはさっぱりうかがわれない。精神の柔軟性をうしなったしるしだろう。もしかすると、荷風の精神は戦争に依る断絶の時間を突っ切るには堪えなかったのかも知れない。かくのごとくにして、明治以来の、系譜的には江戸以来の、随筆の家はがっくりつぶれた。これも、もしかすると、和朝流の随筆というものは今日の文学の場に運動するに適格でないのかも知れない。

むかし、荷風散人が妾宅に配置した孤独はまさにそこから運動をおこすべき性質のものであった。これを芸術家の孤独という。はるかに年をえて、とうに運動がおわったあとに、市川の僑居(きょうきょ)にのこった老人のひとりぐらしには、芸術的な意味はなにも無い。したがって、その最期にはなにも悲劇的な事件は無い。今日なおわたしの目中にあるのは、かつての「妾宅」、「日和下駄」、「下谷叢話」、「葛飾土産」なんぞにおける荷風散人の運動である。日はすでに落ちた。もはや太陽のエネルギーと縁が切れたところの、一箇の怠惰な老人の末路のごときには、わたしは一灯をささげるゆかりも無い。

(『新潮』永井荷風追悼特集、一九五九年七月号)

永井荷風が死んだ

長谷川四郎

永井荷風が七十九才で死んだ。死人については、よきことのみを語れ。かつては氏は偏奇館と号する西洋館に住み、革ばりのソファに腰をすえていた、ハイカラな紳士であったが、晩年は古びた背広にゲタばきで、買物カゴをぶらさげ、市川の町のマーケットに出没していた。そのカゴのなかには、千万円単位の貯金通帳が入っていたということである。とにかく、奇行に富む老人であった。氏の人ぎらい、わけてもジャーナリストぎらいはそのジャーナリストによって、いろいろとけん伝された。逆説的にいえば、氏はジャーナリストにアネクドートの種を提供し、奉仕したことになる。もとより氏は、このようなカラクリをちゃんと心得ていただろう。なかなか食えない人物であった。孤高にして狷介というキマリ文句があるが、これが氏にあてはまる。

氏の死に方は、マルテばりにいえば、〈出来合いの死〉ではなく、まさしく氏独自の生き方の果実であった、といえるだろう。わたしはこれに、必ずしも希少価値をみとめるものではない。ただ、生と同じくいかなる死にも、社会的な意味があると思っている。氏の死のそれは、古風な、いささか反逆的な、江戸戯作者めいた文人の、現代における死のそれであったように思う。片すみの出来事ではあったが、それは最後の光ぼうをはなったように思われる。わたしは新聞にでた氏の死亡記事を、そのようにうけとった。

いささか反逆的といったがいそいでつけ加える必要がある。ヘンクツな顔をした老人が、モーニングをきて、文化勲章を首にぶらさげた写真が、新聞にでていた。政治は粋をきかせたつもりだったろう。氏はこれをことわるほど、無粋ではなかった。この点、氏は夏目漱石とちがっていた。ほととぎすカワヤなかばにでかねたり、ではなかった。氏は便所から出て、手を洗い、天皇と会いに出かけていった。実際また、氏の作品は立派な日本語で書かれていて、文化勲章を授与されるのに、ちょうど手ごろのものであったろう。氏の文章の師ともいうべき人物は、森鷗外であった。このことは、氏の日記の文体の中に、もっともよく読みとられるように、わたしは思う。さきに、鷗外の一面の弟子であった、木下杢太郎が死んだ。こんどは、永井荷風が死んだ。文学史はこのようにして書かれる。そして章はつづきながら、改められるだろう。

若い時につんだ体験なり教養なりを身につけて、ガンコに生涯をつらぬく人がいる。永井荷風がそうであった。そしてそれが戦争とも戦後とも歩調が合わなかった。ここに一作家・永井荷風の晩年の悲劇の現代的な意味がある。

氏は動産を身につけてはなさず、それでもって、オコシやシソパンを二十円買った。ひとはこれをリンショクという。わたしはそう思わない。氏の動産の大部分は印税でできていた。すなわち、読者の購読料である。氏はそれをおろそかにせず、肌身につけていた。氏は孤独ではなかったのである。

（『アカハタ』一九五九年五月八日）

永井荷風

松下英麿

Ⅰ

荷風散人が、市川市の新築して間もない家で、血を吐いて死んでいたことが報ぜられ、そのボストンバッグのなかには、三千余万円の預金通帳があったなどと新聞、週刊誌を賑わしてから今年(昭和四五年)の四月三十日は十二年目、来年は仏教でいえば、十三回忌にあたる。

戦後はいちはやくカムバックして、戦争末期の執筆禁止の間に書きためた、「浮沈」「踊子」「勲章」などの風俗小説を矢つぎ早に発表して、一時は七十翁の流行作家ともてはやされもしたが、彼にたいする世人の評価はさまざまである。その自由人としての精神の不屈、処世の孤高をたたえる人、その知性の高さや、徹底した合理主義に共鳴する人、あるいはまた、格調の高いその文章や、高踏的な文明批評に賛辞をおしまない人などがいるかと思うと、それとは反対に、いや、あれは、一皮はげば高等エロ小説家にすぎない。その心性は、ケチで打算的で、人間に対する愛情などはツユほどもなく、庶民を口にしながらも、じつは独善的な貴族趣味家で、その小説もおおかた陳腐な自己陶酔いがいのものではない。……などと、作品などよりも、彼の人間批評に及んだ悪罵にちかいものすらある。

こうした見方が、どういう根拠から生れ、はたして当っているかどうかは別問題としても、これを裏がえしてみれば、それほどに、戦後まで生きのこった老作家の中にあって、思いのほかジャーナリズムの寵児となり、そのために、いらざる性格的分析までされるほどの問題的大家であったともいえよう。大家は大家でも、一種の偏屈漢、すねものといってもよい。

荷風は、昭和二十七年十一月に、推（お）されて恒例の文化勲章をもらった。その時に「勲章はいらないが、年金がついているので……」と、かつて何人も口にしたことのない不遜な感想を洩らし、永田町の八百善で、中央公論社が催した内輪の祝賀会では、「かたいものこれから書きます年の暮」と駄洒落て、知友の賀詞に酬（むく）いた。いったい、どこまでが本音で、どこまでが遁辞なのか、曖昧模糊としているが、世間が彼に関心を示せば示すほど、空とぼけて、まじめな顔色をみせないのが荷風のすねた手口である。けっきょくのところ、世評と、彼の随想や日記、それにしばしば面接した結論をつきまぜて考えても、荷風という存在の輪郭や、その部分は描けるが、その本体は、容易にというよりも永遠につかみ難いというのが、誰しもの体験であろう。

私が、はじめて、この高名な作家を、麻布市兵衛町一丁目六番地の偏奇館(この堂号がすでに世間に対するレジスタンスである)にたずねたのは、彼の「ひかげの花」が『中央公論』に載った直後かと思うので、昭和九年の初冬の頃であったろう。当時荷風は五十六歳である。アメリカ大使館の横の坂を上って折れて行くとその偏奇館がある。平凡な門柱に「永井」の表札があるが、門はしまっているし、ベルもないので戸惑ったが、くぐり戸の把手をもって押すと開いて鈴が鳴った。木造二階建洋館の玄関の扉は開け放たれて、午前の日ざしが燦々と降りそそいだ庭には、椎の古木の落葉が一ぱいに吹きよせられていた。案内を乞うと、手拭をかぶり、ワイシャツに古ぼけた紺のズボンをはいた四十五、六歳位かと見える男が、はたきを手にしたまま玄関にあらわれた。

私はてっきりこの家の書生氏かと思い、「先生はご在宅でしょうか」といって、名刺を出そうとすると、その男は言下に、「先生は外出しました」という返事である。「じつは原稿のことで……」というと、名刺を受けとってみていたが、ちょっと迷ったかたちで、「帰ったら伝えておきましょう」といってわきを向いた。私はよくみると、写真の荷風によく似ているので、一瞬妙な気持ちであったが、あまり荷風にしては若いのでそのまま辞して門を出た。

その後しばらくして、更にまた訪ねたとき、相対して椅子に坐った正真の荷風が、先（さ）きの男であったのには驚いた。彼は、先日のことには一言も触れず、ただニヤリと笑って用件のみをきき、「嶋中君によろしく」とつけ加えたが、それは、てれかくしのジェスチャーであったかもしれない。彼は、いわゆる文士や、新聞、雑誌の記者をもっともきらったが、それがどういう理由によるかははっきりしない。むかし、放蕩生活時代に、新聞にスキャンダルなど書かれたために、一種の恐怖症にかかっていたのか、あるいは、賢明に、その女性関係や日常生活の陰の所業を知られる緒口（いとぐち）をつくらないためにか、とにかく彼は容易に人に許さなかった。それでいて、自身に一番関係の深いのは、この種の人達であったのは、なんとも皮肉のことであった。

Ⅱ

荷風は、前に記したようにいわゆる文壇の諸公とはまったく付合わなかったが、なかでも、菊池寛とは俗にいうウマの合わない間柄であった。したがって、往昔の『文芸春秋』同人とも反りが合わなかったのは当然である。菊池が、新聞や婦人雑誌に大衆小説を書いて大向うをうならせ、友人としての芥川龍之介と久米正雄を左右に、文壇の大御所といわれたころ、荷風は世を韜晦して、ほとんど何も発表せず、わずかに『中央公論』に随筆風の小篇を発表するに過ぎなかった。それは時代の流れが、そうならざるをえなかったからである。

来る日も来る日も、彼は午後は外出して漫歩を試み、夜の食事は、新橋、銀座、浅草などの、目だたなくて筋の通った店でしたため、興にのっては、ことさらに、郊外の低級な紅灯の巷にまで足をのばした。それは、見方によっては、菊池寛的文壇的社会からの一種の逃避であり、抵抗でもあったと解釈できよう。こういうエピソードがある。そのころ、三田系の作家であるHが、菊池一門のおなじく作家のFを誘って、新橋ちかくのある小料理屋に食事に入った。見ると、三、四卓を隔てて、かつて慶応大学で教えをうけ、その後も尊敬をおしまない荷風先生が、孤りで銚子を傾けての食事中であった。荷風はHはむろんのこと、Fをも見知っていたが、一瞥を与えたのみで一言もいわず、静かに杯を傾けているので、Hは、菊池一門のFと一緒だけに去就に困り、はなれた場所から無言で最敬礼をして、Fの外套をつかんでそそくさと店をとび出しほっとしたというのである。何のことはないものの、文壇という妙な同業組合のなかの、親分子分関係のせつない立場とはこうしたものであろう。

荷風は、私たちと会っても、文学、芸術、学問などと鹿爪らしい世界のことを、根掘り、葉掘り尋ねられることはあまり好まなかった。むしろ漫然と、社会のできごとや、異常な世相についての、床屋談義の方が、気楽であり、また彼の好んで書いた日録の材料ともなったのである。気の合ったものとの酒席の雑談では、彼は、皮肉、洒落を交えて倦むところがなかった。つまり「かたいこと」は自身の胸において、泡のように消えるお喋りを好んだのである。

それでいて、荷風が一篇の小説を書き上げるまでの努力は並大抵のものではなかった。毛筆による草稿、浄書の二段階は、おそらく欠かしたことはない。ときには、鉛筆でさらに書写し、あるいは、人に写させて雑誌原稿としたこともある。こういうときには、まったく文学の職工とでもいってよく、きちょうめんであった。彼の「小説作法」という一篇をよめば、このことは首肯されることであるが、自分の作品をこよなく愛し、また書くことを使命と感じ、その中に楽しみを求める作家でなくてはできないことである。この点では、やはり明治いらいの典型的文士というにふさわしく、売文と一口にいっても、今日の作家とは、その創作工程をまったく異にしたというべきである。

したがって、その原稿は、たとえ縦横に訂正加筆があってもまことに美しく、なかには屏風に仕立てられたものもあって、文人としての遺香を後世に伝えてあますところがない。ついでだが、彼は書も美しく、画もよくして、簡単な風景や、座右のものをスケッチ風に描いて淡彩を加え、それに漢詩、俳句を冠した作品は、あか抜けがして、余技の域をぬけていた。

漢詩はそう多くはないが、母恒女が幕末の尾張藩儒者鷲津毅堂(わしづきどう)の娘であり、父久一郎は禾原(かげん)と号して、毅堂や大沼枕山(ちんざん)に学んだだけに詩文に堪能で、官吏には珍らしく『来青閣詩集』(らいせいかくししゅう)があるほどであるから、荷風もしぜんその影響を受けたのであろう。

俳句は、その師承関係は詳かにしないが、彼の友に井上唖々(ああ)があって、ともに句作してからであろう。荷風の俳句には江戸派の匂いが濃く、作品は多いし、秀作がある。彼

の随筆のなかに、よく「亡友啞々子」という名前がでてくる。「濹東綺譚」に挿入されている数章の俳句、たとえば、

わび住みや団扇も折れて秋暑し
残る蚊をかぞへる壁や雨のしみ

なども、勘当された啞々子の隠家での吟とされる。荷風と、この井上啞々と、さらに島田翰（かん）を加えた三人組は、青年時代の放蕩無頼の仲間であった。

翰は、著名な学者であった島田篁村（こうそん）の子で、その漢学の力は天稟ともいわれ、漢文をかけば、中国の一流学者にもおとらぬほどの上手であった。『古文旧書考』という書誌学上の名著を出版して、中国にもその名が聞えたが、書誌学に凝ったあげく、『老子道徳経』の古写本を持っていた某を、青山墓地におびき出し、短刀でおどしたとかの嫌疑をうけ、不遇の中に死んだ。

この三人の蕩児は、その遊興費の捻出にそれぞれ苦心したが、翰は、父の蔵書を次々と持ちだしては質に入れるので、母が苦慮し、人目につかないようにこれを受けだした

という話もある。荷風も、おそらく同じような手をつかったと想像される。しかし、彼は、不思議なことに、唖々のことは折にふれては追憶しているが、翰のことは片言隻語も口にしない。翰の事件が、世間に伝えられるようにいまわしいことであったので、保身のためにこれを避けたのでもあろうか。私も、一度翰のことを聞きたいと思ったが、ついそのままに終った。

荷風は、文部大臣秘書官や郵船会社支店長をした久一郎の子として、中流の上ともいうべき家庭に育ち、終戦時の困難は別としても、生涯を経済的苦労らしいものは味うことなくすぎたようだ。戦前の小説家の多くが、喰うや喰わずの境遇で、ともかくペンを握って書かねばならなかったのと較べて、先祖の余恵をうけた正宗白鳥や、父の財産に寄生した荷風は、悠々と筆をとることができたのである。

Ⅲ

戦後はともかくとして、この一代に高踏した作家は、戦前は『中央公論』いがいには、ほとんど筆をとらなかった。彼が、気儘に、自分の放蕩や、市井への逃避や、あるいは貴族趣味、傍観者的態度、または殊更な江戸追懐趣味を、社会の嗜好など問題にせず文章にして、あるがごとく、無きがごとくに悠然と生活できたのは、まったく父の余恵であった。彼は短い期間ではあるが、銀行員生活も経験があり、海外生活もしていたので、「金」については冷静な判断をもち、銀行利子の計算なども通暁していたということである。

昭和十年ごろ、彼の『中央公論』の原稿料は一枚十五円であった。新進作家が一枚二、三円のころに、藤村は別格としても、露伴、鏡花と同格であって、大衆小説の菊池寛などを別にすれば、まずは最高の稿料というべきであった。荷風には、印税収入もあるので、年間収入三千円は下らなかったと思われ、独身生活の彼は、父祖の遺産にはさして手をつけるまでもなく余裕ある生活ができたと思われる。

人の経済生活の内幕など詮索するのはくだらないが、荷風の孤高というものは、じつはそうした基盤のうえにあって保持されたものであることを知るためである。

彼の文人的韜晦趣味、ひいてはその文学も、この基盤を外にしては考えられないのである。

彼は壮年時代は別としても、晩年は、衣服、料理、その他一切が無頓着になっていた。口やかましい彼が、出されるものを易々諾々（いいだくだく）と喰べるのをみていると、年齢のもつ深味というものを感じさせられた。十七年の三月かと思うが、物資欠乏のころの一日、嶋中雄作が、荷風、谷崎潤一郎のお二人を招いて、鶯谷の志保原に一席を設け、私も陪席した。

当日は、とくに用意させたので、珍味佳肴がはこばれ、潤一郎は美食家なので、顔を紅潮させて箸をはこび、その間にしばしば荷風に質問した。荷風は相当の酒量であったが、正坐して膝はすこしも崩さず、上品に猪口を傾けてはこれに応えた。潤一郎が「先生も昔はこの家ご存知でしょう」と、暗に昔の女性のことなどの糸をひくと、「何度か来たことがありますが、随分変りましたね」と微笑しながら、旧時、某々女などとの巫山の夢を追うかのようであった。

この日の会合のことは「荷風日歴」にも簡潔に記され、くわしくは、谷崎の「きのふけふ」に記されている。帰りしなに気づいたのだが、その日の荷風のいでたちは、紺の古上衣に、黒のコールテンのズボン、それに白足袋に下駄をはき、黒のソフトをかぶって洋傘を左手に下げるという無頓着さで、まずは何者とも判断しかねる恰好であった。

西欧流の自由人を欲して、封建的家族制度に反逆し、親戚づき合いなどまったくしなかった荷風ではあるが、その性格には、一種の几帳面さがあった。このことは荷風とつき合った誰もが感じていることで、エロ作家などといわれる印象とは、およそ反対の極点にあった。

戦後の二十五、六年のころ、彼の外祖父にあたる鷲津毅堂の著書『薄遊唫草』を焼いたので、ぜひ見たいということを私の友人に話したというので、たまたま座右にあったこの本を拝呈した。荷風からは、すぐペンではあるが丁寧な礼状がきた。荷風は、こういうとき、けっして「荷風」とは認めず、永井壮吉と氏名を書いた。そういうところ、世人の伝説的荷風観が浮説にすぎない反証ともいえよう。

荷風は、身すぎ世すぎのためでもなかろうに、つまらぬ文戯を弄して、後味の悪いものを遺した。江戸の戯作者並の仕事など、彼にあっては泡沫のごときものである。秋の残陽を受けて、

倒れ死すべき鶏頭の一茎とならびて立てる心はいかに

と歌ったロマンチシズムこそ、じつは彼の真骨頂ではないかと、私はひそかに思っている。

ちなみに散人の死は昭和三十四年四月三十日で、八十一歳であった。

（『去年の人――回想の作家たち』、中央公論社、一九七七年八月）

印象深い荷風の姿

浅見　淵

東京潰滅の第一報

大正十二年九月一日の関東大震災を知ったのは、大阪においてであった。夏休みで神戸へ帰省していたが、その朝たまたま大阪天満橋の伯父の家を訪ねていたところ、昼時分になり、暑いから川船へいこうと、川船料理屋へ連れていかれた。そして、川魚料理で一杯やっていると、グラグラッとやって来て船が大きく揺れ、川波が激しく騒いだ。大きな地震だネと、伯父は呟いたが、それでも、二、三度、揺れ戻しがあると、その儘おさまった。で、ふたたび盃を手にしていると、まもなくジャンジャン号外の鈴の音がし、それが東京潰滅という第一報だったので驚いたのだった。

その明くる日の午後横浜から神戸にいち早く外国船が入港し、外人の負傷者を満載していたので、はじめて東京方面の地震の大きさが実感された。東海道線は不通になっていたので、罹災者が避難して来たのは実にこれが第一号だったのだ。ぼくはちょうど街へ出ていて繃帯（ほうたい）にくるまった外人の負傷者たちが、人力車をつらねてトーア・ホテルに入るのを瞥見したのである。この外国船は日本人を拒否して外人ばかり乗せて来たというので、当時問題を惹き起こしていた。が、それからひと月あまり経った十月の初めに、臨時に日本郵船の快速船上海丸が神戸横浜間を就航していたので、ぼくはこれに乗って上京したが、横浜埠頭附近の惨状には胆を潰した。煉瓦造りの外国商館が櫛比（しっぴ）していたらしいのであるが、悉（ことごと）くバラバラに崩壊しているのだ。なおかつ、火が来たわけである。東京では本所の陸軍被服廠（ひふくしょう）と吉原遊郭附近が、一ばん人命に被害が多かったようである。が、そのつぎは横浜埠頭附近ではなかったろうか。とにかく、このときを境に、文明開化いらい日本人に親しまれていた煉瓦造りの建てものが、一切建てられなくなったのを見ても明らかである。

　さて東京に着いてみると、下町方面は一面の焼け野原になっていた。日本橋通りの三越の青銅の獅子だけが健在で、見渡す限り電線がとぐろを巻いていた凄惨な光景は、いまなお強く眼中に残っている。昭和二十年の三月、本所、深川の下町方面に大空襲のあった明くる日、両国付近でたまたま海まで見渡せるその惨状に接したとき、まず頭に浮かんで来たのは、この光景の思い出だった。しかし、当時ぼくは牛込弁天町の下宿屋にいたが、下宿屋はもちろんのこと、神楽坂を中心とする牛込の山の手界隈はほとんど被害らしい被害は無かった。神楽坂の中ほどに、巌谷一六書の金看板を掲げた、いまでも残っている老舗の尾沢薬局が、そのころ、隣りにレストランを経営していた。このレストランの二階が潰れていたくらいである。したがって下町方面は、たとえば日比谷公園など、罹災者たちのバラックで埋まりスイトン屋の屋台がその付近に居並ぶというありさまだったので、この下町が復活するまでは、神楽坂付近は未曽有の繁昌を見せた。その時代神楽坂が山の手の唯一のさかり場だったからだ。同時にそれまで場末の宿場町に過ぎなかった新宿付近が俄かに活気を呈しだした。中央線沿線が住宅地として発展しだしたのも、やはりこのころからである。事実、そのころまでは、代々木界隈に牧場さえあった。

田原屋・川鉄・赤瓢箪

近年復活して昔のように客を集めているらしい洋食屋の田原屋は、大震災のころ既に山の手の高級レストランとして有名だったが、この田原屋。肴町の露地の奥にあった、尾崎紅葉をはじめ硯友社一派がよく通ったといわれる川鉄という鳥屋。それから、質蔵を改造して座敷にしていた、肥っちょのしっかり者の吉原のおいらんあがりのおかみがいた赤瓢箪という大きな赤提灯をつるしていた小料理屋。これらの店には、文壇、画壇、劇壇を問わず、あらゆる有名人が目白押しに詰めかけていた。白木屋がいち早く神楽坂の中途に特売所を設けたが、一応物資が出まわると、これが牛込会館という俄か劇場に早変わりし、水谷竹紫、水谷八重子たちの芸術座がアンドレーフの「殴られるあいつ」を上演したりしていた。この劇団に、のちに築地小劇場のスターとなった、東屋三郎、汐見洋、田村秋子たちが客演していたがこの連中の顔がとくに赤瓢箪でよく見受けられた。

いっぽう、神楽坂の横丁の植木垣のつづいたもの静かな屋敷町に、医院の跡を買って銀座のプランタンが進出して来たりもした。このプランタンは近年文春クラブの面倒を見ていた画家の松山省三氏の店で、銀座で開店している時には、正宗白鳥、小山内薫、吉井勇なども現われ、また「荷風日記」などにも屡々出てくる。いま文春社長の佐佐木茂索氏がまだ『時事新報』の文芸記者を勤めていた時代で、茂索氏は当時新潮社の通りの突き当たりの矢来下にあった兄さんの経営する骨董屋の別館の洋館に住んでいたと思うが、プランタンが神楽坂に引越してくると、目立つその常連の一人となっていた。また広津和郎氏などもよく姿を見せみんなは別室で麻雀の卓を囲んでいるようだった。その時分はまだ麻雀クラブなど無い時代だった。この二人に限らず、広津、佐佐木氏たちの年代の作家たちが、大勢出入りして人目を惹いていた。ぼくが徳田秋声の愛人の山田順子をはじめて見たのもここだった。なかなかの北国美人だったが、秋田なまりが気になった。その時分はカクテルが流行した時分で、ここの一杯三十銭のマンハッタン・カクテルというのが口当りがよくて評判になり、早稲田の文科生なども大勢通っていた。

三代目小さんの独演会

ちなみに、そのころ佐佐木茂索氏の住んでいた洋館が、のちに中戸川吉二のはじめた『随筆』の発行所となり、その編集を受持っていた牧野信一も、暫くこの洋館に住み込んでいたように記憶している。

そのほか、寄席や釈席が震災でたくさん焼けたので、牛込亭、神楽坂演芸館などの寄席、これは釈席の江戸川亭などに、一流の噺し家や講釈師がつぎつぎと現われた。三代目小さんの独演会であまり話がこまかいので肩を凝らしたり、典山の「小夜衣草紙」に戦慄を覚えたりもしたものだ。いまにして思うと、この時代が落語や講釈の名人が活躍した最後だったような気がする。

荷風とビフテキ

ところで、この時代の印象で、一ばん印象深く残っているのは永井荷風である。ある夕方、前記の田原屋へ食事に行くと、たまたま荷風がやはり食事しに来ていたのである。ツバながの、細いリボンのついた、恐らくフランス留学時代のものらしい黒の古いソフトをかぶり、白ブドウ酒を傾けながら、分厚いビフテキを食べているのだ。偶然出会ったらしい隣りのテーブルの中年男と、歯切れのいい江戸っ子弁で、どうも芸者らしい女の消息について話をとりかわしながら、ゆっくりフォークの肉片を口に運んでいた。話し相手は神楽坂の待合の亭主らしかった。荷風がそのころ神楽坂で遊んでいたことはその年代の「荷風日記」をひもとくと明らかである。白ブドウ酒は一杯きりで、荷風は食事が終わると直ぐ出て行った。が、立ち去るとき、テーブルに、五十銭銀貨をボーイのチップとして残していった。後年、荷風が亡くなったとき、荷風の吝嗇（りんしょく）ということがしきりに問題にされたがぼくはこれを見ているのでちょっと意外な気がした。

（『読書人』一九六六年三月七日）

荷風の生活態度

臼井吉見

中村光夫といっしょに、僕がはじめて「踊子」「問はずがたり」の作者を訪ねたとき、荷風は市川に寓居を見つけ、そこから再び浅草通いをはじめたころであった。バスもタクシーもなかったから、国電を市川でおりて、二十分近く歩いた。熱海へはしばしば訪ねていた中村光夫も、ここははじめてらしかった。京成電車の踏み切りを越え、平凡な田舎町の家並みもまばらになり、道ばたからはずれた五、六の農家のうしろに、この老大家の住まいを見つけた。前はすぐ田んぼに面している。

ふた間つづきの粗末な簡易普請で、実直な会社員夫婦の住居といった感じのものであった。

案内を乞うと、「はいよ」という気軽な若々しい答えがあって、何か片づけてでもいるらしいけはいだったが、やがて主人が姿を見せた。あがれという。せまい、たたきの土間に靴をぬぎ捨てて、おそるおそる、とっつきの八畳へにじり入った。気味のわるいほど、愛想（あいそ）がいい。主人がいままで用いていた、たった一枚の座蒲団をつき出してすすめてくれたが、こっちは二人であり、閉口した。この座蒲団は、しまいまで、三人のまん中に、よたよたのせんべいすがたをさらしていなければならなかった。

主人は古びた洋服で、じかに畳にきちんとすわっている。膝のぬけそうなズボンをバンド代わりの紐（ひも）で腰にくくっている。ネクタイはなく、ワイシャツの袖口（そでぐち）が長くはみ出し、黒くよごれている。

話をするたびに、前歯が三本ほど抜けたままになっているのが目につくが、びっくりするほど若々しい。「ひかり」を一本ぬき、まんなかから折って、キセルで吸いながら話し出した。

最初に出た話は、電灯会社がけしからんということだった。変圧器の故障で頻々（ひんぴん）と電灯が消えるので、近所の者が金を出し合って、会社にとどけ、なんとかしてもらおうということになったそうだ。

「三十円も出せというのですよ。一軒で三十円ずつも……」

ひどく憤慨の面持ちであった。三百円のまちがいかナと思ってみたが、くりかえし口から出たのは三十円だった。

浅草の話、映画の話も出た。近ごろの映画女優なぞ、さっぱり色けがなくてつまらないという話も出た。田村泰次郎という名前も出て、その小説も読んだらしく、これもとんと色けがないですね、とも言った。一転して、アンリ・ド・レニエに及び、これは、ときどき繙読しているとのことであった。

田村泰次郎は、そのころ、「肉体の門」を発表して、たいへんな評判だった。荷風も、そんな世評を気にして、わざわざ、その小説を読んだものと見える。僕は、まだ、「肉体の門」すら読んでいなかったので、少なからず意外だった。

色けうんぬんにしても、荷風が僕らのためにつとめて話題をさがし、もてなしてくれているといったふうで、これもすこぶる予想に反するものであった。やはり東京人なんだナと思った。

部屋のまん中に小机が一つ。床の間に和本類がかさねてある。その床の間に片寄せて、万年床が敷かれているが、掛けぶとんの襟が、まっ黒になっている。隣の六畳に、立てつけの悪いらしい襖のすきまから、自炊道具が見えている。コンロがあり、小鉢、皿が散らばり、味噌のついたままの椀がころがっている。

市川へ移ってくる前は「風流滑稽譚」その他、フランス文学の訳者、小西茂也宅に間借りしていたことを知ったのは、数年後『新潮』に書いた同氏の「同居人荷風」なる一文によってだった。小西氏は荷風のために、なにくれと身辺の世話をしてやっていたが、この同居人の異様な言動には、ほとほと閉口したらしく、これはその報告みたいな文章であった。

もらった養子が気に入らなくて、それを離縁するため、訴訟をおこしたり、椽下のわずかばかりの配給馬鈴薯が、いやに減ったと小西家を疑うかのごとき口吻をもらしたり、乱雑さに見かねた小西夫人が、部屋の掃除をしてやると、顔を洗っていた荷風が、あわてて部屋に戻り、財布をしらべたり——これらはたとえば、あの格調の高い日記から、必ずしも感じとれるものではない。

とくに、盗まれた蔵書をさがすために、巡査をたよりにしたり、中央公論社のストライキについては、同社から出ていた毎月の手当ての失われることだけをもっぱら恐れたりしているのも、終始一貫、国家を憎み官憲を罵って来たことと、これまた、一致するものとは思われない。

いつの訪問のときであったか、近くの喫茶店に寄ると、そこのおかみが、荷風先生について、奇怪なうわさの数々を伝えたことがあった。浅草から京成電車で帰ってくる場合、切符なしですましているというような話が、その一つだった。プラットホームにおりると、そのまま便所へ寄り、おりた客が改札口を出て検札係が引っこむのを見すまして、改札口を通りぬける、駅でも知って知らぬふりをしているというのであった。どこまでほんとうか、見当のつかないような話ばかりであった。

(『読売新聞』一九六四年六月二七日)

荷風文学

林　芙美子

「おかめ笹」は大正七年、荷風先生が、四十歳の時に書かれたものだそうですけれども、現在の四十歳代の作家に、これほどの読みいい文体で、これだけの人情風俗が描けるだろうかと思ってみますに、現在の作家には、こうしたこゝ、い、くりした文品というものはないような気がします。私は、大正年代の、作家の勉強ぶりというものが、どうも、現在の作家の勉強のしかたとは違うのではないかと思ったりして、このころの作家たちを、日本文学の十九世紀ルネッサンスだなぞと考えたりしております。

荷風先生の「小説作法」を読みますと、人、口あれば語る。人、情あれば文をつくる。春来つて花開き鳥歌ふに同じ。皆自然の事なり。これを究むるの道今これを審美学といふ。森先生が審美綱領審美新説を熟読せば事足るべし。仏蘭西人ギョオが学説亦既に訳著あり。学者の説は皆聴くべし。月刊の文学雑誌新聞紙等に掲載せらるゝ小説家また批評家の文芸論は悉く排斥して可なり。其の何が故なるやを問ふなかれ。唯蛇蝎の如く忌み恐れよかし。という文章がありますが、私は、先生の書かれた「小説作法」のなかの、この一文を心に深く銘じています。

「おかめ笹」は、とりたてて波乱の多い筋ではないのですけれども、日本画家の鵜崎巨石を主人公として、山の手の花柳界を背景に、人の心に淋しさの風の吹き抜けるようなそれぞれの人物を配してあるところは、浮世絵を見ているような味があって、これは、読物というよりも、私には、荷風デッサン集を見ているような気がします。巨石の師匠になる内山海石一家の家族である、何とか学士で一人息子の翰という男のデッサンなんかは、ずばぬけて描かれてあるような気がします。諷刺もそこはかとなく利いていて、その諷刺の底に流れるそれぞれの人物のペエソオスは、行間から匂いや音になって吹き抜けて来る感じです。

先日、荷風先生にお眼にかかった時、七十歳を出られた先生が、いまなお、夜々を十九世紀文学を読んでおられるとききました。そのなかでも、ゾラを研究しておられる由をうかがい、「小説作法」のなかの四囲の何ものにも気をとられないで、ひたすら、自分の読みたいものを読んでおられる気性を面白いものに思いました。

私は、荷風先生の作品では、「アメリカ物語」や、「仏蘭西物語」が好きで読みはじめ、その後短篇としては、「牡丹の客」なんかに心酔したものです。むしろ、若い頃、「おかめ笹」を読んで、何気なく素通りしてしまったせいか、長篇としては、「腕くらべ」の方を私は「おかめ笹」よりも数等たかくかっていたような次第です。ふっとした機縁で、また「おかめ笹」を四十歳代になって読み返えしてみて、前にものべましたように、私は、作家のデッサン集を、そして、荷風先生の人物描写のうま味を、始めて勉強したような気がしました。荷風先生の作品のなかに、このように登場人物の多いのも珍しいのではないでしょうか。それぞれの人物描写が、濃淡なくこくめいに描かれて、大正四、五年頃の、山の手風俗がしっかり書かれているところに、私は、随分教えられるところがありました。現在で云えば、通俗とまちがえられるむきがあるかもしれませんが、これは、東京の西鶴のような気もして、「おかめ笹」一巻の重量を計ってみた気がしました。

外国文学をすっかり消化しつくした果の荷風先生の文品というものは、私たち若いものには仲々真似られるものではありませんが、今日、消化の悪い文学の乱世にめぐりあっておりますと、荷風文学の感触というものはしなやかな手触りで、読者にとっても一種の快感をおぼえます。

「おかめ笹」を書いた作者が、今日、ただの一人住いで、いわゆる文壇なるものに背を向けて、悠々と孤独な天地におられるという因縁は、これは、なるほど当然の事だと思わないわけにはゆきません。「おかめ笹」の作者が、大勢の家族にとりまかれて、文壇の垣の中におさまっていられる筈のないものを、この「おかめ笹」は宿命として持っているような気もして、荷風文学の中に、「おかめ笹」の持っている、一種のハイカラな諷刺は、荷風文学のなかの太い柱である事に間違いはないと私は思います。大正の初期の時代に流れる封建的な華族や、賤しい山の手芸者に至るまで、荷風先生の眼がゆきとどいて、この「おかめ笹」のなかの人物は、大正四、五年でなければ生きていない人達ばかりです。日本の人物をこれほど美事（みごと）に書き得たものは珍しいのです。現在の作家の描く人物には、おうおうにして、外国人ではないかと思うような、かりものの思想や着物を着せかけたものが多いのとくらべてみてもらいたいものです。日本の庶民を書く作家では、荷風先生以外には仲々みあたらないとも思います。

何の借着も真似もない荷風文学のなかに、この「おかめ笹」がその意味で重要な作品であるということを私はここに書き添えておきたいのです。

荷風先生は今年七十一歳になられたと思います。青年のように房々（ふさふさ）とした髪の毛をしておられて、まるで年を離れた若々しい風貌でおられる事もたのもしい気がしました。

（『荷風全集』附録八号、中央公論社、一九四九年六月）

畸人永井荷風

諏訪三郎

いまから十年ほども前のころである。たしかその人はTさんといって、私よりもさらに老人であった。ある出版会社の社長の紹介で私の家を三、四度訪ねてきてくれた。Tさんは、戦争の中頃までは、東京のある会社の重職にあったが、父一人娘一人のTさんは、福島県下の山奥に疎開し、そこにある分教場の校長兼小使になった。慈父のような愛情と熱心さで子供たちの教育にあたったので終戦後も部落民から引続き留任を懇請され、つい終戦後十年を夢の如く山間の僻地で過してしまった。が、一人娘が三十五にもなっていることに気づくと、慌てて上京し、自分はある会社の夜番になり、娘さんは写真結婚でブラジルに渡航したという。

そのTさんの話によると、東京の三田通りで喫茶店を初めて経営したのは自分であるといった。

当時アメリカから帰朝して、慶応義塾の教授だった永井荷風先生は、よくこの店に来られたという。

「それはハイカラなスタイルで、学生からえらい人気でしたよ。」

と、いった。Tさんの喫茶店にならって他にも同じ店が出来て、女給というものをおいたので、学生達はその方にゆくようになった。「私は純喫茶店といって女のいない店を維持しました。」

永井荷風先生は、そのどちらの喫茶店にもよく姿を見せたが、ひどく明るい紳士であったという。幼年時代の荷風先生の俤（おもかげ）が見られる。

「その頃、三田で有名な人物がもう一人ありましたよ。佐藤春夫さんで、この人は、学生のうちから、小品や詩を発表していましたが、同じハイカラでも佐藤さんのは、学生のくせに蒲団縞のような派手な洋服を着て、鼻眼鏡をかけ、下駄ばきなんです。よく落第ばかりしていました。学校にはろくに行かないのに、学生の間では、この人もとても人気がありました。」

大正の初め頃だというから、まさに私にとっては神話時代の物語をきくようであった。

私は、一度佐藤先生にあって、当時の永井荷風の物語りをきいてみたいと思ったものだが、実は、この神話をきく前に、二度ほど永井荷風に逢っているのである。一度は、大森の望水楼の佐藤先生の一室であった。「都会の憂鬱」を書きおえられる間もなく、先生は、この郊外第一流といわれた旅館にしばらく逗留されたが、あるとき先生をそこに訪ねると、長身の、四十を過ぎた立派な面長の顔をした洋服の紳士と話を交換されていた。

「永井荷風先生だよ。こちらは中央公論の諏訪三郎君です。」

佐藤先生が、こう紹介されて下さった。

「ああ、よろしく。」

永井荷風はそういったが、それから三人の間でどんな話があったか記憶にない。たしか荷風先生は、急にあたふたと、

「じゃ、失敬する」といって帰られたと思う。

荷風先生が帰られたあとで、佐藤先生はこんな話をされた。

「荷風散人は、藤間という舞踊家の師匠の美人と結婚したが半年ほどで離婚すると、もう女房をもつ気がなくなった。佐藤君だからいうが、僕は女が好きだが、女の心がわからなくなった！　と憮然としていわれたよ、よほど厭な経験をされたらしいね。」

女好きでは人後におちない佐藤先生は、いかにもおもしろそうにいわれた。「おかめ笹」「腕くらべ」などの情婉豊かな名作を発表されたのは、たしかその後であったと思う。私には佐藤先生の話は、一つの謎であった。

その頃、永井荷風は、麻布市兵衛町の古るぼけた洋館に立てこもり、「新聞記者、雑誌記者一切面会お断り」という札を窓辺にかけていた頃だった。やがて日本は大東亜戦争に突入して、荷風先生は、千葉県市川市真間の仏文学者小西茂也氏の二階に移転された。いや、荷風先生の市川移転の時期は、戦争前からどうであったか、私には、どうやら記憶があやしい。従って、先生が毎夜の如く浅草公園の興業街に行かれては、女の踊り子たちを可愛がり、三、四の女優をつれては、興業の終った深夜の店に誘い、御馳走をしてやるが、それはお汁粉か蜜豆にとどまり、高価なものは一切御馳走しないというゴシップがとび、市井の人の好話題になった。終戦直後だったが、先生は、自炊し、少しばかりの野菜を買ってきては、食事をすまされ、暖房にもことかいているという噂がたったので、ある日、中央公論記者が、木炭一袋をかかえて訪問すると、「ありがとう」といって、火鉢に入れると思ったのに、いきなり、押入れにしまいこんだという話題も流れた。いよいよ荷風散人は、ケチン坊で女好きだという定評が巷にまで流れ、人をあきれさせた。

ところが私は、人間荷風先生の真髄にふれた思いがして、心がじーんとした瞬間があった。それは戦後のことだが、かって市川に住んでいた私は、そこに文学志望で、いつか青春時代も過ぎ、いまなお作家志望を捨てぬ三、四の友人を訪ねるため、市川駅に降りたのは、生憎小雪の降る初冬であった。小駅をおりると、待合室の一隅で、肩をまるめて、洋服に草履ばきの老年をむかえた一人の男を見た。その男はいかにも寒そうに、首をちぢめ、俯向き加減に、何かの本をしきりに読んでいる。永井荷風先生だった。

「永井先生、佐藤先生のところで御紹介いただきました諏訪三郎です。」私がこういうと、先生はひどく慌てたらしかったが、

「ラジオはかけ通し、子供は喧嘩をする。小西の家では碌に本も読めないんだよ。それより、佐藤はまだ女道楽をやめないか。」流石は、「雨瀟々」の巨匠である。忽ち話を転換してユーモアたっぷりに笑った。が、その笑いのうちに、人間荷風の孤独さを私は犇々と見たのである。

（『読書人』一九六七年六月一二日）

一冊の本　永井荷風「濹東綺譚」

中山義秀

四、五日過ると季節は彼岸に入つた。空模様は俄に変つて、南風に追はれる暗雲の低く空を行き過る時、大粒の雨は礫(つぶて)を打つやうに降りそゝいでは忽ち歇(や)む。夜を徹して小息みもなく降りつゞくこともあつた。

これは「濹東綺譚」の末尾にちかい部分である。あと秋雨後の荒庭の描写があって、『紅楼夢』中の古詩の引用となる。

私は「濹東綺譚」のこうした文章を、いくどとなく愛誦してきたし、今後も同じであろう。「綺譚」ばかりでなく、その他の作品にも愛誦しておかないものがある。

芥川龍之介も独特の文体で私達読者を酔わしたことがあったが、荷風の文章の妙味におよばない。荷風はおそらく「雨月物語」を書いた、上田秋成以後の第一人者であろう。

荷風の文章は纏綿とした情緒をおび、含蓄がふかく彼以外には物しえない妙趣をそなえている。荷風亡き跡もう彼ほどの文章に接しなくなった憾みをなげく者は、あながち私ばかりとはかぎるまい。文章の下手なやつのものは、読む気がしないという、三好達治の言葉は名言である。

「濹東綺譚」が『朝日新聞』の夕刊に掲載されだした時、横光利一もおなじく「旅愁」を他紙にのせていたが、「綺譚」がおわると同時に「旅愁」の連載を中絶してしまった。私はたまたま横光邸をおとずれてその事実を知った時、彼の真率な作家気質と見識に感動と敬意をいだいた。

「綺譚」は連載中大方の喝采をはくしたようで、「旅愁」はそれほどではなく、だれよりも作者の横光自身それを感じていたようであったが、単行本にすると意外に多く売れ現在なお出版されている。彼の泣血の力作がなお生きつづけている証左であろうが、当時私は両作品をくらべて大人と子供ほどの差があると思った。

しかし名品は数すくない愛好者の間で、珍重されているところに値うちがある。未熟未成の人々にわかるようでは、名品たる価値はない。

私がつねに読んであきないのは鷗外の文章であり、小説の典範とするところはフロオベルであるが、もっとも愛好してやまないのはこの「濹東綺譚」である。荷風は鷗外ほどではあるまいが和漢洋にたいする学殖をもち、作家としての育成過程や生活環境にいたっては鷗外以上、フロオベル同様まさに作家たるべくして生れ、作家たるべき個性のある死をとげた。

「濹東綺譚」の価値を解説するのは私の任ではなく、なぜ好くかと問われれば、分る者には分ると答えるしかないが、しかもなお私は心ひそかにこの昭和の最高の作品が、心ある読者の味読と賛嘆をよぶことを祈らずにはおられない。文学の三昧境（さんまいきょう）とはまさにかくあるべきものだと、かたく信じているからである。読者、はたしてわが言を、了とするや否や――とは荷風の口真似をしたまで。

（『朝日新聞』夕刊、一九六二年二月一五日）

堀辰雄の「荷風抄」

福永武彦

一

戦争中のたしか昭和十八年の夏のことである。私は堀辰雄の紹介状を持って神戸で竹中郁(いく)氏を訪ねた。

その頃の私のことをちょっと説明しておけば、私はその前年、参謀本部に勤めて暗号解読の仕事に従っていたが、勤め出すなり重い神経衰弱に冒ってて勤めをサボってばかりいたところ、暮近い頃忽ち召集の通知を受けた。ちょうどその直前に盲腸炎で入院し予後がはかばかしくないところだったので、即日帰郷となったが、それでなければソ満国境に骨を埋めていただろう。こうしてあと一年間は召集が来ないとの目安がついていた。(参謀本部というのが、そもそも召集が来ない立前だったから厭々ながらも勤めたものである。この後の一年間が安全というのも、どんな根拠があったやら。翌十九年になると、私は絶対安全というので放送局に逃げ込んだ。)

そこでこの年は、私は東大の仏文研究室へのここ行って字引の原稿などを作って口に糊(のり)していたが、夏の間に神戸に遊びに行くぐらいの気持の余裕もないわけではなかった。但し時勢としては、アッツ島玉砕の報知がこの年五月にあり、そろそろ敗色濃厚になりかけていた時期である。

私は、活字になる希望は皆無なのに詩を書き小説を書いている文学青年で、あまり人に会いたがるたちではなかったが、堀さんにぜひ会って来いとすすめられて初めて「象牙海岸」の詩人にお目にかかったものだろう。その時の印象で最も鮮明なのは(竹中さんには寔(まこと)に申訳ないが)詩人の風貌よりは一個の硝子張の本箱である。もとより本箱は沢山あったし、その他にも古い洋灯だとか人形だとかフランス製のトランプだとか、青年の眼を眩惑させるに足りるものは尠(すくな)くなかったのだが、この本箱は私の視線を釘づけにしてしまった。というのは、この約三段か四段かある瀟洒たる本箱は、すべて荷風の初版本のみで満されていたからである。

そこで前置の次いでに、私自身のことをもう少し書かなければ私の感激は分って貰えないだろう。私は大学生の頃から書物に対する一種の蒐集狂的性質をそなえていたが、何しろ貧乏な大学生なので、なるべく安い本しか買わないという美徳を有していた。外国の本は暫く措いて、蒐集の対象は専ら詩集かそれに準じる文学書で、中でも荷風の著作は珍しい詩集と同等以上の値打を持ち、これが戦争となると共に、いよいよ数が尠く値段が高くなっていた。例えば小山書店版の『すみだ川』はそう昔の本というわけでもないのに五円ぐらいして、胡蝶本(籾山版)を持っていた私は涙を呑んでその本を古本屋の書棚に返した覚えがある。五円以上する本はいくらもあったし、『夏姿』とか『日和下駄』とかを、私は好事家(こうずか)(蒐集家と呼ぶよりはこう呼びたいようなマニアのお年寄を私は知っていた)に拝ませてもらって、溜息を吐いたこともあった。こういう珍書稀書が竹中さんのその本箱にはずらりと並び、同じ籾山書店の刊行でも袖珍(しゅうちん)版まであることを知ったのもこれが初めてだった。

そこで私は竹中さんを捉まえて、専ら荷風の話ばかりした。私が、春陽堂版の元版全集を一冊ずつバラで安く買い、五冊までは手に入れたが、第六巻はどうしても古本屋に出ないと慨嘆したところ、竹中さんは、ああそれは二冊持っているから一冊あげましょう、とごく無造作に、どこからともなく魔術師の如く私に取り出してくれた。私がこの時の印象をあまりよく覚えていないというのも、この本を貰ってあまり悦びすぎたせいだろうと思う。第六巻は「断腸亭尺牘(せきとく)」が出ているし、これは重印荷風全集の方には載っていないからこの本は貴重なんですよ、と竹中さんに念を押されたが、そんなことは百も承知である。

この年の十月、軽井沢の堀辰雄のところに遊びに行って、竹中さんにこういういい本を貰ったと報告したら、ああこれだね、と堀さんも第六巻を書棚から取り出して来られたので少々がっかりしたが、元版六冊本全集が揃いで売りに出ることはまずなかったから、堀さんの書棚にあったのも少し欠けていたことは確実である。

これから本文にはいるところだが、それはまたこの次。

(三月、京都にて)

二

「荷風抄」というのは堀辰雄が遺したノオトの一冊である。

堀辰雄が昭和二十八年に信濃追分で亡くなったあと、新潮社から七巻本の全集が出た。その編纂に当って最も処置に苦しんだのが篋底(きょうてい)に秘められていたノオト類である。堀さんには実におびただしい量のノオトがあって、そのうち文句なしに重要と思われるもの、例えば「菜穂子ノオト」とか大学の卒業論文である「芥川龍之介論」などは全集に収めたが、数十冊に及ぶ謂わゆる読書ノオトなどはどう扱ったらいいものか、全集刊行中に整理がつかなかった。そこでいずれ別巻を出すと予告したまま今日に及んでしまった。近く角川書店からまた全集が出るらしいが、そこでもノオトをどの程度に収めるかは頭の痛い問題になるだろう。この「荷風抄」なども、まさに当時処置に苦しんだノオトの一冊である。

さてこれは中判の大学ノオトで、前回の月報に表紙の写真を出しておいたが〔省略〕、中央に青色の色鉛筆で「荷風抄」と横書きしてある。中扉はなく、頁附もない。挟み込みの頁も入れて九十二頁あり、その第一頁から第八三頁までが本文で、第八四頁から第九〇頁までが白、最後の二頁は反対起しで外国の作家作品名が十四ほど並んでいる。

その内容はこういったものである。頁の第一行目に、青い色鉛筆で外国の作家名が原語でしるされる。例えば第一頁はHenri de Régnierである。そのあとおおむね一人一頁または二頁分を取って、荷風の作品中のその作家に関する文章の引用が普通の鉛筆でしるされる。末尾に引用文の題名がある。初めの十一頁は本文は横書きだが、第一二頁から縦書きになっている。

従ってこれは堀辰雄自身の作品とみなすことが出来ない。あくまで永井荷風の作品の抄にすぎない。そこでこれを堀辰雄の全集に加えるのはどうも気が咎める。そうかと言って、これが面白くないかと問われれば否と答えざるを得ない。堀さんを知るための、特に堀さんの荷風への愛着を知るための、珍しい貴重な資料であろう。また荷風にとっては、数多い愛読者や蒐集家に伍して、こういう熱心な読者を持ったということは大した名誉に違いない。

ここで内容の説明にかからなければならないが、何と言っても「抄」なのだから、全体の目次を示すことの方が先であろう。以下にノオトの順序に従って、作家名、題名、それに私の調べた原典、つまり荷風の文章の収録されていた本の頁数を挙げておく(そのうちの二つだけはまだ調べがついていない)。作家名は普通の発音に直して表記することにし、原ノオトにない題名はカッコに入れた。全集というのは春陽堂発行の元版全集である。

アンリ・ド・レニエ—「紅茶の後」「霊廟」　全集四巻 p. 474
テオフィル・ゴーチエ—「紅茶の後」「霊廟」　同右 p. 481

バレス、ローダンバック――「冷笑」「夜の三味線」　全集三巻 p. 183
ゴンクール――「冷笑」「二方面」　同右 p. 76
レニエ――「雨瀟々」　『雨瀟々』p. 65
コレット――「つゆのあとさきに就いて」
アポリネール――「深川の散歩」　『冬の蠅』p. 80
ピエル・ロチ――「正宗谷崎両君の批評に答う」　『荷風随筆』p. 306
エミル・ヴェルハーラン――(「江戸芸術論」)「浮世絵の鑑賞」　全集六巻 p. 418
モーパッサン――(「断腸亭雑藁」)「葡萄棚」　同右 p. 330
ゾラ――(「断腸亭雑藁」)「夕立」　同右 p. 344
ボードレール――「監獄署の裏」　全集三巻 p. 471
ヴェルレーヌ――(「監獄署の裏」)　同右 p. 481
コペー――「歓楽」　同右 p. 286
アナトール・フランス――「歓楽」　同右 p. 288
モーパッサン――「歓楽」　同右 p. 314
ジャン・モレアス――「歓楽」　同右 p. 338

モーパッサン―「冷笑」(「さびしき人」)　同右 p. 9
ノアイユ夫人―「冷笑」「虫の音」　同右 p. 22
ローダンバック―(「紅茶の後」)「海洋の旅」　全集四巻 p. 612
マルセル・シュオッブ―「妾宅」　全集六巻 p. 14
バレス―(「冷笑」「深川の夢」)　全集三巻 p. 56
バレス―「冷笑」(「都に降る雪」)　同右 p. 223
J・K・ユイスマン―「冷笑」(「都に降る雪」)　同右 p. 223
ジュール・ルナール―「冷笑」(「梅の主人」)　同右 p. 254
アンドレ・シェニエ―「冷笑」(「珍客」)　同右 p. 280
ロベール・ド・スーザ―「紅茶の後」(「片恋」)　全集四巻 p. 460
フローベール―「紅茶の後」(「鋳掛松」)　同右 p. 473
ルコント・ド・リール―「紅茶の後」(「流竄の楽土」)　同右 p. 498
ボードレール―「紅茶の後」(「虫干」)　同右 p. 594
アンリ・ボルドー―「紅茶の後」(「銀座」)　同右 p. 564
ドーデ―「日和下駄」(「水」)　全集六巻 p. 176

シャヴァンヌ—「日和下駄」(「崖」)　同右 p. 218
ゾラ—「ふらんす物語」(「船と車」)　全集二巻 p. 348
ヴェルレーヌ—「ふらんす物語」(「秋のちまた」)「日和下駄」(「崖」)
　同右 p. 376　全集六巻 p. 216
ドーデー—「ふらんす物語」(「祭の夜がたり」)　全集二巻 p. 437
ゾラ—「ふらんす物語」(「おもかげ」)　同右 p. 457
マラルメ—「ふらんす物語」(「ひとり旅」)　同右 p. 496
ミュッセ—「ふらんす物語」(「ポオトセット」)「墓碑銘」　同右 p. 540 p. 542
ゴーチエ—「ふらんす物語」(「橡の落葉」)　同右 p. 545
レニエ—「ふらんす物語」(「橡の落葉」)　同右 p. 562
ヴェルレーヌ—「あめりか物語」「落葉」　同右 p. 262
ボードレール—(「あめりか物語」)「落葉」　同右 p. 267
ボードレール—(「あめりか物語」)「支那街の記」　同右 p. 305
ボードレール—(「あめりか物語」)「夜あるき」　同右 p. 307 p. 313
ヴェルレーヌ—(「断腸亭雑藁」)「矢立のちび筆」　全集六巻 p. 285

ロチ―(「断腸亭雑藁」)「矢立のちび筆」　同右 p. 286
ヴェルハーラン―(「断腸亭雑藁」)「矢立のちび筆」　同右 p. 289
クロード・モネ―「砂糖」　『雨瀟々』p. 101
カチュール・マンデス―
モレアス―「花より雨に」　全集四巻 p. 339
ローダンバック―「花より雨に」　同右 p. 343
ヴェルレーヌ―「夏の町」　同右 p. 349
レニエ―「大窪だより」　全集六巻 p. 91
ロチ、モーパッサン―「渚山宛書翰」　同右 p. 623
マラルメ、ドビュッシイ―「渚山宛書翰」　同右 p. 621
ゴンクール兄弟―(「江戸芸術論」「歌麿並北斎伝」)　同右 p. 487 p. 501 p. 501
ベルリオーズ―「渚山宛尺牘」　同右 p. 620
ゾラ、モーパッサン―「渚山宛尺牘」　同右 p. 627

見本はここに掲げた写真を見てほしい〔省略〕。説明は次号〔三〕に譲ることにする。

前回(二)に堀辰雄の「荷風抄」の目次を掲げておいたが、そこに見られる特徴を拾ってみたい。

三

永井荷風の作品の中に現れる外国の文人は必ずしもフランス人に限っているわけではない。ゲーテとかホイットマンとかの名も現れる。しかし堀さんが興味を持ったのは、ただフランスの文人のみである。それもゴーチエ、ボードレール以後の詩人小説家が主であって、例外として画家シャヴァンヌ、モネ、音楽家ドビュッシイ、ベルリオーズの名が見られるにとどまる。

従ってこのノオトは、フランス近代文芸思潮を、荷風の作品によって知ろうとした彼自身のための勉強のノオトである。もとより人に見せようという気があったわけではない。荷風の小説や随筆に出て来る訳詩を引用し、またそれ以上に、荷風がフランスの文人について抱いた感想の部分が数多く紹介されている。

似たようなノオトに「ぽえじい」と題する一冊がある。この方はフランスの詩人別に項目があって、そこに訳詩の題名のみが並んでいる。その訳詩は上田敏、蒲原有明、永井荷風、堀口大學、山内義雄、鈴木信太郎などの訳詩集にあるものに限られている。また一冊、「十九世紀文学史」と題して、これは大版ノオトの一頁を一年として、十九世紀初めから二十世紀にかけて、広くヨーロッパ全域とアメリカとにおける文学史的事実を羅列してある。種々の参考書を読むたびに書き込んで行った感じで、未完成ではあろうが入念な仕事である。

そういう如何にも勉強家らしい仕事と較べて、「荷風抄」の方は、趣味人としての堀さんの風貌を偲ばせるに足りる。目次を見ても分る通り、これは一定の計画に基いて(「十九世紀文学史」のように)空白を埋めて行くような方法ではない。取り上げられた文人はほとんど無秩序に並んでいて、ボードレールやヴェルレーヌやモーパッサンなどの御贔屓は、とびとびに五回も出て来る。そして彼等は必ずしもこの五箇所にのみ姿を現すわけではなく、荷風の作品中に現れるフランスの文人は、このノオトに選ばれた以外に、まだまだ沢山いる。その点は甚だ恣意的である。気のつくままに、あちらに行きこちらに行く。

例えば使用されたテキストである。私が初めに元版荷風全集のことを書いたのは、これが堀さんの種本と思われるからで、その他には単行本として『雨瀟々』『荷風随筆』

『冬の蠅』などが用いられているにすぎない。「江戸芸術論」は全集六巻に再録されているが、引用されたものは文章の異同があるのでどうも初版本に拠っているらしい。いま手許にないので調べられない。（なお、二箇所ほど出どころの分らないのがあり、おおかたの教示を得たい。一つは「つゆのあとさきに就いて」という随筆中のコレットである。この随筆的文章は「つゆのあとさき」の自著解説の如きもので、この作品そのものがまだ見当らない。もう一つはあります調の文章で、カチュール・マンデスに、知っていた女の名前を並べた上今はすべて忘れたという意味の詩があるのを紹介したものである。こういうのが分らないようでは、私が荷風の愛読者であるという自負も少々眉唾になるのだが。）

これらの僅かの本をもとにして、堀さんは往ったり来たりしながら、荷風のフランス文人観を抄した。まさに散歩である。そこでこのノオトが何時ごろ書かれたかを推量してみると、何しろよほど暇のあった時でなければ、こんな散歩的な勉強は出来る筈もない。従って仕事の忙しくなかった時期で、かつ病気の重くなかった時期というと、どうも昭和十九年秋ごろから二十年にかけて、つまり戦争末期ということになろう。ノオトそのものが極めて粗末なザラ紙を使用したものだから、戦後ということも考えられなくはない。しかし戦後になると、堀さんの興味はもう少し別の方向へ変って行った。

私がこの「荷風抄」を戦争末期の作と推定するのは、そこに如何にも堀さんらしい、一種の抵抗を見たいからである。荷風の日記は文人の本懐ともいうべき壮烈なものだが、堀さんはほとんど日記をつけず、従って激越の文字を弄したこともない。いつでもにこやかに苦痛に堪えて、俗な文章を書かず、山の中に閉じ籠っていた。政治的批判などは口にしたこともなかっただろう。戦争時代の荷風の抵抗のしかたは風に聳える老松の如くに立派だし、それに較べれば堀さんのは少々草の葉の風に吹かれる如き感じがする。しかし堀さんはもともと草の葉の如く生きていたので、その心中は容易に窺い知ることが出来ない。こうした二種類の抵抗のしかたは、一種の東京の下町の人間に共通したものので、荷風は横町の気むずかし屋の御隠居さんの如く、堀さんは恐れ入って黙々と手仕事にのみ励んでいる職人の如くである。しかしこの職人といえども、晩酌の後は腰折れなどを作って自ら愉(たのし)むところがあるに違いない。近頃は下町情緒も薄れ、昔気質の腕のいい職人も姿を消し、況(いわん)や小言幸兵衛もいなくなった。

最後に至ってむやみと脱線したが、私はこのノオトを読んで、一つには荷風が如何にフランス文学を会得していたかに驚嘆した。小説や随筆を読んでいるうちはつい気がつかないが、こうした抜書を改めて見るとなると、その博覧強記にもその深い愛情にも感嘆の他はない、と同時に、そのノオトを作った堀さんにも共感と敬意とを新にした。趣味的であると一概に言っても、真の影響というものはこういうところから徐々に沁み込んで行くのであろう。これは永井荷風にとっても堀辰雄にとっても、幸福なことであったと思われる。

（三月、京都にて）

（『荷風全集』二刷月報7・8・9、岩波書店、一九七一年八―一〇月）

三月三十日

太宰　治

私の名前は、きっとご存じ無い事と思います。私は、日本の、東京市外に住んでいるあまり有名でない貧乏な作家であります。東京は、この二、三日ひどい風で、武蔵野のまん中にある私の家には、砂ほこりが、容赦無く舞い込み、私は家の中に在りながらも、まるで地べたに、あぐらをかいて坐っている気持でありました。きょうは、風もおさまり、まことに春らしく、静かに晴れて居ります。満洲は、いま、どうでありましょうか。やはり、梅が咲きましたか。東京は、もう梅は、さかりを過ぎて、花弁も汚くしなび掛けて居ります。桜の蕾は、大豆くらいの大きさにふくらんで居ります。もう十日くらい経てば、花が開くのではないかと存じます。きょうは、三月三十日です。南京に、新政府の成立する日であります。私は、政治の事は、あまり存じません。けれども、「和平建国」というロマンチシズムには、やっぱり胸が躍ります。日本には、戦争を主として描写する作家も居りますけれど、また、戦争は、さっぱり書けず、平和の人の姿だけを書きつづけている作家もあります。きのう永井荷風という日本の老大家の小説集を読んでいたら、その中に、

「下々の手前達が兎や角と御政事向の事を取沙汰致すわけでは御座いませんが、先生、昔から唐土の世には天下太平の兆には綺麗な鳳凰とかいふ鳥が舞ひ下ると申します。然し当節のやうにかう何も彼も一概に綺麗なもの手数のかかつたもの無益なものは相成らぬと申してしまつた日には、鳳凰なんぞは卵を生む鶏ぢや御座いませんから、いくら出て来たくも出られなからうぢや御座いませんか。外のものは兎に角と致して日本一お江戸の名物と唐天竺まで名の響いた錦絵まで御差止めに成るなぞは、折角天下太平のお祝ひを申しに出て来た鳳凰の頸をしめて毛をむしり取るやうなものぢや御座いますまいか。」

という一文がありました。これは、「散柳窓夕栄（ちるやなぎまどのゆうばえ）」という小説の中の、一人物の感慨として書かれているのであります。天保年間の諸事御倹約の御触に就いて、その一人物が大いに、こぼしているところなのであります。私は、永井荷風という作家を、決して無条件に崇拝しているわけではありません。きのう、その小説集を読んでいながらも、

幾度か不満を感じました。私みたいな、田舎者とは、たちの異る作家のようであります。けれども、いま書き抜いてみた一文には、多少の共感を覚えたのです。日本には、戦争の時には、ちっとも役に立たなくても、平和になると、のびのびと驥足（きそく）をのばし、美しい平和の歌を歌い上げる作家も、いるのだということを、お忘れにならないようにして下さい。日本は、決して好戦の国ではありません。みんな、平和を待望して居ります。

私は、満洲の春を、いちど見たいと思っています。けれども、たぶん、私は満洲に行かないでしょう。満洲は、いま、とてもいそがしいのだから、風景などを見に、のこのこ出かけたら、きっとお邪魔だろうと思うのです。日本から、ずいぶん作家が出掛けて行きますけれど、きっと皆、邪魔がられて帰って来るのではないかと思います。ひとの大いそがしの有様を、お役人の案内で「視察」するなどは、考え様に依っては、失礼な事とも思われます。私の知人が、いま三人ほど満洲に住んで大いそがしで働いて居ります。私は、その知人たちに逢い、一夜しみじみ酒を酌み合いたく、その為ばかりにでも、私は満洲に行きたいのですが、満洲は、いま、大いそがしの最中なのだという事を思えば、ぎゅっと真面目になり、浮いた気持もなくなります。

私のような、頗る（すこぶる）「国策型」で無い、無力の作家でも、満洲の現在の努力には、こっそり声援を送りたい気持なのです。私は、いい加減な嘘は、吐きません。それだけを、誇りにして生きている作家であります。私は、政治の事は、少しも存じませんが、けれども、人間の生活に就いては、わずかに知っているつもりであります。日常生活の感情だけは、少し知っているつもりであります。それを知らずに、作家とは言われません。日本から、たくさんの作家が満洲に出掛けて、お役人の御案内で「視察」をして、一体どんな「生活感情」を見つけて帰るのでしょう。帰って来てからの報告文を読んでも、甚だ心細い気が致します。日本でニュウス映画を見ていても、ちゃんとわかる程度のものを発見して、のほほん顔でいるようであります。この上は、五年十年と、満洲に、「一生活人」として平凡に住み、そうして何か深いものを体得した人の言葉に、期待するより他は、ありません。私の三人の知人は、心から満洲を愛し、素知らぬ振りして満洲に住み、全人類を貫く「愛と信実」の表現に苦闘している様子であります。

（初出『物資と配給』一九四〇年四月、『太宰治全集』一一巻、一九九九年三月）

荷風の原稿

織田作之助

　戦争中永井荷風は執筆停止の状態にあったが、荷風自身は悠々と発表の当てのない作品を書きつづけていた。たとえば『新生』新年号の「勲章」、『展望』創刊号の「踊子」それからまだどこにも発表されていないが「訪問者」などである。

　私はこのうちの「踊子」「訪問者」の二篇を昨年(昭20)の二月に既に原稿のまま読んでいる。原稿のままといっても、しかし荷風の直筆ではない。誰か荷風から原稿を借りて筆写したものが廻り廻って私の所へ来たのである。

　昨年の二月といえば、どんな暗澹としていた時期であったか、言うまでもあるまい。そんな時期に私は荷風の未発表の「踊子」と「訪問者」を読むことが出来たのである。この時の幸福感を私は今もわすれることが出来ない。荷風の原稿(ことに「踊子」の方)は一斤(きん)の砂糖、百本の煙草よりも私をたのしませた。こんな円熟無碍(むげ)の滋味に富んだ作品が私たちの知らぬ間に六十八歳の老大家の手によって、戦争中悠々と書きつづけられていたのかと私は文学の道いまだ亡びずと嬉しかった。

私は近ごろある新聞の文化欄で荷風の作品を称讃しながらもその作品と今日の時代感覚との食いちがいを小賢しくも指摘し、その点に今日の作品としての物足らなさを感じると言っておいたが(これは大半の読者も同感であろうとおもうが)しかし荷風の作品は戦争中に書かれたものであったのだ。それを思えば私はやはり無条件に荷風に脱帽しなければならぬと思う。

「踊子」は原稿を読んだ時、まるで春本仕立ての突っ込んだ描写があった。しかし、最近雑誌『展望』にのった「踊子」を見ると、大分原稿とは違っていることに気がついた。言論の自由は許されたが、さすがに所々遠慮して削られたらしかった。そのため原稿で読んだ「踊子」の魅力の少しは消えてしまっていると、私は思った。ところが、それと反対に最近新生社から出る荷風の「腕くらべ」はかつて一般に流布したあたりさわりない「腕くらべ」ではなく、荷風の手元(か誰かの手元)にたった一部残った私家版に基いたものであるという。この私家版はかつて荷風が「腕くらべ」の流布本の伏字箇所を、べつに埋めたものを印刷して同好知己に配ったもので、これで読んでこそ「腕くらべ」の真価が判るといわれているものである。

荷風の作品は目下続々と発表されているが私はまずこの「腕くらべ」それから『新生』に連載されるという戦争中の荷風日記に最も期待をかけている。

（『大阪時事新報』一九四六年三月二一日）

「フジキチン」――荷風の霧

森　茉莉

永井荷風を、新聞記者が其処(そこ)で見附けたという、「フジキチン」の名を覚えていて、私は弟の不律(フリッツ)と浅草に映画を見に行った帰り、其処に行って見た。二人は洋品店のカウンターに居た、小粋なお内儀さんが教えてくれた通りに次の角を曲って、フジキチンの前に出た。何故とも知れず二人ははっとして、立止まった。さて、店の様子をチラと見た二人は、それと同時に、ひどく高価な店ではなかろうかという不安を、感じた。

「ひどくシェエルなんじゃないか?」

弟が、言った。弟は高価ということに対して、私より以上に恐怖を抱かなくてはならない境遇に、いた。

「珈琲だけじゃないの。麺麭(パン)を持っているのよ。」

そこで二人は入って行った。入ると左手に、外国の珈琲店(キャフェ)にあるような、壁に沿って造りつけになった長椅子があり、其処が一番落着けそうに、見えた。既に中年の男が二人、奥と手前とに離れて席を取って、いた。二人はその真中辺に向い合って、座った。向い側に、酒類を置いてあるバアテンの居る場所を取囲んで、劇場のエプロンのような卓子があり、止り木のような椅子が、並んでいる。後(うしろ)の棚には洋酒の壜、リプトン紅茶の水色の鑵、黄色い辛子、橄欖(オリイヴ)色のコルニッションが、ぎっしりと詰っている。入口から正面の、其処から二階に上る上り口は、瑞西(スイス)の家のような円蓋が附いて居り、褐色に塗った板で囲まれた店の中は、広い割にこぢんまりとしている。透った白いカアテンが外に面した硝子窓を蔽い、薄明るい横丁の通りを微かに映していた。薄いカアテンと私達との間には、窓際の卓子に置かれた濃い紅色の花が、浮んでいる。その花はたった一つ濃く、紅く、空間に汚点のようになって止(と)まり、モウパッサンをおびやかした、ナポレオン種の薔薇のように、薄明りの中に浮んでいた。上り口に一部が見えている幅の広い階段は、既(も)う温い灯の色に染まっているが、店の中はまだ薄明るくて、天井の電灯が暈(ぼんや)りとした光を、放っている。不律は、それらのものに背を向けているので、さりげなく外套の上体をひねるようにして、窓の辺りなぞを、見るのである。二人は共通な、奇妙な感動を胸に抱き始めて、いた。二人は全く同じらしい甘い感動を心に抱いて、白い透ったカアテンを眺め、紅色の花を、見た。

「欧露巴を想い出すんで、来るんだね。」

窓から眼を離した不律が、言った。（エリスと別盃を汲む。）という、二人がいつも語り合って飽きない荷風の、アメリカ当時の日記の一節が、また二人の口に登っていた。

白い珈琲茶碗が二人の前に置かれ、ボオイが熱い珈琲を注いで、去った。不律は子供の多い家、金のないということが、絶えず細君と自分との間に介在していて、楽しい笑いも無くなっている家の中から、久しぶりで私の思いつきに従って此処（ここ）へ来たことを、喜んでいるらしかった。楽々と座り、ゆっくりと腰を落ちつけて角砂糖を挟み、それを湯気の登っている珈琲の中に、落した。不律は、真実を抱くとなると、偏執的に真実で、その為に固い動作や言葉のすべてに、不思議なユウモアが附き纏っている、鳥のような顔をした男である。鳥は黒い、丸い眼を細くして、微笑（わら）った。私は籠の中から麺麭を出したが、長く居ることになると思ったので、オムレツを二人前注文した。左隣の男の所へ、黒と白との碁盤縞のマフラアを巻き上げた横風（おうふう）な男が来て、二人は連れ立って二階へ上って、行った。窓際の男は出て行って、高級闇屋らしい男が入れ代った。二人はオムレツをたべながら、やがて何時（いつ）もの幼稚な文学論を、始めていた。荷風がもし此処らの横丁とか、地下鉄の階段の下り口、家の傍の田圃道なぞで倒れたら。……と、私は感動しながら、言った。

「そうしたら、どんなに悲壮でしょう。そうして、どんなにロマンチックでしょう。」

私はまた言った。

「志賀直哉の、活字までが重みを帯びて、深く彫ったように見える文章もいいけど、やっぱりロマンチックで甘い、胸をぎゅっと摑まれるようなものがないと好きになれないわ。日本では甘いとか、感傷的だとかいうと馬鹿にしている所があるけど、それが一番いいと思うわ。そう思うでしょう?」

普段、他人の家に一人で部屋借りをしていて、好きな話をすることに飢えている私は、止め度なく話した。不律はそうだ、とも、そうでないとも、言わない。「うん」と言って、考えている。何時の間にか食事が済んで、「話し難い」と言いながら席を起って、私の隣りに腰をかけた不律の顔を、見上げながら、私は繰り返した。

「そう思うでしょう?」

人間に馴れない、山奥の鳥のような眼をじっとさせて、不律は黙っている。不律という男は、厚みのある人間を演技している、一人の演技者で、あった。彼自身、中にコムプレックスを包含していて、重い、厚みをもつ人間ではあったが、彼の演技がそれを、深めていた。不律は頭蓋を締めつけている、コムプレックスという鉱鉄(かね)の輪を、決して脱いではならない冠のように、頭に篏(は)めていた。除(と)って遣(や)ろうと思う人があっても、除って遣ることが出来ない、それは神が篏めた輪のように、みえた。自分自身だけの狭い、固い考えの中に縮まっている為に不律は、人間に馴れない鳥のような眼をした、純朴な男のように、見えるのである。

階段に音がして、人の足が見えると私と不律とはその方を、見た。ひょっとすると荷風が下りて来はしないかと思って、見るのである。すると、似ても似つかぬ男が下りて来た。ボスのような中年の男が多く、後(あと)から、後から下りて来ては、戸口から出て行くのであった。この辺で顔が利くということを様子一面に現して、肩で風を切るようにして出て行くのである。

「変な爺だけど一緒に行けばご馳走がたべられると思って、従いて行くんだろうね。」

「そんなことないわ。桜むつ子っていう人なんか、とてもいい顔の人よ。教養は後(あと)から附けるものじゃないわ。生れつきよく解る人は居るのよ。映画の女優や銀座の女の人より、浅草の踊り子の方が巴里の女に近いのよ。」

十年一日のように主張して倦きない持説を、夢中になって喋っている自分の愚かな軽っぽい様子に、自分で不愉快になりながら、私はそれが始まると、止められないのである。馬鹿になっている時が一番愉しい、と、よく人は言うが、私は馬鹿な時ばかりである。私は馬鹿である方が倖なのだと、信じている。東京の恋人達が詰まらなそうなのは、利巧なのか、或は利巧に化けているのか、どっちかだからなのだろう。お利巧さんとお利巧さんとが並んで歩くのが、東京の恋愛である。不律は、時間があって、毎晩のようにこういう処で高価な食事をし、自由な生活をしている小説家を、心の底から改めて羨しく感じているらしかった。

「でもそれで家へ帰ると火を熾して、書くのも、どんなに大変でしょう。絶えずしている勉強も。」

「うん。」

「でもあんな小説家になるといいわね。何処か知らないところで、自分を心から愛している人間が、こんなに深い心持で自分のことを話し合っているんですもの。天使が外を通ったように。」

「大変な天使だね。」

「ねえ、あの詩を言って見ない？」

不律はにっと、笑った。

――思い出は哀し……――

そう言って不律は、黙った。

永井荷風という小説家の文章に現れる甘い、切ない雰囲気が、料理店の中に、音楽の霧のようにたて罩(こ)めていて、店の中に座っている二人を、湿めやかに包んでいるようで、あった。心の哀しみ、切なさというものが、どれ程人間の生涯を美しくするものだろう。私はこのごろそれに気がついている。哀しみに満ちた私の生涯が不意に去って、青い空のような幸福が遣(や)って来るのを来る日も来る日も待っていて、待っていて、待ちくたびれた私が、このごろではその哀しみが、私の人生を美しくしていることに気づいている。哀しみは生活の羅(ヴェエル)なのだ。薄い、綺麗なヴェエル。町そのものは決して、綺麗ではない。女の裸だって、芸術家の眼を通じて、綺麗なのだ。美を識(し)らない男が見る時、そこにはヴォリュプテしかない。そうしてヴォリュプテも、其処では半減されている。それと同じに人生は、哀しみを通して美しい。別れない恋人なんて、恋人じゃない。死なない人間がもしあったらどんなに醜いだろう。青春は過ぎ去るから綺麗なんだ。追憶は、今現実にないから美しいのだ。そうして死と一緒に消え去るから、恋しいのだ。……

窓の外はいつの間にか暗くなって、いた。映画館を出た時分から降り始めていた雨が本降りになって来て、半分開け放ってある扉口から見える浅草の夜は黒く、街灯の灯は濡れて光って、いた。昔、毎日来た町である。私は暗い外に眼を遣(や)った。私の胸の中で黒い夜が消え、ふと青い、晴れた空が映った。そうしてその中を黒い小さな鳥の群が、横切った。それは昔何度も見上げた、恋しい浅草の空で、あった。

(『濃灰色の魚』、筑摩書房、一九五九年一二月)

飾窓の前の老人

安岡章太郎

奇妙な取り合せだが、戦争中私たちの間で最も人気のあった作家は永井荷風と太宰治ではなかったろうか。太宰は当時一番活躍していた作家だから当然のこととしても、荷風の人気はいま考えると、ちょっと不思議なようだが、岩波版の『濹東綺譚』及び『おもかげ』の二冊が、新刊の小説本としては古本屋で、とびぬけて高価に売買されていたことは事実だ。昭和十二年に出た『濹東綺譚』の初版本はたしか定価二円五十銭だったが、それが昭和十五年の末ごろには古本屋では五円になっていた。当時は重版本ならまだ新本が定価で買えたのである。

二十歳になるやならずで初版本に凝ったりしたのは、私たちがよほどヒネこびた学生だったわけで、われながらイヤ味な気がする。しかし、あの時代には実用品が貴重なものになり、当りまえの本が稀覯本になった。そして荷風そのものも一種の稀覯本的な人気をあつめていたのである。もっとも、これは私たち、左翼がセンメツ的弾圧をうけたあとで物ごころついた年代の者の傾向であって、もうすこしまえの野間宏、堀田善衛といった人たちの間では荷風がどんなふうに考えられていたかは知らない。おそらく荷風は野間氏たちとは全然別派の学生、たとえば織田作之助といった人たちの間でしか読まれていなかったのではないだろうか。しかし野間氏たちにとってブリューゲルが暗い絵だったように、われわれにとっては荷風が「暗い絵」の役割を果していたことはまちがいない。

無論、野間氏たちがヨーロッパ中世の農民の生活に示した共感と、私たちが荷風の末世思想にひかれたことは、同じ内容のものであるはずがない。しかし全く別々のものだとも言えない気がする。たとえば野間氏を私は或る意味で荷風の後継者の一人に数えるといったら、唐突すぎるであろうか。たしかに荷風と野間宏とは人間的な資質は極端に正反対であるかもしれない。しかし野間宏がサンボリズムの詩から出発して、ジッドの影響をうけつつ社会的視野を拡げるにしたがって、ゾラ、フローベル、モーパッサンなどの自然主義の手法を学んだことは、荷風の文学遍歴を逆にたどっているわけだし、事実野間氏の軍隊小説——ことに短篇——は、自然主義文学の正統を踏んでいるという意味で、荷風の「あめりか物語」、「おかめ笹」と双璧をなすものと思う。

いってみれば野間氏は荷風の挫折した場所からコースを逆にとったところで野間氏自身の途を歩きはじめている。しかし私の場合は、挫折した荷風を逆上って考えることが難しく、もっぱらそのシニズムや趣味性にとらわれて、玉の井にかよったり、清元の稽古をはじめようとしたり、為永春水を読みこなそうと頭をヒネったりしていた。阿呆らしいエピゴーネンであったといえる。しかしエピゴーネンとしても荷風の歩んだ道を忠実にたどることは非常に困難だということに、やがて気がついた。荷風が志していたのはヨーロッパ近代文学を日本に移入することで、そのために先ず自分自身にヨーロッパ市民精神といったものを取り入れようとかかっていた。語学の習得は無論のこと、日常生活の万般にわたって、近代西欧人の権利義務の観念で自己をも他人をも律しようとしていたことは、日記を覗いてみただけでも、よく察せられる。そして私たちが荷風をマネても学び得ないのは、その点だった。

しかし、その荷風もヨーロッパ人の宗教感覚には、ついに入りこむことは不可能だった。荷風の挫折の原因の一つはそれであり、もう一つは日本の社会がいつまでたっても一向にヨーロッパの市民社会のようにはならなかったことだ。よく、荷風の頽廃趣味は

「大逆事件」の裁判に絶望したことにはじまっているなどと言われるが、私はその説に反対はしないまでも、「大逆事件」は要するに当時の日本の社会の一端をあらわしたものに過ぎず、あの事件一つが荷風をそれほど深く動揺させたとは、到底かんがえられない。臆測すれば、むしろ荷風は自分の学んだフランス文学の手法が日本では役に立ちそうもないことに絶望したのではないか。その点、荷風の挫折は「戦後文学は幻影だった」（佐々木基一）に一脈通じているはずだ。〝戦後文学〟にしても、その活動ぶりが鈍った原因は、戦後の混乱期が予想外に早く片附きすぎたことにあるのではなく、日本の社会や、われわれ一人一人の性格の中に、ヨーロッパ近代文学の技術ではどうしても描き得ない何かがあるためではないか。このことは挫折した荷風の文学が、デカダンティスムというよりは、荷風自身をふくめた日本及び日本人をエキゾティスムの対象として眺めているということからも証明できる。たとえば「濹東綺譚」の美学は、何よりも娼婦をピエール・ロチの鼻眼鏡をとおした眼で眺めるというフィクショナルな操作の上に成り立っているのである。エキゾティスムが十九世紀末の頽廃趣味から出ていることは勿論だが、荷風のデカダンスは文明に絶望したことから生れたのではなくて、むしろ西洋人の生んだその文明に自分はとても手が届かないというアキラメであるにすぎない。

何にしても私たちが戦争中、荷風に興味を持ったのは結局、この戦争を荷風はどう見ているかということを知りたいためだった。老人の中でも特に荷風の意見をききたいと思ったのは、小説家の中では誰よりも荷風が明治の開化思想を背負った人であり、その人が文明開化の当然の帰結である大戦争の中で何を見、何をやっているかは、生なかな小説を読むより愉しみだったのである。

昭和十七年の秋、私は神田の古本屋の前で、ネズミ色のセビロに雨傘を下げた老人が飾窓を覗きこんでいるのを見掛けてハッとした。(荷風じゃないか?)そう思っただけで妙に胸がドキドキした。別にそれが荷風であるにしたところで、どうというものでもないはずだが……。その長顔の老人が立ち去ったあとで、私も飾窓の前にたたずんで見た。長崎でオランダ人の医者が人体解剖をやっている横長の錦絵が一枚、窓の真ん中に飾ってあった。

(『荷風全集』二刷月報2、岩波書店、一九七一年三月)

永井荷風

川崎長太郎

私は、その晩も、売春街「玉の井」を、徘徊していた。

当時、私は三十歳代、世は大東亜戦争に這入る前であった。本郷の、素人下宿に、小さなニス塗りの机を据え、プロレタリア文学の退潮を眼前にして、三、四年間中絶していた「私小説」を、またぽつぽつ書き始めたりしていた。と云って、どこからも別に註文などある筈なく、専ら仲間に加えて貰った「同人雑誌」へ発表したが、自分の書くものに、世俗的な報酬のようなものは求めにくく、一度躓いたことのある人間では、自信のほども心許ないばかりであった。銀座へんにある、大きな通信社へ、毎日出かけて行き、そこから一枚五十銭と云う、賃仕事の如きものを貰っては、カツカツながらたつきの代としていた。また、下宿から、坂路をくだって、上野広小路界隈の喫茶店へ赴き、コーヒーや日本茶などすするのも、日課の一つであった。行きつけの店には、ぺらぺらした、人絹のお揃い衣裳纏(まと)った、十五、六歳から二十二、三歳位の女が十数名おり、当時珍しかった電蓄も、ベェートーベン、シャリヤピンからジャズなど、手当り次第にかけていた。連れのある時も、ひとりきりの時も、そこに一時間から二時間、腰が抜けたみたいにねばり込んで、三十二、三歳と云う身空でありながら、これと目星をつけた女に、格別執心する気力もなく、無為に灰色の時間を、ただただやり過ごしているていたらくの、それでも年齢相応、生理的な要求に見舞われたりすれば、川向うにある夜の巷へ飛んで、何んとか始末してくるしか算段もないようであった。

店先に、魚の骨のような柳の木のある娼家を出、バンドの位置など改めたりしながら、私は別人のように軽くなった五体を、とぼとぼどぶ板づたい、運んで行った。

両側には、蜂の巣みたい、二階建の娼家が、ぎっしり廂(ひさし)をつないでおり、五寸四方にくり抜かれた小さな窓の内側には、それぞれ白い女の顔がはめこまれ、盛んに客をひっぱり込む為めの文句を、口にしていた。かれこれ、灯ともし頃で、軒灯や色電気がそこかしこに時めき出し、路地の人影も段々数を増すようであった。

「抜けられます」と、道しるべの板の出ている下から、右手へ曲ると、ひと一人がやっと通れる位な狭い通路になる。左も右も、娼家のハメで、体を縮めて、通り抜けると、どぶ臭い小川の淀んでいるほとりへ出る。流れの向側は、白茶けたセメントの工場の塀で遮られ、こちら側には、また二階建の娼家が一列に並んで、型の如く小さな五寸四方の窓口も、色とりどりに明るんでいた。

小川へ、突き当る角の、娼家の台所口が半分あけっぱなされ、のぞいてみると、円い茶餉台（ちゃぶだい）を、三人の娼婦が囲み、それぞれ楽な坐り方しながら、焼いた秋刀魚を突つき、晩飯をやっている際中であった。つとめて、川ぷち選ぶようにして行く裡（うち）、いやな匂い放つ流れは、すっと四分板塀の下に隠れ、行きどまりになると、また「抜けられます」の道しるべが鼻の先へ出ており、私は小柄な体を余計小さくしいしい、娼家の横手へ曲って行った。そこを抜け、空地とも路地ともつかない、傍に大きなゴミ箱など二、三個置かれた、さながら娼家の尻と尻とが鉢合せになっているような場所へ出、上体をまっすぐに起すと同時に、私はアッと思わず、立ち止ってしまっていた。

目の前、二メートルばかりのところで、黒のソフトをかぶり、背広にレイン・コートひっかけて、赤い編み上げの靴を穿く、長身の大男が、画家がスケッチ・ブックに筆を走らせる如く、背中を猫背にし、ノート風のものへ、何やら熱心に書き込んでいるのである。くだんの人物は、面識こそなけれ、写真や何かでかねがね熟知している、永井荷風であった。

私は、なかばあッ気にとられ、その場へぽかんと突ッ立ったなりである。長い不遇の後「つゆのあとさき」「ひかげの花」等の力作を続けざま発表し、旧に倍した市価をかちえた作家が、どうした風の吹き廻しか、近頃「玉の井」方面へひんぱんと足を向けるしかじか記した随筆、つい先達(せんだって)も飛びつくように読んでいるにしたところ、偶然こんな場所で、当の筆者にぶつかろうとは、一寸合点の行きにくい寸法であった。

薄い柿色の、レイン・コートひっかける長身の大男は、ノートに顔を向けたなり、相変らず鉛筆の先を動かしている。そのしぐさ、姿勢を、つくづく舐める如く眺める間に、私は自分が制しきれなくなり、相手よりひと廻りも、ふた廻りも小さな体を、そそくさ傍へ近づけて行った。

文学青年が、崇拝する作家に、そうするみたいな仕方で、私は一度頭を下げ

「永井先生ですか。」

と、藪から棒に、いささか切り口上である。

「ええ。」

と、先方は、殊更驚いた気色もなく、穏な口調でそう云い、横眼遣い私を見下ろした眼つきに、いっそ親身なものもうかがえそうである。

と、調子に乗って

「先生のご勉強振りには――。」

と、私はひと息にそこまで云い、あとの「感嘆の外ありません。」の方は、言外にほのめかすように、思い入れよろしくまた頭を下げていた。

「いや、地図を書いているんですよ。」

と、荷風は何気なさそうに、太いが若やいだ声でそう云い、テレ隠し気味、特徴のある口もとを一緒に歪めてみせるのである。

「いやーッ。」

と、私は嘆声もらし、直立不動の姿勢で、もう一度頭を下げ、薄い柿色のレイン・コートひっかける大きな人の傍を離れかけると、体の向きはその儘（まま）、頸すじだけ一寸こっちへひねり

「どちらへ？」

と、如才ない、ごく気さくなもの謂（いい）である。そんな荷風に、すっかり恐縮のていで、

挨拶の言葉もそこそこ、硬直している上体を、棒キレでも二つに折るようにしながら、私はゴミ箱も並んでいる、路地とも空地ともつかない薄暗がりを、抜け出して行った。

それから、浅草の仲見世を、ノートでも這入っていそうな風呂敷包かかえ、赤い編み上げの靴穿（は）いて、幾分前かがみの急ぎ脚でゆく荷風をみかけた。少したって「玉の井」へ行く私鉄の中でもみうけた。

当時、「玉の井」へは、隅田川べりにある某百貨店の一階から、胴中を橙色に塗った電車が出ていた。市電（現在の都電）も、「玉の井」の方角へ通っていたが、終点からだだっぴろい通りを大分歩かなければ、目的地へ達せず、外にバスもないことはなかったが、大概私など百貨店から出る私電を利用していた。「玉の井」駅で降りると、ひとまたぎすれば売春街と云う道順で至極便利がよく足代も一番格安のようであった。

その電車は、暗くなるとおおむね満員で、発車間際に及べば、屢々（しばしば）乗客がドアからはみ出すばかりの混雑振りであった。その時も、私は一台待つことにし、次ぎにきた空の車の隅の方へ、いち早く陣取っていた。

すし詰になったところで、電車が出、間もなく吾妻橋の北側へ架（かか）る、鉄橋を渡った。私は、よくするように、窓ガラスに額をこすりつけ、暗い川面に流れる両側の灯影など、吸いつくばかり見下ろしたりした。

と、顔をもと通りに直す早々、車内に荷風その人の姿を認めたのである。いつも洋服の大男は、つり皮を胸のあたりへ抱きしめるようにしており、絶え間なく体が前後左右と揺れているようである。満員の電車では、じっと一つところへ立っているのもむずかしそうであった。荷風の隣りには、先生に負けない位な図体（ずうたい）の、頭髪を角刈にして、総絞りの三尺ぐるぐる巻にした、一見遊び人風の男が立っており、遠慮会釈なくぶつかったり、ひじでこづいたりしているようでもある。自分の席を譲るほどの、殊勝さはないまでも、ひとごみに大きな体をもみくちゃにされている荷風を、なんか正視するに忍びず、私はなるべく電車の窓の方へ、顔を向けがちであった。一度、押された弾みに、荷風は帽子を飛ばされたりしたようであった。

その次、百貨店から出る電車の中で、荷風をみつけた折は、珍しく拍子抜けしたように、空いていた。発車間際になっても、つり皮の厄介になる客など一人もなく、両側の座席には、ところどころ上皮がすりむけ、シンの藁屑が生み出（はだ）しているのも、丸見えのようであった。

――先生、いるなッ。

と、思った途端、三十歳代の私の注視は、黒いオーヴァー纏って、小さな風呂敷包大事そうにかかえ、出入口近くへ控え目に腰下ろしている大男へ、悉(ことごと)く集まるようであった。

電車が動き出すと、間もなく鉄橋にかかり、騒音がしてくるが、いつもと変って、一向に私は隅田川の風情などのぞきみしようともしない。或はまともに、或は横眼づかいに、三メートルばかり離れた向い側に端然とかけている荷風を、注視していた。当時の氏は、来年数え年六十と云う私より、四つ五つ若かった筈であるが、大男らしく猫背だったりして、実際の年齢より幾分か老けているような様子でもあった。

その存在から眼を離すまいとしている私に、軈(やがて)先方も気がついた模様である。始めのほど、さり気なく面長(おもなが)の顔、そむける位にしていたが、こちらの臆面なさにとうとう辟易し、癇癪立てたものの、この青二才ッ、と云う式に、いきなり私を睨みつけてきた。黒いセルロイドの眼鏡ごし、思わずびくッとするような、敵意あらわな鋭い眼睚(まなざし)である。睨みつけられると、私はいっぺんに首筋縮め、つんのめるように頭を下げてしまったりした。

が、おあずけくったものを、未練がましくみいみいする犬の如く、私はまたもや鎌首もち上げ、それとなし出入口近くの方を、うかがい出していた。

先方も、また始めたな、と云うような顰ッ面である。が、二度と無礼者を睨みつけるのも面倒とあるかの如く、大きな顔中セメント塗ったように硬ばらせ加減、まっすぐ前方向いて、微動だもさせない。大方、荷風は、いやな文学青年と同車したものと、内心少なからず苦り切っていたところであろう。それでなくてさえ、日頃から文学たしなむ若者風情を、いちがいに毛虫の如く嫌っていると公言して憚らぬ、カドのある人物である。いつぞや、路地裏の薄暗がりで、自分がノートへ地図など書き込む最中、ひょっこり現われ、ゆきずりにふたことみこと言葉交した、背が低く面相も錆鉄色していた男のことなんか、てんで当人の頭になさそうな面持ちでもあった。

「玉の井」駅が近づいた。黒いオーヴァー纏った大男の方ねめつけ、私はどうしたものかと進退に窮する如く、落ちつかなくなっていた。が、先方は、依然として根が生えたように、ところどころ上皮のすりむけた座席に腰を下ろし、全身微動だもさせない。そんなに、こっちを、虫ケラ然と無視し切った、相手の大風な容態に何糞ッと私もいわれなく喧嘩腰となってき、よしそれじゃあとをこれから尾行てやれ、先生が「玉の井」でどんなまねするか逐一この目で確めてやれ、と多少のいたずら気も手伝い、太い量見抱いて行った。

先ず、その手始めに、荷風が降りてから、そのあと電車を降りること、と身支度にかかっていた。「玉の井」駅へ来、電車が停って、乗客が席を立ち始めた。が、先方の様子をうかがうに、荷風は一向に腰を上げようとしない。相手がそうしない裡に立ってしまったら、喧嘩は初手からこっちの負けである。私は、じりじりしながらも、尻ッぺたを座席へ押しつけ、息を殺して今か今かと荷風の方ばかり、うわ眼づかい注視している。が、テコでも動かぬと云ったふうに黒いオーヴァーの大男は、寸分も立つ気振りだに示そうとしなかった。

する裡（うち）、もともとまばらだった乗客は、ほとんど電車を降りてしまい、車内に残る者は荷風に私、あと一人か二人と云う人数になってしまっていた。私は音（ね）を上げ、風の如く出入口の方へ飛び出して行った。小兵者（こひょうもの）が、その鼻先を駈け抜けたあと、やおら荷風は腰を起し、立ち上ったもののようである。

場末（ばすえ）の、小さな駅の改札口を出、その脚で近くの空地へ這入って行き、私はゆっくりと立小便試みた。終ると、体中がせいせいし、大男のあとを尾行（つけ）てやろうと云うような不逞な出来心も、可笑しい位消えてなくなってしまっていた。

店先に一本、魚の骨のような柳の木のある、行きつけの娼家へでも廻るつもりの、ズボンの釦ボタンはめながら空地を出てき、私はぶらぶら「玉の井」のとば口へ、這入って行った。

両側には、一杯のみ屋、小さな雑貨店、生臭い匂いや青臭い匂いのたちこめる公設市場など、ひん曲った低い廂をつなぎ合わせ、色づいた街灯の数もごく僅であった。

銀座の方にある、通信社の賃仕事にありついてから、この二、三年、馴染になった裏通りを、例によって落しものでもしたかのような、引立たぬ顔つきしいしい歩いて行く裡、ふッとみると、三メートルばかり先のところを、黒いオーヴァーの大男が、こっちへ背中みせ、のっそりのっそり歩いているのである。往来のまん中へんを通行していて、同じ方角へ行く者や、すれ違いになる者の誰よりも背が高く、肩から上の方が区切られた如くそびえているようである。

それでも、ものの五、六間、荷風のあとをついて行ったが、はじき飛ばされた石ころみたい、私は通りかかったおでん屋の、裾が不揃なものになってしまっている縄暖簾の中へ、猪首いくびを突ッ込んだりした。

時たま、左右を顧みながら、編上げの赤靴穿く人は、ゆっくり脚もとを運んで、黒い小山然と遠ざかって行く――。

新聞紙上に、つくりごとだと作者が自称する「濹東綺譚」が出始めたのは、半年ばかりたってからであった。

（『群像』一九五九年一一月号）

十八歳と三十四歳の肖像画

三島由紀夫

一

一体、作家の精神的発展などというものがあるのかどうか、私は疑っている。若いときむやみと旧秩序に反抗し、浪曼派で悪魔派で個人主義だったものが、中年に及んで円熟すると、古典派になり、社会的関心を持ち、微笑を帯びた現実主義者になり、老境にいたっては、ヒステリックな人道主義者になり、むやみと民衆を尊敬する、というようなのが、一体精神的発展であるか。これはただ平凡人の生涯の、青年の客気と、中年の円熟と、老年の気の弱りに、思想の衣裳を着せただけのことではないか。またかりに、これが進歩主義思想の逆を辿って、社会主義的青年が、中年に及んで俗物の現実主義者になり、老年となるや神秘主義に沈潜すると云ったところで、要するに、青年の客気と中年の円熟と老年の気の弱りという公式どおりのことじゃないか。もし前者だけを精神的発展と名付けて、後者を精神的退歩と呼ぼうと、それは思想や精神に一つの物差をあてはめてみるだけのことで、一人の生きた人間の生涯とは何の関係もない。

　こう考えてゆくと、作家というものは、人生的法則、生の法則と、思想的法則、精神の法則と、両方に平等に股をかけて生きてゆくべきものであるが、その両方の法則がまず常識的に折れ合うところで二頭の馬を御してゆけば、思想的にも納得がゆき、人生的にも最大多数の共感を呼ぶことができるわけで、西洋の二流作家には、自分の生涯をそういう風に作り上げた男はいくらもいる。

　そもそも作家にとって思想とは何ものであるかという問題は、そんなに簡単じゃない。作家の思想は哲学者の思想とちがって、皮膚の下、肉の裡、血液の流れの中に流れなければならない。だが一度肉体の中に埋没すれば、そこには気質という厄介なものがいるのである。気質は永遠に非発展的なもので、思想の本質がもし発展性にあるとすれば、気質の擒（とりこ）になった思想はもはや思想ではない。

　しかし問題をあわててそこまで押し進めずに、気質と完全に結合した思想をも、思想とみとめることにする。そうすると、こういうコケの一念みたいな、決して発展せずただ繰り返しながら硬化してゆく思想のほうが、いかにも「作家の思想」らしく見えるからふしぎである。

最近某氏が永井荷風氏を訪れたところ、常にかわらず雨戸を閉て切った家の中で、うんうん苦しそうに呻く声がきこえる。荷風氏は神経痛に悩んでいるのである。某氏は、戸を叩いて案内を乞うたが、中から苦しげな声がして、「この始末だから、かまわずお上りなさい」という。そこで某氏は手さぐりで家へ上ったが、灯もついていない。荷風氏はその昼の闇の中で一人床に臥って苦しんでいたのである。しかし某氏が坐ると、荷風氏も、もはや呻吟の色もみせずに起き上って、きちんと坐って、尋常に応対し、医者や薬や看護婦や家事百般に関する某氏の好意ある申し出を、片っ端からきっぱり謝絶して、とりつく島もなかったということである。人の好意を一切受けつけないという決意がその面上に漲っているので、某氏も尻尾を巻いて退散せざるをえなかった。

こんな挿話は、いかにも作家の思想や精神の直叙たるを思わせる。荷風氏がその私財で贅沢な養生ができることは世間周知の事実である。明治以後の作家の一つの型に、青年時代に自分の気質と似寄りの思想を発見して、一旦これと結婚するや、生涯家の外へも出ず貞淑に一夫一婦制を遵守するというのがある。永井荷風氏や、正宗白鳥氏はこの型であって、もしかすると非思想的作家と思われている谷崎潤一郎氏や川端康成氏でさえ、そうかもしれない。

こういう型の作家に、いかに技法上の発展があろうとも、精神的思想的発展のありえないのは自明の理で、その代り、気質と結合して硬化してしまったような思想は、冒頭に述べたような凡庸な人生的法則から作家を護るのである。そこに老年の硬化と永遠の青年らしさとの奇妙な結合が生ずる。それはいわば青年の木乃伊(ミイラ)なのである。

こんな事情は、月並な論法だが、日本人の大人しい社会の特殊性に帰せらるべきで、日本において、気質そのものをさえ思想と呼ぶことができるのは、日本人における気質的生き方の稀少性から来るらしい。外国では、たとえば英国のような国の社会でさえ、何ら芸術家ではない普通人が、偏奇な気質的生き方を貫ぬいている例が少なくない。日本の社会では、社会と個人の双方の理由から、普通人が気質的な生き方をすることは至難であって、ほとんど不可能事に属する。「とかく町内に事なかれ」主義がすべてを制している。こういう社会では、作家の生き方は一つの驚異であって、気質だけでも十分に思想たり得るし、世間もまた、思想とはそのような例外的なもの、普通人の裡に抑圧された自由への無際限な意志を曲りなりにも偏奇な形で実現するもの、個性における代表者と見做(みな)す傾きがある。この点では、気質と密着して固定観念となった社会主義というものもありうるので、社会主義が本質的に気質に密着しない、などと考えるのは社会主義者だけだ。

かくて特殊な社会的抵抗において保障された思想性という点では、作家の偏奇な個人的気質も、国家の禁圧するところとなった外来思想も、実は日本の作家においては、大したちがいはないのである。

さて「思想の本質がもし発展性にあれば」という前の仮定に戻るとしよう。そこでは気質は気質にすぎず、決して思想ではないのである。しかし発展しない気質を抱きながら、思想が発展してゆくためには、思想があくまで気質に対して独立性を確保していなければならぬ。何ら気質に邪魔されずに、思想が、自律的運動をしてゆかなければならぬ。気質が個別性を代表するなら、思想は非個別性を普遍性を持たねばならぬ。ところで作家にとって、普遍性を獲得する道は、個別的気質に執着して、人生的法則を免かれつつ、表現技術において普遍性を獲得するか、個別的気質を抑圧して、人生的法則、生の法則に忠実を誓うことによって普遍性を獲得するか、二つの道しかない。前者を思想が許容しないならば、後者に就くほかはない。後者に就けば、どんな思想的精神的発展も、冒頭に述べたように、人生的法則の摸写にすぎなくなる。作家の思想とは哲学体系ではないからである。

しかも一人の作家のメチエにおいて、個別的気質的なものと、普遍的人生的なものとは、微妙にまざり合っているのが常であって、前者の成分の多い作家が、(一例が正宗白鳥氏のように) 唯美派芸術派であるとは限らず、後者の成分の多い作家が、必ずしも人生派であるとは限らない。

……かくして問題は紛糾してとめどもなくなるが、こんな風に考えてゆくと、作家の思想とは、大体どこらへんに位置すべきかが見当がつく。それは当然、皮膚の下でなければならぬ。しかし気質の棲家である肉体の深部ほど深いところであってはなるまい。そんなところに住めば、深海の大章魚(おおだこ)に喰われる潜水夫のように、思想は気質に喰われてしまうに決っている。それほど深くないところに住めば、思想は気質に浸蝕されない代りに、人生的法則を完全に免かれた「青年の木乃伊」になるという光栄にも浴しない。しかし一方、皮膚の下にさえ住んでいれば、人生的法則に完全に忠実に従う必要もなく、ほどほどのところで人生的法則と不即不離の関係を保ってゆけるが、同時に、思想としての完全な普遍性に達することもできない。

こういう思想がいろいろと移り変ってゆけば、まず穏当な「精神的発展」と考えられるであろう。完全に外部の現実に支配されるのでもなく、内部の気質と共に硬化するのでもないから、辛うじて発展の余地があるのだ。こうして何とかよろよろと発展し、毎年少しちがったことを言い、社会の趨勢とややずれたところで自分の糸を紡ぎ、おしまいには悟達に至って、芸術を見捨ててみたり、見捨てた芸術にまたかえって来てみたり、……そういうことをやって一生を送ればいいのである。しかしこんなケースを、世間はまともに「精神的発展」と呼ぶであろうか？

二

そろそろ私は自分のことを語らなければならない。

私は自分の気質に苦しめられてきた。はじめ少年時代に、私はこんな苦しみを少しも知らず、気質とぴったり一つになって、気質のなかにぼんやり浮身をして幸福であった。私はにせものの詩人であり、物語の書き手であった（「詩を書く少年」1954――「花ざかりの森」1944、「彩絵硝子」1942）。

そのうちに私は、作家としての目ざめと、人生における目ざめとの、不透明にからみあった状態で、しゃにむに小説を書きはじめた。これは半ば意識的、半ば無意識的な小説で、あいまいな表現に充ちている(「盗賊」1948)。

同時に、物語の書き手のほうも活潑に、いたずら小僧のように跳びはねて、数々の短篇小説を私に大した労苦もなしに書かせはじめた。

とうとう私は自分の気質を敵とみとめて、それと直面せざるをえなくなった。その気質から抒情的な利得や、うそつきの利得や、小説技術上の利得だけを引出していたのに耐えられなくなって、すべてを決算して、貸借対照表を作ろうとしたのである(「仮面の告白」1949)。

これを書いてしまうと、私の気持はよほど楽になった。私は気質と折れ合おうと試み、気質と小説技術とを、十分意識的に結合しようと試みた(「愛の渇き」1950)。

そのあとでは、気質からできるだけ離脱して、今までの持ち前の技術からも離脱して、抽象的なデッサンを描こうとして失敗した(「青の時代」1950)。

私の人生がはじまった。私は自分の気質を徹底的に物語化して、人生を物語の中に埋めてしまおうという不逞な試みを抱いた(「禁色」第一部1951、第二部1953)。

こんな試みのあとでは、何から何まで自分の反対物を作ろうという気を起し、全く私の責任に帰せられない思想と人物とを、ただ言語だけで組み立てようという考えの擒になった（「潮騒」1954）。このころから、人生上でも、私は「自分の反対物」に自らを化してしまおうというさかんな欲望を抱くようになる。それは果して自分の反対物であるのか、あるいはそれまで没却されていた自分の本来的な半面であるにすぎないのか、よくわからない。

「潮騒」の観念が自分に回帰し、自分に再び投影するにいたる、不透明な過渡期の作品を、その翌年に書いた。ここにはかつての気質的な主人公と、反気質的な主人公との強引な結合がある（「沈める滝」1955）。

ついで、やっと私は、自分の気質を完全に利用して、それを思想に晶化させようとする試みに安心して立戻り、それは曲りなりにも成功して、私の思想は作品の完成と同時に完成して、そうして死んでしまう（「金閣寺」1956）。

労作のあとの安息。古典的幾何学めいた心理小説への郷愁が生れるが、その郷愁はもはや昔のとおりの形では戻ってこない。そこで、シニカルな不可知論を主軸にした、一方的な姦通小説を書いた（「美徳のよろめき」1957）。

「金閣寺」で個人の小説を書いたから、次は時代の小説を書こうと思う（「鏡子の家」進行中）。

…………。

これで私の文学的自叙伝はおしまい。

その間に、私は芝居を書いたり、エッセイを書いたり、紀行を書いたり、短篇小説をどっさり書いたりしたが、本当の自叙伝は長篇小説の中にしか書いていない。思うに私も、まことに日本的な、「青年の木乃伊」になる型の作家らしい。

三

文学的影響というものも、そんなに大したものとは思われない。模倣性の強い私は、人がいいネクタイをしていると、すぐそれと同じやつを欲しくなるように、いい小説を読むとすぐ真似てみたくなって、いろいろと猿真似を演じたが、今になって読んでみると、やっぱりそれも「私の」作品で、とにかく人間は他人になり切れるものではない。少年時代のレイモン・ラディゲへの偏執なども、ほうぼうへ書き散らしたから、ここには書きたくない。

いいことを思いついた。この枚数ではどうせ洋々たる文学的自叙伝なんか書けるわけはないから、ここに、十代の私と現在の私と二つの肖像画を描いてお目にかけ、読者に自由にその間を想像で以てつないでいただくことにしよう。

まず十八歳の私。

戦争も敗戦の兆をはっきりあらわしてきて、東京がいつ空襲されるかわからない時期である。学校へは制服にゲートルを巻いて行かないと門番が入れてくれない。軍事教練が重要な課目になっている。

私はまじめな学生で、知的虚栄心があるから勉強はきらいではない。語学は独乙語だが、学校でいい成績をとる以上に、原書を渉猟したりする必要はないと思っている。どうせ兵隊にとられて、近いうちに死んでしまうのである。それを想像すると時々快さで身がうずく。でも、よく考えると死は怖いし、辛いことは性に合わず、教練だって小隊長にもなれない器だから、何とか兵役を免かれないものかと空想する。人並外れた空想力を持っているので、死ぬ直前に自分が僥倖によって救われて、スリルと安穏と両方を心ゆくまで味わえそうな予感がする。

十五、六まではひどく体が弱くっていじめられてばかりいたが、このごろは痩せてはいるがかなり丈夫だし、行軍でもとにかく落伍しない自信はついている。それに高等科の学生だから、もう誰にもいじめられる心配はない。

歌舞伎や能が好きで、娯楽と云ったら、そういうものを見にゆくのが関の山である。学校で強制される以外の運動は一切やらず、家にいるときは、ただやたらに本を読んだり小説を書いたりしている。読むのは文学書ばかりで、日本の近代小説やら、近世文学やら、中世文学やら、古典文学やら仏蘭西(フランス)の翻訳小説やら、勝手気儘に、自分の嗜好に合うものだけを片っ端から読む。それまでは仏蘭西の心理小説にかぶれて、その真似事ばかりやっていたのに、日本浪曼派の緋縅(ひおどし)の若武者のような威勢に惹かれて、日本の古典をまねた擬古的耽美的な物語ばかり書くようになる。

私は文学部の委員長になり、『輔仁会雑誌』という校友会誌を編輯したり、かたわら学校の国文学の先生が同人に加わっている国文学雑誌に寄稿したり、学校の先輩と三人で『赤絵』という同人雑誌をやったりして、いっぱしの文学青年気取で、父親の眉をしかめさせた。でも大学は父親のいうとおり法科へ進む気になっていた。どっちにしろ同じことだ。もうすぐ死ぬのだから。

学校へ行くと、文学なら私ということになっていて、その点では一目置かれていたから、学校はきらいじゃなかった。それに第一、他へ遊びにゆくところはどこにもなかった。学校からかえるとすぐ勉強部屋にとじこもり、寝るまでただ机にかじりついていた。

机の前がむしょうに居心地がよくて、そこから動きたいと思わなかった。哲学書は大きらいで、自分の精神的形成などに一顧も払わなかった。そして自分がそう嫌いじゃなかった。小説を書いていて一等凝るのは比喩だった。いい比喩が見つかると一日幸福な気がした。人の小説を読んでいても、比喩ばかりに感心した。

あるとき野球部に入っている友だちが、肺浸潤の診断をうけて学校を休みだす直前、かえりの電車の中で、突然私にこうきいた。

「君はSterben（死）する覚悟はあるかい？」

私は目の前が暗くなるような気がし、人生がひとつもはじまっていないのに、今死ぬのはたまらない、という感じが痛切にした。

それから半年ほどのちその友だちは死んだ。

…………。

次は現在の私。

現在の私は旦那様である。妻には適当に威張り、一家の中では常識に則って行動し、自分の家を建てかけており、少なからず快活で、今も昔も人の悪口をいうのが好きだ。年より若く見られると喜び、流行を追って軽薄な服装をし、絶対に俗悪なものにしか興味のない顔をしている。

まじめなことは言わぬように心がけ、知的虚栄心をうんと軽蔑し、ほとんど本は読まない。百五十歳まで生きるように心がけて、健康に留意している。

月曜と金曜は剣道に通い、火木土はボディ・ビルに通っている。文士のぶよぶよの体や鳥のガラのような体に比べて、俺ほど立派な緊(しま)った体はないと思っている。それに小説家生活ももう十三年だから、もうそんなに人を怖がって暮すことはない。

歌舞伎や能や新劇も、もう娯楽として見るという気はなくなり、結婚してからダンスもやらなくなり、娯楽と云ったら、映画を見ることと、ビフテキの思い切り大(でか)いやつを喰べることと、友だちと莫迦話(ばかばなし)をすることである。家にいるときは、毎晩夜中から朝まで、せっせと長い小説を書いている。ときどきその調査に出かける。その他の小説は何一つ書きたくない。義理の附合もしたくない。文士の顔も見たくない。

小説はほとんど読まないけれど、評論の類はかなり好んで読む。それから別に影響をうけるというのではないが、他の小説家の描写などを読まされるのはもう沢山で、知的分析の面白さだけで読書のよろこびは足りる。文学的友人と『声』という同人雑誌をやっている。この同人は、本質的にみんな批評家ばかりだ。

小説を書きながら、もう昔愛した比喩には飽きているが、悪習のようになっていて、ときどき比喩を使う。心理分析にも飽きて、もっと人間を望楼から見下ろして、そいつがやたらに歩き廻ったり買物をしたり恋愛をしたりするままに委(まか)せておいて、最後にぎゅっとつかみ上げて捕まえればいいのだと思う。机の前にいるのは、絶対に外へ出ようもない夜中だけで、太陽のあるあいだは太陽に身をさらしていたい。私は三月から、十月まで毎日日光浴をする。私が本当に太陽と握手する気になったのは、一九五二年の世界旅行からだ。あいかわらず私は、自分の精神的形成などに一顧も払わず、それより大胸筋がもう十センチふえたほうがいいと思っている。仕事が捗(はかど)ったときは、それでもあくる日一日幸福で、自分に十分幸福である権利があると感ずる。

私はそれでも時々、自衛隊にでも入ってしまいたいと思うことがある。病気で死んだり、原爆で死んだりするのはいやだが、鉄砲で殺されるならいい。

「君は Sterben する覚悟はあるかい？」

という死んだ友人の言葉がまたひびいて来る。そうまともにきかれると、覚悟はないと答える他はないが、死の観念はやはり私の仕事のもっとも甘美な母である。

（『群像』永井荷風追悼特集、一九五九年五月号）

東京散策記

周作人

数日前東京の古本屋から書籍を購い、大変うれしかったが、別に大したものではなく随分有り振れた随筆集である。永井荷風の著『日和下駄』一名『東京散策記』で、内共に廿一篇、大正三年夏から続いて月刊『三田文学』紙上に発表し、翌年冬、単行本になったのである。後に「明治大正文学全集」*及び「春陽堂文庫」に収められ、現在ではごく容易に購える。しかし私の求めたのは初版本である。もっともこの両種の翻刻本もいずれも所有していて、文章も既に読破しているが、なぜか原本を手に入れてうれしく、鉛印洋紙の旧書は、そもそもどこが愛玩すべき点か云い難いが、十七枚の肉筆板の挿画の得難いのもその理由となって、敢て書籍の品をよくしているといえようか。更に少々は感情問題も含んでいて、これは他の理由に較べたなら特に重要な点である。いってみればいささか故旧の誼みがあるのであって、改訂された縮印本では、看るのに便利は便利だが、一種の親密の度を欠いている。読書とはかかる奢侈のあるのを免れぬと云わねばならぬが、これもまた骨董を玩ぶように古書を求めるのとは相異しているといわなければならない。それに第一、宋本や季滄葦*の印は欲しくもなしまた大金を出せる訳にも行かない。『日和下駄』は大正四年(一九一五)に出版されたので、二十年前になり、絶版になってから既に久しく、珍本となっていて、定価は一円だが、今では倍になっている。幸いに近頃為替が大へん下って一元半(約一円五十銭)で求めたのである。

永井荷風は初め小説で名を成したが、小説の方を私は大して好んでいない。私の読む荷風の作品は大抵みな散文筆記で、「荷風雑稿」「荷風随筆」「下谷叢話」「日和下駄」「江戸芸術論」などである。「下谷叢話」は森鷗外の「伊沢蘭軒」一派の伝記文学で、氏の外祖父鷲津毅堂の一生とそれと同時代の師友とを書いたもので、読んで甚だ興趣を唆られたが、その第十九章に大沼枕山*の絶句が引用されていたので、私も『枕山詩鈔』を蒐求してきて読んだことがある。随筆は各篇ともそれぞれ好文章であるが私の特に気に入っているのは「日和下駄」である。「日和下駄」という書は副題に示してあるように東京市中散歩の記事で、内容は、日和下駄・淫祠・樹・地図・寺・水 附渡船・露地・空地・崖・坂・夕陽 附富士眺望等の十一篇である。「日和下駄」(Hiyori-geta)とは元来履物の一種で、その意味は普通の履物に両歯が幅広く、履物は全部、一つの木を彫って作られ、日和下駄の歯は、竹端その他を用いてはめられている。足指の先には、覆いがあって、泥水をよけるのに便利である。で、晴天の履物とは云っているが、実は晴雨兼用の履物である。どうして書名として用いたかは、第一篇の発端に甚だ明白に説いている。

「人並はづれて丈が高い上にわたしはいつも日和下駄をはき蝙蝠傘を持つて歩く。いかに好く晴れた日でも日和下駄に蝙蝠傘でなければ安心がならぬ。此は年中湿気の多い東京の天気に対して全然信用を置かぬからである。変り易いのは男心に秋の空それにお上の御政事とばかり極つたものでない。春の花見頃午前の晴天は午後の二時三時からきまつて風にならねば夕方から雨になる。梅雨の中は申すに及ばず。土用に入ればいついかなる時驟雨沛然として来らぬとも計りがたい。」だから日和下駄を穿いて、東京の名所を訪れる。で名篇を、全書の名称につけたのである。荷風は久しく紐育・巴里に住み、仏蘭西文学にも通暁し、この文を書いたとき年纔かに三十六、自国の政治と文化に対する態度は非常に消極的であって、ほとんど極端に憎悪を表示している。一年前に書いた「江戸芸術論」に説いているところは甚だ鮮明で、例えば「浮世絵の鑑賞」の第三

節に、

「油画の色には強き意味あり主張ありて能く製作者の精神を示せり。此れに反して、若し木版摺の眠気なる色彩中に製作者の精神ありとせば、そは全く専制時代の萎微したる人心の反映のみ。余はかかる暗黒時代の恐怖と悲哀と疲労とを暗示せらるる点に於て、恰も娼婦が啜り泣きする忍び音を聞く如き、この裏悲しく頼りなき色調を忘るる事能はざるなり。余は現代の社会に接触して、常に強者の横暴を極むる事を見て義憤する時、翻つてこの頼りなき色彩の美を思ひその中に潜める哀訴の旋律（メロデー）によりて、暗黒なる過去を再現せしむれば、忽ち東洋固有の専制的精神の何たるかを知ると共に、深く正義を云々するの愚なることを悟らずんばあらず。希臘（ギリシャ）の美術はアポロンを神となしたる国土に発生し、浮世絵は虫けら同然なる町人の手によりて、日当り悪しき横町の借家に製作せられぬ。今や時代は全く変革せられたりと称すれども、要するにそは外観のみ。一度合理の眼を以て其の外皮を看破せば武断政治の精神は毫も百年以前と異ることなし。江戸木版画の悲しき色彩が全く時間の懸隔なく深くわが胸底に浸み入りて常に親密なる囁きを伝ふる所以蓋し偶然にあらざるべし。」「日和下駄」第一篇にも同じように意見を述べているが、稍々（やや）穏かに説いている。

「然し私の好んで日和下駄を曳摺る東京市中の廃址は唯私一個にのみ興趣を催させるばかりで容易に其の特徴を説明することの出来ない平凡な景色である。譬へば砲兵工廠の煉瓦塀にその片側を限られた小石川の富坂をばもう降切らうといふ左側に一筋の溝川がある。その流れに添うて蒟蒻閻魔の方へと曲つて行く横町など即その一例である。両側の家並は低く道は勝手次第に迂つてゐて、ペンキ塗の看板や模造西洋造りの硝子などは一軒も見当らぬ処から、折々氷屋の旗などの閃く外には横町の眺望に色彩といふものは一つもなく仕立屋芋屋駄菓子屋挑灯屋など昔ながらの職業に其の日の暮しを立ててゐる家ばかりである。私は新開町の借家の門口によく何々商会だの何々事務所などといふ木札のれい〳〵しく下げてあるのを見ると、何といふ事もなく新時代のかかる企業に対して不安の念を起すと共に、其の主謀者の人物についても甚しく危険を感ずるのである。それに引かへて斯う云ふ貧しい裏町に昔ながらの貧しい渡世をしてゐる年寄を見ると同情と悲哀とに加へて尊敬の念を禁じ得ない。同時にかういふ家の一人娘は今頃周旋屋の餌になつてどこかで芸者でもしてゐはせぬかと、そんなことに思到ると相も変らず日本固有の忠孝の思想と人身売買の習慣との関係やら、つづいて其の結果の現代社会に及ぼす影響などについていろ〳〵込み入つた考へに沈められる。」本文十篇それぞれ読みご

たえがあるが、篇幅は甚だ長く、うち「淫祠」一篇は最も短く、民俗と関係もあって趣がある。いま次に録すれば、

「裏町を行かう、横道を歩まう。かくの如く私が好んで日和下駄をカラ〳〵鳴して行く裏通にはきまつて淫祠がある。淫祠は昔から今に至るまで政府の庇護を受けたことはない。目こぼしで其の儘に打捨てて置かれれば結構、稍ともすれば取払はれべきものである。それにも係らず淫祠は今猶東京市中数へ尽されぬ程沢山ある。私は淫祠を好む。裏町の風景に或趣を添へる上から云つて淫祠は遥に銅像以上の審美的価値があるからである。本所深川の橋際、麻布芝辺の極めて急な坂の下、或は繁華な町の倉の間、又は寺の多い裏町の角などに立つてゐる小さな祠（ほこら）やまた雨ざらしのままなる石地蔵には今もつて必ず願掛の絵馬や奉納の手拭、或は線香などが上つてゐる。現代の教育はいかほど日本人を新しく狡猾にしようと力めても今だに一部の愚昧なる民の心を奪ふ事が出来ないのであつた。路傍の淫祠に祈願を籠め欠けたお地蔵様の頸に涎掛をかけてあげる人達は娘を芸者に売るかも知れぬ。義賊になるかも知れぬ。無尽や富籤の僥倖のみを夢見て居るかも知れぬ。然し彼等は他人の私行を新聞に投書して復讐を企てたり、正義人道を名として金をゆすつたり人を迫害したりするやうな文明の武器の使用法を知らない。

淫祠は大抵その縁起と又はその効験のあまりに荒唐無稽な事から、何となく滑稽の趣を伴はすものである。

聖天様には油揚のお饅頭をあげ、大黒様には二股大根、お稲荷様には油揚を献げるのは誰も皆知つてゐる処である。芝日蔭町に鯖をあげるお稲荷様があるかと思へば駒込には炮烙をあげる炮烙地蔵といふのがある。頭痛を祈つてそれが癒れば御礼として炮烙をお地蔵様の頭の上に載せるのである。御厩河岸の榧寺(かやでら)に虫歯に効験(しるし)のある飴嘗地蔵があると、金龍山の境内には塩をあげる塩地蔵といふのがある。小石川富坂の源覚寺にあるお閻魔様には蒟蒻をあげ、大久保百人町の鬼王様には湿(しつ)瘡のお礼に豆腐をあげる、向島の弘福寺にある「石の媼様(ばあさま)」には小供の百日咳を祈つて煎豆を供へると聞いてゐる。

無邪気でそして又いかにも下賤ばつた此等愚民の習慣は、馬鹿囃子*にひよつとこの踊、または判じ物見たやうな奉納の絵馬の拙い絵を見るのと同じやうにいつも限りなく私の心を慰める。単に可笑しいといふばかりではない。理屈にも議論にもならぬ馬鹿々々しい処に、よく考へて見ると一種物哀れなやうな妙な心持のする処があるからである。」

民俗に就いて甚だ多く記述しているが註解はしない。ただ蒟蒻閻魔(こんにゃくえんま)が好んで食うものに就いて少しく説明しよう。蒟蒻は天南星(てんなんしょう)科の植物で、その根は食べられ、五代の時、

*源順の撰した『和名類聚抄』巻九に『文選』*の「蜀都賦註」を引用して、蒟蒻はその根肥白にして、灰汁を以て煮れば則ち凝成し、苦酒を以て淹し之れを食す。蜀人、珍（重）す焉とある。『本草綱目』巻十六にその製法を甚だ詳らかに叙している。

「二年を経し者は、根の大さ椀の如く芋魁に及ぶ。その外、（表皮の意）は理白にして味亦人を麻す。秋後根を采り、須らく浄らく擦り、或は搗き或は片段となすべし、釅灰汁（石灰乳のこと）を以て煮ること十余沸、水を以て淘洗し、水を換へて更に煮ること五六遍、即ち凍子（凝ったもの）と成し、片に切り、苦酒を以て五味し、淹し食す。灰汁を以てせざれば則ち成らざる也。切りて細糸を作り、湯を沸して瀹過（茹でる意）し、五味し調食す。状、水母の糸の如し。」黄本驥の編した『湖南方物志』巻三に「瀟湘聴雨録」を引用して、

「「益部方物略」に、海芋（蒟蒻のこと）は高さ四五尺に過ぎず。葉は芋に似て幹あり。向見岣嶁峰の寺僧の種うる所、之に詢ぢて磨芋と名づく。幹赤く、葉の大さ茄の如く、柯の高さ二三尺、秋に至つて根下の実、芋魁の如く、之れを漉粉に磨して膏と成し、微に羶辛を作る。蔬品中、味は猶ほ乳酪の如く、是れ「方物略」の指す所に似る。宋邪賛曰く、木幹は芋葉の是れ也と」金武祥の著した『栗香四筆』巻四に一則がある。

「済南王培荀雪嶠の「聴雨楼随筆」に云ふ、蒟醤・張騫は西南の夷、之れを食ひて美しとするに至つて名を蜀中に擅にすること久し矣。来川に物色して得ず、土人に問へど知る者無し。家人、黒豆腐を買ふ。蓋し村間種うる所にして、俗名は茉芋、実は蒟蒻也。形は芋の如くにして大、腐を作るべく、色黒く別味あり。未だ豆腐の滑膩に及ばず。蒟蒻は一名鬼頭。腐を作るの時、人、多く語れば則ち語渋り、或は云ふ、多く語れば則ち之れを作りて成らず。乃ち蒟醤は即ち此れなるを知る。俗間、日に用ゐて知らず、笑ふべき也。遥かに饞口を携へて西川に入り、蒟醤は曽て漢の年より聞く。腐は已に色黒きを兼ぬるに堪え難し。虚名応に共に張騫を笑ふべし。茉芋は亦黒芋と名づく、生食の口麻なり。」

蒟蒻は俗名を黒豆腐というが、中々要領を得ている。これは民間や小供が名付けた長所である。中国では大いに人は食わないようだが、様々の人の労を得て考証すべきである。日本ではしかし、日常の副食物であることは、全く婦女子もみな知っている。俗諺の中にもよく出ているが、これは日本文学風物志中の一つの好項目である。北平では、市場で今では買えるが、その製法と名称とは、恐らく日本から輸入したので、大抵は蒟蒻を作ると称して、黒豆腐を作るとは云わない。

〔原本の訳注〕

＊「明治大正文学全集」……に収められ　周作人のいう所が改造社版ならば、これは氏の記憶の謬りであろう。同全集には収録されていない。

＊季滄葦（清）　季振宜。滄葦は号。泰興の人。蔵書家で、季滄葦蔵書目がある。一時江南故家の書物はほとんど季氏の手に帰されていた。

＊大沼枕山　江戸の人。尾張の儒者にして詩人。菊池五山に学ぶ。下谷吟社を設け一時俊才その門に集る。『枕山詩鈔』『房山集』『詠物詩選』その他がある。

＊馬鹿囃子にひよつとこの踊　周作人は「社廟滑稽戯和醜男子舞」と支那訳している。

＊源順　嵯峨天皇の曽孫。左馬頭挙（こぞる）の子。詩文に巧みで且つ和歌も善くす。勤子（きんし）内親王の為に『和名類聚鈔』十巻を著わす。

＊『文選』　三十巻。梁の武帝の長子蕭統（しょうとう）の撰。春秋の末から六朝梁までの作家の詩賦文集を集む。清少納言の枕草紙に「文は文集、文選、博士の申文」という如く、本邦でも奈良平安朝時代には大いに諳誦せられた。

（『苦茶随筆』、名取書店、一戸務訳、一九四〇年九月）

〔但し、訳注については一部改めた。〕

注　解

・本文中の語句に注番号を付して、注解をつけた。なお回想には記憶の食いちがいやあいまいなものも含まれるが、荷風との繋がりなどについては「執筆者紹介」に譲り、注解は通読のために必要な最小限のものにとどめた。

青春物語(抄)

(1) **『スバル』と『三田文学』と『新思潮』**　『スバル』は詩歌誌『明星』の後継誌で、森鷗外、与謝野鉄幹(寛)、与謝野晶子などが顧問格となって発行した。石川啄木や北原白秋、高村光太郎も参加している。『三田文学』は荷風が慶応義塾で発行した文芸誌。後に「耽美派」と呼ばれる人々の牙城となった。『新思潮』は東京帝大の学生による同人誌。第一次・第二次『新思潮』は小山内薫の影響下にあり、戯曲関連の作品や論が多い。

(2) **萱野君**　小説家・劇作家の郡(こおり)虎彦。武者小路実篤や志賀直哉、有島武郎などの同人誌『白樺』に「萱野二十一(はたかず)」の名で寄稿した。「鉄輪(かなわ)」「道成寺」などの作品は、『白樺』同人のうちではデカダンス的傾向が強い。のちにヨーロッパに渡り評価を受けたこと、また三島由紀夫が熱中したことでも知られる。

（3）同人中でも大貫などは…　以下、『新思潮』同人の名が並ぶ。大貫は小説家の大貫晶川。谷崎とは親友で、（4）の岡本一平の妻となった岡本かの子の兄。和辻は『風土』『古寺巡礼』を著した哲学者の和辻哲郎。後藤はフランス文学者で小説家の後藤末雄。花柳文学も書いたほか、荷風と連名で『モオパッサン』を出版した。木村は作家の木村荘太。『濹東綺譚』の挿絵で知られる木村荘八の兄。

（4）与謝野鉄幹、蒲原有明…　蒲原有明は象徴詩人、『独絃哀歌』『有明集』など。有明に私淑した三木露風は荷風に見出された詩人でもある。石井柏亭は洋画家、山本鼎と雑誌『方寸』を創刊し、北原白秋の『邪宗門』を装幀したほか文章にも長じ、美術と文芸を橋渡しする存在。中里介山『大菩薩峠』の挿絵で知られる石井鶴三の兄でもある。生田葵山は「木曜会」以来荷風とともに活動した作家。伊上凡骨は版画家。吉井勇『酒ほがひ』や木下杢太郎の『和泉屋染物店』、江南文三「花」のほか、夏目漱石『こゝろ』の木版を担当した。鈴木鼓村は箏曲家、鉄幹晶子の新体詩にも曲をつけている。随筆「耳の趣味」で明治大正の音を集めた「音の文学者」でもある。長田兄弟は劇作家の長田秀雄と小説家の長田幹彦。それぞれのジャンルで花柳文学と象徴主義を結びつけた。幹彦は高等師範附属尋常中学校で荷風の後輩であり、『三田文学』の荷風追悼号（昭和三四年六月）に「永井先生とぼく」を寄せてもいる。岡本一平は画家。岡本太郎の父。恒川陽一郎は小説家。名妓万龍とのいきさつを描いた『旧道』などがある。

荷風追憶

(1) **紫朝**　柳家紫朝。

(2) **加賀太夫**　七代目加賀太夫。明治末から大正初期にかけては義太夫ブームがあり、荷風と白鳥が遊んだ神楽坂界隈でも義太夫の師匠が多く出た。後に中央公論社社長となった嶋中雄作も義太夫に凝ったことが、半沢成二(諏訪三郎)『大正の雑誌記者』などに見える。

(3) **知人某**　北澤秀一。「断腸亭日乗」昭和二年八月二五日にこの月のことが見える。

なつかしい顔

(1) **都川という鶏料理屋**　「パンの会」の会合にも用いられた店。「かるい背広を身につけて、／今宵またゆく都川、／恋か、ねたみか、吊橋の／瓦斯の薄黄が気にかかる」(北原白秋「かるい背広を」)。

(2) **寿、聞楽という二軒の寄席**　荷風の講談体験は「築地草」に見える。

荷風挽歌

(1) **久末蒼愁**　小説家で『三田文学』に寄稿した久末淳。三田時代の荷風をとりまく文学者たちが勢揃いした『三田文選』(大正八年)には「草庵閑窓」が載る。加藤与次兵衛「京ところどころ」(昭和三一年七月『洛味』)は久末の面影を伝える文章。

(2) **久米秀治君**　小説家で『三田文学』に寄稿した久米秀治。『三田文選』(大正八年)には「犬」が載るほか、劇評にも長じ、荷風の個人雑誌『花月』にも携わった。

(3) **喜多村緑郎**　新派役者。「喜多村緑郎日記」には、ほど近くに住んだ荷風、そして瀬戸英二などとの交流を示す記事が載る。

(4) **青山けいだんの和朗フラット**　「けいだん」は演出家、振付師の青山圭男。東京松竹で山崎俊夫とともに活動。六本木のスペイン式住宅、和朗フラットに住んだ。

永井荷風さんと父

(1) **永井さんの文章**　荷風「鷗外先生」(明治四二年九月『中央公論』)を指す。

すがの

（1）『讕言』・『長語』　いずれも露伴の随筆集。『濹東綺譚』に両書への言及がある。

木曜会と荷風先生

（1）**木曜会**　明治期最大の文学グループ・硯友社の同人であり児童文学の祖として知られる巌谷小波が主宰した、若手文学者のグループ。井上唖々、黒田湖山、生田葵山などが参加した。荷風は洋行以前から一貫して、木曜会のメンバーと関係を持ち続けている。同人誌『饒舌』は初期荷風の創作現場を伝える資料。親友井上唖々は小説「小説道楽」に荷風を描き、荷風は小説「梅雨晴」「濹東綺譚」に唖々の面影を描いた。黒田湖山は荷風作「戯作者の死」に根本資料を貸与している。生田葵山は「永井荷風といふ男」（昭和一〇年一〇月『文藝春秋』）でのはげしい調子が知られるが、「荷風氏の作品について」（昭和一一年二月『新潮』）では冷静に荷風の特質を描いている。

（2）『**金色夜叉の真相**』　小波が尾崎紅葉「金色夜叉」のモデルとされたことについて語った書。

荷風回想

（1）**寺内寿一**　軍人。寺内正毅の長男。高等師範附属尋常中学校で荷風と同級。

（2）**大石国手**　大石貞夫。荷風はのちに中州病院に通い大石の診察を受けた。

母の話などを

（1）**I先生**　石黒忠篤。森鷗外との関わりで知られ、また荷風と威三郎の父永井久一郎とも親しかった石黒忠悳の子。永井威三郎は農商務省勤務。

偏奇館去来

（1）**波多野秋子**　中央公論社記者。有島武郎と情死したことでも知られる。

一楽居詩話

（1）**岩渓裳川**　荷風の父、永井禾原と同門の漢詩人。回想「詩話感恩珠」は明治漢詩文史の必読文献。荷風の父をはじめ、巌谷小波の父である書家の巌谷一六、森春濤門の人々、『万朝報』の黒岩涙香、蔵書家として知られる土肥鶚軒(どひがっけん)や活動写真の導入に携わった梅屋庄吉など、幅広い交友関係を持った。荷風が池上浩山人に贈られて読んだ『裳川自選藁』五巻には、江戸以来の都会的な詠物詩の伝統を保持しようとしたあとともに、これらの人々との交わりを詠んだ詩が多く残されている。

(2) **王次回**　明末の詩人。艶麗な詩風で知られ、『疑雨集』は荷風「雨瀟瀟」などにしばしば引用される。

(3) **槐南**　文中に言及される漢詩人、森春濤の子。明治漢詩壇の盟主となった。

(4) **竹越三叉**　本名与三郎。明治大正にかけて政治家、政論家、史家として活躍した。

儒教的教養

(1) **父**　俳人の田中蛇湖。『蛇湖句集』(昭和七年)がある。

永井さんと私

(1) **「大菩薩峠」**　中里介山の大長篇歴史小説で、大正から昭和初期にかけてのベストセラー。

荷風文学の頂点

（1）**也有**　尾張の俳人、横井也有。荷風は也有を愛し、「雨瀟瀟」でも言及している。

荷風さんの言葉

（1）**怙寂**　谷口喜作。上野の菓子舗「うさぎや」主人。『新思潮』同人であり芥川龍之介の通夜の席にも列した。戦時に荷風の原稿を保持していた人物の一人。「来訪者」のモデル、平井呈一の兄でもある。

（2）**荻中軒**　樋口喜一郎。銀座の菓子舗「万年堂」主人。

（3）**「鍵」の作者**　谷崎潤一郎。

（4）**了中**　芥川龍之介のこと。

執筆者紹介

・執筆者を五十音順に配列して、簡単な紹介を付した。収録作の頁を末尾に示した。

ア　行

浅見　淵（ふかし）　一八九九―一九七三年。作家、文学史家。本篇を含む「昭和文壇側面史」は貴重な文壇史の証言。中学時代、荷風「あめりか物語」を耽読したという(「一つの途」)。　三六四

阿部寿々子　生没年未詳。浅草時代の芸名は朝霧幾世。　一八三

池上浩山人（こうさんじん）　一九〇八―八五年。俳人、製本業。上林暁や高柳重信の限定版を装幀した。森銑三などとともに携わった雑誌『伝記』は、幕末明治文人研究の基礎資料となっている。昭和初期の荷風原稿にも、池上によって表装されたものがある。　二七九

石川　淳　一八九九―一九八七年。作家。小説「普賢」、随筆「江戸文学掌記」など。フランス文学、江戸文学への造詣の深さは荷風への思慕にも由来する。小説「明月珠」には、荷風をモデルにした人物が登場する。　三三九

今関天彭（てんぽう）　一八八二年―一九七〇年。江戸漢学と近代中国学を繋ぐ漢学者。荷風とは本篇で語られる交流があるほか、荷風の個人雑誌『文明』にも寄稿している。なお文中に枕山と毅堂を叔父

（伯父）甥とした箇所があるが、正しくは枕山と毅堂は父親同士が伯父甥の関係になる（堀川貴司氏の示教にもとづく）。　二六九

巌谷栄二　一九〇九—六九年。説話文学・児童文学研究者。荷風が師事した巌谷小波の次男で、小波の仕事を引き継ぎ、説話巷説文学の集大成たる『大語園』一〇巻を完成した。　一〇一

巌谷槇一　一九〇〇—七五年。劇作家。巌谷小波の長男。東京外語時代、偏奇館時代から荷風の家に親しく出入りし、荷風の薦めで小山内薫に師事。「すみだ川」劇化に際して舞台監督を務めた。二三五

臼井吉見　一九〇五—八七年。批評家、作家、筑摩書房編集者。雑誌『展望』の創刊号に荷風「踊子」を載せた。　三七〇

宇野浩二　一八九一—一九六一年。作家。「蔵の中」「枯木のある風景」等。大阪時代の初期作品には、与謝野晶子鉄幹夫妻の雑誌『明星』などに通う近世趣味の色が濃い。独特の話体で知られ、徳田秋声以後の私小説の流れの中で、川崎長太郎、中山義秀などに強い影響を与えている。　三三

小穴隆一　一八九四—一九六六年。画家、随筆家。芥川龍之介や谷崎潤一郎、また荷風に賞賛された山田一夫『夢を孕む女』などの装幀、挿画を手がけた。　三一九

大島隆一　一九〇三—八四年。画家。幕末明治の儒者にして新聞人、成島柳北の孫。南葵文庫の司書、高木文の紹介によって荷風に会い、柳北資料を多く提供した。大島の日記には、荷風の柳北に関する知識の細やかさを賞賛する文言が見える。　二一七

小川丈夫　生没年未詳。劇作家、演出家。『新喜劇』同人。仲澤清太郎などとカジノ・フォーリーの文芸部に所属したのち浅草オペラ館文芸部主任(「あさくさの大人たち」昭和一五年六月、『中央公論』)。戦後はふたたび浅草オペラ館文芸部に入った。　一六〇

織田作之助　一九一三―四七年。作家。「夫婦善哉」「世相」等。井原西鶴などを通じて、大阪の文学伝統と風俗描写を結びつけた作風によって知られる。　四〇七

カ　行

川崎長太郎　一九〇一―八五年。作家。戦前には萩原恭次郎などとともにプロレタリア作家としての顔も持った。私小説、とくに小田原海岸の小屋に暮らし私娼窟を訪れる、いわゆる「抹香町物」の小説群は、しばしば荷風と比較される。　四三

川門(かわど)清明(せいめい)　一九一七―二〇一四年。農学研究者、俳人、歌人。本名、永井皐太郎。荷風の弟、永井威三郎の子。「アララギ」派の中核を担い、俳句では中村草田男門で『萬緑』同人、加藤楸邨とも交わった。　一三

川端康成　一八九九―一九七二年。作家。「浅草紅団」「雪国」等。戦後に起こした出版社「鎌倉文庫」に荷風の原稿を乞うたことは本文に見る通り。当時のいわゆる鎌倉文士の間で荷風の評価をめぐる議論が戦わされたことは「高見順日記」に見える。　二九六

河原崎長十郎　一九〇二―八一年。歌舞伎役者。市川左団次一座で小山内薫に師事。前進座の座頭。

荷風の絶賛した鶴屋南北「謎帯一寸徳兵衛（なぞのおびちょっとくべえ）」の団七を、左団次について演じた。　三九

北原武夫　一九〇七―七三年。作家。「桜ホテル」「マリヤ」等。荷風をくりかえし論じ、花田清輝「荷風の横顔」の重要な参照元となった。妻だった宇野千代も荷風ファンであったことが、佐藤観次郎「かっぱらい」に見える。　一七〇

邦枝完二　一八九二―一九五六年。作家。「おせん」「お伝地獄」等。『三田文学』に寄稿。改造社『現代日本文学全集』の荷風の巻に携わった。　一五五

久保田万太郎　一八八九―一九六三年。俳人、作家、劇作家。慶応で荷風の教えを受け、『三田文学』に寄稿。初期作品「朝顔」には荷風「すみだ川」の影響が濃い。句作では句誌『春燈』を主宰した。「渡鳥いつかへる」など、荷風作品の舞台化と映画化にも深く関わった。　二六

幸田　文　一九〇四―九〇年。小説家。幸田露伴の次女。荷風と父の関係については、小堀杏奴との対談でも語っている（「幸田文対話」）。　八七

小島政二郎　一八九四―一九九四年。作家。慶応で荷風に教えを受け、『三田文学』に寄稿。慶応義塾教授。佐藤春夫とともに、芥川龍之介のグループと荷風をつなぐ存在でもある。荷風についての著作に、「鷗外荷風万太郎」「百叩き」など。　四五

小堀杏奴（あんぬ）　一九〇九―九八年。随筆家、蒐書家。森鷗外の次女。夫で洋画家の小堀四郎とともに荷風ファンであり、戦後は被災した荷風に同居を勧めてもいる。　六九

サ　行

佐藤春夫　一八九二―一九六四年。詩人、作家。「田園の憂鬱」「女誡扇綺譚」等。慶応で荷風の教えを受けた。「荷風雑観」「永井荷風読本」「小説永井荷風伝」など、同時代において最も多く荷風について書いた文学者でもある。小説「わが妹の記」には永井荷風が登場する。　二九一

周　作人　一八八五―一九六七年。政治家、文学者。魯迅の弟。一九〇六年から一九一一年に日本に留学。奥野信太郎は周作人が書斎「苦茶斎」で、荷風の「雨瀟瀟」を激賞したことを回想している(「雨瀟瀟と王次回」昭和二四年七月、中央公論社『荷風全集』第十二巻月報九)。　四五〇

菅原明朗（めいろう）　一八九七―一九八八年。作曲家。歌手永井智子とともに、「葛飾情話」の成立に関わる。戦争で被災した荷風とともに岡山に疎開し、「荷風罹災日乗註考」をのこした。　一五二

諏訪三郎　一八九六―一九七四年。本名半沢成二。作家、中央公論社編集者。『文芸時代』同人。嶋中雄作時代の中央公論社を回想した『大正の雑誌記者――婦人公論記者の回想』でも、中央公論社と荷風の関わりについて言及している。　三六〇

関根　歌　一九〇七年生。寿々竜。荷風の出した待合「いくよ」を経営する。荷風と別れた後、和倉温泉の加賀屋旅館に勤めた(福田和也「加賀屋旅館で働いた、関根歌のその後」平成二〇年三月、『en-taxi』21号)。　二九

タ　行

高橋邦太郎　一八九八―一九八四年。翻訳者、日仏交流史研究者。石川淳と小学校、京華中学校の同級生で、早くから江戸に興味を持った。久保田万太郎の俳誌『春燈』にも多く寄稿している。二四八

高見　順　一九〇七―六五年。小説家、詩人。荷風の叔父、阪本釤之助の子。「如何なる星の下に」のほか、「東橋新誌」など、浅草を多く描いた。荷風と高見順については、阪本釤之助のもう一人の子である詩人の阪本越郎が、「高見順と永井荷風」で言及している。一四七

瀧井孝作　一八九四―一九八四年。俳人、作家。「無限抱擁」「俳人仲間」。志賀直哉、芥川龍之介に師事した。三三六

太宰　治　一九〇九―四八年。作家。「斜陽」「人間失格」等。弘前高校時代、荷風や泉鏡花に傾倒したという。太宰の参加した同人誌『かむろ』の題簽を、荷風が執筆している。四〇三

谷崎潤一郎　一八八六―一九六五年。小説家。「刺青」「少年」を発表、荷風に見出されて華々しい文壇デビューを飾った。昭和初頭には荷風とともに『中央公論』を舞台に活躍し、大家復活の印象を残した。「つゆのあとさき」に対する「永井荷風氏の近業」(昭和六年)は荷風への批評のうち最も有名な文章。戦時には、荷風を疎開先の岡山で手厚くもてなしてもいる。一一

ナ　行

中山義秀　一九〇〇―六九年。作家。宇野浩二に師事、青年時代から荷風、谷崎にも傾倒した。「厚物咲」で芥川賞受賞。上田秋成以降唯一の人、と荷風を見た傾倒のほどは、「私の文壇風月」などに見える。　三六五

成瀬正勝　一九〇六―七三年。国文学者、作家。尾張犬山藩主成瀬家の一一代当主。同人誌『新思潮』などでは雅川滉（つねかわひろし）名義で作品を残した。荷風との会見記は『中央公論』『手帖』でも書き残している。　二三二

ノエル・ヌエット　一八八五―一九六九年。画家。昭和初頭、銀座で荷風と親しく交わる。荷風は『宮城環景』への序文で、ヌエットの画業を江戸錦絵の伝統につらなるものと評した。　二五四

ハ　行

長谷川四郎　一九〇九―八七年。作家。シベリア抑留体験を描いた「シベリヤ物語」や「阿久正の話」、またカフカやブレヒトなどの翻訳で知られる。　三四九

花柳章太郎　一八九四―一九六五年。新派役者。巌谷槇一とともに荷風と交流を深め、「腕くらべ」「葛飾土産」など荷風作の舞台上演でも主演をつとめた。荷風は花柳の著書『きもの』に序を寄せている。　二三六

林芙美子　一九〇三―五一年。作家。「浮雲」「放浪記」等。荷風を愛読し、小説「雨」や「十年間」にも荷風が話題になる場面がある。　三七五

日高基裕　一八九九―一九六三年。釣りに関する随筆でも知られる。戦前には「つゆのあとさき」の原稿を浄書するなど、荷風の秘書に近い役割を務めた。　二二四

福永武彦　一九一八―七九年。作家。堀辰雄に師事。「忘却の河」「草の花」「廃市」等。作家の池澤夏樹は父である福永に、荷風「松葉巴」を佳品として教えられたことを記している(河出書房新社『日本文学全集』二六巻)。堀辰雄の蔵書中、戦後の中央公論社版『荷風全集』にもわずかながら書き入れがある。　三八八

藤蔭静枝　一八八〇―一九六六年。舞踊家。静樹とも。新橋の新巴家では八重次と名乗った。一九一四年荷風と結婚するも、ほどなく離婚。　三三

堀口大學　一八九二―一九八一年。詩人。訳詩集『月下の一群』。慶応で荷風に教えを受け、外遊時代、荷風にフランスの詩集や小説集を送った。『昨日の花』の序への感謝は生涯忘れず、米寿に際してもこれを語った(「僕と書物」昭和五三年一一月、『これくしょん』71号)。　四〇

マ　行

正岡　容(いるる)　一九〇四―五八年。作家、芸能研究家。「円朝」など、歴史小説と評伝のあわいを行く作品を数多く残す。荷風への敬愛ぶりは「随筆百花園」「荷風前後」などに見える。本篇発表後

に荷風の訪問を受け、以後交流を持った。二五七

正宗白鳥　一八七九―一九六二年。作家、劇作家、批評家。「微光」「生まざりしならば」「人生の幸福」「髑髏と酒場」など。荷風とは同年であり、明治四〇年代に『早稲田文学』と『読売新聞』に拠った時代から戦後まで、ともに活発に作家活動を続けた。カフェー・プランタンや茶房「きゆうぺる」など、銀座における荷風の牙城には白鳥も足を運んでいる。「永井荷風君」「『土』と『荷風集』」「永井荷風論」「思ひ出すまゝに」など、賞賛、批判それぞれに鋭い筆致で荷風を評した。二三

松下英麿　一九〇七―九〇年。中央公論社編集者。一九四一年、『中央公論』編集長。幸田露伴、泉鏡花、荷風の原稿を積極的に掲載し、戦後における『中央公論』と荷風の蜜月を準備した。三五二

松山省三　一八八四―一九七〇年。画家。荷風や小山内薫が集った、カフェー・プランタンの店主。自由劇場などの舞台装置に携わるほか、森鷗外『稲妻』を装幀し、恒川陽一郎の『旧道』にも絵を寄せている。長男は五代目河原崎国太郎。二四〇

三島由紀夫　一九二五―七〇年。作家。「仮面の告白」「金閣寺」等。「青年の木乃伊」の語は、正宗白鳥や中村光夫の荷風論にも用いられ、後年の評価に影響を与えた。「禁色」に登場する檜俊輔は、永井荷風のイメージを借りたといわれる。四三五

道明眞治郎（みちあけ）　一八八六（一八八二とも）―一九七〇年。児童文学者。喫茶店「きゆうぺる」店主。童

話「小さなこしかけとバケツ」他。お伽噺などの趣味講演の会「雉の会」にも関わった。芝居好きであり、「きゆうぺる」には演劇史の杉野橘太郎や菅原明朗、演劇人を多く診療した築地の歯科医酒泉健夫(空庵)など、芝居関係者が多く集まった。　二五五

室生犀星　一八八九―一九六二年。詩人、作家。詩集『愛の詩集』、小説「性に目覚める頃」「杏っ子」等。　三〇八

籾山（もみやま）**庭後**　一八七八―一九五八年。俳人、編集者。本名仁三郎。別号梓月。高浜虚子の俳書堂を譲りうけて籾山書店を興し、『三田文学』、荷風『すみだ川』をはじめとする胡蝶本シリーズ、また荷風の個人雑誌『花月』を出版した。　二三九

森　於菟（おと）　一八九〇―一九六七年。医師。森鷗外の長男。鷗外記念館の「沙羅の木」詩碑の揮毫を荷風に依頼し、また荷風歿後には浄閑寺の荷風詩碑建立にも力を尽くした。荷風の訪問記は複数回にわたって書き残している。　六三

森　銑三　一八九五―一九八五年。考証家。江戸、明治の文学と文化に関する考証随筆で知られる。主として江戸文学についての知識と資料を荷風に提供。荷風の死後、ジャーナリズムの取り上げかたに対して異議を唱えた。　二八二

森　茉莉　一九〇三―八七年。作家。「気違ひマリア」等。森鷗外の長女。荷風を熱狂的に愛好し、作中に何度も荷風の名前を挙げた。荷風に小説の原稿を見てもらおうとした話は「荷風と原稿」に見える。　四一〇

ヤ　行

安岡章太郎　一九二〇―二〇一三年。作家。小説「悪い仲間」「ガラスの靴」。荷風について語った文章に「私の濹東綺譚」がある。　四一八

山崎俊夫　一八九三―一九七九年。作家。『三田文学』寄稿者。文中に登場する倉田啓明と並んで、異色の耽美派作家として知られる。慶応義塾での授業後、主として荷風の相手役をつとめたのは山崎と久末蒼愁(淳)であったことを小島政二郎が回想している。　四九

吉井　勇　一八八六―一九六〇年。歌人、小説家、劇作家。歌集『酒ほがひ』、歌文集『水荘記』『わびずみの記』。小山内薫や里見弴とともに荷風と新橋界隈で交流し、久保田万太郎とは特別に親しく接した(「青春回顧」「荷風綺譚」)。　六〇

吉屋信子　一八九六―一九七三年。作家。長篇「安宅家の人々」などのほか、「花物語」などの少女小説で人気を博した。「ふらんす物語」を読み、パリにあこがれたことを語っている(「絵島の墓」)。パリで出会った藤蔭静枝に私淑したほか、荷風も通った銀座「をかざき」の岡崎ゑんをも「岡崎えん女の一生」に描いた。　一六六

ワ　行

鷲津郁太郎　一九〇九―七九年。薬学者。荷風の弟、鷲津貞二郎の子。　一〇八

解　説

多田蔵人

Ⅰ

永井荷風(明治一二―昭和三四)ほど、深い印象を時代にあたえた作家もすくない。昭和期最大の蔵書家の一人である斎藤昌三の言葉を聞こう。

荷風の死をきいた時のおどろきと淋しさというのは格別で、私たちは肉親の死以外にこの時ほどショックを感じたことは余りない。〔略〕私は今でも夜の浅草を歩いていると、荷風の影や靴音を感じる時があるし、荷風のように浪費の生活ができる身分になりたいと思うことがある。それ程に荷風というのは身近かな位置にいる。

(「永井荷風に関する貼込帳より――その死以後」昭和四三年五月『愛書家くらぶ』)

生涯孤独をつらぬき、良家の子弟であり一時は慶応の教授でありながら花柳界や芝居小屋の奥深くに出入りし、漢文学、フランス文学、江戸の戯作文学にそれぞれ深い造詣を示した畸人。このおよそ浮世ばなれのした人間像が、なぜか「身近かな位置」に感じられる人は、近代を通じて荷風ただ一人と言ってよい。ある世代までの多くの人が共有するこうしたイメージは、荷風についての断片的な言葉や記憶がしだいしだいに作りあげていったものでもある。一世紀ほど堆積してきた言葉の層を見わたすための手がかりとして、『荷風追想』の一書を編んだ。

荷風は長生きだったから、ぜひともこの人の言葉を、という人物が荷風より早く世を去っていることが多い。荷風なき後の時代を生きた人に、早く珠玉の一篇が残る例もある。没後の回想だけでなく生前に書かれた文章をくわえ、さらにフィクションのなかで荷風を語った文章をも二、三載せた。作家の追想集として、あえて体例の不統一をなしたことをおことわりしたいと思う。

そのはじめが巻頭の谷崎潤一郎「青春物語」からの抄出である。荷風が「谷崎潤一郎氏の作品」で谷崎を絶讃して以来の長年の関係については、いまさら説明の必要もないだろう。荷風の死を報じる新聞記者はまっさきに彼や久保田万太郎のもとに向かったのだが、谷崎の場合、文壇の年長者として出したコメントよりも、昭和初期に書かれたこの文章の方がはるかになまなましい。

「青春物語」はいわゆる創作ではないが、同じ時期に書かれた「盲目物語」「乱菊物語」などの小説にも比肩しうる自伝文学の傑作である。荷風を語ってこれほどスペクタクルにみち、ふてぶてしく自我のかたちを示した文章は他にない。明治末年の文学者たちの名がそろい踏みする「パンの会」に荷風があらわれるくだりは、あたかも荷風も訳したE・ゾラ「ナナ」の冒頭、女優ナナがその名を囁かれながら舞台にのぼる場面のようだ。メフィストフェレスよろしく静かに一揖(いちゆう)する荷風は、やがて華々しくデビューする谷崎が属していた、絢爛たる美の世界の象徴なのである。

谷崎が「生憎今は関西に住んでいるので、親しく謦咳(けいがい)に接して往時を追懐する時は容易に恵まれない」と述べているのとは対照的に、正宗白鳥「荷風追憶」はむしろ晩年の荷風への共感を示し、しだいに若い世代から離れていった荷風の足どりを冷静に描きだしている。この文章のさめた調子は、荷風の文業と孤独を尊重したものとみてよいかもしれない。実は自然主義と荷風は親しかった、などと相手が亡くなってから言ったところで白々しいわけで、同い年であり長い文学の時間を共有した白鳥の親近感は、かえって老いゆく荷風への観察にこそ忍ばされている。

そして若き日の荷風像の原型は、いうまでもなく『三田文学』とその周囲の人々の言葉に求められる。長い髪と黒の背広、そしてボヘミヤン・タイ。フランスの世紀末詩人を思わせるスタイルであり、彼らにとって荷風とは存在そのものが異世界への誘いであるような、いわば夢の文学者だったわけだ。この作りあげられたスタイルを裏返せば渋い和服姿の荷風があらわれるわけで、「詩人」荷風と「戯作者」荷風は同じ精神の両面と見ることもできるだろう。慶応での風景はここに収めた文章のほかにも水上瀧太郎などが書き残しているが、彼らの世代が共有した荷風の偶像は学校や雑誌の枠をこえて広がっていった。影響はたとえ人脈が遠くとも表現の方にあらわれるもので、白鳥の小説「泥人形」には「すみだ川」にそっくりな一節があり、高浜虚子の「杏の落ちる音」などにも荷風の文章のあとがみえる。谷崎をはじめとする『新思潮』の同人のみならず、放浪の歌人吉井勇、そして白鳥が属した『早稲田文学』の人々も、「あめりか物語」と「ふらんす物語」の荷風に牽引される一時期を持ったのである。

久保田万太郎や小島政二郎の回想のなかで、八十の老人として死んだはずの荷風はいつまでも若い。ヨーロッパ芸術の陰影を荷風に学んだ彼らの思いは、晩年の荷風の姿を押しこめざるをえないほどに強かったのかもしれない。「ボヘミヤンネクタイ若葉さわやかに」は万太郎生涯の名吟であり、ここには荷風によって文学の新生面を開いた人々の、触れれば血が流れるようなするどい情熱が凝固している。

＊

新帰朝者として「パンの会」に登場するまでの荷風の周囲には、すでに一度完成しつつある明治の文学世界がひろがっていた。「紅露逍鷗」(尾崎紅葉・幸田露伴・坪内逍遥・森鷗外)とも称される時代の人々と荷風の交わりは、年長作家の遺族や、荷風その人の親族の言葉が伝えている。

明治のいわゆる文豪の子女には、荷風への深い愛情を語る人がふしぎに多い。森鷗外と荷風との出会いを、「日和下駄」の文章を引きうつすようにして書く森於菟。荷風にさまざまな物質的援助を与え(戦災の折には荷風に同居を薦めた書簡も残る)、自宅のアトリエが「問はずがたり」の一場面に写されているとうれしそうに語る小堀杏奴。他にも森類は、荷風と直接対面する気恥ずかしさを避け、荷風の写真に見入っていたことを書き残している(「対面」)。荷風を語る鷗外遺族の言葉の内奥にある思いは、幸田露伴の娘、幸田文の文章にも見ることができる。

荷風を待つ時間に幸田露伴の眼がかさなってゆく「すがの」の構成は、「荷風を待ちながら」とタイトルをつけてみたいほどに前衛的だ。古今の歴史に人を見つくした露伴にとって、たしかに荷風は、戦後日本で眼にとどめうる数少ない人物だったかもしれない。しかしこの文章のなかで印象ぶかいのは、親の言葉の抑揚にさえ気をくばっている娘と露伴との、表面にはあらわれない交感のかたちではないだろうか。吉田健一の随筆にも似たこの文章のなかで、荷風をめぐるやりとりと物思いは、親と子のあいだにある複雑な思いを、言わず語らずのうちに映しだしているのである。

明治の文学者と通じあい、しかしどこか自分たちの世代に近い人。こうした荷風への思いは、たとえば上田万年（かずとし）の娘である円地文子の文章（「永井荷風の死に想う」）にも、いくぶんか窺われる。一方、洋行前の荷風が属した「木曜会」の主、巌谷小波（いわやさざなみ）の家族には、かえって荷風をさらりと描いたところがあるようだ。巌谷栄二が書いている通り、尾崎紅葉の友人でもあった小波と荷風には師友ともいうべき気の置けなさがあって、改造社『現代日本文学全集』（いわゆる円本全集）をめぐるやりとりの際も巌谷家がとりなしに入っている。荷風が小説の師と仰いだ広津柳浪の息子、広津和郎にもいたって淡々と荷風の記憶を語った文章があるが、作家独特のスタイルへのこだわりはあまりない。文学者として接した鷗外や露伴より、世に出る前に出会った小波や柳浪――その向こうには神楽坂の紅葉や逍遥の存在が感じられていたかもしれない――の方に、なまの触れあいがあったためでもあるだろう。

小波の家での荷風のうちとけた表情、また仕事の斡旋をやんわりと断るやりかたなどは、いかにも山の手の人のそれである。三田を歩く荷風が鷗外の「知」に近い存在だとすれば、神楽坂や麴町界隈で目撃された荷風には、生活の影が濃い。品川の海を見おろし横浜から近代化の風を受けつづけた三田と、明治以来の移住者たちのコミュニティが浸透し定着していった山の手と――。震災直後の山の手をおろおろと歩きまわりながら、石黒忠篤の家の前で「お宅の御主人がお世話になっている方でしょう」と立ちどまって知らせる荷風の姿(川門清明「母の話などを」)は、作家と山の手の関係をよく示すものであろう。寺内寿一(ひさいち)が荷風を殴ったというエピソードなども、この二人がなぜ同じ学校に通っていたのかと考えてみると少しちがった意味を帯びてくる。少年時代の荷風は、軍人や実業家、官僚、政治家などが多く住み、互いに交流をふかめあう環境に育ったわけである。

これらの政財界にまたがって活動した人々はしばしば文芸にも関わっているが、その代表のひとつが荷風の家だった。荷風の父が高名な漢詩人だったことは本書の回想に見る通りで、叔父の阪本釤之助(さかもとさんのすけ)(高見順や阪本越郎の父)もまた漢詩をよくした。「下谷叢話」に描かれた祖父の鷲津毅堂(わしづきどう)をはじめとして、明治を生きた彼らにとって、公務と文事とは密接に関わりあう営みでもある。荷風のいとこであり詩人として知られる阪本越郎は文部官僚だったし、のちに永井家の家史『風樹の年輪』を著した弟の威三郎にも、すぐれた随筆がある。ボヘミヤンネクタイ姿の荷風が背を向ける、公の要職についた文人のネットワークは、江戸から明治にいたる文化の流れを捉えなおすための貴重な鉱脈となるだろう。

ただしちょっとした言葉づかいに「軟い人達」つまり花街と芸能の香りをただよわせる荷風は、結局三田の学校にも山の手の家にもとどまる人ではなかったようだ。花柳街における荷風の片影を示すのは藤蔭静枝と関根歌の回想であろう。しかし今のところこの方面に関しては、二人の談話はあくまでも『婦人公論』の編集者によって構成されたものであるという野暮な注記を加えるにとどめておきたい。

恋人や妻、あるいはそれ以外の家族との関係は、文章で近況を公表しあう文学者の交流とはやはり違う。永井家の様子や荷風のアソビをもよく知りながら俗に流れない籾山庭後の文章には、そうした意味で、読んで眼を洗われる思いがする。『三田文学』の創刊から戦後にいたる長いつきあいのなかで、これほど荷風と事を生じなかった人物もめずらしい。そして抑制のきいた籾山の文章は、彼の俳諧がそうであるように、見るべきものをさりげなく示していた。荷風の父、禾原(かげん)永井久一郎の影は、洋行から帰った荷風が前の時代に見ていたものをさぐるための最も重要なピースなのである。

Ⅱ

人ぎらいで、とくに文士は絶対に寄せつけず、家を訪ねても本人が「留守です」とこたえる。アンケートやペン書きの手紙は、落葉とともに焚かれてしまう――そうした荷風のイメージが定着してゆくのは、慶応を辞職し、偏奇館での独居生活がはじまった後の時期である。

荷風はたしかに孤独の人だったが、書きながら孤独でありつづけるためにはそれなりの用意を必要とした。たとえば『雨瀟瀟』の献本リスト(大正一一年八月八日、林保広宛書簡)には、文壇の離合集散に対する荷風の鋭い観察が光っていて、時代から屹立する一書のための注意とはこうしたものか、とあらためて考えさせられる。こうした観察にもとづくバリアを張りめぐらせることと、みずからの創作環境を整えることは、荷風にとって表裏一体の営みだったように思われる。

創作の拠点のひとつが、浅草の小劇場だった。菅原明朗と小川丈夫の回想にはやや食いちがいがあるが、芝居の楽屋に入りこんだ荷風のふるまいが偶然でも気まぐれでもなかったことはたしかである。劇場への荷風の情熱は相当なもので、やがて「葛飾情話」以下の戯曲、そして「おもかげ」などの小説が書かれた。

荷風のいとこでもある高見順が複雑な思いを表白しているように、昭和初期の若い文学者たちは浅草の荷風を、ライヴァルを見るような目で眺めている。新旧の風物が入りまじる浅草は、川端康成などのモダニスムの人々や高見順も同人だった雑誌『人民文庫』の人々などがしのぎを削る、表現の最前線だったからだ。芝居小屋で踊り子とたわむれる老作家は、浅草生活の表裏を熟知し「風俗資料」にもとづいて虚構をつむぐ、容易ならざる存在として映っていたのである。

「おもかげ」や「踊子」などに描かれた戦時下の浅草界隈では、あまりにもかんたんに展開する恋愛模様のなかで芝居と現実が入りまじり、現実がまるで薄められた物語のようにあらわれる。この軽やかな世界のさまを見るとき、高見順と菅原明朗、そして川端康成の文章が、そろって画家のドガに言及している点は興味ぶかい。菅原がいう通り、当時のドガのイメージの向こうにはP・ヴァレリーの「ドガ・ダンス・デッサン」がある。このころの荷風には、小林秀雄や堀辰雄の『文学界』グループが奉じたヴァレリーの批評に関わるものが見出されていたらしい。世界の意味を、あくまでも目の前の「かたち」や「動き」に見る思想——のちに江藤淳が荷風とドガの類似を否定したことも含めて、荷風をこのように見る視点には、戦争前後の文学を見つめなおすための契機がひそんでいるのかもしれない。

荷風本人は浅草に行く理由について、銀座はこのところ文士が多くて厭だから、というような説明をしているが、荷風が浅草に見出したものは銀座界隈での回想を見ることでもう少し見えてくるように思う。巌谷小波の子で松竹に入った巌谷槇一、市川左団次一座の名優だった河原崎長十郎、そして万太郎とタッグを組んだ花柳章太郎……これらの演劇人の回想がおのずとうかびあがらせるのは、小山内薫(おさないかおる)という人の濃密な存在感であるはずだ。

名優左団次と荷風が親しかったことは日記などに見る通りで、その関係をさかのぼってみれば小山内と左団次の興した自由劇場がある。実は巻頭に置いた谷崎「青春物語」の中略箇所にも、荷風とともに自分を見出してくれたのは小山内薫だったという言及があるのだが、小山内と荷風は明治末から大正のはじめにかけて、ある意味で並びたつ存在だった。とりわけ劇界における彼の影響は広大であり、教えを受けた巌谷槇一や長十郎はもちろん、久保田万太郎もまた、吉井勇や落語家の柳家小せんなどとともに小山内と親しく交わった。荷風も時おり彼らの交遊に立ちまじることはあり、小山内とは左団次をめぐる脚本家集団「七草会」で同席している。

ヨーロッパの演劇形式を積極的に歌舞伎に取りこみ、演出家の役割を重視した小山内は、鷗外以後の演劇論を担う人だった。荷風が「謎帯一寸徳兵衛（なぞのおびちょっとくべえ）」の稽古でライティング方法を提案したという長十郎の回想は、小山内が舞台照明の近代化を力説していたことを踏まえるならば、たがいに刺激しあう二人の関係をさりげなく伝えたものと見えなくもないのである。そして銀座で舞台の眼を鍛えた荷風が浅草へと向かう姿には、小山内が鷗外から引きつごうとしたものからあえて逸れる足どりを見てよいかもしれない。ヨーロッパ芸術の概念とも、濃密な江戸趣味とも違う作品のかたちをさぐり、「詩人」

や「戯作者」から脱皮してゆく荷風の姿を、これらの回想は指し示している。

＊

巌谷小波の木曜会、『三田文学』の人々、演劇では七草会。こうたどってみると、荷風がその時々に、自分のまわりに小さなサロンのような世界を作りあげていたさまが見えてくる。このサロンは外の世界からの障壁であるとともに、風俗や芸術の動向を知るためのアンテナの役割をも果たしていた。

その典型が、銀座のカフェー・プランタンや「きゅうぺる」での集まりであろう。これらの喫茶店でのなごやかな雰囲気はそれぞれの店主が紹介している通りだが、プランタンの松山省三も、きゅうぺるの道明眞治郎も、それぞれ芸術に関わる人であったことは強調しておきたい。これらの店は小波の楽天居や慶応義塾の出張所、あるいは後続地点としての雰囲気をもっていたわけで、木曜会や三田文学晩餐会のように自作の朗読までが行われたかどうかは不明だけれども、高橋邦太郎やノエル・ヌエットなど、いかにも荷風にふさわしい人々が集まったことも偶然ではなかったといえる。

この小さなサロンが持つ、なじみのない人を閉め出す機能は、麻布の偏奇館に見ることができる。吉屋信子の回想や北原武夫の訪問記は浅草での荷風対面譚のありかたをよく示しているが、荷風文学の拠点である偏奇館は、文学者をはじめから拒絶する——こうした噂は、荷風自身の随筆や対面した人々への態度とともに、荷風とごく近しい人々の文章を発信源としていた。

偏奇館の様子をつたえる邦枝完二と日高基裕の文章は、長さはちがっても読者の受ける印象がよく似ていて、両者にイメージの原型のようなものが与えられていたことを思わせる。洋館の小庭に植えられた花卉、西洋式の居室と中国趣味の卓子、積みあげられた和漢洋の書籍、そして永井禾原の詩幅。浮世絵や三味線などの、戯作者のイメージはもはや薄い。「濹東綺譚」には私娼窟から帰った主人公がすぐに服を着がえ、香を焚いて創作にふける場面があるが、この表現を裏づける用意は時間をかけてなされていたのだと言えよう。「すみだ川」と「雨瀟瀟」をともに絶讃して荷風にE・A・ポーの影を見る正岡容「荷風先生覚え書」は、漢文学と西洋文学のあいだにある「文人」像への移行が、完成しつつあったことを示している。

文人荷風のすがたを支えるのは江戸、そして漢詩文との関わりである。永井禾原の死後に漢文学の交遊圏を維持したのは、成島柳北(なるしまりゅうほく)などの漢学者の遺族、荷風の個人雑誌『花月』『文明』の人々、そして昭和初期には雑誌『書物展望』『伝記』などにつどった考証家たちであった。

荷風の江戸は学者の見る江戸とはかなり異なるけれども、そのギャップには、かえって荷風のつくろうとした芸術の形がよく示されている。「下谷叢話」にデカダンス思想を読みとった今関天彭、荷風がフランス語紀行文について語ったことを記す森銑三の文章などに、江戸をひとつのフィクションとして築きあげる荷風の姿がほの見えるだろう。浮世絵や歌舞伎などの色あざやかな江戸から、幕末明治の漢詩文への体重移動——この変化は、荷風がみずからの芸術概念を鍛えなおすために必要としたものだった。近代日本のうつろなありようを描く後期の荷風文学は、江戸戯作やフランス文学にくわえて漢詩文を取りこみ、いくつもの文学圏を一身に抱えることで、はじめて成立する性質のものだったのである。

漢学者や考証家に荷風が見せたのは、浅草や銀座、あるいは三田の荷風ともまた違う、温雅な紳士の姿である。たぶん荷風ファンにとってもっとも意外なエピソードが語られているのも、これらの人々の文章ではないかと思う。荷風が待合「いく代」で中里介山の「大菩薩峠」を読んでいたらしいという噂、あるいは夏目漱石が博士号を辞退した際、漱石をカモフラージュにして森槐南(かいなん)を博士にしようと運動していたのが荷風の父だったという証言など、検証は必要だが何か非常に興味ぶかい話ではないか。谷崎の「鍵」と荷風の関係にふれた小穴隆一の文章も、この一つに数えてよいかもしれない。冷静な学者たちでさえ話をひとつ披露してみたくなってしまう、そうした荷風の「身近かな位置」を、ここにも見ることができるだろう。

時代や場所に応じてさまざまな顔を持った荷風は、どの場面でも深々とお辞儀をする人だったらしい。実際に荷風に会った人の文章を読むと、彼が実にていねいに頭を下げたという記述によく出会う。

同じような礼を、芥川龍之介がしていたという話がある。髪の先が畳につくほど頭を垂れる芥川の礼について、稲垣足穂は「この本家は断腸亭荷風散人」であり、武田麟太郎もすこし流儀を変えながら似たような礼をしたと述べている（「澄江堂河童談義」）。芥川と荷風が会った際、荷風が丁寧に礼をした話は、小島政二郎の「鷗外荷風万太郎」に見える。

戦後の荷風も同じく律儀な礼をつづけているが、しかしそうであってもなお、晩年の荷風は周囲の人々にとって奇妙なものと映ったようだ。たぶん荷風の挙動が、文学者たちに有形無形に影響をおよぼしていた、戦前までの雰囲気とはかけはなれたものだったからだろう。

Ⅲ

解説の冒頭に文章を引いた斎藤昌三は、荷風の追悼記事を切りぬいた「貼込帳」を作っていたという。おそらく荷風の死に際して同じことを試みた人は少なくない。大部のものとしては斎藤が紹介した「関西の某氏」のスクラップ・ブック（現在、川島幸希氏蔵）や、市川市文学ミュージアムの近藤邦男荷風コレクション、また日本近代文学館の紅塵亭収集永井荷風文庫にも切抜集があり、他にかごしま近代文学館島尾敏雄コレクションには、島尾本人による荷風追悼記事のスクラップが残る。文字通り津々浦々の人々が集めたこれらの切り抜きには、現在では入手の難しくなった記事や同じ日の新聞の異なる版なども含まれており、当時の様子を詳細に伝えてくれる。

荷風の死をめぐる報道の氾濫ぶりはすさまじいものがあるが、荷風が持っていた巨額の預金通帳や浅草通いなどを伝えるこれらの記事は、「永井荷風」というキャラクターが社会にそれほど深く浸透していたことの証左でもあるだろう。そして数々のコメントや逸話を収めるスクラップ・ブックには、荷風の死を何か精神史上の大きな事件ととらえ、その解しがたさを前にした人々の思いが、そのまま閉じこめられているように思われる。

戦中から戦後にかけての日本には、荷風をある精神の象徴として見るまなざしがあった。このころの小説には実によく「永井荷風」が登場する。本書には森茉莉の「フジキチン」と川崎長太郎の「永井荷風」を収めたが(いずれも「創作」として雑誌に掲載された)、ほかにも永井荷風が探偵めいた役割を果たす佐藤春夫「わが妹の記」(昭和一六年)、自転車の練習に熱中する主人公が、つねに偏奇館の荷風を思わせる文学者を意識しつづけている石川淳「明月珠」(昭和二一年)、筑摩書房の戦災を描いた上林暁(かんばやしあかつき)「嶺光書房」(昭和二一年)、荷風に心酔する男性の思想にあらがい、荷風を読む大原富枝「冬至」(昭和二二年)の「私」、などなど。荷風を信奉する女性を主人公とする森茉莉の「気違ひマリア」(昭和四二年)も、この系譜に属する小説であろう。

本書に収めた太宰治と織田作之助の文章にも、この虚々実々の世界に住まう二人の作者が、表現を回転させるにあたって荷風を必要としたあとが明らかである。断片的に荷風にふれた作品、たとえば太宰の「女生徒」や織田の「夫婦善哉後日」などをこれに加えれば、かなりの数になるのではないだろうか。安岡章太郎や長谷川四郎以降の世代では「濹東綺譚」の構想を読みかえるものが多く、よく知られた吉行淳之介の「驟雨」(昭和二九年)をはじめ、玉の井のラビリンスを移築した趣のある島尾敏雄の「挿話」(昭和二三年)や「勾配のあるラビリンス」(昭和二四年)、のちには荷風と作者との長大な対話を描いた後藤明生(めいせい)の「壁の中」(昭和六一年)などがある。

右に挙げた作品のほとんどが「濹東綺譚」までの荷風を描いていたことを思えば、荷風の晩年を知り、彼の死の意味を探った人々の思いは痛いほどに伝わるのである。戦後の荷風には、「Ⅲ」に収めた多くのコメントが示すように、和漢洋の伝統によって近代日本を批判する、孤高の文人の文学があらためて期待された。志賀直哉が荷風を評価したと語る瀧井孝作や、横光利一と荷風を比較した中山義秀、あるいは堀辰雄がつくった荷風のノートを紹介する福永武彦の文章にも、同じ思いが流れていよう。荷風は戦前までの文学の、ほとんど唯一の残された理念形だった。戦争直後には性を開放する「肉体文学」の流行があり、荷風も好色作家の代表のように挙げられたのだけれども、評家たちは『四畳半襖下張』事件の際にさえ、荷風の文章の美しさに言及していたのである。

これらの人々にとって、万年床を敷いた部屋で火鉢にあたり、急に話がおわるスケッチのような作品ばかり書いている戦後の荷風は、受けいれがたいものだったに違いない。戦前から中央公論社の編集者だった松下英麿と、戦後にはじめて荷風と会った臼井吉見との文章をあわせて読むと、別人を語る文章のような思いがする。臼井吉見が示している幻滅には、荷風の晩年を「精神の脱落」と一刀両断した石川淳「敗荷落日」と同じく、かつて荷風に自らを重ねた人の思いを読んでよい。当時荷風に投げかけられた手厳しい言辞は、江戸とヨーロッパを呼吸した文学者に対する熱い共感のうらがえしなのである。

偏奇館できびしく孤独を守る「文人」から、八方破れのようにふるまう「畸人」へ。かつて荷風の文学をよりどころとした人であればあるほど、この変貌へのとまどいは強い。もちろん、荷風の老いを自然に受けとめ、晩年に続く文学への姿勢をさぐる見方も存在した。しかし荷風の死をめぐる報道の渦中にあって印象ぶかいのは、彼の死は大作家の死なのか、それとも「一箇の老人」(石川淳)の死なのかと自問するような、荷風を愛した人々の言葉の方であろう。晩年の荷風に、観念を守りぬく「青年の木乃伊(ミイラ)」の凄味があると述べたのは三島由紀夫である。荷風の死の前に書かれた文章だけれども、のちに「青年の木乃伊」という言葉が多くの反応をあつめたという事実にも、荷風の老いに何かむごいものをみた当時のまなざしが透けてみえる。

このなかで全く異なる視点を示しているのが、佐藤春夫の「荷風文学の頂点」であろう。ほとんどすべての文学者が言及を避けた最後の短篇集『あづま橋』をあえて挙げ、ここにこそ荷風の到達した高みがある、と断言する春夫の言葉には、くりかえし荷風について書きつづけたこの人にしかない輝きがある。小説にならずに終わっているような物語の断片を、小説とは違うものであることにこだわり、別の意味を放射しはじめるまで凝視しつづける春夫のまなざし——荷風の老いを否定する言葉とも、肯定する言葉とも違う荷風観を、ここに見ることができるだろう。荷風文学を過去の近代芸術の遺産と見るのではなく、現代芸術の側にあるものとしてとらえた春夫の視線は、荷風の言葉を読みなおしてゆくためのえがたい手がかりとなるはずである。

＊

巻末に置いた周作人の文章は、荷風の読みかたとしては一風変わった、しかし味わいのあるものだ。ここでは時代の雰囲気をうつすために一戸務(いちのへ)の訳を載せてある。淡々と思いつくままに引用と注解を並べているようでいて、何度か読みかえすうちに、おのずから彼独自の荷風像が立ち上がるつくりになっている。中国文人の流れに棹さし、しかし淫祠の精細な描写によって読者を中国でも日本でもない場所に連れていく荷風文学の、よどみのようなものがここにはある。大きな流れのなかに浮かんでは消える文章のひとつとして荷風の言葉を眺め、思い思いに註を加えていく――荷風をそんな風に読むやりかたもあることを、この読書人は教えてくれているように思う。

荷風を目撃した人も少なくなった現在では、この作家に近代芸術の命運を見た人々の記憶もまた、薄らぎつつあるのだろう。本書におさめた回想が、遠くなっていく荷風の可能性を広く再考するきっかけになることを、切に願っている。

資料の閲覧に際して、川島幸希氏、市川市文学ミュージアム、江戸東京博物館、かごしま近代文学館、日本近代文学館のご高配を得た。そして本書の編纂と解説執筆にあたっては、荷風研究とそれぞれの作家研究を専門とする諸先達、とりわけ平成三〇年に急逝された中村良衛先生の学恩に負うところが大きい。この本は、終生荷風文献を集めつづけた中村先生がなさるべきお仕事だった。本書に収められなかった回想の数々は、先生の「荷風人名録」(平成二一年三月『文学』一〇巻二号)をはじめとする数々の文献目録に、あますところなく記載されている。

【編集付記】

一　各作品の底本は、それぞれの末尾に示した。
一　原則として漢字は新字体に、仮名遣いは新仮名遣いに改めた。
一　明らかな誤記・誤植は訂した。
一　漢字語のうち、使用頻度の高い語を一定の枠内で平仮名に改めた。
一　本文中に、今日からすると不適切な表現があるが、原文の歴史性を考慮してそのままとした。
一　「偏奇館去来」（邦枝完二）、「偏奇館記」（日高基裕）、「一楽居詩話」（今関天彭）中の漢詩には、堀川貴司氏による訓読文を付した。記して謝意を表します。

＊各作品の収載にあたり、著作権者の御承諾をいただくため努めましたが、ご連絡のとれなかった方がおられます。著作権者についてお気づきの方は、ご一報下さいますようお願い致します。

（岩波書店　文庫編集部）

かふうついそう
荷風追想

2020年1月16日　第1刷発行
2020年3月16日　第2刷発行

ただくらひと
編　者　多田蔵人

発行者　岡本　厚

発行所　株式会社　岩波書店
〒101-8002 東京都千代田区一ツ橋2-5-5
案内 03-5210-4000　営業部 03-5210-4111
文庫編集部 03-5210-4051
https://www.iwanami.co.jp/

印刷・精興社　製本・牧製本

ISBN 978-4-00-312013-2　Printed in Japan

読書子に寄す

――岩波文庫発刊に際して――

岩波茂雄

真理は万人によって求められることを自ら欲し、芸術は万人によって愛されることを自ら望む。かつては民を愚昧ならしめるために学芸が最も狭き堂宇に閉鎖されたことがあった。今や知識と美とを特権階級の独占より奪い返すことはつねに進取的なる民衆の切実なる要求である。岩波文庫はこの要求に応じそれに励まされて生まれた。それは生命ある不朽の書を少数者の書斎と研究室とより解放して街頭にくまなく立たしめ民衆に伍せしめるであろう。近時大量生産予約出版の流行を見る。その広告宣伝の狂態はしばらくおくも、後代にのこすと誇称する全集がその編集に万全の用意をなしたるか。千古の典籍の翻訳企図に敬虔の態度を欠かざりしか。さらに分売を許さず読者を繋縛して数十冊を強うるがごとき、はたしてその揚言する学芸解放のゆえんなりや。吾人は天下の名士の声に和してこれを推挙するに躊躇するものである。このときにあたって、岩波書店は自己の責務のいよいよ重大なるを思い、従来の方針の徹底を期するため、すでに十数年以前より志して来た計画を慎重審議この際断然実行することにした。吾人は範をかのレクラム文庫にとり、古今東西にわたって文芸・哲学・社会科学・自然科学等種類のいかんを問わず、いやしくも万人の必読すべき真に古典的価値ある書をきわめて簡易なる形式において逐次刊行し、あらゆる人間に須要なる生活向上の資料、生活批判の原理を提供せんと欲する。この文庫は予約出版の方法を排したるがゆえに、読者は自己の欲する時に自己の欲する書物を各個に自由に選択することができる。携帯に便にして価格の低きを最主とするがゆえに、外観を顧みざるも内容に至っては厳選最も力を尽くし、従来の岩波出版物の特色をますます発揮せしめようとする。この計画たるや世間の一時の投機的なるものと異なり、永遠の事業として吾人は微力を傾倒し、あらゆる犠牲を忍んで今後永久に継続発展せしめ、もって文庫の使命を遺憾なく果たさしめることを期する。芸術を愛し知識を求むる士の自ら進んでこの挙に参加し、希望と忠言とを寄せられることは吾人の熱望するところである。その性質上経済的には最も困難多きこの事業にあえて当たらんとする吾人の志を諒として、その達成のため世の読書子とのうるわしき共同を期待する。

昭和二年七月

《日本文学（現代）》〔緑〕

怪談 牡丹燈籠	三遊亭円朝
真景累ヶ淵	三遊亭円朝
塩原多助一代記	三遊亭円朝
小説神髄	坪内逍遥
当世書生気質	坪内逍遥
役の行者	坪内逍遥
ウィタ・セクスアリス	森鷗外
青年	森鷗外
山椒大夫・高瀬舟 他四篇	森鷗外
渋江抽斎	森鷗外
妄想 他三篇	森鷗外
舞姫・うたかたの記 他三篇	森鷗外
ファウスト 全二冊	森林太郎訳
みれん	シュニッツラー 森鷗外訳
森鷗外 椋鳥通信 全三冊	池内紀編注
浮雲	二葉亭四迷 十川信介校注
其面影	二葉亭四迷
今戸心中 他二篇	広津柳浪
河内屋・黒蜴蜓 他一篇	広津柳浪
野菊の墓 他四篇	伊藤左千夫
漱石文芸論集	磯田光一編
吾輩は猫である	夏目漱石
坊っちゃん	夏目漱石
草枕	夏目漱石
虞美人草	夏目漱石
三四郎	夏目漱石
それから	夏目漱石
門	夏目漱石
彼岸過迄	夏目漱石
行人	夏目漱石
こころ	夏目漱石
硝子戸の中	夏目漱石
道草	夏目漱石
明暗	夏目漱石
思い出す事など 他七篇	夏目漱石
文学評論 全二冊	夏目漱石
夢十夜 他二篇	夏目漱石
漱石文明論集	三好行雄編
倫敦塔・幻影の盾 他五篇	夏目漱石
漱石日記	平岡敏夫編
漱石書簡集	三好行雄編
漱石俳句集	坪内稔典編
漱石・子規往復書簡集	和田茂樹編
文学論 全二冊	夏目漱石
坑夫	夏目漱石
漱石紀行文集	藤井淑禎編
二百十日・野分	夏目漱石
五重塔	幸田露伴
運命 他一篇	幸田露伴
努力論	幸田露伴

幻談・観画談 他三篇　幸田露伴
連環記 他一篇　幸田露伴
天うつ浪 全二冊　幸田露伴
子規句集　高浜虚子選
病牀六尺　正岡子規
子規歌集　土屋文明編
墨汁一滴　正岡子規
仰臥漫録　正岡子規
歌よみに与ふる書　正岡子規
獺祭書屋俳話・芭蕉雑談　正岡子規
金色夜叉 全二冊　尾崎紅葉
三人妻　尾崎紅葉
二人比丘尼 色懺悔　尾崎紅葉
不如帰　徳冨蘆花
謀叛論 他六篇 日記　徳冨健次郎 中野好夫編
北村透谷選集　北村透谷 勝本清一郎校訂
武蔵野　国木田独歩

愛弟通信　国木田独歩
蒲団・一兵卒　田山花袋
田舎教師　田山花袋
東京の三十年　田山花袋
藤村詩抄　島崎藤村自選
破戒　島崎藤村
春　島崎藤村
千曲川のスケッチ　島崎藤村
桜の実の熟する時　島崎藤村
新生 全二冊　島崎藤村
夜明け前 全四冊　島崎藤村
藤村随筆集　十川信介編
生ひ立ちの記 他一篇　島崎藤村
にごりえ・たけくらべ　樋口一葉
大つごもり・十三夜 他五篇　樋口一葉
高野聖・眉かくしの霊　泉鏡花
歌行燈　泉鏡花

夜叉ケ池・天守物語　泉鏡花
草迷宮　泉鏡花
春昼・春昼後刻　泉鏡花
鏡花短篇集　川村二郎編
日本橋　泉鏡花
婦系図 全二冊　泉鏡花
外科室・海城発電 他五篇　泉鏡花
鏡花随筆集　吉田昌志編
化鳥・三尺角 他六篇　泉鏡花
鏡花紀行文集　田中励儀編
俳諧師・続俳諧師　高浜虚子
泣菫詩抄　薄田泣菫
有明詩抄　蒲原有明
上田敏全訳詩集　山内義雄 矢野峰人編
赤彦歌集　斎藤茂吉 久保田不二子選
宣言　有島武郎
小さき者へ・生れ出ずる悩み　有島武郎

一房の葡萄 他四篇　有島武郎
ホイットマン詩集 草の葉　有島武郎選訳
寺田寅彦随筆集 全五冊　小宮豊隆編
柿の種　寺田寅彦
与謝野晶子歌集　与謝野晶子自選
与謝野晶子評論集　鹿野政直・香内信子編
私の生い立ち　与謝野晶子
入江のほとり 他一篇　正宗白鳥
つゆのあとさき　永井荷風
濹東綺譚　永井荷風
荷風随筆集 全二冊　野口冨士男編
おかめ笹　永井荷風
摘録 断腸亭日乗 全二冊　永井荷風・磯田光一編
すみだ川・新橋夜話 他一篇　永井荷風
あめりか物語　永井荷風
江戸芸術論　永井荷風
ふらんす物語　永井荷風

煤煙　森田草平
斎藤茂吉歌集　山口茂吉・柴生田稔・佐藤佐太郎編
桑の実　鈴木三重吉
小鳥の巣　鈴木三重吉
千鳥 他四篇　鈴木三重吉
鈴木三重吉童話集　勝尾金弥編
小僧の神様 他十篇　志賀直哉
万暦赤絵 他二十二篇　志賀直哉
暗夜行路 全二冊　志賀直哉
志賀直哉随筆集　高橋英夫編
高村光太郎詩集　高村光太郎
白秋愛唱歌集　藤田圭雄編
北原白秋歌集　高野公彦編
北原白秋詩集 全二冊　安藤元雄編
フレップ・トリップ　北原白秋
野上弥生子随筆集　竹西寛子編
お目出たき人・世間知らず　武者小路実篤

友情　武者小路実篤
釈迦　武者小路実篤
銀の匙　中勘助
犬 他一篇　中勘助
中勘助詩集　谷川俊太郎編
若山牧水歌集　伊藤一彦編
新編 みなかみ紀行　若山牧水・池内紀編
新編 啄木歌集　久保田正文編
時代閉塞の現状・食うべき詩 他十篇　石川啄木
蓼喰う虫　谷崎潤一郎・小出楢重画
春琴抄・盲目物語　谷崎潤一郎
吉野葛・蘆刈　谷崎潤一郎
卍（まんじ）　谷崎潤一郎
幼少時代　谷崎潤一郎
谷崎潤一郎随筆集　篠田一士編
多情仏心 全二冊　里見弴
道元禅師の話　里見弴

今年竹 全二冊　里見弴
萩原朔太郎詩集　三好達治選
郷愁の詩人 与謝蕪村　萩原朔太郎
猫町 他十七篇　萩原朔太郎 清岡卓行編
恩讐の彼方に・忠直卿行状記 他八篇　菊池寛
父帰る・藤十郎の恋 菊池寛戯曲集　石割透編
河明り 老妓抄 他一篇　岡本かの子
春泥・花冷え　久保田万太郎
大寺学校 ゆく年　久保田万太郎
或る少女の死まで 他二篇　室生犀星
室生犀星詩集　室生犀星自選
犀星王朝小品集　室生犀星
出家とその弟子　倉田百三
愛と認識との出発　倉田百三
神経病時代・若き日　広津和郎
羅生門・鼻・芋粥・偸盗　芥川竜之介
地獄変・邪宗門・好色・藪の中 他七篇　芥川竜之介

河童 他二篇　芥川竜之介
奉教人の死・煙草と悪魔 他十一篇　芥川竜之介
歯車 他二篇　芥川竜之介
蜘蛛の糸・杜子春・トロッコ 他十七篇　芥川竜之介
或日の大石内蔵之助・枯野抄 他十二篇　芥川竜之介
芭蕉雑記・西方の人 他七篇　芥川竜之介
侏儒の言葉・文芸的な、余りに文芸的な　芥川竜之介
芥川竜之介随筆集　石割透編
蜜柑・尾生の信 他十八篇　芥川竜之介
年末の一日・浅草公園 他十七篇　芥川竜之介
芥川竜之介紀行文集　山田俊治編
田園の憂鬱　佐藤春夫
都会の憂鬱　佐藤春夫
日輪・春は馬車に乗って 他八篇　横光利一
上海　横光利一
旅愁 全二冊　横光利一
宮沢賢治詩集　谷川徹三編

童話集 風の又三郎 他十八篇　宮沢賢治 谷川徹三編
童話集 銀河鉄道の夜 他十四篇　宮沢賢治 谷川徹三編
山椒魚・遙拝隊長 他七篇　井伏鱒二
川釣り　井伏鱒二
太陽のない街　徳永直
伊豆の踊子・温泉宿 他四篇　川端康成
雪国　川端康成
川端康成随筆集　川西政明編
詩を読む人のために　三好達治
梨の花　中野重治
夏目漱石 全三冊　小宮豊隆
社会百面相 全二冊　内田魯庵
新編 思い出す人々　内田魯庵 紅野敏郎編
檸檬（レモン）・冬の日 他九篇　梶井基次郎
蟹工船 一九二八・三・一五　小林多喜二
独房・党生活者　小林多喜二
風立ちぬ・美しい村　堀辰雄

岩波文庫の最新刊

雲英末雄・佐藤勝明校注

花見車・元禄百人一句

多様な俳人が活躍する元禄俳壇を伝える二書。『花見車』は、俳人を遊女に見立てた評判記。『元禄百人一句』は、「百人一首」に倣って諸国の俳人の百句を集める。
〔黄二八四-一〕 本体八四〇円

近藤義郎著

前方後円墳の時代

弥生時代から前方後円墳が造られた時代へ、列島における階級社会形成の過程を描く。今も参照され続ける、戦後日本考古学を代表する一冊。（解説＝下垣仁志）
〔青N一二九-一〕 本体一三二〇円

佐藤進一著

日本の中世国家

律令国家解体後に生まれた王朝国家と、東国に生まれた武家政権。中世国家の「二つの型」の相剋を、権力の二元性を軸に克明に読み解く。（解説＝五味文彦）
〔青N一三〇-一〕 本体一〇一〇円

……今月の重版再開……

杉浦明平編

立原道造詩集

〔緑一二一-一〕 本体一〇〇〇円

西田幾多郎著

続思索と体験・『続思索と体験』以後

〔青一二四-三〕 本体九〇〇円

イーヴリン・ウォー作／小野寺健訳

回想のブライズヘッド（上）（下）

〔赤二七七-二・三〕 本体八四〇円・九六〇円

定価は表示価格に消費税が加算されます　　2020.2

岩波文庫の最新刊

ネルヴァル作／野崎歓訳
火の娘たち
珠玉の短篇「シルヴィ」ほか、小説・戯曲・翻案・詩を一つに編み上げた作品集。過去と現在、夢とうつつが交錯する、幻想の作家ネルヴァルの代表作を爽やかな訳文で。
〔赤五七五-二〕 本体一二六〇円

J・S・ミル著／関口正司訳
自由論
大衆の世論やエリートの専制によって個人が圧殺される事態を憂慮したミルは、自由に対する干渉を限界づける原理を示す。自由を論じた名著の明快かつ確かな新訳。
〔白一一六-六〕 本体八四〇円

安部公房作
けものたちは故郷をめざす
敗戦後、満州国崩壊の混乱の中、少年はまだ見ぬ故郷・日本をめざす。人間の自由とは何かを問い掛ける安部文学の初期代表作。（解説＝リービ英雄）
〔緑二一四-一〕 本体七四〇円

今月の重版再開

酒本雅之訳
エマソン論文集(上)(下)
〔赤三〇三-一・二〕 本体各九七〇円

朱牟田夏雄訳
ミル自伝
〔白一一六-八〕 本体九〇〇円

カルヴィーノ作／和田忠彦訳
パロマー
〔赤七〇九-四〕 本体五八〇円

定価は表示価格に消費税が加算されます　2020.3